# 蓝 山

[以色列] 梅厄·沙莱夫 著　　黄觉 译

**外语教学与研究出版社**
北京

京权图字：01-2017-5780

Copyright © 1988 by Meir Shalev
Published by agreement with The Deborah Harris Agency, through The Grayhawk
Agency.

**图书在版编目（CIP）数据**

蓝山／（以）梅厄·沙莱夫著；黄觉译. —— 北京：外语教学与研究
出版社，2018.1
书名原文：The Blue Mountain
ISBN 978-7-5135-9848-4

Ⅰ.①蓝… Ⅱ.①梅… ②黄… Ⅲ.①长篇小说－以色列－现代
Ⅳ.①I382.45

中国版本图书馆 CIP 数据核字 (2018) 第 027899 号


出 版 人　徐建忠
项目策划　张　颖
责任编辑　陈　宇
项目编辑　郑树敏
装帧设计　梁依宁
出版发行　外语教学与研究出版社
社　　址　北京市西三环北路 19 号（100089）
网　　址　http://www.fltrp.com
印　　刷　三河市北燕印装有限公司
开　　本　889×1194　1/32
印　　张　14
版　　次　2018 年 4 月第 1 版 2018 年 4 月第 1 次印刷
书　　号　ISBN 978-7-5135-9848-4
定　　价　49.00 元

购书咨询：(010) 88819926　电子邮箱：club@fltrp.com
外研书店：https://waiyants.tmall.com
凡印刷、装订质量问题，请联系我社印制部
联系电话：(010) 61207896　电子邮箱：zhijian@fltrp.com
凡侵权、盗版书籍线索，请联系我社法律事务部
举报电话：(010) 88817519　电子邮箱：banquan@fltrp.com
法律顾问：立方律师事务所　刘旭东律师
　　　　　中咨律师事务所　殷　斌律师
物料号：298480001

献给我的母亲巴恰

# 1

夏夜，老教师雅科夫·皮内斯一个激灵，惊醒过来。有人在屋外高喊："我把李伯森他孙女儿给操啦！"

那喊声高亢、激越、清脆，掠过水塔旁的加那利松林，猛禽般盘旋片刻，一头扎进村里。老教师的心再次被揪得生疼。这回仍旧只有他一人听到了这下流话。

他经年弥缝补洞，用身体堵决口。每次化险为夷之后都说："修坝要学荷兰佬。"不论是果树生蚜虫，国家闹彩票，牲口长虱子，蚊子传疟疾，还是蝗虫成群，爵士乐手成灾，全都像层层黑浪，在他心中的堤防前撞成泡沫。

皮内斯从床上坐起来，手指揪着胸毛，又惊又恼。如此伤风败俗还堂而皇之，村里的日子居然照过不误。

耶斯列山谷中这个小小的合作定居点在沉睡。骡子和牛入了圈，母鸡归了窝，怀着梦想的劳动者上了简陋的床。村子就像一台磨合良好的机器，在夜色中一如既往地哼鸣。牛羊奶子饱胀，葡萄汁液充盈，小牛犊上好的腱子肉鼓鼓囊囊，就等着送到屠宰场。细菌，皮内斯在课堂上赞为"咱们的单细胞朋友"，孜孜不倦地把新鲜的氮送到植物的根系。别看老教师不急不躁出了名，他可绝不答应任何人，特别是他自己，躺在过去的功劳簿上睡大觉。"你个坏蛋，看我不逮着你。"他气哼哼地嘟囔着，咚一声跳下铁床，哆嗦着扣上旧卡其布的裤子，蹬上那双壮声威的黑工靴，准备战斗。天黑，心急，他竟一时摸不到眼镜，幸亏门缝里一道月光指明了方向。

一出门就让院子里的鼹鼠洞绊了一跤。他爬起来，掸掸土，大声喝道："谁在那儿？"接着就支棱起耳朵听动静，老眼昏昏，夜色茫茫，花白头发的大脑袋转来转去，像只猫头鹰。

可那不要脸的家伙再也不出声。每回都只有一嗓子。

皮内斯觉得那就是生活腐化、低级趣味、个人主义的冲锋号，总而言之，就是大逆不道。老教师一心要"培养孩子们胸怀远大、勤奋工作"，一想到那起"巧克力大劫案"就堵心，那回他班上几位年纪最大的学生洗劫了村里的合作社。还有些烦心事：丽娃·马古利斯那从俄国运来的大皮箱里塞满了各种引诱人的奢侈品和不像话的玩意儿；村外的土狼鬼嚎了好一阵子，"假笑起来没啥好事"。

想到土狼，再想到自己没戴眼镜啥也看不见，皮内斯急得不知所措。

土狼不时从麦田那头、蓝山之外光顾此地，是那边派来的信使。建村以来，老教师常听见附近干河滩上传来清晰、揶揄的叫声，寒彻心髓。

让土狼咬了可不得了。感染严重的人秋季播种珍珠粟，夏天修剪葡萄藤。也有人失去了理智，没有了信念，油头滑脑，跑城里鬼混。还有人苟延残喘，甚至离乡叛国。

皮内斯忧心忡忡。他这辈子见过太多人在路边倒下，在港口首鼠两端，或是心力交瘁一死了之。到处都是变节者和迷途者，"耶路撒冷编纂犹太法典的寄生虫，萨法德的弥赛亚千禧年派，还有断送工人支队的那些没头脑的人"。长年的观察和思考告诉他，免疫系统一旦崩溃，人就变得不堪一击。

他在农户周围发现这下流坯的足迹，要求对学校实行全天候保护。他说："孩子特别容易遭袭击，因为他们头脑稚嫩，抵抗力弱。"他从前的学生试图逮住那恶棍，老教师就和年轻人一道巡夜。可土狼滑头，神出鬼没。

"跟咱见过的叛徒一样。"皮内斯有一回在全村大会上说。

有天夜里，他出去为学校的自然角捕地鼠和树蟾时，看见土狼在枯河对岸，它穿过田野，向他步步逼近。皮内斯停下脚步，那野兽眼冒红光，盯着他呜咽，想诱他过去。粗壮的溜肩，鼓起的腮帮子，皮毛上的花纹，瘦骨嶙峋的脊背，皮内斯都看得真切。

土狼加快步伐，踏着野豌豆的嫩芽，朝老教师抛出讪笑，随后龇着毒牙隐入青纱帐。皮内斯想起自己没有带枪，一下明白这畜生为啥"坏笑"。

庄稼人听说了那晚的遭遇后都说："皮内斯老是忘带枪。"从前，村子刚建起不久，皮内斯的老婆利亚怀着双胞胎女儿染上了疟疾，人死尸僵，绿汗还冒个不停。皮内斯从爱妻床前站起来，扭头往干河滩上那片刺槐林里跑。自杀的人都爱去那儿。朋友们赶过去救他，却见他躺在金色的蓟草丛里，哭成了泪人。"那次他也忘带枪了。"

皮内斯恼怒地想着那烦人的畜生，自己的亡妻，还有她肚子里那两个发青的无辜胎儿，不再喝问。他转身回屋找了眼镜，急匆匆来找我外公。

皮内斯知道外公觉少。他敲了门，径直进屋，纱门砰的一声把我吵醒。我朝外公床上瞥了一眼，果然空荡荡。厨房里飘来他的香烟味儿。

我那年十五岁，大多数日子在外公的小屋里度过。他用那双开荒的手把我拉扯大，用粗重的酒椰麻绳把我牢牢拴住，一步不让我离开他视线。村里人叫我"米尔金家的孤儿"，可心软、热情、复仇心切的外公，从来只叫我"娃儿"。

他苍老、苍白，仿佛刚从他春天涂刷果树的白色药浆里爬出来。他矮壮、秃顶，留两撇小胡子，两眼越陷越深，越来越无神，最后看上去像两个灰暗的石头坑。

夏季的夜晚，外公爱坐在厨房桌边吞云吐雾。他穿着蓝短裤和旧汗衫，晃着腿回忆往昔的是是非非。那两条辛苦劳作的腿青筋突暴，厨房里满是木香和奶香。他爱把想法写在纸条上，不一会儿屋里就如蝴蝶纷飞。他一直在等待失去的亲人。有一回一张纸条飘到我手里，上面写着："又见他们，活生生地在我眼前。"

从我懂事那天起，直到他去世，我一直在追问："外公你在想什么？"他每次都说："想你想我，娃儿。"

我们住的小屋有些年头了，屋顶落满木麻黄的针叶。外公每年让我爬上去清扫两次。小屋悬空而建，为的是让木墙不受虫子和潮湿之害。地板下黑暗、低矮的空间里，常常听见刺猬和蛇打架，和小蜥蜴鳞片窸窣的声音。有一次，一条大毒蜈蚣爬进了屋，外公就用砖封死地板下的空间。可是地板下传来一片垂死的呻吟和求饶的哀号。外公又把砖给拆了，从此再没想过封堵的事。

我们的小屋是村里剩下的最后一批。村子的元老们用第一笔钱盖了结实的牛棚，驯服了千百年的牛已经听不见野性的召唤，招架不住无常的气候。拓荒者自己则住帐篷，后来又盖了小木屋。又过了好些年，家家盖起了砖瓦房，我家的瓦房让亚伯拉罕舅舅、利百加舅妈和我的双胞胎表哥约西和尤里住着。

外公不想离开小屋。他是种树的，喜欢木头。

他对我说："木屋会呼吸、出汗、挪动。每个人在屋里走动，声音都不一样。"他得意地指给我看他床铺上方的那根粗大的房梁，每年春天梁上都发一枝新芽。

小屋有两间房和一间厨房。我和外公睡一间，各睡一张铁床，海藻床垫扎得慌。房里有一个简单的大衣柜，衣柜旁边是一个"屉柜"，就是带抽屉的柜子，柜顶上的大理石已经开裂。外公把他的麻绳团和格拉夫特克斯布匹放在最上面一层抽屉里。墙上的小皮包里放着外公的红把剪刀、嫁接刀，还有一管封切口用的自制黑焦油膏。其他的家什都锁在牛棚旁边的杂屋里——修枝的锯子，熬油膏和毒药的蒸馏器，调"波尔多汤"的锅，砒霜、尼古丁和除虫菊药水。以法莲舅舅失踪之前，也把自己关在那间屋里。

另一间房里摆着当时村里家家都有的那些书：波登海默和克莱恩合著的《农用昆虫手册》，蓝封面的《田野》和《种植者》期刊，一本浅蓝色布面的《叶甫盖尼·奥涅金》，一本黑皮的《圣经》，密茨佩和施提尔贝出版的希伯来文学系列，还有外公最喜欢的书，路德·布尔班克的《丰饶的岁月》，绿色封面的两卷本。外公曾把这位美国传奇庄稼汉自传的前言读给我听，他"瘦小灵巧微驼"，"双膝和双肘因常年繁重的劳动而微曲"。可布尔班克的眼睛"蓝得宁静深沉"，而外公的眼睛已然灰暗。

布尔班克的自传旁边，摆着一排回忆录，全是外公的朋友写的。有些书名我至今还记得：《故乡之路》《从顿河到约旦河》《我的土地》《回乡之路》。这些朋友是我童年故事中的英雄。外公带着俄国口音对我说，这些人全都出生在很远很远的地方，又在很久以前"秘密地"离开了那个地方。有人挤在满是 muzhik——贫穷的俄国农夫——的火车里，火车"在白雪和野苹果树间缓缓行进"，驶过海岸、大盐湖、秃山和沙暴。另一些人骑在大雁的背上，大雁翅膀展开有"饲料仓到孵化房那么宽"，欢叫着冲上天空，高高飞过广袤的田野和黑海。还有些人会念咒语，"一阵风就把他们吹到了"以色列。他们落地的时候浑身是汗，都不敢睁眼。还有希福利斯的故事。

"我们都到了马卡洛夫火车站，万事俱备，列车员鸣笛让全体乘客上车，希福利斯突然说不跟我们走了。把西红柿吃了，巴鲁奇。"

我张开嘴，外公往我嘴里塞了一片撒着粗盐的西红柿。

"希福利斯说：'同志们！我们应该走到以色列去，像朝圣一样。'他说走就走，扛着行李，挥挥手，一溜烟就不见了。他现在还在路上跋涉哪，将会是最后到这里的拓荒者。"

外公给我讲希福利斯的故事，怕他到达的时候没人知道他了。别人早就不等他，或者还没等来就去世了，我还在等着。

他进村的时候，我会跑过去迎接他。远处山坡上每一个小黑点都是他的身影。田边的每一圈灰烬都是他煮茶烧过的篝火留下的。山楂树上的每一簇绒线都是从他的裹腿上扯下的。泥土里每一个陌生的脚印都是他行经时留下的。

我让外公在地图上把希福利斯的路线指给我看，他秘密跨越的国境线，他蹚过的河流。我十四岁那年，外公说：“别提希福利斯了。”

他说：“他倒真是说过要走过来，可过几天他肯定就没心气了。或者，路上出了什么事——他可能病了，或者伤了，或者入了党，或者爱上什么人了……谁知道呢，娃儿？好多事都能把一个人钉在一个地方。”

我在一张纸条上读到他用小写字母写的话：“开花，不在乎结果。行路，不计算里程。”

那些书靠在一台庞大的菲尔柯收音机旁边，收音机是订《田野》时得了优惠，分期付款买的。收音机和书对面有一张沙发和两把扶手椅，是亚伯拉罕舅舅和利百加舅妈换新家具时搬到外公屋里来的。外公管这间房叫客厅，但客人们其实总爱坐在厨房的大桌子旁。


皮内斯进了屋。照旧是那样的大嗓门，如同在课堂上讲《圣经》和自然。

“米尔金，”他嚷着，“又喊啦。”

外公问道：“这回是谁？”

皮内斯一字一顿地喊道：“我把李伯森他孙女儿给操啦。”他小心地关上窗，解释说：“不是我，是那人。”

外公说："好啊，干大事儿啦。来点儿茶？"

我支棱着耳朵听他俩说话。我经常在偷听时被人从窗外、果园、干草堆揪出来。可我总能熟练地挣脱，然后凛然昂首走开，一言不发。等受害方到外公那里去告状时，外公才不信他。

我听到他拖着老迈的双脚在木地板上走动，接着是倒水，茶匙清脆地碰上玻璃杯的薄壁和吧唧嘴的声音。我常常看到村里的老人捧着滚烫的杯子，淡定地啜饮，老早就见惯不怪了。

"狗胆包天了！"皮内斯说，"就敢这么嚷嚷。看我不一枪把他臭嘴打树林里去！"

外公说："就是个玩笑嘛。"

老教师嚷道："那我怎么办？"他觉得这是自己失职。"我还怎么有脸见人？"

他站起来焦躁地踱步。我听见他拳头攥得嘎巴响。

外公说："毕竟是孩子嘛。发这么大火干吗？"

外公半开玩笑的口气惹得皮内斯更是火冒三丈。"玩儿命喊，天底下全听见了！"

"我说雅科夫，"外公想息事宁人，"咱这地方又不大，做事太过分，总会被巡夜的人逮住，村委会开会的时候会处理。火什么呀？"

"可我是教师，"皮内斯跳起来，"教师，米尔金，教书育人的！他们会怪我呀。"

麦舒拉姆·泽尔金的档案里记录着皮内斯在1923年复国运动大会上的名言："会生育不等于会教育。"

"没人会把小驴子发情的事怪罪到你头上，"外公大声说，"你为咱村儿和咱们的复国运动培养了一代优秀青年。"

"每个人都历历在目哪，"皮内斯声音柔和起来，"他们在第一级，嫩得就像灯芯草的嫩芽，是我给咱的锦绣生活添上的花儿呀。"

皮内斯从来不说"年"，只说"级"。我知道他后面要说啥，在黑暗中偷笑起来。皮内斯喜欢把教育比作种地，谈起自己的工作，就爱说什么"处女地"啦，"还没修剪的葡萄枝"啦，"灌溉口"啦。学生就是幼苗，每一"级"都是一畦地。

"米尔金，"皮内斯动了感情，"我可能和你们这些庄稼人不一样，可我也是有种有收啊。他们就是我的葡萄园，我的果园。一只烂苹果就会……"他绝望到几乎要哽咽了，"是啊，会让葡萄长野了……'操'！驴子和马才干那事儿哪！"

我，还有其他学生，常听他引用《圣经》，这种话却是头一回听。我不由自主地在床上动了一下，立刻定住。地板被我弄得吱扭响。俩老头儿立刻不说话了。十五岁的我体重已接近二百三十磅[1]，能抓住牛角把小牛掀翻。村里人都对我的身量啧啧称奇，说外公一定给我吃了牛初乳，就是母牛产仔后最初几天分泌的乳汁，最养人。

"小声点儿，"外公说，"别把娃儿吵醒了。"

娃儿，外公到死都这么叫我。"我的娃儿。"哪怕我身上毛发开始浓重。哪怕我开始变声，肩膀又宽又厚。我们嗓音开始发哑时，尤里表哥忍不住发笑，说村里这么些男孩，只有我从男中音直接变成了男低音。

---

1　磅：英美制质量或重量单位，一磅合 0.4536 千克。本书注释如无特殊说明均为译者注。

皮内斯说了几句俄语。村里的元老一生气就爱用俄语小声嘀咕。接着我听见金属轻轻"砰"了一声，那是外公用螺丝刀撬开了一罐自家腌的橄榄。接着他会满满地盛一盘放到桌上。皮内斯酷爱辣、酸、咸，一吃橄榄就开心。

"米尔金，还记得不？咱们一伙儿土包子，从马卡洛夫过来，下了船，在雅法的那家餐馆吃黑橄榄。街上有个金发美妞，戴着蓝头巾，朝咱招手。"

外公没吭声。他最怕听人说"还记得不……"，而且，我知道，他嘴里含着橄榄，喝一口茶嘬一口橄榄，说不了话。有一回他对我说："吃东西就别想事儿，一次只能嚼一样。"

他喝茶时爱在嘴里含一枚咬碎的橄榄，手里再拿一块糖，用门牙小口嗑着吃。他最爱那种苦甜相交的柔柔味道。"茶和橄榄。俄国和以色列。"

"橄榄不错，"皮内斯慢慢心平气和了，"好极了。咱没多少乐子啦，米尔金啊，真没多少啦，也没几档子事能让咱激动啦！仆人还能尝出饮食的滋味，辨别美恶吗？还听得见男女歌唱吗？[1]"

外公说："你进来的时候好像挺激动呀。"

"呸好苦！"皮内斯噗地吐了一口，我听见橄榄核从他嘴里飞出，从桌上弹入水槽。接着又没声了。我知道外公的假牙又在慢慢碾压一枚橄榄，挤出里面微苦的汁液。

皮内斯忽然问道："以法莲呢？以法莲有消息吗？"

---

1　参见《旧约·撒母耳记（下）》（19：35）。

"啥也没有，"外公照旧漠不关心地答应，"没有。"

"就你和巴鲁奇，啊？"

"就我和娃儿。"

就外公和我。

我们俩。从他把我从爹妈家抱过来，到我把他抱到果园的墓穴里。

就他和我。

# 2

想外公想得泪眼蒙眬。我从真皮大椅子里站起来，从这间房晃到那间房。我长大了，把外公和他的朋友葬在果园，发了财，买下这座豪宅，从村里搬了出来。"就我和娃儿"——这几个字萦绕在耳边，挥之不去。我走到室外修剪一新的草坪上，面朝海岸躺下，听巨浪轰鸣。

我从一位急着出国的银行老板手里买下了这座房子和里面的所有东西。我不知道他为什么要走，就像我从不认识那个圈子里的任何人，也从来没进过银行。死者家属给的钱，我都塞进化肥袋子，堆在牛棚里老才泽的床边。老才泽固执地要和牛同眠。

"当年在塞耶拉，我也和牛睡一块儿。"他说。

才泽的大耳朵从俄式工装帽下支棱出来。他的耳朵会动，赶上他心情好，又架不住我们这群孩子央求时，他就会动耳朵给我们看。才泽有一套雷打不动的原则，现实在他的纲领面前如同三叶草般不堪一折。外公曾在一张纸条上写道："只有才泽的劳动党不会分裂，因为党员从不超过一人。"

我经营的墓园叫"拓荒者之家"。管墓园的巴斯奇拉开车把我送到新居。平时从机场和"老年之家"拉棺材，去加利利的老石匠家拉墓碑，用的也是这辆小面包车。

　　新居是一座白色豪宅，四周围着的海桐花篱笆香气袭人。巴斯奇拉志得意满地打量了一通，才去按电子门铃。最后一位拓荒者已经去世，墓园里哪怕一座新墓也添不进了。我打算关闭墓园，从村里搬出去。我跟巴斯奇拉这么一说，他立刻去给我找新居，和经纪人讨价还价，说好话哄得律师没脾气，一手操办买下了这幢房子。

　　我和他并肩站在豪门前，这才想到我长这么大还没在真正的房子里住过。我的家就是外公的小木屋，村里其他人家的小木屋早成了牛棚或者劈柴。

　　我穿着蓝色工装，巴斯奇拉穿了一身浅色亚麻西服，手里拎着一只袋子。银行老板是个大块头，行动敏捷，呼扇着一身肉快步走过光亮的地板砖，迎向我们。

　　"啊，"他高声说，"殡仪员们来了。"

　　巴斯奇拉没吭声。和村里人以及复国运动的意识形态战争打了多年，他深知凡是死后进不了我墓园的人都会恨它。他解开袋子，把满是尘土的钞票倒在地毯上，硫酸铵的毒味扑鼻。银行老板直抽鼻子，巴斯奇拉走到他身边，一只手重重拍在他背上，另一只手握住他的手。

　　"我是墓园主管，叫巴斯奇拉，姓摩尔迪采，"他自报家门，"按协议，全付现金。您点点吧。"

　　巴斯奇拉是我的得力助手，也是朋友，论辈分却比我大。他瘦小敏锐，毛发稀少，身上总散发着好闻的药皂味儿。

银行老板把钞票拢到一起，巴斯奇拉趁机带我参观豪宅，我们走过绊脚的地毯，看过亮晶晶的水晶器具和银酒杯，惊得墙上的速描和油画人像一个个居高临下地怒视我。巴斯奇拉探头看了看步入式衣柜里悬挂的几十套西装，很在行地摸了摸布料。

"这些东西怎么办？"他问我，"他的衣服你穿不下。"

我让他看上什么尽管拿。他放上一张唱片，尖细的歌剧女高音淹没了大白房子。银行老板气急败坏地冲过来。

"等我走了你们再庆祝不行吗？"他没好气地说。

"早数完早走人，"巴斯奇拉微微一笑，"这可是为你好。"他搂着银行老板的粗腰，一个舞步带着他转了身，把他轻轻推回钱堆旁。

没过一会儿，律师带着文件来了。银行老板拉着箱子，仓皇离去。酒杯已然在手的巴斯奇拉在露台上祝他旅途愉快。他一扭头，发现我不高兴。

"那我走了？"

"别，"我说，"不然住下吧，明早一块儿吃饭，吃完再走。"


睡在银行老板的大床上，我平生第一次不用把脚伸到床外了。床垫深陷，丝绸奢靡，床单上遗留着放荡女人的香气和惹人邪念的皱痕。我的身体对这一切都不适应。皮内斯和外公在我心中筑起的那道墙坚不可摧。脚底的老茧蹭破了软丝绸，真皮和木镶板的气味，镀铬和水晶器具的耀眼，都不能在我皮肤上留下痕迹。

天快亮我才睡着，没睡一会儿又醒了。外公的作息时间已深深刻入我的身体。他每天比我醒得早，给我做好早餐，使劲推我一把，就去果园里干活了。他对我说："最好趁梨子没醒就把它摘下来。"

巴斯奇拉还没醒。我推开大玻璃门，走到屋外。银行家的花园里长着各种我没见过的奇花，香得腻人。皮内斯只教我们认野花和农作物。

他说："大丽花和小苍兰是资产阶级植物。咱们家里摆长寿花和蔷薇花，花园里种葡萄和三叶草。"

他嘲笑外公："你那位布尔班克还种菊花，瞎耽误大好的时辰。"

我放眼望去，平生第一次看到了海。我在外公的故事里听说过海，海浪把他和我爸带到这片国土，又溅湿了失踪的以法莲舅舅的面庞，把他送上战场。可海总是藏在山的后面。半小时后，我在草坪上，巴斯奇拉穿着晨衣过来了，端来一大盘吐司和几大杯果汁。

我们坐在花园一端，我往灌木丛扫了一眼，立刻发现一个带露珠的球蛛网。我手脚并用地爬过去找蜘蛛，巴斯奇拉见状大笑不已。那只球蛛用蛛丝把几片枯叶缠成小帐篷，正躲在里面等候猎物。第一次看到球蛛是在外公的果园，是皮内斯指给我看的。那年初夏，他常带我去"大自然这所学校"，寻找昆虫和蜘蛛。他倏地在一片叶子上捉了一只苍蝇，扔到蛛网上，动作快得吓人。

"看好了，巴鲁奇。"他说。

蜘蛛沿着辐射状的蛛网疾奔过来，用白色蛛丝裹住苍蝇，毛茸茸的脚把这小小的木乃伊拨弄几下，再送上一记毒吻，然后熟练地把苍蝇搬运到它的藏身之处。我站起来，回到巴斯奇拉身边。

"怎么样，好点啦？"他被我逗乐了，"你在这儿还行吧？我专门订了些虫子放在新园子里。"

我五岁那年，外公和皮内斯把我带到艾利泽·李伯森家的扁桃园。外公大步走到一株果树前，在果树根部挖了几下，给我看树皮下的虫洞。他用手轻压树干，找到一处，掏出修枝剪，方方正正切下一块树皮。里面露出一条浅黄色幼虫，足有四英寸[1]长，头部宽大、坚硬、发黑。那虫子受了太阳光的刺激，骂骂咧咧地扭起来。

外公说："这是桃吉丁，扁桃、杏、李子和一切有核果树的天敌。"

"它们专在暗中搞破坏。"皮内斯引经据典。

外公用刀尖挑起幼虫，扔到地上。我觉得又气愤又厌恶。

皮内斯说："因为你外公的果园里没有这些虫子，我们才带你到这里来。桃吉丁母虫不找那些养护得好的健康树，专挑软柿子捏。一看那树汁液饱满、生机勃勃，它掉头就走，去找蔫头耷脑的病树，在那里撒下怀疑的种。虫卵很快就从内部瓦解心志。"

我想上前踩死那条幼虫，皮内斯把我拦下，外公扭头憋住笑。

他说："别管它。松鸦会来结束它的痛苦。贼挖洞，若被发现而被打死，打的人没有流血的罪。[2]"

---

1 英寸：英美制长度单位，1 英寸约为 2.54 厘米。
2 参见《旧约·出埃及记》（22：2）。

回家时，外公和皮内斯一人牵着我一只手。两人都叫雅科夫。雅科夫·米尔金和雅科夫·皮内斯。

后来又出去过一次，皮内斯指给我看一只桃吉丁成虫从树枝上爬过。

他低声说："它把自己伪装成一颗腐烂变黑的扁桃。"

我伸手去捉时，那虫子缩脚像石子一样掉在地上。老师弯腰拾起虫子，扔进一罐氯仿里。

"它的壳可硬了，要用小锤子敲，针才能刺进去呢。"皮内斯对我说。


俩老头儿喝了十几杯茶，吃了一磅橄榄，凌晨三点，皮内斯说要回去了，要是让他逮着那个浪荡子，"非得让他后悔生出来"。

他打开门，对着黑暗发了一会儿呆，转身对外公说，他刚才想起土狼，心里沉甸甸的。

"雅科夫，土狼死了，"外公说，"你知道得最清楚。放心吧。"

"每一代人都不太平。"他走前阴郁地说。

他在热烘烘、黑沉沉的夜里往家走，踏着"我们赖以生存的脆弱基础"。我知道，他心里在想身边那不断繁殖的险恶的生物，它们不停地涌入他阴暗的梦魇，仿佛从过去的艰难岁月冒出的一串串臭气泡。他能感觉到虎视眈眈、静静蹲坐的猫鼬；看到野猫脸上沾着鲜血，踏着柔软的步伐，毫不留情地杀掠；看到田鼠在农田里啃噬庄稼人的劳动成果；还有刚翻过的土地，刚收割的田野，整齐的果园，下面潜伏着最可怕的猛兽——元老们制服的沼泽，只等怀疑的苗头出现。在遥远的西方，他看见山外的大城市灯红酒绿，诱人去剥削，去腐败，去不劳而获，去声色犬马。

外公在厨房里收拾了好一会儿，关灯进了卧室。他俯身看看我，我立刻闭上眼睛装睡。

"小宝儿。"他小声说，胡子茬蹭在我脸上嘴上。

我那年十五岁了，体重结结实实二百三十磅，毛发浓黑，但外公依然每天夜里给我盖被。从他把我抱过来那天起，每晚如此。他给我盖好被子，才从床底下的亚麻箱子里拿出睡衣换上。我看着他脱衣服，岁月丝毫没有夺走他皮肤的光洁。我把他葬入果园的那个深夜，从他身上脱下他死前让我去买的新睡衣，他通体依然是那么的白皙光洁，一辈子没变。他的朋友个个是古铜肤色，常年的户外劳作使他们皮肤褶皱、皲裂。但外公每次去果园都要戴上宽边草帽，穿上长袖衣服，他脸上皮肤一直保持白净，看不见烈日的鞭痕。

他打开窗，叹口气，上了床。

# 3

麦舒拉姆·泽尔金说话时一句一晃头，花白的长发随之飘动，脸上的深纹也跟着展开。我从小就不喜欢他。这个百无一用的人，住在村子另一头。他以前老在我背上猛拍一掌，说："你从哪儿得了这么大的个子和这么小的脑袋呀？"然后咯咯地尖笑。

麦舒拉姆是曼多林·泽尔金的儿子。曼多林种庄稼、弄乐器都是好手，和外公、菲吉外婆、艾利泽·李伯森一起组建了"菲吉·列文劳动者之圈"。如今他就葬在我的墓园里。

麦舒拉姆的妈裴莎·泽尔金是复国运动的干将，很少在家。麦舒拉姆吃的是百家饭，还得洗自己和他爸的衣服，但他对他妈充满敬仰，对她为事业做出的贡献感到无比骄傲。他每月最多只能和妈见一两次面，得趁她挺着大奶子陪贵客回村，贵客们都是"中央委员会的同志"。我们这群小孩也能见着她。尤里表哥总是第一个发现那辆灰色凯撒车停在泽尔金家门口，然后给我们通风报信。"他们又来闻牛粪啦，还要跟牛犊子、萝卜合影。"

麦舒拉姆的妈在他的世界里来去匆匆，他便一直在给自己找安身之道，也就没工夫像其他孩子那样在幻想的迷宫里徜徉。前辈们对他另有规划，和对我不同。他凭借博闻强记搞研究，做记录，搜集历史文物，研读过去法规，破解前人书信，埋首于一碰就灰飞烟灭的故纸堆里，乐在其中。

他十几岁就有了好几样颇拿得出手的藏品，每件藏品上都挂着手写的卡片："李伯森的锄头""牛奶罐，约 1924 年""第一张犁（歌德曼兄弟铁匠铺制造）"，当然少不了"我父亲的曼陀林"。稍长几岁，他把他爸的旧喷雾器和锈迹斑斑的旋耕机刀片搬出工具棚，翻修了棚顶，在那两间小屋里摆上坏炊具和烂家具，名之为"元老小屋"。他挨家挨户搜罗朽坏的面粉筛和洗衣板，长满绿锈的老铜锅，甚至一件老旧的泥橇。

"我要让每个人了解我们的过去，"他说，"我要让他们知道，修路之前，大车每到冬天就深陷于烂泥，只好用泥橇把牛奶送到奶场。"

他最得意的藏品是艾利泽·李伯森家那头牛的标本。那头荷兰牛和黎巴嫩牛杂交的庞然大物名叫哈吉特，拿过产奶量和牛奶脂肪含量的全国冠军。后来哈吉特衰老了，李伯森的儿子但以理打算把她[1]卖给制胶厂。麦舒拉姆挺身而出，要求村委会召开紧急会议，说"这么忠诚的一位同志"，你们怎么忍心让她变成香肠和明胶。"哈吉特不仅仅是优秀的农畜，她还确凿地证明了纯种荷斯坦牛不适合本国环境。"

---

1　在本书中，动植物多是有灵性、可沟通的拟人化形象，因此多以"他""她"指称。

村委会付钱让李伯森把牛转让给麦舒拉姆，还付给这头牛一小笔养老金。可麦舒拉姆当天就给这位忠诚的同志喂下大量耗子药，找兽医把她那巨大的身躯做成了标本。

后来哈吉特在泽尔金家门前站了好多年，散发出一股防腐剂味道，那对著名的奶子里滴出福尔马林，牛嘴里支棱着紫云英草梗。因为吃了耗子药，牛身上出现大片斑秃。麦舒拉姆经常给这头牛刷毛，擦拭玻璃球做的眼睛，缝合牛皮上的裂缝，防止麻雀把里面的干草和棉花偷去做窝。

母牛标本把全村人都给惹毛了，特别是才泽。他念念不忘哈吉特和她那惊人的产奶量，说那是"国家复兴的象征"。他有时从我家院子里偷偷出去看那个标本，他告诉我们，每次和她面对面，"恐惧与思念"就会油然而生。

"可怜啊，"他小声嘀咕，"麦舒拉姆塞进她肚子里的草，比她一辈子从李伯森那儿吃到的还要多。"

可我那不知深浅的尤里表哥看啥事都高高在上、玩世不恭，他说母牛标本和麦舒拉姆的历史研究没半毛钱关系。

"哈吉特的奶子让他想起他妈，"他对我说，"就这么简单。"我满怀爱意与嫉妒地看着他，时至今日还是这样。

村里常有访客。一车一车的游客和学生来参观建国元老的累累硕果。他们兴奋地在村里流连，对每一个梨每一只鸡大惊小怪，感受泥土和牛奶的气味。游览的最后一站总是我的墓园，曾经的老米尔金农场。

麦舒拉姆要求旅游车必须在"元老小屋"停一站，让游客看看哈吉特和她脖子上英国高级专员颁发的金质奖章，否则就禁止旅游车进村，也不能在"拓荒者之家"停车。

村里人人讨厌"拓荒者之家"，麦舒拉姆更是深恶痛绝。客车川流不息，孩子们惊奇不已，游客如醉如痴，在擦洗一新的墓碑和玫瑰丛中徜徉，低声念出用黄铜镶嵌在上面的那些传奇的名字，喝着巴斯奇拉的弟弟在墓园入口处从大罐子里卖给他们的清凉果汁。这一切都令麦舒拉姆血往头上涌。

麦舒拉姆·泽尔金痛恨我的墓园，因为我没让他妈在这里下葬。我只接受第二波移民潮[1]中外公的朋友。

他在我眼前晃动着《工会年鉴》，里面有一篇文章记载了他妈对"劳动者合作信用基金"所做的贡献。我对他说："很抱歉，你妈第一次世界大战之后才到我国，那时第二波移民潮已经结束了。"

"死者不符合入园条件。"巴斯奇拉向他解释。

麦舒拉姆说要到复国运动机构去投诉，我提醒他，上回李伯森出版《拓荒者影集》，因为同样的原因没有收入裴莎的照片，他已经投诉过一次了。

"再说了，"巴斯奇拉说，"她活着的时候你爸也受不了跟她在一起呀。"

对麦舒拉姆最大的刺激莫过于我从机场拉回来的铅制棺材。他知道美国每来一具新棺材，我的破袋子里就增加好几万美元。

"凭什么这些逃离国家的叛徒能葬这儿，我妈就不行？"

---

1 指 1904 年到 1914 年间犹太人向奥斯曼帝国统治下的巴勒斯坦移民，这一批移民大多数来自俄国。

他朝我大吼。

我说："凡是在第二次移民潮中到达本国的，都可以在这里买墓穴。"

"就是说，随便什么狗屁人渣，只要从俄国来，在这里锄两礼拜草，之后一溜烟去了美国，就能葬在这里，成为拓荒者？你看看你看看！"他边喊边指向一块墓碑，"罗莎·孟金，最大的坏蛋！"

罗莎·孟金在马卡洛夫就认识外公，是我墓园的第一位顾客。

罗莎的粉色墓碑紧挨着外公的，甫落成即引发轩然大波，麦舒拉姆不屑地问我："罗莎·孟金是什么人还用我说吗？她是乌克兰人，在雷霍沃特的一个扁桃园干了一个礼拜，就嫌这个国家毁了她那双雪白的手，于是向全世界疯狂发送 SOS。她的一个兄弟，一个小痞子，移民到了美国，成了布鲁克林最早的犹太黑帮。他给罗莎寄来一张票，把她接走了。"

麦舒拉姆的一只脚踏在粉色大理石墓碑上，既高傲又轻蔑。

"一战期间，你外公外婆、我爸、艾利泽·李伯森饥肠辘辘，才泽被土耳其军队征了兵，罗莎·孟金呢，在布朗克斯[1]盘下了她的第四家女式内衣店。'菲吉·列文劳动者之圈'在村里成立时，罗莎·孟金投机地嫁给了一个巴尔的摩人，施内乌尔拉比，在报纸上大肆发表反对犹太复国主义的言论。第二次世界大战期间，你可怜的以法莲舅舅参加英国突击队负了伤，正在守寡

---

[1] 纽约市最北端的一个区。

的罗莎呢，在迈阿密一家饭店租了套间，经营她兄弟的赌场。FBI至今保存着她的档案，称她为'红色女王'。"

"现在可好，"他高声说，"她葬在你家地里。葬在咱这片山谷。成了拓荒者、建设者、元老。"

"愿她安息。"巴斯奇拉说着，走到墓碑旁，彬彬有礼地挪开麦舒拉姆踏在墓碑上的脚，从口袋里掏出一块绒布，揩拭罗莎的名字。

麦舒拉姆气得脸色发白。"巴斯奇拉你给我闭嘴。谈论元老们的时候，你这种蠢货好好听着就是了。"

巴斯奇拉对这类侮辱无动于衷，回嘴道："死者付了十万美元哪。"

"黑钱。"麦舒拉姆冷笑。

"麦舒拉姆，你说我该怎么办？"我说，"她是第二批移民。"

"那舒拉密呢？"麦舒拉姆嚷道，"她也是第二批移民？"

"别自作聪明好吧？"我火了，"舒拉密是我家的私事。"

舒拉密是外公的老情人，比外公晚五十年才从俄国过来。法尼亚·李伯森说她是"克里米亚婊子"。我接到罗莎·孟金的信时，墓园里只葬了外公和舒拉密。那时候巴斯奇拉是村里的邮差，骑着邮局的驴子齐斯狂奔而至，一面高呼："航空信！航空信！美国来的！"

我正在给外公和舒拉密墓旁四季常开的布尔班克玫瑰浇水。

路德·布尔班克也是因为恋爱伤了心，才离开家。虽然外公常给我讲布尔班克的果树、无刺仙人球、白土豆，但却给亚伯拉罕舅舅的那对孪生子尤里和约西读了布尔班克求而不得的爱情故事。这让我嫉妒得想哭。

我一摔门走出小木屋，从窗户里听见外公还在读，仿佛对我的愤懑一无所知："'事实是，我非常喜欢一位年轻美丽的女士，可她好像对我不怎么上心。一次小小的争吵，双方并无恶意，或许只是拌了几句嘴，我就觉得伤透了心。坦白说，我向很多人说过，那次恋爱是我去西部的原因。'"

"别吵吵，"我没好气地说，"任何人不得在这里喧哗。"

他把信递给我，站在我身旁等着。


巴斯奇拉五十年代初进村，那时外公还活着，我还是他的娃儿。巴斯奇拉穿着便鞋，头戴可笑的蓝色贝雷帽，走进村里的合作社，站在钱柜旁。史洛莫·列文正在钱柜旁坐着。巴斯奇拉一边有滋有味、啧啧作响地喝柚子汁，一边垂眼看着柜台。列文嘴里念念有词地算账。

列文还没算完第一栏，巴斯奇拉就在他身后说："两镑五十四便士。"

列文以前吃过亏，特别讨厌毛遂自荐的"瞎参谋"。他最不喜欢受人监视，所以转身抛给这位不速之客一个狠眼神。他立刻看出此人是桉树林外临时营地的新移民，那些营地修得很草率，引起村民的嘲笑和同情。村里人自发地伸出援手，把自己的余粮送给新移民，教他们使用农具，回村后却互相八卦那些戴蓝色贝雷帽的小人：他们整天无所事事，喝酒耍牌吹牛皮，"念念不忘摩洛哥的岩洞，擦屁股都用石头"。

列文觉得受到了莫大的冒犯，竟然瞠目结舌了。不过他什么也没说，开始算下一位顾客的账。

这回还没等列文在那一列数字下面画横线，巴斯奇拉就报出了得数："一镑十七便士。"

史洛莫·列文在村里经营这家商店几十年了，他起身脱帽，问来者姓名。

"巴斯奇拉·摩尔迪采。"来客觉得很有趣。他喝下最后一口果汁，又说："刚从摩洛哥来，正找工作。"

"我就说嘛。"史洛莫·列文说。

巴斯奇拉在摩洛哥教过算数，还用三种语言帮法庭和政府官员写过信。他想做簿记员、教员，或者到养鸡场工作。

他说："我最喜欢小鸡、小孩和钱。"

列文尽管错愕，还是把这事告诉了村会计李伯森。

"这人虽说无礼，算数还真行。"他说。

村委会大多数人认为爱财是个缺点，可还是出于同情接受了巴斯奇拉的请求。尤里说："贝雷帽就更别提了。有原则的人只戴工人帽。"

艾利泽·李伯森对我说："考虑到咱们的价值观、新移民的整体需要，以及巴斯奇拉的能力，我们决定先试用他，让他去收葱头。"

两年过去了，巴斯奇拉干遍了农田里的各种力气活，比如喷杀虫剂、间玉米苗、除草、收水果等等。村里的邮差听见田里传来土狼的叫声，吓疯了，买了一支黑蜡笔，自封为寄出邮件审查员。村委会把他开除，把这份工作连同邮局的驴子一起交到巴斯奇拉手里。巴斯奇拉在邮局四周种上摩洛哥草药，泡的茶香气迷人。他还推出上门取件的服务，村里人都说好，这下不用跑村中心去寄信了。

我拆了信。舒拉密从俄国过来之后，就再没收到过国外来信。

巴斯奇拉小心翼翼地问："巴鲁奇，信里说些啥？"

"私事。"我说。

他后退几步，靠在舒拉密的墓碑上，等着我请他翻译信里的内容。

他把信扫了一眼，对我说："信是一位名叫罗莎·孟金的美国老夫人写的。她跟你外公是老乡，很多年前在咱们这儿，跟他一块儿在里雄莱锡安和雷霍沃特干过活，对他极为敬重。听说你把他葬在家乡了，她希望死后也能葬到这里，在他身旁。"

他把信封还给我。"里面还有东西。"

里面有张支票，一万美元，给我的。

"这只是定金，"巴斯奇拉说，"她病得很重，来日无多了。她的律师会把她和余款一起送过来。"

我不知如何是好。"那该怎么办呢？这玩意儿也不是真钱啊。"

巴斯奇拉轻声说："巴鲁奇，你得找个人帮你。这可不是小钱。而且是外国人。得用英语。还有律师啊，村委会啊，所得税什么的。你一个人应付不来。"

我心想，要是有一万美元，就能在外公墓旁种上最稀奇的树种，比如紫荆、凤凰树、白色夹竹桃。还可以用红石子铺一条路，从外公的墓到舒拉密的墓。我可以去找失踪的以法莲舅舅，还可以花钱给老才泽看肚子疼的毛病。

巴斯奇拉说："这事千万别透风，巴鲁奇。跟谁也别说。也别跟你那尤里表哥说。"

当天晚上，巴斯奇拉抱着黑色打字机到我的小屋，替我写了封英文信。罗莎·孟金回了信。三个月后的一个深夜，她躺在一口亮晶晶的棺材里来了，护送她来的律师满头浓发，西服笔挺，须后水异香扑鼻，村里的空气从没这么香过。我挖墓穴时他站一边看着，光鲜，卑鄙。

"看看，看看，"巴斯奇拉低声说，"这种人我见多了。半夜埋人这种事，他绝不是头回做。"

黑灯瞎火中，律师晃着锃亮的皮鞋，坐在外公墓上，嘴里嚼着一截干草。暖烘烘的夜风从村里送来牛棚和鸡窝的味道，他厌恶地抽抽鼻子。

我们把罗莎·孟金葬入山谷的泥土中。美国律师从兜里掏出一张纸和一顶无边便帽，用根本听不懂的希伯来文念诵了一小段祷文，让我准备一个正方形的混凝土碑座，然后从他那辆大旅行车的后排提出一只黑手提箱。巴斯奇拉舔舔手指，飞快地点钱，然后开了收据。

几天之后，律师带了一块漂亮的粉红色抛光大理石回来。其他墓碑用的都是本地石料，非灰即白，罗莎·孟金的这块碑至今在墓园鹤立鸡群，像一个大糖盒。

我把钱藏在牛棚里。才泽盖着他那条一战时的军用毛毯，睡得死死的。然后我和巴斯奇拉回到小屋，坐在外公的餐桌旁喝茶，就着橄榄吃面包。

"我知道你一准儿想告诉你亚伯拉罕舅舅和皮内斯。不过先不急，等等再说。"他劝我。

第二天，巴斯奇拉辞去邮局的差事，专为我工作。

他说："我帮你打理生意，工钱嘛，你看着给。"

外公的复仇从此开始，准得像庄稼好手预测作物长势，我赚了一袋又一袋钞票，把村里最敏感的神经中枢搅得天翻地覆。

"他们赶走了我儿子以法莲，"外公临死前又对我和皮内斯说，"我就是入了土，也不放过他们，专挑他们的痛处戳。"

当时我们都没听懂。

村委会考虑了好几个人选，接替巴斯奇拉在邮局的工作，最后选定了齐斯。那头驴认得村里的每户人家，既然不用驮人了，正好驮包裹。齐斯是卡什咔的孙子。卡什咔是村里载入史册的成员，每天给村里拉泉水，直到死于蛇咬。

可是还不满两年，齐斯就干不下去了。一开口就冷嘲热讽的尤里表哥说："老家伙们发现他把邮票从信封上舔下来。"

村委会请求巴斯奇拉重操旧业，可他已经是有名片的人了，名片上用希伯来文和英文印着："拓荒者之家 经理"，而且还"管着一百具尸体"，老李伯森常常这样嘲讽他。后来李伯森的老婆法尼亚，他人生最初的也是唯一的挚爱，死了，成了墓园里第一百零一具尸体，他这才不说了。

# 4

米尔金家的农场是全村侍弄得最好的。每逢外公的果树铺天盖地地开花，亚伯拉罕舅舅的母牛潮涌一般地产奶时，村里人都这么满腔热情地说。现在，果园荒芜，遍布白骨和坟茔，牛棚尘封，四处是昆虫的蜕皮和鼓鼓的钱袋，村里人还是这么说，厌恶又嫉妒。

坟茔在红白双色石子路的两侧成行成列，中间点缀着绿色长椅、花丛和树，还有僻静的角落供人沉思。果园正中是外公的白色墓碑。本应出产果实和草料的土地，如今成为复仇的战场，村里人人摇头哀叹。

我在豪宅的大房子里闲逛，对自己说："本来很简单，何必钻牛角尖，非要弄个水落石出？"

外公不就想把我调教成这样吗？健壮如牛，忠猛如犬，皮肉糙，头脑钝。如今他入了土，亡友环绕，村里闹得不可开交，他在坟中笑。

我宣布，不出席村委会的听证会。皮内斯说："随他去吧。那孩子就会编瞎话、说大话。"

我不再是孩子了。我年轻有钱块头大。钞票和体重都是负担。在皮内斯眼里，一朝做了他学生，一辈子他都当你是孩子，秃头也罢白头也罢，他总要伸手拍拍。"看这孩子的大块头，谁知道里面塞了多少回忆，它们把他撑破啦，才有这坏脾气，对吧？"他也没指望有人回答。要是外公在世，准得说皮内斯记得好多寓言，可"就是有时候忘了其中的寓意"。

每次有人劝我别搞丧葬，我总是说："外公让我做的。"我让巴斯奇拉和他雇来的律师去参加村委会的听证会，因为他们是外人，说话进退自如，身上没有往事的包袱，脚上没沾山谷的泥土。我想象着村委会简陋的椅子，粗糙的大手拍在桌上，声如马蹄。还是让他俩替我去承受虎视眈眈和张牙舞爪吧。

我只是外公的小娃儿，按他的想法做事。除此之外，我没啥好说的。


外公和他兄弟约瑟夫在敖德萨搭上"埃夫拉托斯"号，这艘脏乱的小船挤满了在地中海和黑海一带流窜的"坏人"。米尔金两兄弟，雅科夫和约瑟夫，就像硬币的两面，眼里各看半边世界。"我兄弟兴奋、狂躁地在船头走来走去，眺望前方。"

约瑟夫梦想着白色的驴子、希伯来人的力量，和基列山[1]中的犹太人家园。外公一心想念没跟他走的舒拉密，她用欺骗

---

1　《圣经》中约旦河以东巴勒斯坦地区的古代山名。

和嫉妒整得外公遍体伤痕。他还想着巴勒斯坦。对他来说，巴勒斯坦不过是平息激情、避免犯罪的去处，那里没有回忆，可以慢慢疗伤。

他坐在船尾，把心事都交付给船后的泡沫。多年后他在一张纸条上写道："君不见热切的心如线团般松散。"

船上的吃食只有面包和无花果干，米尔金两兄弟吐个不停。

"我和约瑟夫到这儿后，一路北上，夏天到了加利利海边。"外公的手穿梭着往我嘴里送自制酸奶拌土豆泥和撒盐的炸洋葱。"第一晚，我们找到一份看田的活。清晨我们坐起来，看'应许之地'的日出。太阳四点半升起，五点一刻就烤得要命。约瑟夫垂头哭起来。他期盼的救赎日不是这样。"

外公开始喂沙拉了。"我们朋友三个，曼多林·泽尔金、艾利泽·李伯森和我。我兄弟约瑟夫病了，受不了了，跑美国去了。"

外公烦热虚弱躁得慌，被疟疾、愤怒和思念轮番折磨。

约瑟夫在加利福尼亚发了家。"我们只能裹粗麻布御寒过冬，在袜子里塞报纸保暖，他呢，在向美国资产阶级兜售西服。"菲吉外婆死前几个月，村里用上电了。约瑟夫寄来一张汇款单，让他们买台冰箱。外公把信扔到牛棚旁边的臭水沟里，对外婆说绝不碰"资产阶级叛徒的钱"。约瑟夫便到圣罗莎去找路德·布尔班克，那个可爱的小农场吸引了大批多愁善感的游客、昆虫和崇拜者的邮件。后来他寄给外公一张有这位种植高人亲笔签名的照片。我在外公床下的箱子里见过这张照片，布尔班克戴着草帽和圆点领带，长着肉乎乎的大耳垂。"就这样的讨好也不能和米尔金和解。"

法尼亚·李伯森是外婆最好的朋友。

"菲吉病得很重，体弱气短，缺疼少爱。她泪汪汪地来找我，"我跟在她身后磨叽了好几个小时，她终于对我说了，"可我们也劝不动你外公。他还是让她去背冰块做冷柜。"

还有一次，法尼亚对她丈夫说："你那位朋友米尔金对她来说是最大的冰块。"她至今对菲吉外婆受的苦和她的死耿耿于怀，一想起来就火冒三丈。

我没听见艾利泽·李伯森嗫嚅着答了句什么。我蹲在他家窗外，脸贴在百叶窗潮湿的木条上，只看得见他嘴动，还有她的头倚在他胸前，银发飘飘。

外公一辈子没原谅他兄弟，也没再见过他。直到外公死后，我才把约瑟夫的遗骨从加利福尼亚移葬到我们的山谷。约瑟夫的两个儿子共同拥有洛杉矶米尔金和米尔金纺织公司，他们寄给我一张九万美元的支票。

巴斯奇拉用"拓荒者之家"的公函纸给他们写了回信："你们的父亲是资产阶级叛徒，但我们还是给予九折优惠，因为他是家人。"

逝者躺在木棺材或铅制棺材里，用草草冲洗的农用卡车、挂斗拖拉机或者飞机运过来。

有时葬礼盛大隆重，记者、贵宾、政要熙熙攘攘，汗流浃背。巴斯奇拉对这些人曲意逢迎，我只觉得恶心。他们看着我挖墓穴，一边向后躲避我扬起的泥土，一边让巴斯奇拉催他的工人动作快点。

也有些人孤零零地来，只有一张提货单和碑文底稿。有时只有一位气呼呼的儿子或泪汪汪的女儿来送葬。还有些人活着就来了，拼着最后一口气爬过田野，要葬在"拓荒者之家"。

"和老同志们在一起，"他们说，"挨着米尔金，"他们恳求，"在山谷的泥土里。"

下葬之前，我在巴斯奇拉办公室外面的棚子里开棺验尸，防止不符合条件的人鱼目混珠。

从美国来的"资产阶级叛徒"都已轻度腐烂，褪尽虚华，双眼黏湿、浑浊，可怜巴巴的。山谷里的老同志平静安详，好像在田间树下小憩。很多人我从小就见过，他们手里拿着陈年信件、被害虫咬了的树枝或者遭蚜虫祸害的树叶，来找外公或者才泽。另一些人我只在故事里读过，在问答里听过，或者在脑子里想象过。

我两岁那年，外公用毯子裹着我抱到他的小屋，给我洗去烟灰，清理皮肤上的玻璃碴和碎木屑。他把我养大，教我树木和果子的秘密。

还给我讲故事。在我吃饭、除草、睡觉的时候，在我给石榴树修枝的时候。

"我儿子以法莲养了一头小牛叫冉·阿让。以法莲每天早晨起床后，就背着冉·阿让去溜达，中午才回家。一天不落。'以法莲，'我对他说，'小牛不能这么养。背惯了他就再也不想用自己的腿走路了。'可以法莲不听。冉·阿让越长越大，长成了一头大公牛，以法莲还是到哪儿都背着它……这就是我儿子以法莲的故事。"

"以法莲去哪里了？"

"谁也不知道，我的娃儿。"

他的眼里从不闪泪光，但嘴角有时会不易觉察地抽搐。每逢果树开花，或者山谷里天气特别好的时候，他就会给我讲以法莲舅舅长得多英俊。

"他小时候，鸟儿成群地飞到窗口，等着他醒来。"

"我给你讲讲你妈。啊——张嘴，巴鲁奇。她可不一般。有一回，她还小，坐在我们家小屋门口，给全家人擦鞋，我的，菲吉外婆的，亚伯拉罕舅舅的，以法莲舅舅的，那时候以法莲舅舅还在家呢。就在这时……张嘴，我的娃儿……就在这时，她看见一条蛇，一条大蟒蛇，在人行道上向她慢慢爬过来，越来越近。"

"后来呢？"

"后来……再来一口。后来怎么了？"

"怎么了？"

"你妈跑开了吗？"

这故事我都能背了。

"没有！"

"她哭喊了吗？"

"没有！"

"她晕倒了吗？"

"没有！"

"来，巴鲁奇，我的娃儿，把嘴里的东西吃完。咽下去。你妈没有晕倒。她做啥了？你妈做啥了？"

"她坐着不动。"

"那条蝰蛇慢慢地从人行道上爬过来，呼呼呼，嘶嘶嘶，爬到你妈的赤脚旁。这时……她举起大鞋刷……"

"乓！"

"正中蛇头。"

"我妈去哪儿了？"

"你有外公呢。"

"蛇呢？"

"死了。"

"我爸呢？"

外公站起来，拍拍我头顶。

"你会长得像你妈那么高，像你爸那么壮。"

他给我看我妈做皮内斯学生时晒的干花，现在都脆了。他给我讲大河，"比我们的小溪宽一百倍"，讲"吉卜赛小偷"，讲可怜的日耳曼圣殿骑士，在我们之前也曾想在这山谷里住下，可他们的孩子个个"浑身发黄，像小鸡一样摇摇晃晃"，全都染上疟疾死了。

他那惯于用酒椰麻绳捆嫁接枝条、锄草、摆弄水果的手，轻轻解开我脖子上污渍斑斑的围嘴，弯腰把我抱起来，吹气逗弄着我，胡茬扫在我的脖颈上。

"我的娃儿。"

"菲吉外婆从哪里来？"

菲吉外婆也是从很远的地方来。她比外公小很多。菲吉外婆到这里的时候，外公已经是庄稼老手，不拿生病当回事，土坡上长的都能吃。可他一直想着舒拉密。舒拉密毁了他的生活，现在又从俄国给他写信了。一年两封，装在蓝色信封里，经土耳其寄过来，乘着北方的风吹过来，由鹈鹕衔在嘴里带过来。这些鹈鹕要"飞往非洲最热的地方"，中途在我们这儿停下来歇脚。

# 5

外公和外婆在巴勒斯坦相遇。当时外公、艾利泽·李伯森和曼多林·泽尔金在齐克隆·雅科夫小镇干活。慈善家罗斯柴尔德男爵[1]出钱资助那里的个体农户。

仨小伙粗野地唱起乌克兰歌曲，故意"恶心吃男爵饭的寄生虫"。菲吉和她哥哥史洛莫·列文坐在一旁，饿得发昏。他俩结伴来到巴勒斯坦，被阿拉伯装卸工抛在了肮脏的码头上。两人爬起来，饥肠辘辘，烈日炎炎，还受着腹泻的煎熬，四处找工作。他们看上去弱不禁风，没人想要。后来列文摘去眼镜，藏起些书生气，在一家葡萄园找了份活。可他修枝时看不清三芽还是四芽，毁了整整一垄葡萄藤，让人当场开除。

他俩只好乞讨为生，给啥吃啥：油腻烧心的小扁豆、埃及洋葱、烂橙子、黑乎乎的杏片。

杏片就是杏糊摊成薄片晾干后制成的食物，是穷人的糖果。

---

1　罗斯柴尔德家族是欧洲的金融巨鳄，积极支持并大力资助犹太复国主义运动。

我每回说到这个词，嘴里就泛起黏糊糊的甜味。史洛莫·列文有回说他恨死那东西了。

"可它便宜啊，"他说，"我和你外婆，我那可怜的妹妹，当时没钱。"

他说："穷人需要吃糖，甜味给人慰藉。"但心里仍愤愤于村里的男孩子到他店里偷巧克力的事。"他们又不是没钱买，装什么好汉！"

在雷霍沃特，菲吉找了份缝缝补补的临时工作。有天她正坐在装橙子的空箱子上，给人补衣服，一群人骑马在她跟前停下。马背上的妇人消瘦挺拔，高傲严厉地俯视她。

"为什么做这种下贱工作？"她厉声问道。

菲吉泪如泉涌，扔下针线跑开。史洛莫连忙追过去。

"知道那是什么人吗？"他说，"蕾切尔·亚纳伊特，工人领袖啊。"

十年后，外婆从附近切尔克斯人的村子买回第一只母鸡，就给她起名叫蕾切尔·亚纳伊特，最让她开心的事儿就是骂母鸡下的蛋太小。

饥饿的感觉融进了菲吉的血管，随着心跳流遍全身。那天在齐克隆·雅科夫镇，她和她哥在酒厂刷酒桶，腹中空空，差点让发酵的气味熏晕。在旁边干活的仨小伙唱完了歌，拿出皮塔饼、橄榄、奶酪和一瓶从仓库偷来的白兰地，她双眼立刻蒙上了一层雾。他们擦了手大嚼起来。过了一会儿，曼多林·泽尔金发觉菲吉直勾勾地盯着他嘴边的饼渣。

泽尔金看得懂饥饿的眼神。他拨动了一下手里的曼陀林，邀她一起吃。

"她像只受惊的鸟儿。我向她微笑，就像对小孩子。"

菲吉放开哥哥的衣袖，加入他们。

"她真的是吃他们所吃，喝他们所喝。[1]"皮内斯在外婆坟头引经据典。

史洛莫不喜欢这吵闹的三人组，怕他们。他在合作社办公室对我说："他们一副阿拉伯苦力的吃相，俄罗斯流氓的腔调。那时我们正千头万绪，纠结于各种信仰和矛盾，可他们毫不在意。"

办公室就我们俩，他不看我。窗外斜阳下，微尘飞舞。列文用指甲压着，把复写纸裁成收据本大小。我还小，听不懂他的话，但什么也没说，怕打断他。列文就像皮内斯家种的沙漠植物，数年一开花，千万不能打断他。

"她立刻喜欢上他们了，"他低声说，发青的手在颤抖，"像傻蛾子扑向夺命的火苗。"

列文见他们用脏手扯下饼和奶酪，塞到他妹妹口干舌燥的嘴里，心惊肉跳。他竭力不让菲吉跟他们来往，可那天晚上，李伯森、米尔金和曼多林·泽尔金喝完了一瓶白兰地，趁着酒兴成立了"菲吉·列文劳动者之圈"，"讨你外婆欢心"。他们甚至做了预算，拟了章程，还写了前言。

麦舒拉姆·泽尔金告诉我："历史学家从来没拿'菲吉·列文劳动者之圈'当回事。也许就是吃了名字的亏。哪位严肃的学者会就这种名字的组织写论文呢？"他咧嘴一笑。"不过，

---

1　参见《旧约·撒母耳记（下）》（12：3）。

它在拓荒者中名声还蛮大的。它第一次赋予女性完全平等的地位，因而是我国第一个真正的公社。它的章程虽然独特，但有几点重要突破。"

小屋里，外公的床下有只大木箱。我拉上窗帘，打开木箱。文件就藏在白色绣花衬衣、俄式工人帽和发黄的帐篷下面。还有她的照片。

外婆冲着我笑。两条黑辫，一双小手，好像随时会从照片里走出来。一转身，外公就在我身后，面孔苍白严峻。他蹲在我身边，把我的手指逐一从照片上掰开，把照片放回箱子，又从一个信封里拿出另外一些照片。

"这位是里洛夫，大名鼎鼎的'哨兵'。"我太熟悉外公那种嘲讽的腔调了。他不喜欢哨兵协会的人。"他的阿拉伯长袍下藏着两把毛瑟枪，一门法国野战炮。他身后就是害人精罗莎·孟金，前排侧躺的两人是皮内斯和玻登金。"

他开始踱步。

"在所有老照片里，"他说，"你看我们总是站一排，坐一排，两人躺前面，支着胳膊，头挨头。总有一位站着的和一位躺着的最后离开这个国家。总有一位坐着的年纪轻轻就死了。"

他弯腰从箱子里抽出一张纸，大笑起来。

"看，"他说，"这就是'菲吉·列文劳动者之圈'章程。"

他站起来，手舞足蹈地念章程。

"'第一条，"菲吉·列文劳动者之圈"拒绝一切城市的诱惑和虚荣。

"'第二条，列文同志负责做饭。泽尔金同志负责洗碗。米尔金同志负责找工作。李伯森同志负责洗衣和谈话。

"'第三条，泽尔金、李伯森和米尔金同志不得欺负列文同志。

"'第四条，列文同志不得试图……'"

小屋的门被撞开，麦舒拉姆·泽尔金闯进来，脑袋摆得像拨浪鼓。

"给我吧！"他高声说，"米尔金，求求你，给我吧！我必须存到档案里。"

外公说："你还是去帮你家老爷子吧，他今天收干草。快去快去，不然我让巴鲁奇收拾你。"

外公死后，麦舒拉姆·泽尔金说："不管怎么说，米尔金在复国运动中还是值得尊敬的人物之一，要不怎么会有这么多败家子要出大价钱埋在他旁边呢。他给你留了份多好的遗产啊！"


仨小伙签署了章程，向菲吉郑重其事地鞠躬，请她加入。待菲吉签上自己的名字，李伯森又问："你哥呢？"列文阴沉着脸，说自己还没确定"政治立场在哪里"。

外公说："拿个主意这么难啊，那下届犹太复国运动大会就派你去发言，专谈这个问题。"

曼多林·泽尔金说："我看你还是参加'本地数洞者协会'吧。""数洞者"是他这辈子说过的最狠的骂人话。

史洛莫满脸厌恶，起身回劳动者旅店睡觉去了。第二天早晨，他发现自己可能要落单，只好跟着'劳动者之圈'南下，去犹大地的葡萄园。

"没路没车，连匹马都没有，"外公说，"我们一路步行，跟着青蛙向导穿越了沼泽。"

列文觉得仨小伙就是一只三头怪，无奈中也只好跟他们厮混几天。泽尔金不停地弹曼陀林，"音符简直把我脑壳打穿"。米尔金抬头观察枣花雄蕊的慢舞，一看就是老半天，大家只好一起等着。李伯森最糟糕，一到晚上就发出低沉、慵懒的咕咕声，把四面八方的癞蛤蟆招来爬了他一身。他说："它们是特好的消息来源。"

列文对菲吉说："一帮小丑，没个正经。"

他每次对我说起他那死去的妹妹，总要摘好几次眼镜，擦去厚镜片上的水汽。

"我对咱爸保证过，要照顾你。"他对我复述的这句话，这辈子一定有声无声地说过多次。"别跟他们一块儿，跟我走吧。"

可菲吉说："史洛莫，我都十七岁啦。我找到了要一辈子生活在一起的男人。"

"谁？"列文满不信任地看着葡萄园里的仨小伙。他们衣衫褴褛，锄草的速度让人眼花缭乱。

"还没定，"她说，"也不会拖很久。反正就在这三个里面挑。"

"他们是无赖，会让你给他们做饭、洗衣、补袜子。"

菲吉说："有章程在呢。"

"他们会把你当丫头使唤。多少女孩子到这儿来开天辟地，到了还不就是围着公社的灶台转。你不会是第一个。"

菲吉外婆说："可他们会逗我笑，我会通过他们了解这片土地。"

"谁也不能说,"史洛莫哽咽了,"谁也不能说雅科夫·米尔金没有帮她了解这片土地。"

如今外婆死去多年,史洛莫原谅了外公,甚至还和他一起干农活、下跳棋。可他每年会去给菲吉上两次坟,一次在到达纪念日,一次在他妹妹的忌日。"好有个地方自己清净一两个小时,发泄对大人物和万事通的痛恨。"

列文随着他们去了犹大地的犹太人定居点、实验农场、约旦,又去了雅比聂[1]一带的山谷。外公给我讲他们当年跳舞、挨饿,排干沼泽,搬走石头,开荒种地,结伴而行,徒步走遍了加利利海和戈兰高地。

"那时候没有巴斯奇拉或者齐斯送信。你知道俄国的信都是怎么过来的?"

"怎么过来的?"

"李伯森有几位鹈鹕朋友可以捎信。"

我吃惊得合不上嘴,外公趁机把一只硬邦邦、上面有辣口牙膏的牙刷塞到我嘴里,刷我的牙床。

"你见过鹈鹕的长喙吗?"

"啊?"我咕噜噜地漱口。

"长喙下面有个袋子。用清水漱漱。鹈鹕把邮件放在袋子里,飞往非洲时顺道把信件和问候捎给我们。"

皮内斯对这类故事不以为然。"咱这山谷和海岸平原压根不在鹈鹕迁徙的路线上,"他对外公说,"何苦弄得孩子满脑子

---

1  今以色列中央区城市雅弗尼(Yavne)。原文使用了《圣经》中的老拼写法,写为 Yavne'el,故按中文《圣经》译为雅比聂。参见《旧约·约书亚记》(15:11)。

胡话？"

可外公他们三个不管皮内斯那套自然规律，骑上锄头，飞越毒气蒸腾的沼泽，在茂密的灯芯草和马唐草丛中开路，菲吉衣裙上的淡香给他们的面庞镀上一层献身的容光。我看见他们化为星星白点，如同千里光的种子，在单调贫瘠的大地上御风飞翔。列文在下面奔跑，叫菲吉快下来。

"他们谁也不敢动你外婆一指头，"皮内斯对我说，"只敢开开玩笑，讲点傻乎乎的笑话，博她一笑，他们的柔情蜜意帮她驱退了疟疾和抑郁。"

他们像羊倌那样扔石头，每到秋天给顿河三角洲飞来的水鸟唱俄国歌，一个月只洗两次澡。他们整夜赤脚跳舞，伴着晨光周游。"只要给五个橙子，他们就能干一礼拜活。"我对尤里表哥说。

可亚伯拉罕舅舅的双胞胎儿子，约西和尤里，对这类故事不感兴趣。

尤里说："这算什么。他们忘了给你讲李伯森为了菲吉在加利利海上裸奔，泽尔金在岸边整夜给她弹曼陀林，清晨三条巨大的圣彼得鱼从水中跃出，在菲吉脚边着了魔，支棱着鱼鳍蹦高，爷爷扔出的石子打着水漂飞到了湖对岸。"

我找麦舒拉姆核实，他说，"'劳动者之圈'还有更离奇的故事"，但不知有谁能证实。

麦舒拉姆完全没有洞察力。皮内斯说，人要是脑子里装着别人的记忆，就会这样。在他那一锅粥的脑子里，艾利泽·李伯森的水上行和获得约旦河谷的土地同等重要。不过我亲眼见过李伯森老头儿半夜浮在村里游泳池的水面上，连喘带笑地向老伴儿法尼亚显摆自己依旧年轻。全村数泽尔金种的禾苗长得又高又水灵，那是因为他半夜在绿油油的田野游荡，白发在夜色中闪耀，用轻柔的曼陀林抚慰嫩苗。只有外公不好说，因为他一直爱着舒拉密。那个克里米亚婊子背叛他，欺骗他，"睡遍了沙皇的军官"，这么些年一直留在俄国。

"可他娶了菲吉奶奶。"尤里说。只要一说到女人和爱情，他那对小母牛一样的长睫毛就上下扑闪。

我打小就很喜欢尤里。亚伯拉罕舅舅和约西坐在老旧的马拉收割机上去给牛割苜蓿，我和尤里坐在一望无际的草地边等着。外公和才泽在不远的果园里烧荒草。

"那不是一回事。"我说。我知道外公只是服从"劳动者之圈"全体会议决定，才娶了外婆。"外公有个女朋友在俄国，她会来的。"

"才不会，"尤里说，"她太老了，还要睡那些退休将军，正不亦乐乎呢。"

那时菲吉外婆已经死了好多年，我两岁起就跟外公住，夜里看到他打开那个盒子，里面装着来自远方的蓝色信封，来自那个有邪恶的米丘林、肮脏的穷农夫、不要脸的舒拉密的国度。他坐在那里，一笔一画地回信，写下的字从不划掉，也没有全部寄出。一天早晨，外公去了果园，我在头晚扔地上的一堆纸条里发现了一封没写完的信。

我一个字也看不懂。不是希伯来文，也不是大收音机绿玻璃上印的那种外国字。我拿张纸小心地描下几个词，带去学校。

课间休息时，我去找皮内斯。他正跟老师们喝茶。

我问他："雅科夫，你见过这种字吗？"

皮内斯看着那张纸，脸上一阵白一阵红，领着我走到教师办公室外面，把我给他的纸撕得粉碎。"巴鲁奇，不能这样。不许再偷看你外公的纸条了。"

我后来再没对外公撒过谎。也再没看过他的纸条，直到他死。

# 6

　　我还记得菲吉外婆的哥哥在村里走过时的样子，脑壳和镜片在阳光下一闪一闪，肩膀耷拉着，牙缝里塞着不知哪天的杏片渣。庄稼汉平日里看不上列文这样的公务员，可一旦需要做个旁证，或者调解纠纷，就都来找他：他光明磊落，丁是丁卯是卯。

　　一天下午，他坐在自家院里的白桑葚树下，用发青的细手指撕扯皮塔饼和奶酪，喂他的也门老婆蕾切尔。我拼命缩紧身子，藏在树丛里偷听。

　　他又撕下一小块，说："再吃点儿。"

　　蕾切尔咯咯嗔笑："我不用喂，都老太婆了，又不是小宝贝。"

　　"小宝贝，"我听见史洛莫·列文长叹，"宝贝妹妹。"

　　老辈人追忆外婆时，也会顺带说说她哥。久而久之，我就知道了他那些事。经我手下葬的其他人的事，也是这样知道的。比方说哨兵里洛夫，我冒险打探了好多年。我和他孙子，我爸和他儿子，是世仇。更可怕的是,他老躲在他家牛棚的化粪池里，那是村里的武器库，闯进去就可能命丧枪口。"还想死在自己床上的,趁早滚蛋。"他瞪起四眼儿说——俩枪眼儿加俩斜眼儿,远近闻名。

我一辈子没跟里洛夫搭上腔,但列文就随和多了。他喜欢我,看到我半是忧伤半是好奇,想不通这种人家怎么生出我这么个歌利亚[1]。他笑着对我说:"我要是像你多好,简单、强壮。"

列文跟"劳动者之圈"厮混了几个礼拜,终于还是独自离开了。倒不是外公、曼多林·泽尔金和李伯森对他不好。可是,他每次揉揉生疼的手,或者锄头落歪了时,他们那眼神,直让他满眼泪水,心灰意冷。他们的笑话他听不懂,他们每晚都编出新歌来,他从来都学不会。

在某些方面他们粗野得很,饭桌上抠脚,用草秆剔牙,和牲口说话。这些让他又郁闷又害怕。他感觉菲吉对他也不那么尊重了。

"爸让我照顾她,可我呢,成了可怜的农民,车上的第五个轮子,这哥哥当得真是多余。"

仨小伙把自己的食物分给他吃,在犹太定居点帮他和菲吉找农活干。兄妹俩有回在佩塔提克瓦附近遭到阿拉伯驼帮抢劫,也多亏了仨小伙搭救。

泽尔金喊道:"你和菲吉快跑,看好我的曼陀林!"

史洛莫和外婆找了个地方躲着,呆呆地看着那"仨流氓"和打劫的扭作一团,竟把打劫的给赶跑了。李伯森嘴唇上裂了

---

1 《圣经》里记载的非利士巨人,最终被大卫战胜。

个口子，挥动着韦伯利左轮手枪，得意扬扬。菲吉帮他擦净伤口，又在上面留下一吻，惹出两位伙伴一阵欢呼。

列文事后怪她太随便。

"我爱他们。"她在黑暗中回嘴。

他一夜没合眼，第二天一早便黯然宣布，他要走了。

泽尔金说："我们刚来也觉得日子难挨。再过个把月就好了。"

可列文拿定主意要分开，不管以后如何。

李伯森和外公给他买了到耶路撒冷的火车票，又塞给他几枚土耳其硬币。哥哥上了车，妹妹泪涟涟。

列文坐在摇摇晃晃的车厢里，意志消沉，手插在兜里取暖，膝盖紧紧夹在一起，羞怯地弯着，日后他在商店柜台后面就一直是这种坐姿，看着让人心酸。对面座位上，几对犹太教徒夫妇在议论他们的拉比，说他乘着哈西德教派的皮毛帽子，从雅法的港口一路飞到哭墙。他们用厌恶的眼神看他。他旁边是一位驼背商人，一路都在小声地念叨各种数字，仿佛要靠数字保持清醒。

列文刚逃离让他感到压抑的鹈鹕信使和青蛙向导，就忽然意识到准是这片土地有疯气，甭管来者年纪多大，属哪个部族，信哪种教派，都会染上。

他看着贫瘠的土地，小口啃着菲吉塞他包里的面包。车窗敞开着，火车头的烟尘吹进嘴里，味道像苦涩的麦粒。凋敝的乡间让他打不起精神。灰秃秃的山谷遍地荆棘，山坡上的废墟死气沉沉、可怜兮兮，哪像他童年记忆中河边的宽广绿野。

火车转过最后一座山，进入耶路撒冷，外婆的哥哥拎着行囊出了站，走过静悄悄的蒙特菲奥里风车，下坡便是老城墙外的水塘。几头牲口在塘边喝污水。穿过城门，城里的破败肮脏让他恶心、害怕。他向阿拉伯男孩买了一杯寡淡无味的枣汁，喝完更觉天地昏暗。天擦黑时，他发现两位跟他一样的拓荒者，于是尾随着俄语乡音，找了个过夜的地方。可心情一点没好转。

他写信给妹妹说："这儿的犹太人用鼻孔看人，阿拉伯人已揍了我两回。城里除了石头就是贫穷。我要留这儿就完了。眼里所见只有繁华消逝，徒剩死灰。这地方只适合石头，活人没法儿待。"

他学了一阵子石匠活。阿拉伯石匠的火眼金睛让他着迷，他们能看透石头的内心。"还专门有个词，mesamsam。他们削石头如同切面团。"可列文放下凿子，手指肿痛很久不消，于是他决定到雅法去。"那座城市比较柔软，"他对我说，"没那么多石头。"

列文没钱买火车票，就和明斯克来的俩小伙、一姑娘结伴，徒步去雅法。他们走了整整两天，为了"躲过阿布戈斯的劫匪"，翻山越岭，穿荆棘，爬巨石，遇吠犬；累归累，但是很快乐。

一种不知名的黑鸟漫山翻飞，翘着橘红色的喙子鸣唱。"荒野的主人"灰蜥蜴祷告的样子乐趣无穷。这俩小伙待人友善，帮他扛包，还给他提了一些好建议。高个子的哈依姆·马古利斯教他别管天多热，一定要围羊毛护腰。马古利斯告诉他，自己想做养蜂人，"从石头里取蜜"。

"不过养蜂可不光是为了取蜜，"他兴致勃勃地说，"没有蜜蜂，野地里永远不开花。没有蜜蜂，就没有水果，没有紫云英，没有蔬菜，什么都没有。这儿的苍蝇和黄蜂可指不上。"有一次歇脚时，马古利斯教他找野蜂巢。"哥萨克的老法子。"他边说边拿出一个小盒子，靠近开花的百里香，几只"野人蜂"正在鲜艳的花朵上嗡嗡嗡。

"就那只，烂醉了。"他指着一朵花小声说，一只蜜蜂懒洋洋地趴在上面。他悄悄把盒子凑过去，一关盖子就把蜜蜂收到盒里。接着又用这法子收了几只蜜蜂。

"它们准会直接回巢。"他说着就放出一只蜂，仰面跟着跑，踩着石子和土坷垃，跌跌撞撞。列文紧随其后。跑了几十码[1]，那小家伙不见了，马古利斯再放出一只，再跟着跑。

放了六只蜂，终于找到了藏在角豆树树杈上的蜂巢。马古利斯用野花的花瓣涂抹手和脸，走到蜂巢下，任由蜜蜂爬满他裸露的皮肤。列文远远地叫好。马古利斯伸手从蜂巢里挖出些蜂蜜，回到明斯克姑娘身边。姑娘驾轻就熟地从马古利斯伸出的手指上吸吮蜜汁。

那个叫冬妮娅的姑娘笑起来："马古利斯甜蜜蜜。"她目不转睛地看着马古利斯。

他们遇见驼队，马古利斯说那是"土耳其列车"。列文开心得发抖。哈依姆·马古利斯是他到巴勒斯坦后遇见的第一个不羞辱他的人，列文对这位芬芳的青年生出巨大的好感，偷偷在心里大胆地叫他"哈依姆－咖"。他幸福地想象着马古利斯永远带他一起走，梦想着两人共同拥有土地和冬妮娅，一道耕种，共建家园。瞬间，未来似乎在温暖的希望中向他招手。一

---

1 码：英美制长度单位，1 码约等于 0.9144 米。

切来得太突然，他狂喜到脖颈发软。没承想刚到雅法，马古利斯就挽着冬妮娅，挥手道别，和另一位朋友消失在帕克酒店后面，从此不见踪影。列文伤心地看着他们离去，独自坐在酒店花园的长凳上，对着路德派教堂的尖顶和周遭火红的凤凰树发呆，直到酒店招待过来轰赶他。他在雅法城北的沙丘上过夜，冰冷的蜥蜴爬上他肚子，豺狗在他腿上嗅来嗅去。他毫无睡意，天一亮就去特拉维夫的建筑工地找活干。

他给在哈代拉橙园挖洞灌溉的妹妹写信："这边的女孩蠢笨不解风情，像我这样的青年，不会哼小夜曲，不会用蜜糖哄人，她们一点都不放在心上。她们要边劳动边歌唱的壮汉，我这么文弱，她们不大喜欢。我多渴望素手纤纤，布裙飘香，青青河畔支起白桌，摆着咖啡和小蛋糕。"

列文挖地基，在沙地上推独轮车，腰都快累断了。

"我可怜的双手满是磨破的水泡。我浑身皮开肉绽，白天干活，夜晚失眠，腰酸背痛，满脑子胡思乱想。我还撑得下去吗？我的身体和精神还经得住考验吗？真想回俄国，或者去美国。"他在写给菲吉的信里说。菲吉那时正在提比利亚，唱着歌儿砸石头。

列文给我看外婆的回信。"这里还有些女工，她们的确要给男人洗衣做饭，和你替我担心的下场一样。可你的小妹妹何等快活！她是真正的劳动者。泽尔金、米尔金和李伯森——我称呼他们的姓，他们也叫我列文，见面向我敬礼，就好像我是军官——我们人人动手打扫帐篷。泽尔金兴致好时能做出最好的饭菜。他光用白菜、柠檬、蒜和糖就能煮出无与伦比的罗宋汤，用一个南瓜、一点面粉和两枚鸡蛋，就能做出够我们吃一个礼拜的饭。昨天轮到米尔金洗衣服。你能相信一个大男人给你妹妹洗内衣吗？"

列文嫉妒、厌恶到了极点，在日记里痛骂他们道德败坏。

"你还记得我在家经常唱的那支歌吗？昨天我教小伙子们唱啦。泽尔金弹琴，我们唱了一通宵，直唱到太阳升起，迎来又一天的劳作。"

列文把铅笔夹在耳后，从办公桌旁站起来，缓缓起舞，绕着他所受的磨难划出一个悲伤、优雅的圆，高声唱道：

> 只有在以色列的土地上，
> 耕也欢畅，种也欢畅。
> 只有在以色列的土地上，
> 穿布衣，称"犹太"，皆无妨。
> 只有在以色列的土地上，
> 管他粗茶与淡饭，何须低头复惶惶。

他颓然坐回椅子上。"以色列的土地，"他说，"在这个国家扔块石头，不砸着某个圣地或者疯子才怪。"

他四周所见，唯有特拉维夫的第一批房屋和里面的犹太建设者、阿拉伯车夫、新居民。

"我忽然想到没有谁生于这片国土。人们不是从天而降，就是从地下蹦出。"

他又把抽屉里扎成一捆的信小心地抽出几封。外婆的字大而圆，潦草、秀气，可爱地向前倾斜着。

她在信里告诉她哥："我从病床上起来，傍晚时到加利利海里游泳。小伙子们在水中像裸体的婴儿一样游泳，我裹着床单下去，等水淹到脖子再把床单扔回岸上。他们仨赛了一轮。李伯森说能学耶稣行于水面，结果差点被淹死，米尔金的水漂打得真是漂亮，泽尔金对鱼弹琴，那些鱼是我们的晚餐。说实话，我这三天只吃了几枚无花果。"

列文从没见过妹妹裸体，又气又羞。短短的午餐时间过完了。尘土飞扬的街上人来人往，像他一样的青年工装破旧、一身汗味，姑娘食不果腹，面容憔悴。但优雅的绅士穿着白上衣，高级皮鞋绝不会踩进沙地。其中一位绅士狠狠瞪了列文一眼，列文从石灰板上起身，回去干活。

"整个下午我都在盼着晚上快来，好回到沙丘上那棵无花果树下，坐在黑暗里想想心事。"

那天晚上，他爬上沙丘，走到树下，原想就那么瘫倒，直到体力恢复，可是却看到一对"像猪猡发情"的情侣。列文看了他们一眼就失魂落魄地一路跑到海边。

第二天，他到雅法一家银行求职，结果运气不错。他写得一手好字，懂点会计，一张笑脸让人看着放心，于是人家答应让他从会计助理做起。一年后，他已升为出纳，穿着白上衣，头上戴着凉帽。他手伤痊愈了，皮肤又变得柔滑，晚上穿着软皮鞋在海边散步，听着沙丘上拓荒者的低吟和歌唱，闻着他们的金属饭盒里传出的茶香，怦然心动。

然而，幸运之神，或者，至少他认为是幸运之神，刚向他露出微笑，战争就爆发了。外婆的哥哥和全城人一道被赶出了特拉维夫。

外公说："那次战争期间，我们被发了伪造的 vasika。"

我写下 vasika 这个词。我从不问含义，一解释故事就乱了。vasika、kulaks、sukra、ottomanistation——就因为一直没搞懂，这些词我至今还记得。列文对 mesamsam 也是这样。

外公说："我们靠橄榄、洋葱度日，险些饿死。"

他每年秋天腌一桶橄榄。在水泥路上，我坐他身边，看他剥蒜、切柠檬、洗茴香梗，双手沾上了青生白嫩的香味。他用刀柄拍蒜，白生生的蒜瓣噗地从皮里滑出。他教我桶里要放多少水、加多少盐。

"去鸡窝里取枚鲜蛋来，我的娃儿，我变个好戏法给你看。"

他把鸡蛋放盐水里，鸡蛋不沉不浮，仿佛是信心和信仰这根看不见的线，把它悬在正中。这说明盐不多不少正合适。我觉得盐水里的鸡蛋，我家果园里的嫁接果树，艾利泽·李伯森的水上行，都是魔力所致。

列文战争期间躲在佩塔提克瓦的一家难民营。他要么是把那段苦日子全忘了，要么是不愿提起。他只记得一个晚上，蝗虫遮天蔽日地落在田里，咬噬不停，那声音几乎听不见但很瘆得慌，蝗虫把能看见的吃了个精光。

"第二天早晨起床，树全都被扒光了皮，白花花地死了。"蝗虫翅膀的扇动和牙齿的咀嚼让他像脑子里进了沙粒一样难受。

英军的炮声从南方迫近，列文回到了特拉维夫，重新漫步街头。傍晚时分，街上的沙土由红转黄。商人忙着搬开封店的板子。全城都有澳大利亚士兵巡逻，他们的笑脸让人燃起新希望。

列文没回银行上班，而是找了一家文具店学修自来水笔。

他毕恭毕敬地拆开布莱纳、齐斯金德、艾汀格等名人的书写工具，放在他亲手用无花果树树瘤制成的溶液里清洗，磨光笔尖，修理笔胆。店主看着列文检修阿瑟·卢平的黑色威迪文钢笔，笑言"咱们的政治前程就握在你手里了"。列文心中涌起一阵自豪。店主喜欢列文，还把年轻女士和朋友的女儿介绍给他。可列文偏偏怀念干草、炊烟、泥脚杆的味道。他想睡打谷场和沙丘，披星盖草。他终于说服老板让他每礼拜搞一次送货上门，骑驴到附近的犹太人定居点去售货。

"我就喜欢出去跑。"他渐渐吸惯了沙尘，驴子走得不紧不慢，让他感觉十分惬意。他在橙树和柠檬树之间蜿蜒的夹道上前行，相思树篱笆缀满点点繁星。他穿过"以色列浸礼会农业学校"的铁门，拐进里雄莱锡安的葡萄园。花海无垠，歌声飘扬。他看见一群拓荒者席地而食，就羞怯地勒住坐骑，远远看着，等他们邀他入席。橙子依旧不新鲜，蘸面包的油依旧烧心，可他吃得很带劲，还把自己带的甜卷和阿拉伯蛋糕拿出来分享。这都是他在雅法特意买的。

"还吃杏干吗？"我问他。

他凄然一笑，显出吃惊。"不吃了，"他说，"那会儿日子稍好一点了。"

拓荒者中有位金发美女，鼻子晒脱了皮。列文鼓足勇气，把一小块黏黏的蛋糕放进她噘起的小嘴，她边笑边吻了他的脸，还叫他"贴心的列文"。

"我心里那个慌呀。"那晚他梦见了这姑娘，还梦见他盖了一座农舍，给她和他的孩子住。农舍四周蔬菜葱郁，母鸡勤恳，有一头牛，有没完没了的事要做。"直到今天，我读农村刊物还跟女人读菜谱差不多，"他一脸苦笑地对我说，"每次走那条路，我就在树丛里、葡萄园找她的蓝头巾。"过了一个月，他终于憋不住了，向人打探她的消息。人家说她害伤寒死了。他又一次堕入忧郁的深谷。

"我还没问她的名字，她就死了。"他写信向妹妹倾诉。妹妹那时已经学会赶着一队耕牛犁地了。

"这是我在以色列犁出的第一道垄，"她写道，"刚开始，我顾了方向就顾不上压犁。只好让李伯森帮我牵牛。可是现在，我犁出的地笔直如箭。"

她也染上疟疾病倒了。"但他们的柔情把我治愈。"她写信告诉她哥。

史洛莫·列文骑着驴四处贩卖钢笔、墨水瓶、文具、笔尖、商用表格和铅笔。虽然两次遇匪，东西遭抢，人挨揍，但他证明了自己是一流的推销员，最后成了公司的合伙人。

那年，犹太居民在耶斯列山谷搭起第一批帐篷。"菲吉·列文劳动者之圈"做出了决议："米尔金同志和列文同志应步入婚姻。"一群人率先在山谷里搜寻能买下的农田，"寻遍全地"[1]，皮内斯引用《圣经》说。这些人中，除"劳动者之圈"之外，还有养蜂人哈依姆·马古利斯和他的明斯克爱人冬妮娅，未来的教师雅科夫·皮内斯和他当时已有身孕、当年就死去的老婆利亚。冬妮娅后来爱上了里洛夫。这群人于是成为建村元老。

"我们有头毛驴叫卡什咔。他白天拉泉水，夜间等我们都

---

睡了，就披上僧袍，擦亮蹄子和眼镜，展开双耳，飞向伦敦。

"英国国王正要坐下吃早餐，卡什咔在王宫外抬起蹄子敲门。国王把他请进来，用蛋托给他端上软煮鸡蛋，还请他吃天下最软的白面包。卡什咔说起咱村的事儿，国王立刻命仆人取消了当天所有的预约。

"'可是，陛下，保加利亚国王鲍里斯还在国王办公室等着哪。'

"'让他等着呗。'英国国王说。

"'比利时女王在花园里。'

"'就让她待那儿吧，'国王说，'我今天要和以色列来的希伯来毛驴卡什咔谈话。'"

# 7

尤里眼神迷离地说："菲吉奶奶走在一大片长寿花中，按乌克兰农民的习惯，长裙下不穿裤子，感花粉之气而受孕。所以我爸每到春天长寿花开的时节，就一把眼泪一阵喷嚏。"

村委会一算日子，断定外婆会在五旬节[1]前后生产。"还有什么果实能胜过村里的头生子呢？"

"你外婆怀孕的事让泽尔金和李伯森兴奋得难以自已。"外公的口气平淡无奇。泽尔金和李伯森冒着危险，渡过约旦河去采柠檬，去撒玛利亚山摘刺山柑花蕾，到卡梅尔捕鹌鹑，拿回来送给她。最后身子沉的那几个月，两位妇女专门从约旦河谷的定居点过来，尽心尽力照顾她，给她读精心挑选的小说和"复国运动理论家的文字"。

"对头生子的迷信长盛不衰，实在可笑。"麦舒拉姆·泽尔

---

1  五旬节：亦称圣灵降临节。据《圣经·新约》载，耶稣复活后第四十日升天，第五十日差遣圣灵降临，门徒领受圣灵后开始传教。这天也是以色列人传统上纪念农业丰收的日子。

金说。他父亲曼多林和母亲裴莎只落了个第二，他一直耿耿于怀。"你外婆菲吉肚里怀着全村的种。"

菲吉容光焕发地在村里土路两旁的帐篷间闲逛，男人和雄兽统统为她那甜美的嗓音迷倒。

皮内斯说："那阵子连米尔金都对她深情款款。他向来对她就像对艾利泽·李伯森、曼多林·泽尔金一样，只有同志之谊。他把菲吉领回帐篷的那天，心里还想着克里米亚的情人。"

"他用绿橄榄油给她揉肚子。"尤里添油加醋地说。

菲吉要分娩了。众人用大车拉着她奔向好几英里[1]之外的火车站。但是他们还没出村，就看见火车转过蓝山进了站。

我舅舅亚伯拉罕的降生记，村里无人不知。五十周年村庆时，还从特拉维夫来了个导演，把这故事排成了戏。导演的紫裤子，和他对视线之内年轻姑娘的肆无忌惮，让村里人大跌眼镜。

曼多林·泽尔金和哨兵里洛夫"飞身上马，疾驰而去，仿佛两道哥萨克闪电"，追上了火车。机师挥舞着煤铲阻挡，可里洛夫从马背纵身跃上火车头，目眦尽裂，当胸一把推开机师，拉下车闸。

"咱可不是一般人。咱是村委会！"他冲机师和一身煤黑、倒在煤堆上簌簌发抖的助手大吼。这番通报和火车的急刹车把那两人给镇住了。

"还想死在自己床上的，趁早起来，快！你个死狗，说你哪！"里洛夫粗声大气，"全速前进！"

---

1 英里：英美制长度单位，1 英里约为 1.6093 公里。

火车一声长鸣向前冲，金星四溅，浓烟滚滚，转眼把两匹鞍马、菲吉外婆和众人抛在后面。众人追喊了一阵，最终只能选择在地头生产。

　　一小时后，我舅舅亚伯拉罕出生了，外公外婆的头生子，村里的第一个后代。"他生在咱的田里，咱的地上，咱的太阳下，就在马古利斯家的主灌溉阀那儿。"

　　那天，田里蝉鸣不止，拓荒者彻夜歌唱。清晨，里洛夫和泽尔金一路狂奔回来。里洛夫顾不上道歉，喝了几口水就说，要开个全村大会，给孩子命名。有人告诉他："当妈的已经给起名了，随她爸叫亚伯拉罕。"艾利泽·李伯森嘟嘟囔囔地说"有些同志太自作主张了"，还在村通讯上说，"孩子是她的也是全村的"，但他对此也无可奈何。

　　几个礼拜前刚从别的基布兹被诱拐过来的法尼亚·李伯森，料到村里第一个孩子的出世会让所有男人意识到自己终将老去，硬把外公赶出了外婆的帐篷。

　　"法尼亚和我那可怜的老婆利亚搬进去陪她。两个女人在小亚伯拉罕的尿布上绣花，还用春天割下的苇草给他编了个摇篮。"

　　一个礼拜后，割礼师从蓝山外的城里到村里来。全村人换上白衣，理发修甲，在米尔金帐篷外坐了半圈。外公高举着儿子从帐篷里出来，人群一阵欢呼。"你舅舅亚伯拉罕是咱村名副其实的头茬果实，他出生时果子还没成熟。"至今村里人在五旬节庆祝头茬果子成熟时，还要当众高举当年出生的孩子，以纪念这个时刻。

　　新宝宝柔嫩美丽，村里人见人夸。他"笑起来小嘴亮亮的，看上去就像长出了牙。他就像一朵含苞待放的长寿花"。刚出生的亚伯拉罕神情可亲，额上还没长出那两道深沟，鲜嫩得像只削了皮的大苹果。

皮内斯说："我们立刻围成一圈，胳膊搂在肩膀或腰间，舞蹈起来。"人人觉得这恩宠属于全村，"接力大赛的火炬后继有人"，从此再不用担心元老百年之后火炬会熄灭。

皮内斯轻声笑起来，脸上每道皱纹都洋溢着回忆往昔的快乐。"这孩子让我们永远相连。"字字如同马古利斯地里熟透的野李子从树上坠落——又小又甜，清清爽爽。

"我们轮流抱他，抚摸他的柔嫩，呼吸他的芬芳。那短暂的一刻甜蜜、神圣。我们把他像圣物一样传递，高声或默默祝福他。他身上有我们每个人的一部分。"

"改天我给你看割礼流程，"麦舒拉姆给我打包票，"李伯森祝宝宝长大后在内盖夫沙漠犁出第一道垄。里洛夫祝他夺回基列和巴珊[1]。我爸说教他弹曼陀林。他们想着他耕田、播种的样子，希望他把犹太人从遥远的乌拉尔山和阿拉伯沙漠带到这个国度，种出更壮的小麦新品种。可他长大变成了啥样？你那个亚伯拉罕舅舅。"

但那终究是个美好的时刻，陪伴村里人在辛劳和贫困中挨过一周又一周。那一刻人人安详满足。除了外婆的哥哥史洛莫·列文。他乘火车从特拉维夫赶来，不敢穿城里人的白外套，特地换了一身粗布工作服，戴了一顶灰色帽子和一副防风镜，结

---

1　基列和巴珊都是《圣经》中记载的以色列古地名。

果长了满身疹子。

列文穿过田野，从火车站走到村里，脚下的泥土咕叽作响、味道浓郁，他陶醉了。菲吉伸出瘦弱疲惫的双臂环抱他，徒步去雅法时结识的冬妮娅和马古利斯，用老朋友的笑容迎接他，兴奋的拓荒者与他拥抱，与他对饮。可他就是觉得格格不入。他笨手笨脚，"连孩子也不会抱"，手腕被宝宝的小尖牙咬了一口。

随后大家就去找割礼师，他正在村里闲逛，嗅着泥土的芳香，独自幸福地默默祷告。他抱起亚伯拉罕，对他的家伙啧啧称奇，然后割下包皮。李伯森向来认为割礼是野蛮的习俗，但这会儿不是争论的时候。头生子嘹亮的哭声响彻田野，拓荒者们任由自己热泪奔流。

# 8

　　以法莲，我那失踪的舅舅，是外公最宠爱的孩子。他相貌英俊，腿脚勤快。外公不厌其烦地给我讲舅舅的故事：他上了前线，他到哪儿都背着牛犊，他从村里消失。以法莲比亚伯拉罕小一岁，比我妈以斯帖大一岁。"看这些孩子在村里跑来跑去，做这做那，我们美得跟进了补似的。"

　　马古利斯的冬妮娅也生了个闺女，可孩子他爹是里洛夫。冬妮娅自打进了村，就让里洛夫暴风骤雨式的阳刚之气轰得五迷三道，只想死了也要做他家的鬼。里洛夫让她在乳罩里偷运子弹，她让激情冲昏了头。里洛夫把她带到化粪池的武器库，伸手从她胸前往外掏军火，两人的身影在油灯下欢蹦乱跳。可他清点了子弹，就帮她穿上衣服。他在背后帮她系紧粉丝带，她的心跳到了嗓子眼。里洛夫脸上带着向往的笑意，说他夜里总梦见裴莎·泽尔金。"她要什么有什么，"他说，"有汽车、路子广，乳罩大。"冬妮娅忍着心痛，毫不退缩。

　　里洛夫很快发现冬妮娅能保守秘密。她夜里跟他到河滩与阿拉伯线人接头，把手雷藏到隐蔽处，除掉与英国人合作的犹太叛徒。两人一身弹药粉，相拥在成箱的手雷上。里洛夫没什么想象力，他把冬妮娅叫作"施瓦茨劳斯"，那是他钟爱的重机枪。冬妮娅觉得两人的心终于贴近了。

两人在哨兵协会成员的环绕下举行了秘密婚礼，哨兵们送的结婚礼物是一副鞑靼马鞍和一匹纯种马。那马在婚礼上始终精神抖擞。他们还从提比利亚铐来一位哭哭啼啼的拉比，让他蒙着眼睛主持了仪式。一年后，冬妮娅生下了一女，可她对自己怀孕的事浑然不知，因为里洛夫满不在乎地说，她长期接触硝化甘油炸药，当然会在清晨反胃和呕吐，这是正常反应。

甜蜜蜜的马古利斯登门拜访里洛夫一家，一如既往的好脾气，一点不嫉妒，一点没怨恨，一点不想报复。他左手拎着一大罐蜂蜜，右手挽着新女友丽娃·贝林。丽娃是工人支队的拓荒者，马古利斯在去提比利亚的火车上认识了她。冬妮娅刚生完孩子，浑身酸痛，看着自己的旧情人挽着新女友，心如刀割。就在那个礼拜，她丈夫非要严格遵守保密纪律，把女儿出生这事也变成秘密。冬妮娅跟丈夫吵了第一架，感到深受伤害，恨得泪流满面。


法尼亚和艾利泽·李伯森的儿子但以理，和我妈以斯帖一样大，自打他俩在田头盖同一条毯子时起，但以理就爱上了我妈。那时他出生三周。

外公、李伯森、外婆、法尼亚带着宝宝去果园，外公站在一株叶子卷曲的年轻梨树前给他们讲课。手里的修枝剪咔咔响着，他顺嘴奚落苏联农艺学家米丘林的理论。米丘林认为嫁接树结出的种子带有接穗和根砧木两边的基因特征。

菲吉羸弱苍白，枕着法尼亚的腿躺在地上，帮宝宝赶着虫子。只见头发还没长出来的但以理抬起脑瓜，身子用力一摆，翻身面对以斯帖。他出生才三个礼拜，他妈觉得难以置信，完全没想到自己的儿子是想找朋友的闺女作伴。但是外婆马上明白了是怎么回事。她丈夫爱说啥说啥，她想，米丘林才没那么容易被驳倒。

但以理那天晚上还学会爬了，外婆收拾好，准备把以斯帖抱回家时，他像小蜥蜴似的跟着爬到门口，百折不回，号啕不止，把大人都吓了一跳。他没日没夜地哭了好几个礼拜，当爹妈的才意识到他哭不是因为肚饿，也不是因为出牙，而是要找米尔金的闺女。"你爱信不信，"尤里说，"割礼后两个礼拜，家伙就硬了，搁谁谁得哭。"

法尼亚只好抱着哭得青头紫脸的儿子，半夜三更到外公外婆家敲门，一连声地道歉。虽然但以理还不会走，但他已经学会像猴子一样爬进心上人的摇篮，手脚并用地搂住以斯帖，如同知了搂上了汁液饱满的树枝。然后泰然安睡。

他整天赖在外婆家。以斯帖被抱走洗澡或睡觉的时候，他那哭声能传到蓝山的另一边。七个月大时，他会走会跑了，也就能随时跟着心上人了。他还不会叫爸妈时，就先学会了叫爱人的名字。

菲吉外婆慈爱地看着俩孩子。她一直认为世上每个人都会有真爱。

"只是有人偏让他们生在世界的两端，"她对法尼亚说，"他们哭了一辈子，却不知为啥。我闺女和你儿子生在同一个村里，这是命。"

雅科夫·皮内斯说:"如同伊甸园里的亚当、夏娃。"年轻的他失去了爱妻,正伤心欲绝。婴儿但以理·李伯森和以斯帖·米尔金的爱情令他感动不已,恨不能立刻收他俩做学生。

村里有个《圣经》俱乐部,成员争执不休,乐此不疲。皮内斯说:"伊甸园的真正寓意不在于精神高尚,而在于肉体欢愉。他俩是天下唯一的夫妻。"

艾利泽·李伯森站起来发言:"比起亚当是天父的唯一,亚当是夏娃的唯一,才最让我感动。"

满座颔首称是。李伯森有两件事村里无人不知:他是无神论者,他爱法尼亚。皮内斯心花怒放。他一向在《圣经》中探究人的境遇和自然历史。对于那些从中发掘乱七八糟信息的学者、教士和政客,他从来不屑一顾。

"从《圣经》时代至今,唯有人心和这片土地不变。这两样全都历尽苦难。"他说。

俱乐部成员从老教师家出来,举着油灯踏上了烂泥路。"每座乐园里都有蛇,"外婆对法尼亚说,"说不定啥时候就从草丛里钻出来。"

"她那条蛇住在俄国,"法尼亚小声说,"智慧之树的果实就从那儿来,装在蓝信封里。"

菲吉喜爱地看着小但以理躺着吸吮心上人的手指。"他再也不会看别的女人。"她说。

但以理和以斯帖还没长大,她就死了,有生之年没见着我妈抛弃初恋情人。法尼亚把外婆的照片,就是外公箱子里那张,放大后摆在橱柜上好多年:也是辫子黑黑,也是小手握拳,也是那件亚麻绣花白衬衣,也是那双仿佛朝相机两边分开的眼睛。

我从小就知道，"缺爱"的女人就是这副模样。

那张照片上写着："法尼亚好友惠存"。

那时村里只有寥寥两排白帐篷，隐在沼泽的腾腾毒雾和嗡嗡蚊虫之中。几座简易小屋已建成，还有个饮牲口的大水槽。鸡在泥土里自由自在地啄食。

后来，外公在离帐篷数百码的地方种上了树：一株石榴，一株橄榄，一株无花果，两排莎斯拉葡萄。枝干上别着小纸条："葡萄树必结果子"[1]，"全境有橄榄树"[2]，"看守无花果树的，必吃树上的果子"[3]，"石榴树开了花"[4]。

石榴树转眼就变得衰老，粗糙的树干上挂满泪一般的黄汁，隔数年才结出几个小果子。用尽了各种法子和杀虫剂都无效后，皮内斯终于宣布它"染上怀疑症，活不了了"。第一批葡萄藤染上了根瘤蚜，烂了根。外公只好把下一批葡萄藤嫁接在加利福尼亚砧木上，尽管他对那个地方又爱又恨，那里既有他弟弟约瑟夫，又有路德·布尔班克。

时至今日，只有无花果树和橄榄树枝繁叶茂，哪怕四周全是墓碑、草坪和各种观赏类植物。无花果树经外公的手摆弄后，简直长疯了，枝条上溢出的黏稠糖浆滴落了一地。橄榄树结的果也满是黄色油斑。

---

1 参见《旧约·撒迦利亚书》（8：12）。

2 参见《旧约·申命记》（28：40）。

3 参见《旧约·箴言》（27：18）。

4 参见《旧约·雅歌》（7：12）。

外公生来会侍弄树。全国各地的庄稼汉都来找他，或者把染病的叶子和虫卵寄给他，讨教整治的法子。专家对他种在后院的树赞不绝口。每年，迁徙的鸣禽和农艺学家都要到我们村来品尝米尔金的果子。我还记得有人在秋天专程赶来看外公收橄榄。

"我的娃儿，过来。"外公教我学他那样搂住橄榄树。他不像常人那样用杆子敲树，而是搂着树，把脸贴在上面，轻轻摇晃。开始什么动静也没有。但是，没过一会儿，我就能感到生气勃勃的树在轻叹、微抖，接着果子静悄悄地落在我的头顶和肩上，人群发出一阵惊叹。我至今记得橄榄轻轻敲打皮肤的感觉。

亚伯拉罕出生时，外公种下两排木麻黄树。麦舒拉姆·泽尔金比亚伯拉罕小一岁，常称亚伯拉罕是"指望不上的头生子"，对于外公为何在长子出生后种下不结果的树，他自有一番理论。

菲吉外婆生下次子以法莲舅舅之后，外公欢欣鼓舞，在一根酸橙砧木上接种了橙子、柚子、柠檬、橘子，说那是"我的二次方程式"。等那棵奇妙的橙树结出不同的果实，他便在村里推广各种疯狂的试验，不同的树木开始胡乱授粉。麝香葡萄烂在高高的柏树枝头，没人够得着；椰枣黄澄澄地挂在李子树上。外公终于对米丘林式的无节制起了戒心，可那些树自顾自地生长。

第二年，外婆生下她最后一个孩子，我妈以斯帖。她的身体从此不再结果，一步步走向死亡。仅仅几十年前的往事被时间层层包裹，被神秘地深深封闭，倒像皮内斯《圣经》课上的故事一般久远，底波拉的棕榈枣树[1]和亚伯拉罕的柽柳[2]还在故事的长河畔鹅黄嫩绿——那些游牧故事关乎土地和帐篷，关乎神奇的水井、绿树、子宫。

后来外公和我住的那座小木屋建成时，外婆还在世。她跪在地上把木地板洗刷到发亮，膝盖在地板上留下的微凹至今依稀可见。后来小木屋装上了玻璃窗，外婆用旧布缝成鲜艳的窗帘。她还在屋外靠近无花果树的地方垒了一座土灶，灶膛里总飘着烤南瓜和烤面包的香味。牛棚里拴着两头杂交大马士革牛，小亚伯拉罕每天傍晚把牛牵到田边去吃草。蕾切尔·亚纳伊特和其他几只切克斯花母鸡一道，在院子里啄食。新孵出的小鸡放入一只木箱，靠一盏油灯保暖。老野猫闻到了小鸡的嫩鲜味，把窝从蓝山搬到田野的泉眼旁。

尤里的孪生兄弟约西说："他们在露天土灶上做饭，采马齿苋喂鸡，赤脚走路，用铁皮罐打水。总而言之，他们和阿拉伯村子没啥两样。"

外公在今天"拓荒者之家"这片地上种了大片果树。他在果树间挖沟引水，白天太热，树需要休息，所以浇水都在晚上。要是困了，他就把水管放在水渠头，自己躺在水渠尾打盹。等水缓缓从上游流下来，把他唤醒，他便起身，把水管挪到另一条水渠，接着再睡。村里人常常拿他浇水的办法打趣。法尼亚

---

1　底波拉是古代希伯来人第四任也是唯一的女士师，相传她常坐在椰枣树下断案。参见《旧约·士师记》。
2　亚伯拉罕与基拉耳王亚比米勒起誓后，种下一棵柽柳，作为纪念。参见《旧约·创世记》。

不满地对李伯森说："他就是为了不在家里睡觉呗。"还有些庄稼人说，要是米尔金忘了醒来，果园里发起大水，山谷又变成沼泽，那可咋办？

外公对这些议论统统置之不理。他每天清晨回到家，身上带着泥土的潮气，冷并快乐着。他侍弄的果园里第二年就结出了硕大的果实。

那一年，外公的老友才泽从约旦河谷的公社来找他。虽然他嘴上不说，但"看得出来不适应公社的生活"。外公留他在村里住下，才泽说住下可以，但不能因为是朋友就搞特殊待遇。他说自己就是单纯的庄稼人，也不想干别的。他要求很低，甚至露宿也不在乎。

我问外公："他干吗住牛棚里？老才泽干吗和牛住一起？"

"才泽是头倔骡子，"外公笑了，"他习惯了，喜欢这样。"

他是严格的素食者。外婆很喜欢他，有时送他一块蛋糕，但他每每吃下就会心痛加腹痛。

才泽一直跟我们住，直到惨死。他最大的本事就是把田垄犁得笔直，让人佩服得五体投地。他干活从不嫌累，只有礼拜六休息时，才走很远去"闻花香，想问题"。

"带我去，"我边喊边光着脚追他，"带我去，才泽。"我早知道，外婆死后，亚伯拉罕舅舅是才泽带大的。他驮着亚伯拉罕到处转悠，哄他玩。可他从来不带我玩，也不带我表哥。他老了，冥思苦想损耗了他的身体，除了自己的记忆和论断，他什么也背不动了。

外公说："巴鲁奇，别烦他。今天是他的休息日。每个人都该有点自己的时间。"

才泽壮实的身影渐行渐远，先被果树遮挡，过一会儿又变成远处黄灿灿庄稼茬上的一个小点，最后终于上了山，看不见了。

皮内斯在他那幢小房子的厨房里对我说："那个时代艰苦而美好。我们打赤脚，穿破衣，活像基遍人，但心绪飞扬。"

夏天，庄稼汉在一起打谷，十八人共用一台巨大的打谷机，每当转轮卡住，他们就互相大喊，如陷疯狂。女人把饼干和家酿葡萄酒送到打谷场。夜幕降临，高高的谷堆是恋人、合唱班和蛇爱去的地方。

"女人穿什么都不及身上挂几绺干草好看。"尤里说。

"菜园里每颗红艳艳的小萝卜，每个宝宝，每头牛犊，都是新的保障和希望，"皮内斯在学校的历史课上对我们说，"牛奶的脂肪含量达到了百分之四，新的油暖孵化箱一次可容纳三百六十枚鸡蛋。"里洛夫经常多日不知去向。人人都以为他出去买军火，到叙利亚搞侦查。后来才发现他家牛棚旁边巨大的化粪池早已被改造成复杂的军火库，他在下面搞备战，只是偶尔上来透口气。

"菲吉·列文劳动者之圈"不复存在，烟消云散。麦舒拉姆说："算不上派性分裂。可能是解散了，也可能就是各忙各的了。没人提起过。我认为这种局面出现在亚伯拉罕出生之后。"

"但根子要深得多，"他推测，"他们仨有秘密。"

曼多林每逢礼拜六就来找外公，一起吃橄榄和鲱鱼。有时他会带小麦舒拉姆来和亚伯拉罕玩耍。泽尔金父子俩总是一副脏兮兮没人管的模样。麦舒拉姆的鼻涕结了痂，亮晶晶地挂在脸上。他盯着桌上的玻璃盘子，惊奇地瞪大了眼。曼多林用那样的眼神看外婆。过了好几年，我一动不动地躺在床上偷听俩老头罕见的争吵，才明白了那眼神的含义。茶和橄榄也压不住他俩的怒气。

"我们把她托付给你。"曼多林·泽尔金低吼道。

"别跟我谈这事。"外公回击他。

"就要谈！"泽尔金说。

沉默。吃橄榄。小口啃方糖。

外公终于爆发了。"你俩既然那么爱她，搞那劳什子的抓阄是什么意思？"

"又没人逼着你抓。"泽尔金咬牙切齿。

"我又没怪你一个人。"

"我们想拉你一把嘛，"泽尔金小声说，"帮你忘掉舒拉密。"

"菲吉·列文，"外公故意拿腔拿调起来，"不声不响地奉献，一心一意地爱恋：好无辜，好可怜，就像祭坛上的羔羊。"

李伯森有时也来，但婚后很少上门了。他感觉到外公对他的态度起了变化，况且，"他要把每一分钟闲暇都用来讨好法尼亚"。

人人都觉出雅科夫·米尔金对朋友们暗自怀恨。凭外公的教养，他绝不会故意伤害任何人，但他绝不抛弃往昔的记忆，也拒绝与人讨论和菲吉一起度过的日子。

"你四岁那年，电台想给他们做期节目，你外公拒绝参加。"

"'菲吉·列文劳动者之圈'，"外公一把推开话筒，"属于私事。李伯森和泽尔金如果想说说他们如何跳舞，如何让荒野开花，那随他们便。"

但每年村庆日，"劳动者之圈"都会重聚。满山谷的人都来参加，像小黑点一样从收割完的田野里汇集。

他们席地而坐，看着三男一女登上高高的草堆，面对他们。寂静笼罩人群。泽尔金弹起曼陀林，李伯森和米尔金伴着琴声歌唱，病弱的菲吉笑着击锅为鼓。

来日无多的她向好友法尼亚·李伯森袒陈心事。

"那些讨厌的鸟一年来两次，带来蓝信封。"

"半年一封信，"法尼亚·李伯森边给丈夫揉背边说，"她每半年就死去活来折腾一次。"

我在雾气朦胧的窗外看得见她的手在动。那双手已长出老人斑，但愤怒、温柔都不输年轻女子。

李伯森嘀咕了一句。

"你们那个'劳动者之圈'的笑话收场很拙劣。"法尼亚说。

李伯森不同意："可三人里总有一人要娶她。这是章程里定的。"

"为啥不是你？"法尼亚问。

"我没抓到幸运号呀，"李伯森笑着，翻身把老婆搂过来，"再说了，我要娶了她，咱俩怎么办？你会一直困在基布兹的葡萄园里吧。除非米尔金带着你私奔了。"

"那敢情好。"

"奶奶花了三年才怀上孩子，她挤牛奶，背冰块，做饭，缝纫，打扫卫生，爱着爷爷，直到最后一口气。"尤里表哥罕见地动了真情，出乎我意料。

"不怪外公。"我说。

"他就是不让人说他那大好人外公的坏话，一个字都不行，"亚伯拉罕舅舅的老婆利百加舅妈喷喷地说，"怪不得俩人好得跟一个人似的。他这一辈子光听老糊涂胡说八道了。外公当妈，讨厌的皮内斯做朋友，下午跟才泽混。可那老傻瓜一句话都没跟他说过。哼，他从没交过女朋友。他也交不上。"

她转动冬瓜一样的肥身子对着我，大声说："他们当初就该把你送到孤儿院去。"

我那年正是十七岁，悲愤难平。孤独，青春期日渐强壮的躯体，加上自幼满脑子的弯弯绕，让我心里充满怨恨，体内流动着黑色、黏稠、冲动的胆汁。舒拉密刚到以色列，外公陪她住进了"老年之家"。我隔天步行去看他一次，给他捎一罐新鲜牛奶。

提着空奶罐回家后，我照例去找皮内斯。年迈的老教师在院里摆张小桌。他在树丛里养了球蛛用来观察。几十只球蛛藏在密叶间，随时准备冲向蛛网捕捉到的猎物。皮内斯虽然老了，但仍能单手抓住飞蝇，扔到蛛网上。

"这些年你外公一直爱着舒拉密，终于把她盼来了。这些年我一直思念我死去的利亚。我们和你是用不同的材料制成的。一个民族的等待，两千年的时间，在我们体内积淀，直到热血沸腾。"

他叹息着。"我多羡慕你。可我们也浪漫过。我们那时候，年轻男女在葡萄园里赤身跳舞，在打谷场上做爱。可我们这些人谁能当众大喊'我把谁谁的女儿，谁谁的孙女儿，谁谁的老婆给操啦'？谁放野驴出去自由，谁解开快驴的绳索？[1]"

---

1　参见《旧约·约伯记》（39：5）。

"那人还在喊吗？"

"隔几个月喊一次，混蛋。喊一次闹得我一个礼拜睡不着。第一次我想扑上去掐死他。现在我只想知道是谁。看着他的眼睛，看穿他的心思。"

我把一枚橄榄含在嘴里，小口啜茶。皮内斯慈爱地拍拍我。

"真像你外公呀。跟他学没错。雅科夫·米尔金特立独行，咱这村里也找不出第二位。他从不去国会，不到耶路撒冷游说，不会荷枪实弹戴着阿拉伯头巾策马驰骋，但人人尊敬他。他抚摸果树时，我们都知道他在想什么。有这样的人养育，真是得天独厚啊。他还好吗？"

"他和她住在那儿。他在露台上一站就是老半天。"

"做啥呀？"

"张望。等待。"

"还等谁呀？"

"以法莲吧。还有冉·阿让。也许还有希福利斯。"

# 9

外婆的遗骨埋在村公墓，一直迁不进我的墓园。我出高价也没用，想盗掘也没用。后来，就连激烈反对"拓荒者之家"的皮内斯也替我上书村委会，还写了文章登在村通讯上。

法尼亚怒了，那晚撞开老教师家菜园的绿门，把那颗美丽苍老的头颅探入窗口那片灯光中。

"你们就不能让她消停会儿吗？"她嚷了一句，没等皮内斯答话，就风风火火地回家了。我躲在暗处，静悄悄地跟踪。

"米尔金要了她的命，他孙子接着干，来毁她的记忆。他想干吗？让他外公左拥右抱，一边是老婆，一边是那克里米亚婊子？美得他！"

我竭力缩紧庞大的身躯，蹲在李伯森家屋外。后面的话听不清。一阵风吹过，法尼亚的唇贴在她丈夫皱巴巴的脖子上。

亚伯拉罕五岁那年死了娘。他至今记得娘的容貌，娘的葬礼，和娘牵他手的感觉。丧母的阴云在他脸上刻出纵横深壑，他却从不提他妈。

下葬时，皮内斯站在尚未填土的坟前说："亚伯拉罕，咱村的头生子，现在成了头一个没妈的孩子。"

村公墓的高大柏树那时还是幼苗。当时公墓里只有十座坟。除了六位献出肉体或灵魂的拓荒者，还有养蜂人马古利斯的老母亲——老太太带着一巢上好的高加索蜜蜂从俄罗斯来，三天后喜极而终——还有两个在帐篷里冻死的孩子，再就是冬妮娅·里洛夫那个秘而不宣的闺女。孩子一岁那年自己从小木屋里爬出来，在院子里被牛踩死了。"可怜的孩子竟没个好死。"皮内斯一辈子没说过几句残忍的话，这是其中一句。

"也就在那时，"他又说，"我明白我们其实建了两处定居点，村子和公墓。两边会一块儿壮大。"

不远处，羊群在吃草，脖铃儿叮当，毛色斑驳，牧羊人的口哨悠扬，在清冽、静止的空气中细若游丝，却干脆清晰，飘向送葬的人。村里传来但以理·李伯森的哭声。家里只剩他一人，他去找以斯帖，结果在饲料仓摔了一跤。史洛莫·列文在妹妹的墓边落泪。

泽尔金和李伯森一边一个站在米尔金身旁，搂着他的肩，半是安慰半是护卫。"劳动者之圈"的成员沉默不语。正值春日，鹈鹕成群，它们低低掠过村子，飞向北方。法尼亚远远地躲开她丈夫和他那伙朋友，且哭且骂。她仰面朝天，喃喃地对鸟儿们说："去吧，去告诉那婊子，菲吉死了。"


我设想史洛莫·列文接到关于外婆的电报时，晕倒在文具店的地上，自来水笔从他手中掉落。

我问他是不是这样。他答道："不是。我就看着电报，心里想：'流氓，流氓，流氓！'只有这两个字。流氓。来来回回就这俩字。"

他坐在椅子上，想象着父亲的鞭子抽在他身上。"我手里正在修的那杆自来水笔，笔胆破了，墨水滴在我裤子上。"他关了店门，给俄国的家人写了信，然后乘火车去海法。出了站，里洛夫发现了他。里洛夫正要把一车藏着猎枪零件的水泥拉回村。

"我好像在哪儿见过你？"里洛夫警觉地问。

"'我是米尔金的大舅子。'我对他说。"

"上车。"

"到底怎么回事？"列文坐在里洛夫身旁问道。他能感觉到里洛夫大腿上疙疙瘩瘩的肌肉，所以有点怯怯的。可里洛夫只说："生病呗。"他粗手掌、硬脑门，脑门后藏着建立全约旦军事公社的秘密计划。他还用一种没人懂的语言跟那两头驴说话。这些让列文想起初到以色列的那些日子。里洛夫默默掂量了一小时，终于决定再透露一条消息。"她有点不对劲，"他说，"浪费弹药。最后一个月出去两次，去打空中飞的那些鸟。"

外公一手抱着以法莲，一手抱着以斯帖，亚伯拉罕搂着他的腿。列文见了，对泽尔金、米尔金和李伯森的一腔仇恨和恐惧化为怜悯。他抱着妹夫痛哭，为死去的小妹妹，为自己随波逐流的生活。村里人在亚伯拉罕的割礼上见过列文，都还记得他。哈依姆·马古利斯拍拍他的背。

"我有一只新蜂王了，"他低声说，"叫丽娃。"

列文沉默不语。

马古利斯说："等会儿到我那儿去，尝尝花粉，春天的糖粉。你会知道这多么能安慰到你。"

葬礼过后，列文走到外公身边。

"雅科夫，"他鼓足勇气说，"这个礼拜，我陪你守丧。"

他说到做到，打扫，做饭，给亚伯拉罕洗澡，给以法莲和以斯帖换尿布。他在菲吉搁荒的菜园锄草时，忽然感觉到自己到巴勒斯坦后做的事从没这么好过，太阳终于不再能把活人烤死。他手上沾着山谷的黑泥土，从西红柿地里锄起的木犀草和野茴萝气味令他欣悦。同在外公家帮忙的法尼亚·李伯森被感动了。

"他不是一般人，"她对丈夫说，"我知道你们那伙人总看不上他，但他真是可爱。"

守丧的一个礼拜过去了，列文回到文具店，心思却再无法放在顾客身上。"我坐在那儿，下了决心。"一个月后，他回村给妹妹扫墓时，到村委会要求留下工作。他是个好会计，又有从商经验，庄稼汉们欣然接受了他。

列文卖掉文具店的股份，在村里分得一栋小木屋和一块地，开始经营村里的合作社，同时给外公搭把手。

"史洛莫一有空就过来，给孩子洗澡、做饭，还给他们带小礼物。"

但他试图干农活时，遭到了才泽的阻挠。两人从一见面就互不相容。才泽不反对列文到家里来，可也从来不帮他。"他只当我不存在。"

列文天生文弱，那年夏天他和大伙儿一起打谷时吸入了草屑，结果落下长年咳嗽的毛病。从此他只做家务。我们扎堆儿说长道短时，约西说了一句："女人的活都让他干了。"他喂鸡、捡蛋，整理空饲料袋，清洗奶罐，还用外公树上的果子做好吃的果酱，渐渐和外公成了朋友。他从多年的羞涩和失败中养成了兔子一般的敏感，发觉外公对他的两位老友已不同往昔。外公喜欢他的不声不响，不想跟曼多林·泽尔金和艾利泽·李伯森争论逝者。这让列文感到高兴。

"你外婆死后，你外公心里有愧，渐渐看顺了他妹夫，喜欢上他的厚道和懂事。日子和从前不同了。我们脚下有土地，家家有葡萄园，尝到了家园和亲人的滋味。舞跳得少了，歌唱得少了，心里的仇恨少了。"

冬日夜晚，已故女人的丈夫和哥哥一块儿下跳棋。才泽站在外公身后，伏在他耳边支招。外公对我说："那也没用。我总输。这倒让列文找到了家的感觉。"

外公教列文嫁接果树，修剪树枝，切开病树找虎蛾，这坏蛋最厉害，害了全山谷不少苹果树。可树就是不听列文摆布。他在圣罗莎李树的树皮上开刀，结果那棵树一夜之间叶子掉个精光。

"得给他找个老婆。"村里人说，把认识的寡妇和单身的拓荒女人挨个儿在心里捋一遍。

可列文让所有人大吃一惊。他偷偷给媒婆写了封信，然后搭流动剃头匠的车去了提比利亚，带回一个比他小很多的也门女人，叫蕾切尔。蕾切尔身上两样东西特别多，臂钏儿和牙齿。婚礼上她家好几百位亲戚骑驴而至，在田野里扎营，住芦草帐篷。蕾切尔说话口音重，挺难懂，走路不出一点声。这些都不算什么。她最令人称奇的习惯是把大蚂蚱放在铁皮上烤得焦脆，吃得津津有味。列文看着蕾切尔，怎么也看不够，庆幸到这儿这么久，幸运之星终于照到他头上了。

他说："蝗虫的翅膀曾经使我头上的蓝天变得昏暗，蕾切尔来替我报仇了。"

列文死后，蕾切尔来找我："我知道，他想葬在你墓园里。他好歹也算拓荒者，又是第二批移民。就把他葬这儿吧，今后我不能和他葬一块儿也没关系。"

我那失踪的以法莲舅舅五岁那年，列文娶了蕾切尔。以法莲喜欢蕾切尔环佩叮当，也喜欢她棕色脸上的安详，还有她无声的行走。婚礼那夜，他抱住新舅妈的腿不让她回家，惹得村里人大笑。等他长大一点，蕾切尔教他在铁皮上烤面包，向上帝祈祷，以及在沙地上像猫一样来去无声。这一招吓到过不少庄稼汉，也让不少德国和意大利士兵年纪轻轻就送了命。

我两岁那年，以法莲带着他的夏洛莱公牛冉·阿让从村里消失了。尽管我不大记得他，却一直羡慕他走路无声。我这大块头走路永远咚咚响，弄得我躲人家屋外偷听时经常被捉住。他们愤怒时目光如炬，我只得慢慢起身，无言地走开。好在也没人把我怎么样。我没爹没娘，是"米尔金家的孤儿"，外公的娃儿。

蕾切尔指点以法莲："深吸气，高抬腿，呼气，落脚，要平。"秋天，他俩专挑踩上去声音最大的蓟草练习。以法莲舅舅八岁时，跑过一片玉米地或一片荆棘时能不发一响。他说话甚至带上了也门话的重喉音，皮内斯费了好大力气给他纠正发音。

那时我妈以斯帖还小。法尼亚·李伯森和史洛莫·列文帮外公照顾她。才泽给她学禽鸣兽叫。皮内斯给她用俄语读托尔斯泰的《小菲利普》。泽尔金弹摇篮曲给她听。就连里洛夫也啪啪地甩着他那条远近闻名的牛鞭逗她，声如炸雷。他的鞭子功炉火纯青，他甚至能用鞭子摘苹果。

"你把树吓着啦，滚回你那化粪池去！"外公朝他嚷。但他并不反对里洛夫逗他闺女。

以斯帖和但以理长大了。以斯帖明白了但以理对她的爱。他眼里的火花把她点亮，他的亲吻和爱抚让她窒息，她的手永远握在他手里。外公、李伯森和法尼亚美滋滋地看着俩孩子形影不离，在田野里奔跑，在院子里追小鸡。

只要有人问："你长大娶谁呀？"但以理立刻走到以斯帖身边，搂着她的腰，头靠在她肩上。

可每逢李伯森开玩笑地提到订婚仪式和聘礼，外公总是顾左右而不语。法尼亚竟然站在外公一边。

她说："你总想决定别人的生活。"

秋季耕田播种时，他们把孩子带到地头。亚伯拉罕会套车了，他们把犁和种子装到牛车上，再带够自己和牲畜的吃喝。他们不回家吃午饭，相近的几家人凑一起，靠着大车，在田头就吃了。以斯帖和但以理躺在大车的阴凉地里，搂成一团。年纪稍大，大人们就在播种时把他俩放在种子箱里。我妈比但以理淘气好动，常唆使但以理跟她一起搞怪。有一回，两人在饮牛的水槽边玩，失足落水，险些淹死，头发上沾满了绿水藻和黏唾液。还有一次，两人不见了，大人们找了老半天，才发现两人在村里新建的水塔顶上，正号啕大哭。

"你妈就一个毛病——她是彻头彻尾的食肉动物。"当以斯帖半岁开始长牙的时候，她妈菲吉扔给她一根鸡骨头，让她磨牙。以斯帖自此迷上肉味，再也不吃别的了。

外婆菲吉撇下的小孤儿，不吃水果，不吃奶酪，不吃鸡蛋。

只吃肉。一日三餐。

以斯帖两岁半时，有一次列文把一盘拌好了欧芹的生肉末放在洗碗槽里。"你妈一勺一勺全给吃了，还没够，气得摔盘子。育儿专家索尼娅的那套理论，什么适量的维生素，健康的矿物质，吃肉和杀戮欲的联系，到这孩子身上全然不对。她出落得高大、漂亮，就像用血浇灌的西红柿，肤色艳丽，笑声爽朗，性格温和。"

# 10

养蜂人马古利斯在把冬妮娅赶出家门前，就知道情况不妙。她的嗓音和气味不似从前，肌肤不再光洁，谈吐变得粗俗。她整夜整夜不着家，在家睡也不说梦话了。

马古利斯心地善良，猎巫和审讯不是他的风格。后来他在一桶蜂蜡里发现一包气味难闻的手指状炸药，啥也没说，把冬妮娅赶出了家门。

"我的手指和他的太不一样了。"他哀伤地说。

他过了一段忧郁、孤独的日子，埋头钻研养蜂技术。马古利斯把蜜蜂放到田里，训练它们专采某类花粉。这在全国也是独一份。马古利斯从米丘林的忠实信徒、俄国养蜂专家克里曼科的书里学到这种技术，他的蜜蜂能生产新口味的蜂蜜，并且按他的喜好给植物授粉。但他只学了这位共产党人的技术，并不接受背后的理论。克里曼科认为，昆虫后天学到的知识，就如同嫁接果树的特征和革命者的信念，能够代代相传，因此有可能培育出专采某种花粉的蜜蜂新品种。

外公讥讽地说："专采红花吧。"

马古利斯说:"他们说得不对。工蜂学到的东西怎么可能通过基因传递?负责繁殖的是蜂王,蜂王从不离开蜂巢,啥也学不到。"

外公听马古利斯说每一代工蜂的本领都必须后天学习,激动万分。那一天,米丘林在山谷里可不大好过。

两位拓荒者坐在地上,笑声拂过年轻的梨树,逗弄得花心里的蜜蜂笑个不停。

外公对我说:"哈依姆·马古利斯有一次把他那些长翅膀的无产者带到铁路旁,让它们见识路堤上盛开的野兰花和紫云英。"

火车缓缓驶过,马古利斯从车窗里瞥见丽娃·贝林的身影。他带着陶蜂巢追上火车,跳了上去,蜂群紧随其后,吓得旅客四散而逃,丽娃身边顿时空无一人。

"别怕,"他对她说,"它们不咬人。"

丽娃·贝林是基辅富豪的女儿,身上贵得吓人的衣服惹来同志们的讥讽。她那糖厂厂主兼粮食商的父母对她要来巴勒斯坦的事一万个反对。现在,她狐疑地看着靴子上满是泥点的马古利斯。马古利斯老练地把手探入蜂巢,手指滴着蜜汁,伸到她嘴边。

丽娃不知所措,可马古利斯纯真的蓝眼睛击败了她的抵抗。她迟疑地握住马古利斯的手腕,吮他手指上的蜜。这一吮令她双眼放光,笑颜顿开。那是她头一回尝到马古利斯的手指和山谷的蜜。马古利斯甜蜜幸福地跳下火车,去找他的蜂群。此后数月,他每周坐两次火车去会新情人。

* * *

　　每个礼拜六，马古利斯都会神神秘秘地给外公送一罐他专为本村头生子调配的糖浆。村里人人耐心盼着亚伯拉罕实现他们的期望。村通讯定期公布他的身高体重、新学会的字词，以及惊人妙语。村里的每只手都抱他拍他，庄稼汉们给他吃新鲜蔬菜和最好的牛奶，主妇们为他裁衣缝裤。可外公就是不懂他的头生子属于集体。

　　"菲吉还活着时他们就开始了。邻居带着客人，深夜十点来看村里的头生子，非让米尔金把孩子叫醒。"

　　麦舒拉姆给我朗读了一份关于扎卡伊·阿克曼的"原件"。阿克曼是附近一个基布兹的头生子。"人人当他是公产，随意把他叫醒，带他去食堂，即使是在深夜。许多个漫漫冬夜，基布兹人围桌而坐，瞻仰婴儿。"

　　"别来搅扰这孩子。"外公轰赶成群结队来看新鲜的人。他们不分昼夜地掀开帐篷的门帘，还有人悄悄溜进帐篷，看亚伯拉罕是不是真像传说的那样会在夜间发光。

　　外公气坏了。"我们不再生活在过去啦，"他说，"孩子不是你们的。"说着抄起牧羊杖和蚊帐，带亚伯拉罕睡到泉边的树丛里去了。没人敢去泉眼那边。那里早先是德国人的定居点，他们染上疟疾，死得精光，金发的孩子临死前尖利刺耳的哭声，至今不绝于耳，在灯芯草和土木香的叶间飘荡。终于没人再来打扰。那晚无论谁在水塔上向南瞭望，都会看见黑黢黢的黑莓地里闪动着一点黄光，如同一只巨大的萤火虫。又过了几年，外婆死了，再没人敢打搅没妈的孩子。对于那一夜亚伯拉罕仅

088

有的记忆是，他一辈子对长寿花和湿地野花过敏。

可大家始终在心里牵挂着他，替他着急。河滩对岸那个基布兹的头生子，扎卡伊·阿克曼，已种出十八英寸长的黄瓜，他种的欧楂树结的果实，个头跟亚历山大苹果差不多。克伐尔·阿维沙伊村的头生子"才三岁半"，已参加复国运动大会，头回发言就"一鸣惊人"，预言了工人支队的分裂。贝特·以利亚胡的头生子六岁钻研球虫病鸡瘟，不久应邀加入了阿德勒教授的研究团队。这个团队当时已研发出一种疗法，专治1920年代通过荷兰母牛传入我国的母牛流产，因此受到英国高级专员的嘉奖，复国运动还为他们颁发了羊皮纸奖状。只有亚伯拉罕·米尔金迟迟不见动静，全村人的心都悬着，说白了，很失望。

"这要是个普通孩子，我们也就不说啥了，可你舅舅真有过人之处啊，大家都看在眼里。"

亚伯拉罕只消一个眼神，就能让发狂的动物安静下来。蚊虫肆虐的时节，嗡嗡声吵得骡子或农夫发狂，亚伯拉罕就得到田里去医治他们。还有些怪事，也让村里人对他不死心，比如他五岁时总在夜里四处游荡，翻遍一摞摞空罐子，抖开一堆堆旧口袋，掀开一道道门帘，盯着入睡的小牛，吓唬窝里的小鸡，好像在找什么，可找什么只有天知道。

有人说他是没妈的孩子，"在找他妈，"他们说，"菲吉可怜啊。"

"不奇怪。"法尼亚多年后说。她在李伯森的怀抱里，沉浸在无限爱意中，根本想不到隔墙有耳。

"不奇怪，"她提起我舅舅时说，"这孩子生在一所没有爱的房子里。"

# 11

把美国慈善家带到村里的人，当然非裴莎·泽尔金莫属。她就这样粗野地踏进了我家的历史。

外公向来对她和颜悦色，但我最擅长捕捉他脸上每根线条最轻微的动作。他不喜欢她，也连带着不喜欢她丈夫。

曼多林和裴莎在一次大会上相遇，她慷慨激昂地谈论互助基金，说到动情处，大奶子跟着上蹿下跳。泽尔金对拓荒的财政一窍不通，却彻底被激情裹挟了。他顺利地用曼陀林的琴弦网住了裴莎。她怀孕了，他俩结婚了。可她很快发现要论精神满足，村里的生活远赶不上复国运动委员会的工作。后者能带来使命感和旅行的快乐，还有演说家、财务主管和文件起草人那被打磨过的智识和锃光瓦亮的皮鞋。

有段日子，裴莎站在院子里"嘘嘘"地唤鸡，烤面包，种大头菜、埃及洋葱和西红柿，来供着自家吃，也算其乐融融。可没过多久她就对自己灰头土脸、满身鸡屎的状态烦不胜烦。麦舒拉姆两岁时，她去了一趟特拉维夫，架不住中央委员会老同志的鼓动，回到了从前的岗位。

裴莎官运亨通，很快便亲自掌管预算和整个部门。曼多林没过几个月便明白，老婆一回来他就恶心，除了恨还是恨。裴莎从伦敦公干回来，满身是香水的怪味儿，谷仓里的动物给熏得踉踉跄跄，喷嚏连天。她进了家门，亲了正和小绒鸡玩耍的麦舒拉姆，把丈夫往卧室里拽，神色诡异。她身上的气味与他心底的信念水火不容，他便甩开那只色迷迷的手，却发现她箱子里藏着更多香水、高跟鞋和黑色礼服，还从她身上搜出了丝绸衬裙。

　　"你用复国运动的钱买这些烂货。"他气得发抖。

　　"我他妈就买了，"裴莎张开双臂大笑起来，"钱是休会时间我和艾汀格去赌场赢来的。"

　　他发现她还刮腋毛，恐惧和愤恨交织在心头。他把衣服和鞋扔进焚烧死鸡和死耗子的桶里，又把香水浇在火上，火苗蹿得老高。那个礼拜六，他把床搬到院子里那棵大桑树下，与玷污了复国运动、玷污了全村和泽尔金家门的女人划清界限。每逢老婆回来，他就睡在院子里，半宿半宿地弹琴，闹得村里无人不知。熟透的桑葚在他熟睡时落在他身上，把安息日礼服染上黑紫的印渍。有时全村人会听见他突然惊叫一声，那是他被以法莲作弄了。他成了以法莲潜行术最初的受害者之一。以法莲蹑手蹑脚走到他床边，用带刺的麦穗捅他鼻孔。

　　四十年后，裴莎得了劳动奖。挂在"元老小屋"墙上的羊皮纸奖状上说，泽尔金同志把毕生"奉献给了她的社会和人民"，但这其实是拜她丈夫的坚韧克己所赐。这也是为什么麦舒拉姆始终是独子。

裴莎带来的客人是捐助村里买地的美国人。他们为荒野变良田出了力，现在要来看成果。三辆福特小轿车载着客人进村。这是我们头回见识美国车。

几个犹太富佬在农庄里转悠了好几个小时，笑眯眯地摄影留念。"他们衣装奢靡，细皮嫩肉掩盖了财富丑恶的秘密。那又怎么样？人家掏钱了。"

有个人带着一位年轻漂亮的女士。"村里就没见过这么美的人儿，高挑个儿，天使一样纯洁，嘴角含笑，灰眸子弯弯，像两颗橄榄。"

客人到奶场参观新冰箱，观看阿维格多·雅克菲只手套牛车，坐在车上到菜园里采摘蔬菜。他们亲眼看着雅科夫·米尔金把葡萄藤嫁接到他们带来的新砧木上，里洛夫给他们演示了用三种标准姿势——站姿、跪姿、卧姿——打靶的正确呼吸方法。

接着，裴莎宣布下一个节目是参观村里的头生子。

外公反对。"孩子又不是展品。"他说。

裴莎笑着走过去，颤着一对奶子劝说外公。

"这里不是伦敦的赌场，"外公很清楚曼多林安息日礼服上的污渍从何而来，"别碰这孩子。"

才泽恰巧这时驭着亚伯拉罕从田间归来。外公接过孩子，转身回屋，但村里的头生子盯着那群人看，目光让外公寒彻心肺。

美国来的慈善家见这没妈的孩子目光真挚，激动万分。这光彩照人的孩子，完美体现了他们所支持的事业的意义。他笑对参观者，在没人教他的情况下，自己跪在地上挖了个小坑，放入一颗玉米种子，再盖上泥土。"这个象征性的动作充分描述了我们的生活，在场的每个人都深受感动。"两位慈善家立刻提出要带这孩子回美国，送他去最好的学校，让他学成回国，成为复国运动的全面型人才。这时，皮内斯插话了，委婉地说头生子必须脚踏家乡的土地，才有旺盛的生命力，一旦分离，"他就会像参孙一样失去力量，成为普通人"。客人们只得退而求其次，请这孩子发表讲话，说一说犹太人返回祖先的土地，说一说村庄和大地血肉相连，等等。

那位年轻的美人儿恰好这时走了过来，见到头生子，不自觉地伸手抚摸他的头。亚伯拉罕一言不发地站起来，拍去双手和膝盖上的泥土。

空气不祥地凝固。每个人都预感到灾祸迫在眉睫。

头生子把直愣愣的目光从人群移到美人儿身上，对她开了口：

> 当屋顶落尘纷纷，
> 当身体的记忆苏醒，
> 灵魂之火何以安息？
> 你的肉体绽放，
> 花儿温暖、坚强。
> 当爱人陷入言词的罗网，
> 默默绝望，
> 当他轻抚你的肌肤，
> 用柔软如放债人的手掌，
> 你在梦中如何呢喃？

爱情之果长青，

你才懂东风灼人，沙漠难驯。

背负打击，深藏回忆。

渴望如永恒深渊中的野草，

层层缠在我们头上。


亚伯拉罕语毕，人群哗然。"他说什么？"美人儿用英语
发问，她完美的四肢动人心魄。"他说什么？"随团的《复国
运动报》记者奋笔疾书。麦舒拉姆给我看了那篇文章："村里
的头生子亚伯拉罕·米尔金诵诗一首，诗意不明，与我国的现
状和目标似无明显关联。"

同志们惊呆了。法尼亚·李伯森把脸埋进丈夫的脖颈，这
个动作后来习惯成自然。她喃喃地说，这孩子在菲吉肚子里时
感受到她身体的痛苦，染上了对爱的渴望。他疯了。

"看见了吧，"她愤愤低语，"这不是血脉，不是美好。是毒药。
永不凝固的毒液。别跟我就这事儿开任何玩笑！"

皮内斯很同情亚伯拉罕父子俩，想替孩子开脱，说这孩子
"不过是对《约拿书》里的几句话做了点自由发挥"[1]，可里洛夫
喝道，还想死在自己床上就趁早闭嘴。

只有亚伯拉罕对骚乱无动于衷，只顾盯着美人儿看，看得
美人儿开始颤抖，她的身体被这孩子的凝视刺穿。一股农夫们
再熟悉不过的腥味压过了她身上的香水味，荷兰公牛在牛棚里

---

[1] 《旧约·约拿书》里有"海草缠绕我的头""东风"等词，所以皮内斯以之为开
脱的借口。

咆哮着畜栏。美人儿尴尬地笑着跺脚，扭腰撅屁股走到亚伯拉罕身边，从钱包里掏出一枚闪光的硬币，在他眼前晃动。

"她给他钱，"外公某次夜谈时对皮内斯说，"钱！裴莎就教他们用这玩意儿赎回土地和灵魂。"

外国女人把硬币放入亚伯拉罕衬衣口袋，如同放入一个诅咒。然后她退一步，急切地等着亚伯拉罕的反应。

头生子的脸色骤然灰暗，眉心皱出两道深沟，简直像镐挖出来的，从鼻梁直到发际。

# 12

　　我躺在长寿花丛中仰望天空。迁徙的鹳鸟群高高在上，像小虫在清水塘里团团转。外公在乌克兰时，两只鹳鸟把窝做在了他家烟囱里。外公对我说："我知道，它们每年会去以色列，带回一肚子迦南的青蛙。"在我头顶上翱翔的，可是那两只鹳鸟的子孙？

　　每年春秋两季，外公从小木屋里出来，手搭凉棚，凝望天上的鹳鸟和鹈鹕，怀想广袤的田野和江河，雪原和白桦林。他写道："如今身边是黑莓、草蟒和豺狼，是橄榄树和无花果树。"

　　我想着希福利斯。他还在人间吗？找得到同志们多年前开辟的小路吗？他在哪里？在边境警卫队的枪下丧命，葬身雪地或沙漠？触上电网灰飞烟灭？沼泽已排干，荒地变粮仓，他知道吗？外公和舒拉密一起住进了"老年之家"，他知道吗？

　　希福利斯到来，我会把外公的床留给他。他会腌制橄榄，夜晚在厨房吸烟，种植橄榄、石榴、葡萄和无花果。他想必苍老单薄，头戴旧帽，挂根桃木拐杖，背包里有一袋发霉的面包、一只水壶，还有橄榄、奶酪、《圣经》和橙子。他一路小声哼歌，或吹着顺手折下的芦笛。他在高山、沙漠、嶙峋的海岸一步步跋涉，嘴唇干裂，脚步拖沓，一副苦力模样。

"咱该弄一小块沼泽，让希福利斯排水，"尤里表哥说，"再种上一点杂草，好让他除草。还得找个白辫子的拓荒大娘，晚上跟他到打谷场疯野。"他说得两眼放光。尤里表哥要的是此刻，最不爱怀旧，只喜欢爱情故事。

希福利斯会像一个小黑点，从蓝山走来，一步步走近，来到外公的小木屋，说："快去，我的娃儿，去告诉米尔金我来了。"他风尘仆仆倒在外公床上，只想喝杯水，什么也不要。我背着他穿过田野，去见外公，他那么轻那么瘦那么憔悴！

然后我会躺在泉边的矮树丛里。回来的路上，我会穿过我家的田地，地里曾有水牛吃草，曾有灯芯草茂密，曾有疟蚊在浑浊的水面产卵。那是在沼泽被排干变成耕地之前。那是在外公种下鲜花盛开的果树之前，是亚伯拉罕在草地牧牛之前，是我在地里种上观赏树木、花卉和葬入死者之前。


米尔金家的孩子和"泽尔金家那男娃"不同，个个会帮爹干农活，勤快能吃苦。亚伯拉罕对牛很有一套。十二岁那年，他想出了人工授精的主意。可兽医对外公说，那法子行不通，因为国内找不到好精子。但是，亚伯拉罕在科学上往往比科学家领先一步。

有天正吃午饭，他忽然说："精子可以冷冻啊。"额头因思考而紧蹙。"不用牵着母牛找公牛，可以把精子冷冻起来，送到牛棚。可以去国外找最好的纯种牛。多省时省力呀。"

可自从出了"美国美人儿"事件之后，村里人对他不大信任了。他变得内向、木讷，有时会整天不见人影，躲在他妈坟前倾诉心事。

以法莲悄悄跟着他，偷听了他对妈说的话。

"我们把鸡窝的地板架高了，让鸡屎落在下面。那是最好的肥料。"

弟弟在背后喊道："为啥不说说你打算用牛蛋做冰激凌。"

亚伯拉罕猛地转身扑向以法莲。以法莲身手矫捷地闪开，像猫头鹰一样无声地掠过田野，赤脚下尘土微扬。亚伯拉罕穷追三英里，边跑边哭，一路追回村里，不时捡起石头或土块扔向弟弟。

晚上，外公给孩子们讲自己童年的故事。他说他那个资本家叛徒弟弟，约瑟夫，三岁时曾经被吉卜赛人绑架。

"沙皇警察在哈尔科夫火车站的一个袋子里找到了他。吉卜赛人逼他学杂耍和偷东西。他只和吉卜赛人过了四天，就不会说话了，我们不得不重新教。他把学会的词全忘了，用四肢在地上爬来爬去，还偷东西。"

外公说，他十岁那年修了个暖棚，在里面种桃金娘。"我在住棚节把桃金娘枝扎成捆，卖给虔敬派教徒，他们把它用在仪式上，看起来好极了。[1] 那是马卡洛夫的第一个暖棚，父亲很为我骄傲。"

亚伯拉罕恳求外公："讲讲我妈。"外公就讲菲吉外婆怎样

---

1　根据犹太教风俗，住棚节在每年公历九、十月间，为纪念犹太人走出埃及进入迦南前四十年的帐篷生活而设。律法书规定，节日期间犹太人须将椰枣树、番石榴、柳树和香橼枝条扎成捆，拿在手里摇晃，并口念祝福语。

让雄火鸡孵鸡蛋。火鸡很大，一次可以孵五十枚鸡蛋。可问题是他一站起来，就把鸡蛋全踩碎了。外婆就给火鸡灌酒，醉酒的火鸡喉下的肉垂红似火焰，高高兴兴地趴在鸡蛋上，再也不乱动了。

外公笑道："村里的女人都改用火鸡孵蛋，才不管李伯森在村通讯上写什么'希伯来鸡场不是酒吧'。"

我羡慕那些如梦如幻的日子。可约西说其实那时很苦。

"三个没妈的孩子一个爸，当爸的还不会种庄稼，"他说，"其他人新买了双刀犁，爷爷却在拥抱橄榄树。冬天没钱买靴子，挤奶完全靠手工，耕畜要跟邻居共用，争吵是家常便饭。哪像今天，我们有了电孵化箱，不久火鸡也可以人工授精来繁殖了。"

约西给火鸡新盖了一个用沥青纸遮光的封闭式繁殖窝，他很是得意，把年轻的雌火鸡放在暗无天日的窝里，选最好的时机给她们授精。她们摸黑吃食，不思考，没念想，不想性事。只等全国火鸡委员会一声令下，我们就迅速把雌火鸡送到雄火鸡群里。雌火鸡双脚屡弱，摇摇摆摆，眼睛在阳光刺激下泪水模糊。可是五分钟的阳光就能让她们发情，在灼热的土地上点头抖翅，屁股下面像红花乱颤，尖声召唤雄火鸡。

约西说："蠢鸡，真粗野。"雌火鸡翘着屁股蹲在院子中央，只顾发情，走不动路了。约西和亚伯拉罕把雌火鸡踢入鸡窝，并用帆布裹住她们的背，以免笨重的雄火鸡上身后把她们抓得皮开肉绽。

"看这些火鸡，"约西对我说，"堕入情网就这副嘴脸。引以为戒吧。"

雄火鸡推推搡搡地涌向急不可耐的雌火鸡。每只雄火鸡完事，他的配偶就慵懒地站起来，得意地伸展双翼，闷声向其他雌火鸡显摆。

"她跑去对伙伴们说，总算没白等。"约西说。

"昏天黑地两个月，就等着被操。"约西满脸不屑。

但我心里另有一番景象。冬日里，三个孩子在外公的庇护下，坐下来吃晚餐：带皮的土豆，煮老的鸡蛋，自制柠檬汁腌鲱鱼，洋葱圈，鲜嫩的萝卜片。我想着死去的娘，想着她的长辫子和双腿被火焰吞噬，想着以法莲。我至今还会突然转身，以为他就在我身后，背着那头庞然大物的夏洛莱公牛，我吓一跳，他哈哈大笑。

"没人知道我儿子以法莲怎么能背起一头公牛。"外公笑眯眯地说。

没人知道，也没人预见后来的事。前事酝酿的恶果，连皮内斯也没料到。"外公带大的孤儿，肚里装满故事。"他对我说。我早已分不清哪些是故事，哪些是亲历。跑向母亲坟头的是亚伯拉罕，还是我自己？离开村子的是我自己，还是以法莲？

"拓荒者之家"墓碑耀眼。皮内斯说这些墓碑是"止梦石"。夜晚，我在银行家的豪宅里游荡，回忆像头牛，沉沉压在我肩上。

# 13

"你妈像个男孩，可又多愁善感，是汤姆·索亚，却比他多一颗心。"

可皮内斯无论如何也弄不懂她怎么就嗜肉成性了。

"她是一个好学生，会背车尔尼雪夫斯基和莱蒙托夫的诗。可是课上到一半，她会突然从书包里拿出一块肉来啃。"

老教师和村里人都对孩子们寄以厚望。他们在父母身旁劳作，健康敏捷如同野驴。这里的空气不会灼伤他们的肺，太阳也晒不黑他们雪白的皮肤。

"米尔金家的三个没妈的孩子什么活都干。"清晨，亚伯拉罕叫醒弟弟妹妹，帮着挤牛奶，然后去上学。晚饭前他们割上满满一车苜蓿，拉回自家院子。草叉杵在摇摇欲坠的草堆后面，我妈和以法莲打打闹闹，亚伯拉罕一言不发地赶车。农场实际上已经由他操持。愤怒在他额上刻下深深的皱纹，像蜥蜴一样爬进他的浓发。

我妈精瘦结实，和小哥哥滚作一团，嬉笑怒骂。有时两人从车上滚到路上，还在打闹不停。他们的爹透过果树枝叶远远地望着。

"对鸡来说,这丫头比泉边的野猫更可怕,"外公对才泽说,"就她那种吃法,没几天母鸡就会一只不剩啦。"

我妈开始爬树上房捉椋鸟。她每次都强拉着但以理·李伯森一块儿去,爱得晕头转向的少年跟着她穿过田野,看着她从罗网上把鸟儿取下。鹌鹑被她吓得不敢在我们村的地里歇脚,菜园里一只野兔也没有了。她拍拍小牛犊的脖子,就能把牛犊吓呆。

有一次,她和以法莲爬到村里饲料仓的顶上逮鸽子,脚下的一块木板突然断裂,她从屋顶滚落,抓着排雨沟悬在二十英尺[1]高的半空,下面是坚硬的水泥地。以法莲想把她拉上去,却拉不动她。

"你抓紧,"他喊道,"我去叫但以理。"

他一溜烟跑了,我妈惜命,咬紧牙关,死死抓住排雨沟。"里洛夫的笨蛋帮工"本雅明·施尼策恰巧从下面路过。

"本雅明!"姑娘从牙缝里挤出一声。

里洛夫的工人抬头看了一眼,立刻害羞地低下头。尤里眼睛发亮地告诉我:"你妈穿着喇叭裙,正蹬腿哪。"本雅明老被村里人捉弄,还以为这回也是。

"别害羞,本雅明,"我妈大声说,"没关系,看吧。"

他当时正站在我妈下面,一抬头,差点窒息。裙摆弯弯如钟,我妈的大腿像暖暖铃舌摆动,美不胜收。

---

1　英尺:英美制长度单位,1英尺约等于0.3048米。

"你爸本雅明三十年代和一群犹太小伙儿从慕尼黑来到这里。他到村里来学农，被分到里洛夫的农场。"

他金发、矮小、有劲儿。在村里的阵亡人员相册里，我爸身穿蓝色工装裤和清爽的白汗衫，裤脚漂亮地卷起，站在里洛夫的枣树下。听尤里说，这棵树的果子落地就炸。他肩膀滚圆，眯着眼，扬起年轻刚毅的面庞迎接阳光。那双手跟我的一样，粗大难看。胳膊、手腕和手掌笔直如板，胸膛像铁桶一样庞大浑圆。

我常听人说："你长大会像你妈那么高，你爸那么壮。"等我长大了，人人乐见预言成真。

本雅明张开双臂。

"你撒手，快。"他的希伯来语还说不成句。

我妈拿不定主意。

"Schnell[1]，Schnell，"他说，"我接你。"

我们村里的人，看一眼牛犊就能估摸重量，看一眼月亮就能预测风力，尝一口洋葱就知道土壤里的氮含量。我妈对着本雅明平静的双眼和宽厚的双肩打量了一会儿，撒手坠下，衣裙飘上脸，心飞到嗓子眼。她紧闭着眼睛，感到一双大手将她抱住。

我妈个子高，体重也不轻，把本雅明砸得吼了一声，跪在地上。她受惊不小，身体撞在他胸上，肚子赤裸地贴在他脸上，紧紧贴着，过了这么些年，那场景口口相传到我耳里，我仍能感到那肌肤相触的温暖。

---

1 德语，"快"。

"你可以把我放下了。"她微微一笑。她气是喘匀了，可指甲还死死掐着他的肩膀和胳膊。"你太厉害了。"

我爸彻底晕了，他从未如此贴近女性的身体。

"多谢你啊，本雅明。"她笑着从他身上跳下来，理平衣服。这时以法莲和但以理扛着摘果子的长梯子赶到了。

"嘿，德国笨蛋，你干吗哪？"以法莲很生气。他那年十五岁，骨瘦如柴，却不顾一切地要揍里洛夫的帮工。但以理不知所措，嘴唇哆嗦，嫉妒、无助、失落，五味俱全。

"他救了我的命，"以斯帖说，"里洛夫的德国笨蛋救了我一条命。"

我爸又一次听见她笑了，如沐春风，又是一阵脸红。我妈和以法莲、但以理·李伯森早跑得没影了。


我爸十六岁那年进村，住在里洛夫的农场，在那里干活。

村里的相册里写着："他于大战前夕从德国来，家人全死于毒气室，他在我们这里丧了命。我们永远铭记这位爱劳动、勤思考、有教养的青年。谁能忘记他每天日暮去奶场的身影呢？他肩背四只大奶罐，口里吹着交响曲，逢人就热情地打招呼。"

里洛夫家的德国笨蛋每回都把奶罐背在自己肩上，因为里洛夫的骡子不听他使唤。他用铁扁担把四只奶罐担在肩上，每只奶罐重达七十七磅。

里洛夫那几头骡子是第一次世界大战中随英军来的，他们到村里就决定留下不走了。

麦舒拉姆说："他们有个讨厌的习惯，逢人路过就讨啤酒喝。不过他们拉车也真是拼命。"他有个盒子，贴着"杂类"的标签，里面的村委会会议记录里写着里洛夫为骡子申请啤酒费的经过。每到村庆他都要把记录大声朗读一遍。

"'里洛夫同志：骡子吃大麦，啤酒是液体大麦嘛。

"'李伯森同志：里洛夫这是诡辩。

"'里洛夫同志：那火鸡和葡萄酒又怎么说呢？

"'泽尔金同志：没人浪费上好的葡萄酒来喂火鸡。那只是米尔金编的故事。

"'里洛夫同志：喝点小酒，那些骡子会更舍命干活。

"'李伯森同志：申请被否决。工作时间禁止饮酒。

"'里洛夫同志："菲吉·列文劳动者之圈"喝掉了好多伏特加。

"'李伯森同志：感谢里洛夫同志的类比，但"劳动者之圈"没有骡子，只有驴。

"'里洛夫同志：那我就自己酿啤酒。

"'泽尔金同志：我们到以色列来，不是为了给牲口吃香槟早餐。'"

听众都会鼓掌，大笑，但人人都知道里洛夫种了两垄啤酒花，他的骡子一天犁出的地是其他牲口的两倍。村里人至今记得那几头骡子一尿一大洼，热气腾腾。但是就连骡子和大麦双料行家才泽，也声明"坚决反对这种腐败的生活"。

这两头骡子常年辗转于军旅、公社和各乡村定居点，练就了一副铁石心肠，见到青涩的少年，不免戏弄一番。他们在他上套时往后躲，把缰绳拧成一团，再把粪便拉在上面，互相怪声怪调地打嗝逗乐。可我爸是个勤奋的年轻人，村里人笑他无以复加的笨，却终于为他的坚韧和准时所折服。那头厉害的奶牛黛博拉一脚踢在里洛夫头上，我爸就任由昏迷的哨兵在污水沟里躺着。这则故事在村里流传至今。

我爸带着歉意解释道，他要"去奶场"，还要去找冬妮娅，"迟到不得"。"我怕他着凉，还给他盖了麻袋呢。"

在德国时，他上过技术学校，来到这里不到一个月，他就为里洛夫的牛犊们设计制作了一套自动饮水系统，这件事被山谷里的人津津乐道。他还用硬刷和来苏尔清扫牛棚，并把他小木屋里的留声机连接到里面。

"就连里洛夫的老婆冬妮娅都承认，马勒的曲子让母牛的产奶量增加了。"在我们仅有的几次谈话中，亚伯拉罕曾经这样告诉我。

"有一天我走在村里，一串贝多芬从天而降。我不由自主循着音乐到了你爸的小屋，凑窗户上往里一瞧，你爸躺在床上听音乐，头发像金色稻草一样堆在前额。他有台留声机，是他爹妈从德国寄来的，再晚点就被希特勒烧掉了。"

皮内斯敲门进屋。本雅明起身站好，鞠了一躬。那天发生了三件事。我爸把名字从本雅明·施尼策改成了希伯来语，叫便雅悯·申哈尔；他上了平生第一堂希伯来语私人辅导课；他借给了皮内斯两张唱片。

"你爸是个刻苦、认真的学生。他的希伯来语一直说不流利，但拼写无可挑剔。"


村里有一伙快乐的年轻人，被称作"匪帮"。这群青春期的少年是元老们的后代。

"他们是新犹太人，是大地之子，经受了阳光，挺直了腰杆，所以全村人都包容他们的胡闹，"皮内斯说，"他们在夜间到合作社偷糖果和咖啡，到附近的英国空军基地偷枪支。里洛夫有时派他们持鞭驱赶来啃庄稼幼苗的阿拉伯人的羊群。每逢头茬果实收获和孩子出生的时候，他们都要搞一场'狂野东部'表演，学着乌克兰土匪的样子站在马背上，从观众面前疾驰而过。"

他们把合作社里的巧克力洗劫一空，史洛莫去找皮内斯，要当面锣对面鼓地说个明白。

"这帮无赖就是冲我来的，"他说，"他们瞧不起我，因为我和他们爹妈不一样，不是庄稼汉。"

"他们就是想吃巧克力而已。爱吃甜食是生物共性。"皮内斯说。

"他们就不敢偷庄稼人，"列文说，"他们要是买不起巧克力，可以吃杏片啊。"

"就在上周，他们还从马古利斯的棚子里搞了两罐蜂蜜。"皮内斯说。

"我踏上这片国土，遇到的全是这种烂事，"列文气得什么也听不进，"你们这些人根本看不起普通的日常工作，心里只有你们那个救赎和重生的大业。每一犁都是回归大地，每只鸡都在两千年放逐后生下第一只犹太蛋。普通的土豆，跟你们在俄国吃的有什么不一样啊，怎么就变成'土里的苹果'了，不就是想说你们和大自然浑然一体嘛。你们背着枪扛着锄头照相，你们跟青蛙和骡子说话，你们打扮成阿拉伯人，你们以为自己会飞。"

"所以我们才能活下来。"皮内斯说。

列文站起来，脸都气白了。"我也活下来了，"他说，"我可以走，但是我没走。我可以在城里做有钱的商人，可我到这里来了。你教他们瞧不起我。收起你那套歌舞吧——他们是我的幼苗，他们是我的温床——你跟我一样，不是庄稼人。咱俩都是坐办公室的。咱俩都认为自己在为某个理想服务，可这理想原来就是一群神经病。你就跟他们混吧，他们的土地，他们的头茬果实，他们的牛！戈登和布莱纳的自来水笔还是我修的呢。"

皮内斯也按捺不住了。"谁也不是为谁到这里来的。"他嗓门大起来，"谁也不能因为放弃了城里的店铺就该得奖章。你到这里来，因为你跟我们一样，需要这片土地，要感受它，闻到它，需要它的承诺。你需要它，不是它需要你。"

可是等史洛莫带着受伤的心摔门离去，皮内斯把"匪帮"叫来，一通好训。

"我们在村里的生活不只是糖果吧。如果你们只想吃棒棒糖和小蛋糕，还不如卷铺盖进城去。"

"匪帮"成员满面羞愧地从老教师家出来，接受了惩罚——给幼儿园挖个大沙坑。孩子们至今还在那个沙坑里玩耍。

我舅舅以法莲也在"匪帮"里，他英俊瘦长，像雪貂一般敏捷准确，也是这群孩子中最顽皮的。"匪帮"见便雅悯迟缓笨拙，就想捉弄他。自打便雅悯救了我妈，以法莲就对他又恨又怕。

一个礼拜六，孩子们趁便雅悯休息，把一条小蜷蛇放进他的小屋，然后等着看热闹。我爸听见鳞片窸窣，吓得大叫一声，在一阵哄笑声中逃到屋外。他明白自己受了捉弄，愣了一会儿，明亮的眼睛在午后阳光里眯缝起来，怒气逼人。他走到十七岁的以法莲身边，抓住他的宽皮带，只一下就把他拎起来。

"你舅舅以法莲挣扎着，连嚷带笑，可你爸用左手把他拎到农场，扔进饮牛的水槽，当时你舅舅一身安息日礼服啊。"

"匪帮"齐声叫好。没一会儿他们就都进了便雅悯的小屋，小蛇正盘缩在椅子下面，以法莲用硬如牛角的鞋跟狠狠砸向蛇的颈部。接着他们让便雅悯坐在桌边，挨个和他比赛掰腕子。便雅悯战胜了所有人，最后竟成了"匪帮"的一员。

他每个礼拜五都和"匪帮"聚会，依旧迟缓，羞涩，面带微笑，不善言辞。"匪帮"很快就发现他的技能大有用武之地，他们让他去撬裴莎·泽尔金的车门。那辆车是复国运动委员会发给她的。便雅悯听说是为了运送军火和重要情报，就施展了无钥匙发动汽车的本领。可是"匪帮"每回开车出去，都停在城里的电影院门口。

以法莲渐渐喜欢上了便雅悯，也就把看见妹妹在他怀里笑得上气不接下气的旧恨抛到了脑后。他每个礼拜去便雅悯的小屋听好几次音乐。他还发现便雅悯箱子里的德国衣服也怪有趣的。他穿上蒂罗尔皮短裤和深色法兰绒夹克，跑外面惹朋友们大笑。他还看见箱底有一件细纱长裙。

"这是啥？"他伸手摸着柔软的布料问道。村里没有任何东西，哪怕是小马毛茸茸的鼻头，或者苹果花的花瓣，比得上这布料的滑软。以法莲突然想起了亲娘，眼眶湿了。

"结婚用，"便雅悯答道，"我妈给我的，结婚用。"

他从钱夹里拿出一张照片，指点着说："爸爸，妈妈，汉娜，萨拉。衣服我妈给我。"

便雅悯的妈妈，一位高个儿金发女士，坐在椅子上，两个女儿穿着同样的衣服分立两旁。后排站着他爸，身材瘦小，短发，留着军人式的小胡子。

没娘的以法莲和不久后失去所有亲人的便雅悯，成了朋友。

"你失踪的舅舅和死去的爹，我的两个学生，音犹在耳，以法莲说话急促如连珠炮，便雅悯发声时低沉带鼻音。"

# 14

晚冬的一天，冬妮娅·里洛夫潜入马古利斯的养蜂场。她女儿命丧牛蹄之后，她又生了个儿子，取名叫达尼。里洛夫寡言少语，这孩子也是五岁上才开口说话。冬妮娅对丈夫的怨恨，渐渐垒成心中的一堵墙。里洛夫整天待在他那个化粪池的武器库里，没人敢想里面究竟攒了多少武器。他身上总混合着尿和火药的味道，用钢丝球用力洗刷也没用。冬妮娅渴望马古利斯蜜甜的手指。

她躲在雅克菲家的李子树下远窥旧情人。马古利斯穿着养蜂服，像只快乐的笨熊。他一边盘算着怎么根据花期和新口味的搭配来在春天放牧他那群长翅膀的奶牛，一边在果树林里移动蜂箱。冬妮娅猫腰悄悄跟着他进了棚子。马古利斯戴着厚实的面罩，没看见她。

马古利斯从架上取下一只蜂箱，细细观察里面的蜂巢。冬妮娅看着聚精会神、心情愉悦的他。只见他从蜂箱里取出一只蜂巢，赤手把上面密密麻麻的工蜂赶开，又把两只扭打的蜜蜂放在桌上，脸上笑逐颜开。他用火柴分开两只厮打的蜜蜂，不让它俩扑向对方。等两只蜜蜂耗尽了体力，他就捉住它俩，放入一个特别的容器，容器里有一个玻璃片，把两只蜜蜂隔开。接着，他脱下面罩，想把容器放回原处，一转身却和站他身后的冬妮娅撞个满怀。

马古利斯吓了一跳。"冬妮娅！你疯了吗？大白天的？你丈夫还不得宰了我。"他不由分说地把她推到椅子上坐下，给她拿蜂蜜。

"干吗用勺子，哈依姆，"冬妮娅嘟着嘴，"干吗不像从前那样？"

"你刚见到我最大的秘密，"马古利斯笑着扯开了话题，"怎么让两只蜂王和好。"

冬妮娅还想说说他俩和好的事，可马古利斯的蓝眼睛纯洁无瑕，自顾说自己的。

"每只蜂箱里只有一只蜂王，"他给冬妮娅讲解，"这条规矩不能破。那新蜂的数量就受了限制。现在春花怒放的日子就要来了，工蜂越多越好啊。"

"你活像个资本家。"泪汪汪的冬妮娅笑着说。但是，对她的幽默和幽怨，马古利斯都无动于衷。

他只管往下说："等新蜂王孵出来，互相进攻，我就耐心地用小棍把它们分开，一来二去，它们就打烦了，宁愿在同一只蜂箱里产卵。这样，我就能有双倍的工蜂，能出双倍的蜂蜜。当初是你离开我去找他的，冬妮娅，铺了哪张床就睡哪张床吧。"

"可这和蜜蜂有什么关系呢，哈依姆？"她喃喃叫着他的名字，想起他沾着蜜汁的手指，语调温柔，"跟我说蜜蜂干吗？"

马古利斯却已经转身去看那两只斗架的蜂王了。他轻声细语地劝解，无比耐心地分开不共戴天的雌蜂。冬妮娅默默走出养蜂棚，穿过雅克菲的果园回家了。天如铅盖，万籁无声，只有她压抑的低泣，和靴子踩在烂泥里发出的令人生厌的咕叽声。

她穿到下一块地时，半隐在繁花初绽的果树和茂密的白菜之间，忽然发现以法莲和便雅悯在瓦伦西亚橙树下跳华尔兹。她立即回家告诉了她丈夫。

里洛夫急忙去找外公。他倒不太担心两个男孩的关系，而是害怕这种资产阶级舞蹈在村里悄然泛滥。但村里谣言四起，议论纷纷。

以法莲在餐桌上辩解道："他只是教我跳舞。我背普希金给他听，还教他给里洛夫的疯骡子上套，他教我听音乐。"

外公问道："以斯帖从房顶摔下那回，是不是就这小子接的？"

我妈回嘴："我没摔，我自己跳他身上的。"

外公对以法莲说："要不把你那罗密欧带回家给我们看看？"

正和亚伯拉罕约会的鞍匠女儿利百加·佩克，嘟着厚嘴唇发了个怪声。亚伯拉罕嘲笑以法莲，把他叫作"施特劳斯"和"玛蒂尔达"，结果他在衬衣口袋里发现了一整条鲱鱼。

第二天，以法莲宣布："我请他礼拜五来吃晚餐。吃什么都行。"


便雅悯还没到，亚伯拉罕就开始打喷嚏。全家人都笑了，知道那德国人准带了一束长寿花。

那年我妈十八岁，她从小就给这没妈的一家子做饭。她好奇地打量里洛夫的这位笨帮工。他能娴熟地使用刀叉，却把为她从干河滩上采来的花掉在了她的白袜子上。这白袜子是她专门为他穿的。她的身体依然能感受到他强壮的双手，他发烫的气息仍在吹拂她赤裸的肚子。自打她从房顶跌下，他们常常遇见，但他一见她就低头。一想起她裙子下摆来摆去的那双腿，他就口干舌燥，连句"你好"都说不出。

便雅悯当然知道以斯帖是但以理·李伯森的女朋友。但以理排球在全山谷打得最好，他是以斯帖的固定舞伴，还是艾利泽·李伯森的儿子。艾利泽·李伯森每个月都会给村里的年轻人上一次课，讲复国运动的原则和信念。

他眼睛死盯着面前的餐盘，稀里呼噜地喝汤。整顿饭的工夫，他心里似乎一直在挣扎。吃过甜点，他请求外公允许他"和以斯帖去散散步"，仿佛不说就再没机会了。

外公说："这得问那位年轻女士。"他看看便雅悯，又看看自己女儿。他每次看见一对新人坠入情网，就想不知爱情何时何故会消失。

两人走到田里，以法莲像只臭鼬无声地跟在后面。跟了很久，前面的两人谁也没说话。最后，便雅悯终于抬头向天，用一种奇怪的语气低声说："星星真多。"

"很多。"我妈说着把双手搭在他肩上。她比他高很多。"你说，便雅悯，"她问道，"你们那的人觉得香肠比肉好吃，是真的吗？"

下个礼拜四，她让以法莲潜入英军基地，到食堂里偷些香肠，因为便雅悯又要来吃晚餐了。"来，我的娃儿，把晚饭吃了，把盘子里的东西都吃了啊。"

\*   \*   \*

外公叹了口气。"你爹妈的爱情就这样开始了。"他说。一个是赤脚姑娘，"米尔金家野气的母山羊"，扎着辫子、一双长腿，棕色眼睛里闪着半绿半黄的光；一个是礼貌、笨拙、寡言的巴伐利亚少年。我爸的金发头顶刚好到他爱人的肩膀。他脚步笨重，她高挑欢快。村里人见两人走在一起，都乐个不停。也有人说"不般配"，除了"外表不配"外，米尔金的女儿怎么能找一个"没有从母乳里吸收复国运动价值观的年轻人"。

有些人想得更为实际。庄稼人从养牛的经验中知道浪漫会遗传，他们特别想让米尔金的女儿配李伯森的儿子。

但以理自幼见惯了爹妈亲昵，他俩一对眼神，就从桌边站起，躲起来睡个激情午觉，这家里一下午就不得安宁，母鸡吓得产蛋量都减少了。对以斯帖变心的种种前兆，他要么是看不懂，要么是不愿懂。

尤里有回提到我妈时说："男人最怕这种事。这会让他失去勇气和头脑——也就失去了所有魅力。"

但以理失去爱人如同断了手脚。他在众人怜悯的目光下失魂落魄，一趟趟来我家，哀求、哭泣，继而沉默。他晚上藏在外公小屋外高高的草丛里，偷看心上人的身影在明亮的窗前晃动。过了几个礼拜，外公发现有一块草长得特别高，还以为是得益于漏了的水管的浇灌。他有天晚上过去查看，发现但以理在那里，低头无语泪如麻。

"我对他说：'就你这样，别想让她回心转意。'"

李伯森和泽尔金决定找米尔金谈谈，可还没出门就遇到意外的阻碍。法尼亚堵在门口，说在感情问题上，"菲吉·列文劳动者之圈"已经管过一次闲事了。

"管一次菲吉就够了，"她对丈夫和他朋友说，"让孩子们自己解决吧，让那姑娘自己拿主意。咱们不是阿拉伯人，也不是正统派犹太教徒，咱不包办婚姻。照你们定的章程打发姑娘，用同志们的投票伤人心，那个时代过去啦。"

李伯森火冒三丈，觉得里洛夫的笨帮工不配跟他儿子竞争。

他气哼哼地说："白费一张移民证。"说着把老婆轻轻从门口推开，温柔地搂着她，等泽尔金安全通过。他们找到外公，却从外公嘴里听到了同样的话。

外公对李伯森说："我喜欢你儿子，可便雅悯也没什么不好。这孩子正派、勤劳、可靠。我觉得那姑娘真的爱他。"

李伯森和泽尔金说，但以理出生三周就爱上了以斯帖。可外公发火了，说这是一派胡言。他在一张纸条上写道："爱情不同于其他，不靠打桩、插旗、犁地。"

# 15

　　那时艾利泽·李伯森还是单身汉，但以理还没出生，哈吉特还没买回来。他有一头大马士革母牛，体大消瘦，长脖长角。李伯森和这牲口的关系，让全村人笑话。这头牛吃草要双份，奶却一滴也挤不出来。李伯森身为庄稼人，却不待见这头牛。他说这头牛是"牛渣"。这牛身体庞大，心眼儿却很小，她感觉到李伯森的敌意，也就报之以不善。

　　有一回，李伯森从田间回到简陋的小屋，发现这牛正卧在地板上"啃床单和博罗晓夫的一篇文章"。他吃饭、写字、读书用的桌子，他唯一的家具，成了一堆碎木块。牛看了一眼暴怒的李伯森，知道这回超越了招人厌和招人恨之间的微妙界限，赶紧跑了出去。

　　"还撞坏了一面墙。"李伯森哀叹。第二天，他在牛脖子上拴了根绳子，打算卖给附近的基布兹。那个基布兹新来的饲养员刚从乌特勒支学成归来，对荷兰牛赞不绝口。但李伯森给他大讲荷兰牛无法适应炎热气候，把他吓得要死。

　　"他们太娇气，"李伯森说，"爱长寄生虫，爱抑郁。"

"这事我做不了主，"饲养员说，"得基布兹投票。"

"那当然。"李伯森说。操控全体大会对他来说如同捏面团。

"你们的荷兰牛要有点本地血脉，"他对满满一食堂的人说，"荷兰牛能产奶，我这头牛能给他们耐受力。"

基布兹的人被他迷惑了。"咱们一起培育出世界上第一头希伯来奶牛。"李伯森大声说。

李伯森美滋滋地从基布兹回来，到泽尔金家吃豌豆粥。泽尔金问道："这可咋办？那个基布兹的人准得报复啊。每回你到菜地去，家禽牲口没人管可不行。你得找个老婆。"

那时候李伯森是正经单身汉。泽尔金要把裴莎说给他，再搭两头奶牛作嫁妆。但是李伯森没答应。

我和尤里听说后，尤里说："那可就三头奶牛了，一个单身汉哪受得住啊。"

那会儿村里一个合适的姑娘也没有，泽尔金和李伯森就决定恢复旧俗，来个抢婚。

两人又去了那个基布兹。正值秋日，一群姑娘到葡萄园采摘都快被晒成葡萄干的末茬葡萄。两人带着曼陀林、一盒美食和几件厨具，等候她们。

我磨了很久，法尼亚才告诉我后面的事，讲述这个故事时，她的头时而抬起时而低下，耀眼的白发颤巍巍。

"我听见有人在葡萄园那头弹琴，就过去看个究竟。两个男孩子站在最后几行葡萄架后面。弹曼陀林的我不认识，另一个就是那个刚把一头没用的奶牛卖给我们的好青年。他正在切菜做沙拉，邀我过去吃。"

"你们快走吧，"法尼亚对李伯森说，"这里的同志发誓，要是找见你，非把你捆在那头牛的犄角上。"

　　李伯森只是咧嘴一笑，加好了沙拉酱，又动手切面包和奶酪。他和法尼亚席地而宴，泽尔金脖子上围了一条吉卜赛红丝巾，"像只小公鸡"，绕着他们弹奏"最甜美最诱人的曲调"。李伯森趁机向法尼亚做自我介绍，讲起他的农场、"菲吉·列文劳动者之圈"，还有那头牛带给他的苦恼和折磨。

　　法尼亚听得动了心。那时"劳动者之圈"已经被吹得神乎其神。山谷的女人都知道菲吉的故事，说她是第一位干男人活的拓荒女，三个男人都爱她，死心塌地地侍奉她，用鲜血为她治病，还给她洗脏衣服。

　　李伯森谦虚地说，他的确认识菲吉，也曾为她洗衣做饭，还接受过她的亲手包扎和抚慰。他给法尼亚看他下嘴唇上的小伤疤，告诉她这就是菲吉·列文亲吻过的地方。他见法尼亚脸上果然现出了柔情和梦幻，就偷偷示意泽尔金，然后哼起那支耳熟能详的歌："只有在以色列的土地上 / 耕也欢畅，种也欢畅。"泽尔金在一旁伴奏，法尼亚忍不住用她那甜美的女高音，一道唱起来。

　　李伯森得意忘形之际，犯了大错，差点让这事告吹。他告诉法尼亚，小时候在乌克兰，他加入过一个有名的哈西德教派。这种小秘密对犹大地的农家女儿很奏效，但法尼亚对祷告、宗教仪式或神迹这一类事极敏感，李伯森吐出一连串他从前认识的著名拉比和牧师的姓名，法尼亚的漂亮脸蛋变了形。

　　幸好李伯森反应快。"劳动者之圈"的这位青年才俊有鹰的本领，能在飞行中不减速不下降而突然掉头。"说实话，我其实是布拉格泥人勾勒姆[1]的嫡传后代。"法尼亚听了愉快地笑了。

他太了解笑声与爱情的关系了，它能撩动女人的身体，让她燃烧、熔化。于是他趁热打铁地拿基布兹的平等理想开了个玩笑。

"法尼亚，我的天使，"他说，"那天我偷看了你们的混合浴室，亲眼看见人类生而不平等。"

法尼亚红着脸又笑了起来，玉体摇曳生姿，不自觉地把一只手放在了他腿上。"再逗我笑一笑。"她说。

李伯森知道这位漂亮的基布兹成员十拿九稳到手了，也知道追求、试探是经年累月的事。他握住她的手求婚。法尼亚就从葡萄园直接嫁到了我们村。

尤里表哥热切地说："多好的故事，艾利泽·李伯森最擅长这事。不过事实不是这样。泽尔金一个人去葡萄园弹曼陀林。没有哪个女人能抵挡曼陀林的乐声，法尼亚循声而至。泽尔金诱她穿过葡萄园。他进入草丛，滑下山坡，法尼亚紧追不舍。到了大橡树下，她看见李伯森手里拿着曼陀林。泽尔金悄悄躲在树后。婚礼过后，法尼亚才发现李伯森根本不会弹琴。"

麦舒拉姆说："就在那一年，本－古里安提出基布兹是比

---

1　勾勒姆是犹太民间传说中的人形灵物，是用泥土和水制作，被咒语和魔法赋予生命的偶人。布拉格泥人是最有名的勾勒姆，传说是16世纪布拉格的洛伊拉比为了保护犹太人，用沃尔塔瓦河边的泥土做成的。

合作村庄更高级的犹太复国运动形式，而塔本金提出只有贪财的人才会离开公社。这里面的关系不难理解。我爸和艾利泽·李伯森不负责任的行为，对改善两类农业定居点的关系毫无益处。"

诱拐法尼亚让我们村和基布兹的关系再次恶化，合作灌溉项目终止了。双方甚至在干河滩上发生过数次石头大战和拳头大战。村通讯的一篇幽默文章里称法尼亚为"美女海伦"，有人议论说，不能因为一己的色欲而牺牲山谷的重生。但是犹太人的故土从没有过艾利泽和法尼亚这样恩爱的夫妻。李伯森不停地向老婆倾诉爱意，哄她开心，她的笑声和惊叫传遍全村。那会儿村里人都住帐篷，家里家外只隔着一层帆布，不用躲窗户下面偷看偷听，所有事都在每个人的眼皮底下。

"先逗她笑，"李伯森对儿子说，"女人都好这口，根本挡不住。"

"笑声，"曼多林说，"就是摧毁耶利哥城墙的号角[1]，就是开启宝藏之门的暗语，就是落入焦土的第一滴秋雨。"

"说得好。"李伯森对朋友刮目相看。可那时但以理与笑无缘。爱情夭折首先殃及幽默感。

"鲜花！歌声！音乐！"曼多林说。

---

1 据《旧约·约书亚记》，耶利哥城墙坚不可摧。犹太人攻城时，围城七日，每日绕城走一圈，第七日走了七圈，之后祭司吹响号角，众人齐声高呼，耶利哥城墙轰然倒塌。

"泽尔金，行了。"李伯森扭头问儿子："她最喜欢什么？"

"肉。"但以理怯怯地答。

李伯森和泽尔金立刻动手煮肉。在那缺吃少穿的苦日子里，但以理端着盖好的盘子，神神秘秘地夜访米尔金家。烤鸡、烤羊排，甚至难得的烤牛肉，各种香味闹得邻居一边垂涎一边冒火，他们觉得这太过浪费，还抱怨招来了全山谷的野猫和土狼。以斯帖狼吞虎咽地把送来的美食一扫而空，用快乐的拥抱回赠但以理，晚上却照旧和便雅悯出去散步。

我爸用床垫、铁链和横杆给心上人做了一张巨大的吊床，挂在小木屋后两棵木麻黄树中间。木麻黄的针叶落在她发间。两人的低笑，便雅悯细细的口哨，以斯帖被便雅悯强壮的手臂搂抱时的娇喘，小屋里听得一清二楚。

冬妮娅·里洛夫自从被马古利斯拒绝后，对风化问题格外敏感，责骂外公允许女儿夜晚和那个"德国新移民"手挽手地散步，还说村里的孩子晚上到果园去偷看他俩。

那年外公果园的花开得格外茂盛。他叫马古利斯放几只蜂箱在果树下，那几只蜂箱产出的蜜色泽红润，甜得发辣。那些天外公整日在果树间巡视，从冬到春计算着果树开花和香气四溢的日子，闻醉了，就跌跌撞撞地回家。家里的牛已经全部交给亚伯拉罕照看，外公尽情享受他一个人的伊甸园。他在果园四周种上柏树，抵挡从蓝山吹来的寒风。

最先开放的是雪白的扁桃花，花香在空气中浮动，仿佛对雨水和烂泥宣战。接着就是艳粉的桃花，细长的花蕊颜色略淡于酽浓的花蕾。和桃花同时开放的还有优雅的杏花，气味像极了女人的芳香。过不多久，李树也开花了，满枝细碎、柔软的白花。普林节[1]一过，苹果花就开了，一片粉红嫩白，带着果实的浓香。逾越节[2]时，榅桲花开，蕾切尔和史洛莫·列文会采花制酱。白色的梨花也在这时怒放，花托深紫，酒香扑鼻。等骄阳当空，成为果园的主宰，把泥土烤热，橙花的花蕊授过了粉，饱满鼓胀，浓烈的香气笼罩了全村，外公的闻香盛宴进入尾声。

这就是我葬下外公和他朋友的果园。园子里蝶舞蜂飞，虫鸟醉得从树梢跌落。那时候，以斯帖种下的是能彻夜开放的紫罗兰，她领着便雅悯到湿润的落花中去，天亮前拎着凉鞋潜回小屋，却挡不住热腾腾的身子散发出浓浓的湿泥土、梨花和紫罗兰混合的味道，那熟悉的味道，外公一闻就醒。

"他高兴得无以言表。女儿身上带着和上帝赐福的土地相同的气味。"

"这故事多动人，"法尼亚·李伯森这么说的时候，准把长发垂在丈夫胸前，腿搭在丈夫肚上，"但以理怪可怜的，不过米尔金家也有了个为爱发狂的男人，倒是好事。"

爱情第一次在米尔金的农场取得了至高无上的地位。以斯帖和便雅悯尖叫着重演两人第一次相逢的那一幕，以斯帖爬上饲料仓里的草垛，把自己悬在大梁上，便雅悯站在下面看她双腿踢蹬。

---

1 普林节：犹太教传统节日，以色列的狂欢节。纪念和庆祝犹太人在波斯帝国统治的年代里，以斯帖皇后拯救他们逃离灭族危难。
2 逾越节：犹太人的主要节日。犹太教历以此节为一年的开始，在尼散月（公历3、4月间）14日的黄昏开始，为期七或八日。

她喊道："你说'schnell, schnell'，我就放手。"

亚伯拉罕打扫干净牛棚，眼睛阴郁地看着地面，额上皱纹跳动。

有天晚上，我从田野里闲逛回来，脱了鞋，悄悄走到利百加和亚伯拉罕窗下，正听见我舅妈在议论我妈。

"想起她就像昨天，"她用蜥蜴一般嘶嘶啦啦的哑嗓子说，"悬在饲料仓的屋顶上。你从来不看，我跟你说吧，她真的没穿内裤。"

"我看我妈就是嫉妒。我爸从没那样从裙子下面看过她，也从不吹跑调的歌剧给她听。"

# 16

　　那阵子邻村出了一件可怕的事。一个庄稼汉自杀了，谁也不知道为啥。村通讯里说："死因跟着入了土，成了谜。"尸体在外公的果园里躺了好几天，盖在干枯的花瓣和眼蝶的断翅之下，大脚趾连着老式五轮半自动步枪的扳机，天灵盖崩开了花。浓烈的花香掩盖了尸体的腐臭。还是外公看见绿头蝇成群才起了疑心。绿头蝇通常不喜欢花香。

　　自杀者留下寡妇和八岁的幼儿，还有一支锈迹斑斑的步枪，里洛夫不得已从山谷可用武器清单上划去了它。大人对孩子说，他爸出远门了，会给他带礼物回来。可学校里的同学晚上听见爹妈和朋友在厨房里喝茶、闲聊，就把听到的话传给了这孩子。这孩子从此添了梦游的毛病，每天天亮前回到家，脚上满是荆棘和石子划出的伤口。

　　他逢人就说："我听见我爸叫我。"

　　皮内斯火了。死者村里的孩子在我们村的学校上学，每天早晨乘马车来，路边野草上的露水打湿了他们脚上的鞋。"怎么能这样骗孩子？"他在教师休息室里喝问，"怎么能毒害这么稚嫩的幼苗？"

他立刻明白这是土狼在捣鬼，可当时春意正浓，没人在意他的警告。人也好兽也罢，都只想在草地上舒展身子，吸收阳光和土地的温暖。牛棚和兔窝里全是幼崽尖细的叫声。头次产仔的小母牛春思萌动，竖起牛尾狂跑乱踢。一冬积累下的烂泥干了，脚下的土地柔软有弹性，不再泥泞湿滑。小野猫在草丛里雏菊间戏耍，练习捕杀技巧，走到泉眼附近就能听见它们呼噜噜的声音。哈依姆·马古利斯的蜜蜂在花丛里轻柔地哼唱，搬运甜蜜的花粉。成群的食蜂鸟刚从热带返回，在蜂群里搅起一片骚乱。雄鸽在牛棚顶上昂首阔步，嗉囊滚圆，胸部的羽毛像棱镜一样将阳光反射出彩色光芒。大群鹈鹕从天上飞过，飞向北方的那个地方，那片有着麦田、野狼、白桦林的土地。它们飞到李伯森家上空，降低了高度，嘲弄地对法尼亚鸣叫。泉水喷涌，冬季最后一茬长寿花香味浓烈，亚伯拉罕整日流泪不止，喷嚏不停。

皮内斯急切、紧张地带孩子们到田野里看花。

"尼散月是纪念复国运动的月份，"他边说边用目光搜寻附近的敌人，"为了纪念我们从埃及获得解放，大自然高擎红旗：罂粟花、银莲花、红毛茛、福寿草、郁金香和万年花。"

"当时，我正站在田野听他们欢笑，土狼的肩膀突然拱开了玉米地的青纱帐。"


每到春季，大黄蜂的蜂王从冬眠的地方出来找地方筑巢。那时它们虚弱僵硬。用不了几个礼拜，每只黄蜂王都会孵出一群强盗。夏天一到，它们那黄黑相间的身影就会在空中闪电般

126

地穿梭，带着刺耳、可怕的嗡嗡声，袭击葡萄串，落在果子和奶罐上，蜇咬人畜，毁坏蜂箱，给全村带来灾难。孩子们每杀死一只黄蜂，就能从村委会得到一笔小小的奖金。皮内斯每年春天都会带孩子们到田间，趁黄蜂王还没产出新一代"劫掠成性的米甸人[1]"时就捉住它们。

"我也不想让你们杀死大黄蜂的蜂王，"他对孩子们说，"我们不该杀害生命。但田鼠、大黄蜂、蝰蛇和树上的所有害虫，都是我们不同戴天的敌人。"

那年蝰蛇出洞早，在阳光下舒展粗壮的身体，等待不提防的老鼠、马蹄或赤脚。清晨我们经常看见蝰蛇悬挂在鸡笼的铁丝网上。这是它们夜间来偷鸡蛋或小鸡时，大头卡在了网眼里。便雅悯最怕蛇，每次下地必定穿上靴子，扛上锄头。

"我女儿老是笑话他，她赤脚在苜蓿田里跑来跑去，任他喊破嗓子也无济于事。"

"看你个头这么大，还是男孩子，"以斯帖说，"怎么胆子这么小！"

他俩坐在田野里望着英国空军基地。

"我要偷架飞机，飞回老家。"便雅悯说。

"我妈活着的时候，"以斯帖说，"我们家有头小毛驴。她每天晚上展开双耳，飞到君士坦丁堡去会见土耳其苏丹。"

以斯帖仰面躺着，便雅悯狐疑地看着她。他小心翼翼地探查茂密的草丛，然后才脱下衬衣和靴子，欢喜地挨着她躺下。

---

1 米甸人：《圣经》所载与以色列人密切相关的阿拉伯游牧部族，以畜牧、行商、劫掠为生。

才过两分钟，以斯帖戳他肚子，让他看一条慢慢朝他们爬过来的大蝰蛇，蛇身有男人小臂那么粗。她感觉到便雅悯浑身一紧，开始发抖，每个毛孔都在冒汗。

"别动，"她说，"要是我没吃了你，它也不会。"

可蝰蛇继续贴着地面向他们这边爬，蛇信子嘶嘶作响。以斯帖使劲摁住便雅悯，不让他动。等蛇靠近她的脚，她抬起便雅悯沉重的工靴，使劲砸蛇颈。蝰蛇不断挣扎、扭动，以斯帖一下接一下，一气把蛇头砸扁。

"你怎么这么蠢！"她对便雅悯说，"蠢胖子！打蛇有什么难。以法莲有回用鞋刷打死了一条蝰蛇。"

他俩看见皮内斯和学生在田野另一头的玉米地旁边，离村舍很远。可他俩看不见土狼。土狼隐藏在茂密的玉米田里。

皮内斯知道土狼不会袭击他们。土狼很少袭击人，即便发动攻击，也只挑落单的弱小目标下手。

"可我认出它了，"他惊呼，"它让我起了杀心，我想扑上去，杀死它，掐死它。它也认出了我，却躲回了密叶深处。孩子们压根没察觉到。"

他把孩子们叫到身边，像老母鸡一般展开双臂，护着他们回村，向村委会的负责人讲述了他的担忧。

"准是有人把骨头扔在玉米地里，招来了土狼。"村委会负责人说。他觉得皮内斯的担忧好比"白痴阿拉伯人的迷信"。这头土狼不可能是他们刚到山谷时曾袭击他们的那头，他认为。皮内斯离开村委会时，心里愈加不安和忧虑。

他急匆匆去找邻村的老师，让他下圈套，布岗哨。可邻村没人见过土狼，甚至没有任何蛛丝马迹。

"就像多年后，除了我没有人在半夜听见过下流话一样。"他愤愤地对我说。

梦游者每晚都会消失不见，去找他爹。他在睡梦中解开捆缚的绳子，从追踪者的眼皮下销声匿迹，仿佛化作了暗黑雪花。有天晚上，守夜人看见他的身影从暗处出来，挨着正在交配期的公马走过。那是匹好马，就是脾气暴烈，踢死过一头小牛和一位雇工。可那马见了他不仅没伤害，还轻蹭马栏，惊恐地嘶鸣，如同被弃的马驹。

"第七天晚上，土狼又嚎起来，金发的小男孩以为那是他爹，从他妈的床上起来，闭着眼走向田野，身上只穿了一件白色的睡衣。"

三天后，老才泽散步思考时，在干河滩的枣树边上发现他断了颈骨的尸体。尸体上落着一层熟悉、可憎的绿头蝇。他走遍山谷，把这事告诉了所有元老。

皮内斯平日脾气并不"火爆"，可那天站在墓穴边看着小棺材，边哭边骂，发誓要报仇。

"它专门袭击我们之中最弱小的，这并不是偶然，"皮内斯说，"土狼就是怀疑和绝望，是丧失信念，滋生迷惘。可我们要打起精神，不断建造、栽培、播种、灌溉。耕种的必接续收割的，踹葡萄的必接续撒种的。"[1]

周边数村都陷入恐慌。小男孩折断的脖子和撕开的胸腔，

---

1　最后一句出自《旧约·阿摩司书》（9∶13）。

令人人胆战心惊。家家都不敢再让孩子晚上出去关水龙头或谷仓的门。可春日自顾蓬勃。

"不久，死去的男孩就埋没在山谷沉痛的记忆里。那里面还埋着死于疟疾和阿拉伯匪帮的人，自杀的人和在路边倒下的人。他跟这些人一样，成为教科书里的一则寓言，教师休息室里的黑框照片。每回看见他那张小脸，我就暗自诅咒命运。"

春季的土地干涸开裂，庄稼秆变黄，人们把崭新的马歇尔打谷机抬到田间。那年收成特别好，"大地似乎接受了我们的祭献"。便雅悯忙完里洛夫的活，就到家里来帮忙。我妈给他带一份饭到田间，拿他被太阳晒起泡的敏感皮肤打趣，在他身后学蛇吐信子的声音，在一捆捆庄稼之间跟他捉迷藏。他们在田野里扭打，任漫天飞扬的谷壳落在脸上和衣上。

米尔金家同时在筹办两桩婚事，以斯帖要嫁便雅悯，亚伯拉罕要娶利百加。没人料到时光弄人，也没人料到邪恶的根结会在时间的田垄里胀大。我父母的死，以法莲和冉·阿让的失踪，才泽的惨死，"拓荒者之家"——这一切那时候连影子都没有。皮内斯和泽尔金编了一出音乐短喜剧给婚礼助兴，讲的是打谷场自路得时代至今的历史。村里几个女人主动帮忙准备饭菜，村委会负责桌子和桌布。

两座婚礼大棚搭在米尔金家的无花果树和橄榄园之间。外公外婆的朋友从全国各地赶来，欢笑，拥抱，在松软的土地上踩踏。他们的手指因过度劳作患上了关节炎，很多人秃了头，不少人白衬衣的口袋里揣着老花镜。

"肩膀，"艾利泽·李伯森说，"那些扛起了全民族的肩膀，略显佝偻，但目光依旧炯然有神。"政界要人也来了。"'菲吉·列文劳动者之圈'，一子一女同一天举办婚礼，就连那些跑到复国运动大会去逃避劳动的人，也不得不露面了。"

全国各地的头生子都在米尔金家的两个婚礼上济济一堂，他们相聚在一起，是一道动人的风景。这些人里有军事指挥官，有教师，有村庄或基布兹领导，有农业机械发明家和哲学家——"可他们，"皮内斯说，"个个目光明澈，举止高贵。"

我舅舅穿着蓝裤白衫，庄重地站在大棚下，作为一个安静的新郎，默默地看着一切。看着他那样子，人人想起李伯森的评价："他就像橄榄核，要在硬壳里等好些年才开裂、发芽。"婚礼上的宾客仔仔细细打量他，想看出他身上还隐藏着哪些尚未完成的重任。 鞍匠谭春·佩克的女儿利百加站在他身边，看着以斯帖的礼服，嫉妒地皱起眉头。她爹灌足了杜松子酒，皮靴锃亮，散发出浓重的皮革味道。他和宾客们追忆起俄国骑兵军官舞会，大谈当年厨子和侍女在熏肉美酒间偷情，被他逮个正着的事。他弯腿模仿骑马的动作，啧啧地指挥着胯下只有他还记得的老马，因怀旧和自豪而双颊涨红。

以斯帖在另一座大棚里笑着，不时咯咯地转个圈，身上的巴伐利亚式婚纱向上飞扬，白如堆雪。远处桉树林里，但以理·李伯森蜷缩在潮湿的树干间，痛不欲生，哭哑了嗓子，只剩喘粗气的份儿。一个礼拜前，但以理从村里得到犁耕近一千英亩[1]良田的大合同。泽尔金和李伯森让他来个绝地反击。但以

---

1 英亩：英美制地积单位，1英亩约为4046.86平方米。

理听从他俩的指令，开着 D-4 圆盘耙地机，在收割过的田野里写下心上人的名字。"以斯帖"几个字长宽各有半英里，字体是土地的深棕色，底色是干草的金黄色。可村里人人脚踏实地，没人站得那么高，也就没人看到这绝望的表白。除了几个英国飞行员，"可他们又不懂希伯来文"。

"那我爸呢？"

"便雅悯笑对宾客，却沉默寡言，因为他在思念自己的爹娘。"

"仪式和讲话之后，人们腾出一块地方让两对新人跳舞。泽尔金弹起曼陀林，你爸和我儿子以法莲走到中间，跳起贴面华尔兹。冬妮娅·里洛夫大怒，全村人在笑声中站成了两个阵营。"

"后来呢？"

"后来，我的娃儿，开战了，以法莲上了战场。"

# 17

外公预感到灾难的来临，就把以法莲带到果园，希望用新鲜事物分散他的注意力。他告诉他说，大多数梨和苹果长在一些特别的短枝上，这些短枝决定着一年的收成，千万不能修剪。多年后，他也这样对我说。

外公又带以法莲去看旁边又高又直的树枝，它们长得很快，可是不结果。专家们都说这种不结果的枝应该剪掉，可外公教以法莲把这些树枝弯成弓，树梢绑在根端，弯枝上果实累累，村里人叹为观止。"他刚来这里就想到了这个方法，"皮内斯敬佩地说，"你外公发现不光是人和马能被控制和驾驭，树也一样。"

数年后，一位热情的农业指导员到村里推广新的"考德威尔弯枝法"，说是美国人发明的，村里人告诉他说，我们这里老早就这样做了，只是没有花里胡哨的名字。而且外公的法子还有其独特之处，他会定期让弯曲的树枝放松一下，树枝以更高的产量感戴他的体恤。

但是，以法莲心思不在树上，他心烦意乱，浑身皮肤像马一样乱颤，他每天晚上都到以斯帖和便雅悯的小屋里去，小屋墙上的地图布满了按钉和小旗。

村里已经有人参军走了。最早参军的是铁匠歌德曼兄弟。他俩从建村第一天起，钉马掌，打镐头，制铧头，人越长越壮。"两人往炉边一站，左手钳，右手锤，胸膛映着炉火的红光，活像圣殿巨柱雅斤和波阿斯。"

外公说："有一天我和才泽到铁匠铺，发现两兄弟不在了。火熄碳冷，风箱静悄悄，烟火消散了。只剩两柄大锤悬在铁砧上。"

下一个走的是但以理·李伯森，他战后留在欧洲，参加了追杀纳粹的复仇小组。他给以斯帖写信永远草草几句，带着怨气，虽然从不提我爸，可字里行间寒气森森，无不带着对金发德国人杀之而后快的恨意。

晚上便雅悯和里洛夫以及一众陌生人聚在一起，准备武器库，计算引线燃烧时间，用水管铸造迫击炮，还制订了一套夜间声音信号系统，"能把山谷里的猫头鹰和蟋蟀逼疯"。那些陌生人化装成施肥顾问或卖鸡蛋的人，混进村子。

空气里浮动着不安。战争很遥远，但在夜间，或者秋日静谧的午后，村里人静静凝望西北，仿佛能看见或听见那边发生的事。"远方兄弟的血在召唤我们。"

以法莲请求外公让他参加英国军队，可外公置若罔闻。

"你这岁数的男孩儿在这里做贡献就可以啦。打什么仗。"

他在一张从笔记本里撕下的纸上写道："我俊俏的流浪者在国外的田野上游荡。"

以法莲跟着他爸干活，魂不守舍地弯曲树枝、脸庞消瘦、严肃，心事全藏在肚里。皮内斯会根据动物的动作和表情预测它们的迁徙，他警告外公要出事。

"我又不能用链子拴着他。"外公说。

"看紧点儿。"皮内斯叮嘱了一句。

"那时候有人能拦住咱们吗？"外公问道，"你爸愿意你从家里跑到这里来吗？"

晚饭时，他看着儿子狼吞虎咽地扫荡了蔬菜沙拉。他看着儿子强壮灵巧的臂膀和神色涣散的绿眼睛，知道他内心的翅膀早已展开。

吃完了饭，以法莲从椅子上跳起来，说要出去查看水龙头。

"再见，以法莲。"外公说。

"就一会儿。"以法莲说着，就走了。

过了一个礼拜，有人看见他那辆沉重的大力神自行车锁在撒拉方德英军基地的栅栏上。而他早已登上开往苏格兰的英国军舰。他并不晕船，可脸上溅满了海水。那双行走无声的脚穿进笨重的军靴，可是，即便他在颤动的铁甲板上重重跺脚，声音也会被淹没在海浪的轰鸣中。


夜晚，我听着浪头在我白色牢房的窗外撞成泡沫，耳畔回响起各种永不停歇的声音，但要聚精会神才能听见：风穿过木麻黄树，洒水器滴答，泉水汩汩，奶牛嚼草，木屋地板下窸窸窣窣。皮内斯给我解释以法莲走路无声的奥妙："他其实不是毫无声息，只是会把自己的脚步声伪装成某种恒久的声音。"

"巴勒斯坦犹太人中像他那样加入英国突击队的，寥寥无几。"麦舒拉姆如是说。那时以法莲已成为记忆，不是人人都关心并相信，也不是人人都愿意承受。他从一个橘黄色的筐里拿出一些文件和信封，筐子上写着"参军人员"。

"农户里一共五十三人报名参军，两个大人，三十八个本村出生的男孩，十三个女孩。还有非农户家的四个男孩和两个女孩。十六人再也没回来。我搜集了不少人参军后寄回来的家书，但没有以法莲的。你家不知为啥，死活不给'元老之家'。"

麦舒拉姆的"你家"，说的就是我。外公已不在世，约西在军队，尤里在加利利给他舅舅开推土机，运土固沙。亚伯拉罕和利百加准备去加勒比海地区，有人请他们过去管理一家大型奶牛场，家里的农场于是传到了我手里，在外公墓旁欣欣向荣。

"我不想和他们埋一块儿。"这是他的遗嘱，对我说了很多遍，"他们赶走了以法莲。把我埋在自己的土地里。"

麦舒拉姆竟敢来要以法莲的信，放入他那个傻乎乎的博物馆，胆子可不小。

"我要用最让他们心痛的办法报仇，"外公最后几年一直这样念叨，简直成了诅咒，"就用土地。"

外公的心愿由我来实现。老树精的遗体毁了土地，也彻底毁了建村元老的梦想。米尔金家的土地变成了墓园，坟墓仿佛是对村子的公然嘲讽和惩罚，令村里人坐卧不安。亚伯拉罕先进的挤奶间蛛网密布。水泥墙上长出苔藓，抹去了眷顾和祝福的最后一丝痕迹。泥蜂在饲料仓的墙缝里用纸和泥筑了大片的蜂巢。

满目荒凉，财源滚滚。我的墓园蓬勃发展，一袋袋钱在破牛棚里堆积起来。"拓荒者之家"像一枚巨大的楔子插入泥土，阻止了时间的步伐，粉碎了各种章程和生活方式，打乱了草木的枯荣，嘲笑了春夏秋冬。

　　以法莲参军两个月后，开始给家里写信。每封信都三言两语，干巴巴的。有时我会反复阅读。实弹两栖登陆演习。攀岩。"老打听咱家奶牛品种"的那个新西兰小伙儿，在因弗内斯附近阿奇那卡里的渡河训练中淹死了。我缓缓念着那些陌生的音节，体味着以法莲在那里的生活。全副武装的急行军。奥本的工兵课程。一张夜景照片，以法莲身穿苏格兰短裙，头戴滑稽的豹皮帽，手持一柄带毛权杖。给蕾切尔·列文的感谢信，感谢她教他行走无声。

　　"女王陛下的皇家突击队竟然连偷袭的入门知识都不会，"他在信里写道，"在咱村泉边的树丛里，他们走路的动静赛过豪猪。"

　　就像我曾听说的那样，他在冯·克里普斯达尔皇家猎苑里持刀偷猎鹿，被抓后被关了一个礼拜禁闭，罚款四十英镑。后来他参加攻打迪耶普的战役，徒手消灭了将给洛华特爵士的突击队造成重大伤亡的一组德国机枪手，因此获得杰出服役十字勋章。我听惯了口述历史，就把这些信都大声念出来。"迪耶普。"我对自己说，"克里普斯达尔。洛华特。"读这些外国词的时候，口腔和咽喉的气流变得陌生。

　　时光荏苒。每天清晨，太阳照亮俄罗斯士兵的散兵坑，照在克里米亚的舒拉密身上，照耀着在路上的希福利斯，照亮我们这个山谷，落在菲吉外婆的墓上，落在外公的草帽上，落在亚伯拉罕皱纹深深的脑门上，落在我爸妈身上。然后才轮到在西边的以法莲。太阳周而复始地运转了一整月，之后外公听说爱子在突尼斯的盖塔尔战役中负了伤。

以法莲负伤后，整整六个月没给家里写信。外公愁得不行。有天晚上他和才泽一块儿爬上蓝山的山巅，从那儿能看到海。

大山如墙，隔开我们和城市、大海，以及各种虚荣和诱惑。年复一年，村里人看着大山，看山岭上云飞扬，浩浩荡荡飘过我们的田野。"云是山的孩子。"我小时候外公对我说。我们当时走在田间，等着下雨。我学他用手搭成凉棚。他抓了一把土在手里捏碎，双眼凝望大山。

"有一年，雨云没来，我们过去查看怎么回事。'劳动者之圈'的人都去了——泽尔金、李伯森、菲吉外婆和我。我们披荆斩棘，走了整整一天才爬到山顶，又花了整整一夜寻找雨洞。后来我们听见云的低吟和咆哮。洞口堵着一块大石头，云出不来了。我们就动手搬石头，一二，一二，我们在外面用力拉，云在里面用力推。石头终于松动了，云一下子冲出来。泽尔金抓住一朵云，乘着云回了家，雨也随之落下。"

外公和才泽在山巅眺望远方。良久，才泽闻到远处的硝烟，咳嗽起来。外公看了看战场的火光，听着阵阵喊杀声如卵石般从波涛上飞掠而来，把头深深埋进了膝盖。

他们回了家。第二天清晨，一辆英国汽车进了村。孩子们跑去给里洛夫报信：斯托夫斯上校来了，快把军火库入口伪装起来。斯托夫斯上校是个瘦高、跛脚的英国人，在北非负伤后调到了巴勒斯坦。他一身戎装，手拄一根黑拐杖，从车上下来，一瘸一拐地走到另一边的车门，开门，敬礼。以法莲回来了。

以法莲下了车。他足蹬黄色沙漠软靴，身上佩戴着英国突击队的标志，还有绶带、勋章和军衔，笑眯眯地看着围过来的村民。他口袋里揣着女王陛下的政府颁发的终身抚恤金证明。

村民见到他，惊恐万状，发出了令人难以忘记的尖叫声，因恐惧和惊愕而大张着嘴干呕。男人从绿茵茵的田野，从枝叶繁茂的果园，从牛棚鸡舍，狂奔过来看以法莲。兽医的老婆间或跟他睡过几次，尖叫了一分半钟，"中间不带喘气儿的"。曾经跟他学飞刀、学做风筝的孩子吓得乱叫。雅科夫·皮内斯从学校咚咚地跑来看他昔日的学生，在半道顿住脚步，仿佛撞上了一堵墙。他闭上眼，像公牛进了屠宰场似的嚎叫。奶牛、牛犊、马和鸡在圈舍里一片躁乱。

尤里说意大利士兵是"胆小鬼"，可他们的一枚地雷把舅舅英俊的脸变成了一团发亮的皮肉布丁。"那张脸吓人啊，我都不知道该怎么说，我的娃儿，像个烂石榴，红、紫、黄搅在一起。幸亏你不记得他了。"

舅舅的一只眼睛炸掉了，鼻子错了位，嘴唇没有了，一道紫红色的伤疤斜过面颊，从额头直到咽喉下的凹处，一直延伸到衣领下面。烧成焦炭的皮肤松垮垮地在脸颊上晃悠。只有一只碧眼从这堆完全看不出形状的组织中往外张望，证明医生的确为复原这张人脸做出过努力。

以法莲沉鱼落雁的俊美曾经吸引了整个山谷的人，如今他变成了没人敢看的丑八怪。村里人吓得抱作一团，"呆若木鸡，尖叫不已"。

舅舅脸上恐怖的笑容渐渐不见了。他猛地转身，似乎想重新消失。斯托夫斯上校嘴里喃喃地骂了一句，把车门打开。可这时人群突然分开，便雅悯的胳膊像坚硬的犁头翻开土地。他的目光迎着大舅子，毫不躲闪，他张开粗壮的手臂拥抱他，亲吻他那片曾经是面颊的发亮的烂肉。

我爸的希伯来话大有长进。"欢迎回家，以法莲。"他领着以法莲穿过那片寂静，如同走过全是烂泥的街道。

吃晚饭时，以法莲说想吃"咱家招牌蔬菜沙拉"，还把做法告诉了以斯帖。他的声带也受了伤，说话声音微弱沙哑。

"先切洋葱，撒点盐，再切番茄，也撒点盐。最后放青椒和黄瓜。拌匀，加入黑胡椒、柠檬汁和油，搅拌一下，再腌一会儿。"

他说，这两年他就想吃这道沙拉，可"全世界没别人会做"。

他把满满一勺沙拉塞到嘴里，愉快地叹息了一声。他咀嚼时，脸上的肌肉就像上千颗子弹爆裂，怪吓人的。亚伯拉罕哭着离开了餐桌。可便雅悯说："他准是忘了关苜蓿地里的水龙头。"然后若无其事地接着谈论战争、德国机枪、隆美尔将军、突击队的训练，还有英国军队的授勋。

"我说不出话来，"外公说，"他们毁掉了我英俊的儿子。睡前他匆匆说了一声'晚安，父亲'，然后赶紧转身，不让我抱他亲他。"

"落不到他脸上的那些吻，都是从我心头割下的一片片肉。"我看见外公的一张纸条这样写。

以法莲整夜在院子里转悠，无声的脚步扰得人人无法入睡。第二天一早，便雅悯来了，两人坐在桌旁，在好几张大纸上一通写写画画。便雅悯请才泽帮忙，赶着大车穿过田野，前往英国空军基地。跛脚的斯托夫斯上校和两个精干、寡言的苏格兰突击队军官出来见了他们，他们上前拥抱了以法莲。一同出来的还有一位印度军需官，以法莲胸前的奖章让他激动得心咚咚跳。他们再次回到村里时，后面跟了一辆军用卡车，车上装着盖房用的木材、沙子、水泥、石子，和两个苏格兰人。便雅悯和以法莲脱下衬衣，动手在牛棚旁边挖地基。最终他们在地基上盖起一座砖房，有窗有门，门窗背对着我们家的房子，朝向牛棚和田野。

便雅悯给砖房接上水电，砌了一座漂亮的柴灶，能取暖能烧水，还做了棕色的木百叶窗，铜扣环做成小矮人的形状。多年后，铜环上的绿锈把灰墙染上了难看的道子。

"我现在用那屋子存放工具和草药。"

以法莲搬进新家，再也不出来了。

"我绕着墙转，闻着墙上新鲜、潮湿的青苔和石灰的味道，等我儿子走出来。你妈把饭放在门口，求她哥哥出来。可他就是不肯。"

皮内斯来敲门，要见昔日的学生。

"你看见我的时候叫出了声。"以法莲不开门，声音难听刺耳。

"我对他说：'我也是人啊。谁能想到你伤得这么厉害。开门吧，以法莲。给老师开门，老师要向你道歉。'"

以法莲就是不开。

外公和皮内斯把这件事对我说了几十遍，仿佛在请求我替以法莲原谅他们。

每天晚上便雅悯都过来看以法莲。过了几个礼拜，他让他晚上到牛棚干点活。

"牛也怕我。"以法莲说。

便雅悯说，他要是再不去干活，他就又要抓住腰带把他扔到饮牛的水槽里去。

"那只在晚上干。"以法莲说着，从屋里走了出去。

"九点半，我就会看见门缝里露出一线灯光，我儿子双腿的影子闪过，那是他悄悄去牛棚。他铲牛粪，洗奶罐，添夜草，为清晨挤奶做准备。"

外公躺在小屋里一动不动，心"碎了一地"，听着牛粪车在金属斜坡上咣当响，铲子刮擦粪槽，牛在圈里挤作一团哞哞叫的声音，偷偷地瞧着他儿子，悄悄哀叹。

这样过了四个晚上，雅科夫·米尔金从床上爬起来，走到牛棚外，在黑暗中喊他儿子。

"爸，别进来，"以法莲带着哭腔低声说，"别进牛棚！"

"我做不到。"米尔金说着走进了牛棚。

以法莲急忙抄起一只空饲料袋盖在头上，这时他感到父亲的手搭在了自己肩上。米尔金把吻印在粗糙的麻袋上，牙齿死死咬着麻袋上残留的草料，草料和着泪水和口水，化为草浆。他轻轻拿下儿子头上的麻袋。老才泽假装睡着，在角落里默默看着父子俩。

"第二天一早我就去找马古利斯给我儿子要了一只养蜂人用的旧头罩，好让他出门见人。"


以法莲俊美的样子变得遥远、模糊，只有那些愿意珍藏的人闭上眼才能看得见。但是，没有了这样的美貌可以欣赏，村里人的日子变得更艰难了。

"在这个地方，人们如此地依赖土地、天气、动物与生俱来的习性和人类后天习得的变化，"皮内斯对我说，"以法莲的俊美对我们来说，如同雪的清凉之于收获季节，歇息之于疲惫，湖水之于荒漠。"村里人这才意识到自己失去了什么。这让他们愈加疏远他。

舅舅每周去一趟空军基地，把卡其布裤子熨得笔挺，去跟斯托夫斯上校和那两个少言寡语的苏格兰人聊聊，跟驻扎在那里的英国和印度枪手喝啤酒。有时他会穿过田野，一直过了橙园才摘下面罩，一群跟着他飞的蜜蜂惊得目瞪口呆。有时候基地的长官会派车来接他。

"你儿子跟英国人走得太近。"里洛夫说。

"村里人看不起他。可英国人懂得敬重英雄。"外公答道。

"那些印度人在家乡见惯了丑八怪。"利百加说。

以法莲喝啤酒吃香肠，在曾经偷牛肉罐头的食堂里买了糖块带回来给牛吃。亚伯拉罕舅舅含糊地抱怨过，说牛吃了糖块会生虫子。可牛吃了糖块后都喜欢上了以法莲。他和英国人的友谊也在村里惹出闲话。自从他赌气拒绝到村卫队帮忙，非议就更多了。"匪帮"的成员一直是犹太地下武装帕尔马赫突击队[1]的骨干，但以法莲就是不把自己在英国军队里学到的任何本事，包括爆破、狙击、绘制地图等等，传授给他们。

里洛夫知道以法莲对游击战了若指掌，忍不住吼道："他以为自己是什么人啊？"

---

1　帕尔马赫突击队：犹太复国主义组织的军事力量，为以色列国防军前身，在1948年以色列独立战争中占有重要地位。

"我会吓着那些可怜的孩子。"以法莲说。

战争结束后，尤里、约西和我已经在娘胎里，一辆英国军车来到我家门口。车里坐着斯托夫斯上校、两个精瘦的苏格兰人和一个红头发中士。中士手臂上有一层卷曲的金色汗毛，衣服上佩戴着指挥官的标志。

他们擅长夜战，麻利安静地从路虎越野车上卸下一箱啤酒和几罐"游戏者"，抬进以法莲屋里，陪了他一整夜。里洛夫在给村委会的报告里写道，那些突击队员很少说话，用一套约定的暗号交流，走时酩酊大醉；那个中士喊道："两个月内把奶牛给你送来。"

# 18

我和外公一样，喝茶时也喜欢从嘴里那枚苦涩的橄榄里吸取营养，从手里那块方糖中吸收力量。我也像他那样眺望远方，等着以法莲和冉·阿让回家，等着希福利斯到达。我站在豪宅的屋顶看海。白帆点缀在碧浪间，修长的男子泳裤下饱满充实，健壮的女子屈膝立在帆板上，撅着屁股调整方向，海风习习，短发飘飘。

有一次巨浪把一个冲浪者冲到了岩石上。我放下望远镜飞奔过去，一手扛着她，另一手扛着帆板和帆。到了安全的沙滩，我把她脸朝下放在地上。等我回到房顶，就见她站了起来，晕乎乎地东张西望，研究着自己身上的血迹和沙地上我的脚印。

外公也像这样站在饲料仓的顶上，站在"老年之家"的露台上，放眼山谷，等着儿子回家。

"老年之家"离村子十一英里，在一片低矮的房屋中鹤立鸡群。我隔天去一趟，从田间抄近道，提着刚在牛棚里挤出的鲜奶，三个小时一气走到。

"巴鲁奇，等等，"亚伯拉罕舅舅总说，"我找头更好的牛挤奶。"我等待的时候，就会帮忙干活，扛起重重的饲料袋，搬运装满的奶罐，把胆怯的牛犊赶入准备运输的牛栏。

两位表哥都在忙着喂牛：约西继承了他爸的阴郁，干活麻利出活多，他养的那只红毛猎鹰要么停在他肩上，要么像狗一样连蹦带跳地跟着他；尤里昨晚又不知去了哪里，早晨睡到很晚。

"准是他的哪个女人又发情了。"亚伯拉罕说着，亲昵地在他背上拍了一掌。

外公说，尤里像以法莲，只是比以法莲更爱幻想、更敏感。两人最像的是瘦长的身材、消瘦的面颊和好看得吓人的脸蛋。外公常常把这个孙子左右打量，仿佛那是他儿子凝固在一滴琥珀里。"后代。串起的珍珠。精子串成的长项链。"他搬去"老年之家"后，我看到他的一张纸条上这样写着。

出发前，我把奶罐装在浸过水的麻袋里，给牛奶保鲜。半路再用浇灌龙头淋几次。

我动身时空气凉爽，露珠还挂在叶尖。山谷笼罩在一片云海之下，山峰刺透云层，如一座蓝色岛屿。初升的太阳，在清晨五点一刻就差点把外公和他弟弟烤死的那个以色列的太阳，已驱散了田间的那层薄雾。山谷慢慢揭开柔软的床单。土地变暖，把我脚底烘干。我总爱赤脚走路，把凉鞋挂在脖子上，用脚跟碾碎地下的土块。至今我的脚趾间还能感受到那令人舒适的细软温热的泥土，那被大车的轮子和牲口的蹄子碾出的灰色细粉。有时，我也会沿着大房子外面的沙滩散步，可沙砾尖锐粗糙，一点不像我去看外公时那条路上的细软粉末。

金翅鸟在路旁的树篱笆上跳来跳去，两只鹰在空中翱翔，盘旋着直冲云霄。一群黄雀在蓟丛上匆匆掠过，短粗的喙发出的尖叫带着惊惶。

"看喙子就能认鸟。金翅鸟的短而粗，正好嗑种子；鹰的弯而尖，撕肉最合适。"

一天清晨，皮内斯带我们到桉树林旁去看一头死牛。那头死牛肚子肿胀，牛角插在土里，是头天晚上被拖拉机拉到此处的。"他被埋葬，好像埋驴一样，要拉出去扔在耶路撒冷的城门外。"[1] 皮内斯忧伤地背诵，让我们静静地观察。几只秃鹫围在尸体旁，秃头，锐目，咽喉褶皱。这副样子我熟悉，而且喜欢。它们把光秃秃的白颈伸到死牛肚子里，用进化得完美无缺的喙子啄食内脏。

皮内斯给我们讲达尔文如何研究加拉帕戈斯群岛的苍头燕雀，那是"一小群与世隔绝的鸟儿，通过进化长出了不同的喙子，以适应不同的食物"。它们进化成了不同的亚种，各自有了新食谱，因此存活下来。说到这里，靠着比喻和类比，我们的老师一步跨到教授给我们多元农业的优势。"果园和牛棚，鸡场和菜园：这边也要抓，那边也别放。"

我有时把孵蛋的百灵从窝里轰出来，赶着她在收割过的地里笨重地蹦跳，像个尖叫的跛脚老太太。为了把我引开，保护窝里的鸟蛋，她的鸟冠上沾满了泥土。绿蜥蜴一闪而过，留下的细脚印像楔形文字。山鹑起飞时响亮地扑扇翅膀，时而有猫鼬飞快地穿过小路，身体细长，神出鬼没，像蛇。也有真蛇。

---

1　参见《旧约·耶利米书》（22：19）。

"尽管黑蛇偷吃鸡仔和鸡蛋，庄稼人倒当它是朋友，因为它们吃田鼠。所以如果遇上黑蛇，闪一边儿给它让道。"

早起的庄稼汉认得我笨重的步伐和手里的奶罐，友好地跟我打招呼。还有人让我跳上他们的大车，捎我一段路。我格外小心地穿越邻近基布兹的麦地时，一个基布兹人从树后闪出，年纪跟亚伯拉罕舅舅差不多，手里提着一只小篮子。我浑身的肌肉顿时绷紧了。李伯森诱拐法尼亚虽已过去多年，双方的关系依然紧张。晚辈们根本不明所以。李伯森的爱情恶作剧在时间长河、记忆堤坝、政治冲突和四季更替的合力下，带上了抹不掉的敌意。基布兹和村子之间的毒血传染扩散，向四面八方蔓延，在仇恨的棚架上缠绕。双方一次次地抢资金，扔石头，冷眼对怒容，隔河骂脏话。

树后闪出的人没有同伴。他迟疑地向我走来，双眼盯着地面，像是在看我有没有什么邪恶企图。

"你是去'老年之家'？是雅科夫·米尔金的外孙吧？我父亲给我讲过他的事。"

他局促、犹疑地递过手里的篮子。"帮我把这个带给泽耶夫·阿克曼，五号房的，行不？他是你外公的朋友。"

人人都是外公的朋友。我把他们都埋在外公身边。如果我没记错的话，泽耶夫·阿克曼在第六排第十七号。

草篮子里有一块蛋糕和几枚橙子一般大的枇杷。"自家树上结的。路上尝一个吧。就一个哦。"

我八点二十到了"老年之家"，先在草地上蹭蹭脚，再穿上凉鞋。

坐在门口的老人照例说："米尔金家的外孙来了。"他们就盼着有人来。"给他外公送牛奶来了。好孩子。"他们赞许地看着我。有些老人长得跟外公极像，仿佛一个模子里刻出来的。另一些城里来的老人带着一种透明的灰色，像我在田间拾得的虫蜕，脆弱羞涩，是史洛莫·列文那一路的。经年累月的营养不良、"思想软弱"、"远离自然"在他们身上留下了烙印。

"老年之家"最初只接收自己人：村里和基布兹的老人。可他们刚一入住，就开了个全体会议，投票同意拒绝职业理疗师和他带来的珠子、毛衣针，他们要到花园里去干活。他们用粗糙、中风的手拔除了黄玫瑰和蓝茉莉，种下一排排甜菜、辣椒、卷心菜和大葱。接着，他们纵情高歌，把金鱼池里的水引来浇地。

"就差一两个闹自杀的了。"外公说。

多年后，李伯森对我说："谁都拿我们没办法。"那时，法尼亚死了，李伯森也进了"老年之家"，眼睛看不见，脾气暴躁。"他们从没想到拓荒者会老去。眼看着我们这些伟大的梦想家和行动者变成动脉硬化性风湿病患者，他们都傻眼了。"


我到食堂去找外公，他在那儿等我，我在他面前站住。每个人都羡慕他。他快活地拍拍我一头硬发茬。

"早啊，舒拉密。"我跟他身边的女人打招呼。

外公的女朋友人高马大，驼背，一头白发，满脸病容，戴着眼镜。她冲我笑笑。我的眼睛盯着地面。

有一次，我来的时候外公不在食堂。我穿过花园，透过窗户看见舒拉密躺在床上，裙子撩到松垮垮的肚子上。外公跪在地毯上，秃头在她两腿间一上一下，她叽里咕噜地说着皮内斯不愿意翻译的语言。我把牛奶放在门口。过了一会儿，外公到草地来找我，在我脸上亲了一口，胡子上一股吓人的沼泽味。

现在，我把奶罐放到桌上，掀开盖子，给外公倒了一杯牛奶。"刚挤的。"我自豪地环视四周。女管家绍莎娜在围裙上擦了擦红彤彤的手，鼓起掌来。

"多好啊，米尔金。快喝，米尔金。对身体好，对吧，米尔金？啥也比不上牛奶健康。"

"她觉得人只要过了六十五就老了。"外公擦去嘴角的牛奶，嘟囔了一句。他一连喝了四杯。舒拉密不喜欢喝牛奶。

接着，外公和我在众人注视下到园子里散步，或者在露台上闲聊。我得一遍又一遍地把家里的事说给他听，讲果园和庄稼的变化，讲村子里的动向。

"皮内斯咋样？"

"又听见那怪叫了。"

"这回操谁了？"

"又是另外一个人。"

"泽尔金呢？"

"泽尔金和麦舒拉姆大吵了一架。他让他把院子里的草烧掉，可麦舒拉姆一心修理那台收割机。"

"那台破玩意儿？"

麦舒拉姆在牛栏旁发现了那台老旧的克莱顿收割机，履带开裂了，叶片断了，活像一只撑不起来的大鸟骨架。我站起来学他："'你总不能因为没有零件，就把咱们的历史给扔掉吧。'"

外公笑起来。"麦舒拉姆有一天会把他亲爹做成拿着曼陀林的标本。"

外公搬到"老年之家"后，麦舒拉姆来问我要外公所有的文件、信件和个人物品。

"雅科夫·米尔金的回忆录太宝贵了，反映了我国第一次世界大战初期的状况。"他说。

"他没写过回忆录。"我说。

"信件和笔记也很珍贵啊。"麦舒拉姆急切地解释。

我抓着麦舒拉姆的腰带和衣领，把他从窗户里扔了出去。外公听说后笑了。

"麦舒拉姆会惹出大祸，"送我走的时候，外公说，"别忘了给果园浇水，到牛棚里帮把手。别等亚伯拉罕来叫你。"

他会站在露台上很长时间，看着我离去，看着我拐弯、消失。有一回我在拐弯的地方等了半小时，悄悄潜回去，抬头一看，外公还站在原地。累弯了腰，望穿了眼，等着复仇。等他儿子以法莲。等着果园开花。等最后一位拓荒者希福利斯，他会缓缓走来，穿过沙和雪，来到以色列。

# 19

"我有一张他的照片。"麦舒拉姆主动说。有时候，我们走在墓园里，他会向我献媚，想给我留个好印象。

他从衬衫口袋里掏出照片。照片的边缘切成波浪纹，所有的老照片都是这样。以法莲的脸藏在面罩后面，看起来像个养蜂人。小伙子清清瘦瘦，穿着宽大的卡其布裤子和胶底鞋。美丽和恐惧都随时间死去，只有那份沉静，经过多年依然清晰可见。

"跟你换'菲吉·列文劳动者之圈'的章程。"麦舒拉姆提议。

我把他推开。"滚！不然我揍你。"

我一直不喜欢麦舒拉姆。我小时候，他曾来找外公打听他初到以色列时的事。

"米尔金，我听说你是在加利利海见过弗鲁姆金？"

"是。"

"那，约旦附近的那个泵站呢？"

"在那儿也见过。"

"你听见他说要举行罢工逼伯曼辞职？"

"有什么可大惊小怪的，麦舒拉姆？他们想用一匹马拉一挂车，到提比利亚去看望病中的老友，伯曼就是不同意。后来那位朋友死了，他们火了。他就是不让他们好过，克法·尤赖厄和其他大农场的官员也一样。"

"伯金在《青年劳动者》中写道，克法·尤赖厄有四位管理者，他还揭露了经济不规范行为。"

"那就咋啦？"

"这样，我告诉你他具体怎么写的。"麦舒拉姆闭上眼开始背书，"'克法·尤赖厄至少有四位管理者，他们有什么作为？第一位，首席管理者，住在佩塔提克瓦，骑着骡子来视察。另外三位，一位主管农田，一位主管种树。'"

"对不起，麦舒拉姆，我活儿多着呢。"外公用力一抖肩膀，转身走了。麦舒拉姆追上去。

"米尔金，你没听明白吗？他说有四位管理者，一位住在佩塔提克瓦，一位负责农田，一位负责果园。第四位呢？第四位怎么样了？比利茨金说只有三位。我得找个人问清楚。"

"就这事？克法·尤赖厄管理者的人数？怎么不去问才泽呀？"

"你明知道才泽什么都不跟我说。"

麦舒拉姆十岁那年，缠着才泽提了一整天的问题，最后才泽一脚把他踹开了。他哭哭啼啼去找他爸。他爸说，如果他再胡说八道，还得挨一脚。

其他的元老也都受不了麦舒拉姆。

李伯森忍无可忍地喊道："给我滚！我凭什么记得汉金在恩谢喀买地的时候问阿布拉姆松要了多少钱？"

李伯森被麦舒拉姆纠缠了六个小时，终于把手里那捆沉重的干草扔在地上，筋疲力尽地坐在上面。八十岁的人不喜欢总被问迂腐的问题，这会让他们衰退的记忆力暴露无遗。

　　"不记得也没关系，"麦舒拉姆说，"直说嘛。"

　　"十二法郎一德南[1]。"

　　"你看，李伯森，你还是记得吧，就看你想不想，"麦舒拉姆说，"不过，还有点小问题。阿布拉姆松在战争末期写给乔姆金的信里，特别提到十五法郎一德南。余钱到哪里去了呢？"

　　我也忍不住烦了。

　　"这跟我有什么关系？"我说着把照片扔在地上，"我怎么知道这是不是以法莲？"

　　那头牛是英国战友送给以法莲的。他们在战后散落天涯。那是一头有了身孕的纯种夏洛莱母牛，价值连城。买牛的钱大部分是以法莲的老班长掏的，他已回到罗得西亚继续经营他家的钻石矿。两位苏格兰特工把钱带给一位在第戎修理摩托车的前抵抗运动战士，他从夏洛莱的一位老农妇那里买下那头牛，再送到他们手里。他们赶着牛走出山口，到了地中海港口，再把牛装上英国海军灰色巡航舰，运到巴勒斯坦。那艘巡航舰的任务是搜捕那些运送非法犹太移民的船只。

　　以法莲穿上军装，戴上勋章，驾车前往海法的港口。

---

1　德南：奥斯曼土耳其帝国时期的土地面积单位，现在仍被该地区多个国家沿用，但各地具体面积不等，在以色列为 1000 平方米（1928 年以前为 919.3 平方米），在伊拉克为 2500 平方米。

"他坐着一辆贝德福德军用卡车，和跛脚的斯托夫斯上校一道回来了。那头牛站在大木箱里，带着旅途的劳顿。"

全村人都到大路上来看这头奶牛，这是巴勒斯坦的第一头夏洛莱牛。法国农业部颁发的装裱好的证书放在带绿色绒衬里的胡桃木扁匣子里。

"从没见过这样的牛。体宽个矮，透着高贵和人类搞不懂的纯粹基因。我一见到她，就明白为什么耶利米把辉煌的埃及王国比作'肥美的母牛犊'[1]。"

皮内斯说，雅克菲的健美的母牛"谦虚"在那年的海法农业展览决赛上得了铜奖，可是往夏洛莱牛旁边一站，简直就像"基遍人的瘪酒壶"[2]。

"她散发出红肉的芳香，我女儿以斯帖直勾勾地望着，满眼写着一个'饿'字，周围的人全都大笑起来。"

一个半月之后，以法莲的母牛产下一头漂亮的夏洛莱牛犊。"在我们这一带前所未见。"接生的时候村里的兽医和英国军区的兽医都来了，军区兽医负责给我们这个地区所有的警犬和马看病。

"她像个老手一样沉着。"医生说着，摘掉橡胶手套，洗净手上的血污。纯种牛在牛棚一个僻静的角落产犊，一声不吭，不像村里的杂种牛，产犊时扯着嗓子叫，倒像是要去屠宰场，

---

1  参见《旧约·耶利米书》（46：20）。

2  据《旧约》记载，基遍人是亚摩利人的后裔。以色列人进攻时，他们穿着破旧的衣服，带着发霉的面包，装作远来的旅人，与以色列人签约以求自保。后来他们成为耶路撒冷圣殿的守殿人。

招得棚里其他牛都过来围观。

以法莲兴奋地看着牛犊挣扎着站起来。小犊子粗脖颈、方脑门，四肢粗壮，卷毛柔亮。以法莲激动得发抖。他跪在小牛身边，摘下面罩，伸手抚摸小牛宽厚的脊背。小牛用粗糙的舌头舔他脸上的伤痕，企图从他变形的鼻子和耳朵里吸奶。他还走不稳。母牛站在一旁，用蹄子掩埋胎衣，不安地喷着鼻息。

"就这么开始了一段不寻常的友谊。"养牛高手亚伯拉罕舅舅说。

皮内斯说："以法莲搂着牛犊，油然生出一种令人尴尬的冲动。他抱起牛犊，如养育之父抱吃奶的孩子[1]，走到院子，走向田野。"

"你以法莲舅舅扛着九十磅重的香犊走出家门，暗自决定给他的法国可人儿起名叫冉·阿让。"外公从我颈上解下围嘴，把我从婴儿椅上抱下来，让我骑在他肩上，在屋里转悠。夏洛莱牛犊把温暖卷毛的头靠在主人胸前，发出轻微的呼噜。外公用手指搔我的脖颈时，找不见牛犊的母牛在惊恐地嚎叫。以法莲在田野里载欣载奔，直到入夜寒气弥漫，才把冉·阿让送回母牛身边喝奶。

牛犊成了村里的谈资。两天后，英国兽医过来看情况，用消毒剂擦洗了冉·阿让的肚脐，又教给以法莲养牛的方法。村里的兽医也提了一些好建议。

以法莲每天都会在院子和果园里遛冉·阿让，每晚扫完牛

1　参见《旧约·民数记》（11∶12）。

棚，总要看看冉·阿让是否安好，草垫是否干燥。之后他才满怀喜悦地躺在床上，仅剩的一只眼熠熠发光。便雅悯打趣地叫他"弥诺陶洛斯[1]"，他并不在意。他说牛犊没见过受伤前的他，所以能接受他现在的模样。

冉·阿让满月时，以法莲扛着他上了街。这是他回家以后第一次上街。

"我带他在咱村逛逛。"他用沙哑的嗓音说。

有人投来异样的目光，可以法莲只是在面罩后面粗声粗气地说，他带小牛犊认认家。村里人不自在地笑着，跟着他，拍拍冉·阿让，抚摸他优美的肢体。有几个人友善地打招呼，让以法莲心中燃起了新希望。他觉得跟村里的关系在好转，所以马古利斯来找他帮忙搜捕布尔加科夫时，他爽快地答应了。


布尔加科夫是丽娃·马古利斯养的大猫，后来跑野了，成为这一带最危险的杀手。

皮内斯说："我没见过哪只动物捕杀是为了找乐子而不是找食物，除了马古利斯的猫。"他专门用了一节自然课讲这只猫。"它被传染了人类的恶习。"

他说，这畜生当过宠物，染上了人的习惯，忘掉了"丛林法则"。

布尔加科夫是只白色波斯猫，浑身的长毛非常耀眼。开往城里的公共汽车每天都会在村里停一下，这只猫有一天从车上

---

1 希腊神话中的半人半牛怪。

跳下来，径直走到马古利斯家，仿佛在那儿住了一辈子。这只漂亮猫咪进了屋就在丽娃腿上蹭，直蹭得猫和人都舒服得合上了眼。丽娃·马古利斯还从没见过这么好看的动物。布尔加科夫跳上桌，舔了些牛奶，微笑着把几排蜂蜜罐挨个看了一遍。多年后，丽娃非说这猫当年还读出了上面的标签："紫云英蜜，野花蜜，柚子蜜。"

访客把修剪过指甲的爪子搭在韭葱蜜上，示意丽娃打开蜜罐。吃完了蜜，它舔了胡须，蜷在丽娃腿上。丽娃便梦见自己那一大皮箱从基辅运来的嫁妆，梦见那些被委员会征去换购荷兰牛和机关枪的厚地毯，梦见那些在麦田里被打碎的利摩日瓷器和施托伊本酒杯，至今秋季翻耕土地时，还会有碎片闪亮。

波斯猫到马古利斯家时，正是最后一只雕花高脚杯打碎二十年后。"整个山谷只有这只猫不喝结皮的牛奶。"丽娃坚信这只猫也是父母送她的礼物，所以给它起名叫布尔加科夫，以纪念她在基辅作家俱乐部遇见的一位年轻的俄罗斯爱猫人士。

"你就是把蜂巢里的蜜全涂在我身上也没用，"丽娃对丈夫说，"这只猫是我的，不是村里的。它不会去犁地、拉车，也不会被任何人挤奶。"

她用酒红色丝带在布尔加科夫的颈部打上蝴蝶结，把细白沙放在木箱里给它用。午餐时间，这只漂亮的畜生在家里吃了第一顿饭。

第二天，丽娃带着猫去村里的商店。

法尼亚·李伯森发现这猫无精打采地瞥着空荡荡的货架，警告说："丽娃，你犯了大错。这猫不适合咱这乡下地方。要么它遭罪，要么咱遭罪。"

丽娃拍拍布尔加科夫，什么也没说。它柔软的毛发治好了她手上的水泡，把她丈夫那间蒙尘的草棚化为金色常春藤装饰的乌克兰庄园主豪宅。

马古利斯也不反对。"只要保证别让它靠近蜂箱，"他说，"别让它碰我的意大利蜂就好。"

丽娃有洁癖，在马古利斯家里，只有布尔加科夫可以随意出入每一间房，坐在椅罩上。只要猫咪往沙发套上那么一蜷，房间里顿时一尘不染，空气中飘着酸奶油拌浆果的那种好闻味道，和女仆走动时双腿摩擦的沙沙声。布尔加科夫从不靠近蜂箱，从不爬树，从不抓草棚里的老鼠。面对里洛夫的狗，布尔加科夫绝不畏缩。它朝来犯者举起一只巨爪，逐个亮出它的利甲，如同一道道电光。

就这样过了三年。一天晚上，布尔加科夫脸上带着高贵的寂寞，从田间走过，忽觉春风骀荡，紧接着就遇到了野猫、大雕和猫鼬。没人知道田间发生了什么，但布尔加科夫的生活方式发生了翻天覆地的变化。它绵滑的叫声变得嘶哑、刺耳，动作不再优雅，变得粗鲁、暴躁、凶恶。大家都注意到这些变化，但谁也没料到以后的事。我们村的人从来看不懂各种凶兆。村里的狗和豺狼混在一起，庄稼汉的儿子纷纷逃往城市，牛犊和水牛私奔，村里人不都看见了？尤里补充道："更不必说，还有一次，里洛夫的信鸽飞到野鸽的巢里，泄露了他所有的军事秘密。"可是，即便布尔加科夫一身漂亮的皮毛蜕成魔鬼般的短毛，耳朵里长出猞猁一样粗野的黑色长毛，最后干脆从家里跑出去，撇下惊讶的马古利斯和吓坏的丽娃，村里却没有一个人想到布尔加科夫也会走上那条路。

丽娃四处寻找，在田野里洒下炸肝和它最爱吃的奶油，留下一堆堆干净的猫砂。结果只是徒劳。她间或看见它像影子一样在果树林里一闪而过。有一回她追着它，求它回家。布尔加科夫却露出獠牙，嘶嘶地吓她。它嘴里臭气熏天，喷出腐肉和胃酸的味道。丽娃哭着回家，整晚都在用柠檬汁和擦铜油擦洗门把手。

　　布尔加科夫嗜杀成性，数百只鸡在它的利爪下身首异处，血溅鸡窝。它像获得新生的福音派信徒一样，狂热而坚定地遵守新生活中的每一条戒律。那些动辄振翅惊叫的鸡只要看见它英俊、凶残的脸出现在铁丝网外，顿时哑然呆立。它给前主人造成的损失最大，杀死了整整一窝安科纳雏鸡。庄稼汉想方设法下套诱捕，围追堵截，都不成功。它们甚至从山里找来一位德鲁兹猎人。可恶猫跳上猎人的脖子，撕破了他的衬衣和帽子，吓得他脸色苍白，喃喃祷告着回家去了。

　　马古利斯一筹莫展，只好去找里洛夫。里洛夫从加利利叫来了两位哨兵协会的老人。可是他们的马靴、旧长袍、毛瑟枪和暗号对捉猫毫无用处。这畜生狡诈奸猾，对人了如指掌，圈套和毒肉都骗不了它。它来去飘忽如云，无声无息。

　　"我觉得小鸡吓坏了，纷纷向它敞开大门。"马古利斯对外公和以法莲说。

　　以法莲到英国军队里借了一杆枪和一粒子弹，等太阳落山后，躲进马古利斯饲料仓的干草堆。我仿佛看到他那只独眼从草堆的缝隙里向外张望。他看见布尔加科夫，立刻从藏身处悄悄地出来，悄悄地尾随着那只猫，养蜂面罩后的脸上挂着笑容。

　　马古利斯和外公躲在储物棚里。"我们从窗户里看见野兽和猎人像两个幽灵一样走过。"三点绿光，两低一高，在黑夜里闪烁。走到孵化棚门口，以法莲高喊："举起手来！"

布尔加科夫顿时僵了。"不是害怕，是吃惊。"外公解释。居然还有比它强的，它转身要看个究竟，耳毛怒竖。这时以法莲一把摘下面罩，猫吓得目瞪口呆。唯一的那颗子弹从猫嘴里射入，以法莲早已把铜弹头磨得几乎开裂。达姆弹在布尔加科夫的头颅里炸裂，炸得它脑浆迸裂，溅了满地满墙。

尸体血肉横飞，却仍在扭动，散发浓稠的毒汁。以法莲说："这下咱俩一样了。"说完回到自己屋里。

## 20

　　有时候村里人会顺便到我这里歇歇脚：饥肠辘辘的士兵从基地回家，村里的会计或者作物经理到沿海的城市出差。他们惊讶地参观我的豪宅，走到草坪上去看海边的女泳者。小伙子羞涩地问我借泳裤，可我没有。年长的看不下去，低头看地，或者盯着最近的树篱，竭力捍卫着过去的界线和底线。

　　我对海已经习以为常，如果不是刻意聆听，我对汹涌的涛声都全无感觉。海浪对我也不再有催眠作用。离得近了，海固有的危险就不复存在。大海在阳光下慵懒地翻滚着；即使在冬季，冷雨抽打下的海水转为冷峻的灰色时，海也总有点滑稽蠢笨的味道。我不在海里游泳，海也无可畏惧。

　　"你怎么样啊？"他们问我。

　　"还行吧。"

　　我努力地尽地主之谊。传言沸沸扬扬，说我发了大财，并非全无根据。他们可能以为我会用上好的牛排和羊排招待他们，但我穿的是过去的衣服，吃的跟在村里时一样。只是不再喝牛初乳了，因为我已经不折不扣地遂了外公的心愿，长得魁梧强壮。在草坪一端，我从村里挖来八立方码的泥土，掺上园里的沙，让巴斯奇拉用那辆黑色农用卡车拉过来。我在土里种了西红柿、大葱、黄瓜和辣椒。我的鸡原来都是散养，但现在被关起来了，因为邻居家的孩子朝它们扔石头，我怕自己报复起来太凶残。

客人们从一间房转到另一间房，连说："真好。"他们走路小心翼翼，一如当年走过"拓荒者之家"的墓地。他们既佩服又犹疑，于是四处寻找秘密和解释。

我做了沙拉、煮鸡蛋、酸奶土豆泥、炸洋葱和鲱鱼片，在厨房招待他们。

"村里怎么样？"

他们告诉我：蕾切尔·列文这么多年一点没变；村委会头头雅克菲的老婆办了一个剧社；为了谁欠谁的债常有争吵；马古利斯的儿子不接受合作社的市场体系，自己在路边摆摊卖蜂蜜，村民大会上吵得不可开交。

"都怪你。"里洛夫的孙子约齐说。他有一天突然光顾，好像完全忘记他曾跳到我背上拉扯我的耳朵，也忘记他爹达尼给以法莲起了很多难听的外号。几个月后他死在了战场。我不怪他，我现在知道有些人不像我这样什么都在心里记着，对这我已经见怪不怪了。原来我和麦舒拉姆一样，总要驶入别人的记忆轨道。

"都怪你，"约齐责怪我，"你把我们生活的基础搞坏了。"

我不耐烦地说："我照外公的话做。"

约齐讨厌地朝我冷笑了一下。"咱是老朋友了，你就说实话吧，"他说，"别装傻了。现在大家都知道你不像他们想的那么蠢，更不像你看上去那么蠢。"

有一天我打开门，门外站着但以理·李伯森。

他阴郁地说："我正好在附近办事。"

"进来。"我说。

在所有客人中，但以理是第一个没有绕过客厅里的中国地毯的人。他穿着工靴直接踩在地毯上，走进厨房，拉开冰箱门看了一眼。

"没有冷水么？"

我近乎愧疚地给他演示冰箱门上一个吐冰块的小装置。

他微微一笑。"想当年你外婆跑到我家来哭，因为你小外公送的美国冰箱没有了。看来时代进步啦。"

我想象着穿尿裤的他爬向我妈的小床。提起我妈，他脸上依旧爱得忘我，双手依旧危险地攥拳。

他朝窗外望一眼，深深吸了一口气。

"这儿的空气太不一样了，"他说，"走，巴鲁奇，到海边走走。"

但以理走得很慢，步距相等，仿佛是用尺子量着走。我远远看见大卫的身影，朝他招手。大卫是海边出租太阳椅的老人。

"那你整天都做什么？"但以理问我。

"没什么。"

"我有时候，在我爸或者我妈的忌日，会去你的老房子看看。尤里干得不错，种庄稼是把好手。真的。他变了很多，你表哥。变好了。"

但以理既不像他爸也不像他妈。艾利泽·李伯森直到去世

164

都是满头鬈发。但以理头发都快掉光了，比他爸敦实、安静。

"有时候，我也到山顶看看你娘的坟。"

如果他想说的就是这些，那就说吧，我暗想。我不打断他。我跟他一样魂牵梦系。我俩都让同一片土地和同样的记忆牵着鼻子。

"我已经不难过了，"他接着说，"今天想想，我在合适的年纪爱上她，也在合适的年纪离开了她。"

背后忽然一阵嘈杂。一个少年和一个姑娘骑着一辆蓝色摩托车在水边飞驰，扬起一片金色的沙子，留下一排参差的轮胎印痕。

"如今我娶了老婆，跟她生了孩子，孩子都长大了，还有人看我的时候眼里有以斯帖。"

我跟但以理的老婆不熟。她个子不高，结实，肯干，像头驴。他在一个移民定居点担任农业顾问，从那里把她带回村里，又紧张又兴奋。对她，村里人只说："就一个罗马尼亚人而言，她很不错啦。"

"他们还没忘记童年的以斯帖和我。麦舒拉姆说，我们的爱情成为一个机会，一个直接从皮内斯的《圣经》课上走出来的预言。李伯森的儿子和米尔金的女儿。如果不是我妈和你外公，预言就成为现实了。"

"麦舒拉姆怎么样？"

他嗫嚅了。"你本来是我儿子，"他喃喃道，"那你就会不一样。"

"那就不是我了。"我说。

"那种爱是懵懂的，"但以理说，"八岁，男孩讨厌女孩的年岁，皮内斯安排我俩在学校合唱团里挨着站，我就爱上她了。"

"村里流传的版本永远比当事人的多。"麦舒拉姆曾经说。

"我们三年级的时候，她拉着我上山。她说：'山上有野鸡。我要抓几只，再采些花做标本。'我们在山上转了一整天，太阳下山了，她说：'我们就在这儿，找个石头缝睡。'她啥都不怕。可是，你知道，即使那种时候，她也让我觉得是我在保护她。一个九岁的小姑娘……

"我们在石头堆里走了一夜，就在那次，她说她不会嫁给我，因为我太严肃，太深情，太依赖。才九岁啊！她吃肉太多，完全是女人的思维了，虽然看起来还是个小姑娘。"

"后来呢？"

"才泽早晨找到了我们。全村人找了我们一整夜。里洛夫从山里找来了贝都因牧羊犬，还从特拉·阿达希姆找来了骑兵。但只有才泽找到了迷路的孩子。他把我们带回了家。"

"我是问你们俩后来怎么了。"

"怎么了？"他喊起来。两个每天晚上都到海边钓鱼的人扭头望着我们。"你想知道后来怎么了？你逗我是不是？你想说你不知道？"

我没回答。每回把陈年旧事的不同版本放在一起比较，都令我失望。

"你爸蠢笨粗憨，你妈在他身上彻底感受了不可思议的男子汉的冷峻气概，所以选他不选我。"

"他救过她的命，"我大声说，"你和以法莲跑去搬梯子的时候，他用手臂接住了她。"

"什么？"但以理吼起来，"他们这么说？他救了她的命？"

我什么都没说。

"这对夫妻很有趣，你爸和你妈。很有趣。村里流传着各种荒唐的传说——说我经常带着一锅肉去追求你妈；说我没去参加她的婚礼，而是在桉树林里乱跑乱叫；说我在地里犁出她的名字，每个字母有一英里宽……"

"你没有吗？"

"你倒说说看，"但以理气势汹汹地看着我，"耕种的季节要争分夺秒地把种子播到地里，谁有工夫去犁一英里宽的字母？我倒想知道你整天都怎么活的！你知道村里的事吗？你了解这个国家吗？你知不知道复国运动出了大问题？年轻人在流失，每个人都负债累累。庄稼人把牛卖了，把果园砍了。男人都战死了，没人告诉你吗？还是你以为阵亡战士纪念碑不过是皮内斯从地下挖出的一块化石而已？"

我们默默地走了一段。但以理的呼吸渐渐平静，脸也不再哆嗦。

"只有你外公一个人帮我，"他终于又开口了，"就在那个晚上，我把你妈放下了。你外公听见我在你家外面，像个傻子似的嚎叫，他拐着罗圈腿走出来对我说：'用这种方法，你永远得不到她。'就在那一刻，我，艾利泽·李伯森的儿子，但以理·李伯森，运动健将，跳舞高手，浪漫情人，从地上站起来，心想：'我也只知道得到她的这一种方法！'"

我们又陷入沉默。

"我像除草一样把她从心里除去。连根拔起，统统烧掉。再爱她一分钟都不值。"

"爱情的事我不大懂。"我咕哝了一句。

"我唯一珍藏的记忆，"但以理说，"是山上的那一夜。我们都还是孩子。说起来难以置信，我们还那么小。四周有野猫。豹走过来嗅我们的脚。她说个不停，我吓得要死，不停地抱着她，吻她。我听见她的话从我嘴里说出。"

我妈的声线让她身边的空气颤抖。九岁的但以理不知道，他的生活从那一刻起就在幻灭的斜坡上一滑到底。

"你说什么？"

"没什么，"我说，"无所谓啦。"

但以理说："我只是偶然路过，本来不想跟你说这些。我知道，你小时候和我父母很亲。他们也爱你。当然啦，到某一点为止。真的，我根本没想对你说这些。"

"其实你也没说多少新东西，"我说，"大部分事儿我早知道。"

"你总得比别人知道得多一些，是不是？"

他探究地看着我。

"你小时候我经常观察你。你肯定没注意过。皮内斯有一回邀我参加你们班的远足。我的眼睛从没离开你。如果你出了什么事，我一定会担责任的。你这孩子很奇怪，一直跟在皮内斯身边。你帮他拿氯仿瓶和捕蝶网，甚至，他一说话你的嘴唇就跟着动。"

"皮内斯对我就像外公一样。"我说。

"他俩结婚以后，每个人都替我难过，我好像成了大家眼里的可怜虫。别说咱们村没有原则。同志有难必出手相援，哪怕这位同志少不更事。只有一个人觉得这事很好笑，就是我妈，村里的爱情女神、田间精灵。"

"说起来，"他顿了一顿，"那还不是因为我妈可怜你菲吉外婆。这是唯一的原因。"

　　"咱村的那些爱恨恩怨，就像一根虹吸管，"我们往回走的时候他说，"你挤这端，所有烂事就从那端出来。最后一切恢复自然，一切归于平静。你外公对那个俄罗斯女人天长地久的爱，是以我为代价。麦舒拉姆杀了哈吉特，因为裴莎·泽尔金不肯下地务农。你外婆，可怜的菲吉·米尔金，为每个人做了牺牲。她死的时候我还很小，但我记得她。真的。我父母每次吵架都是为了她。"

　　小时候，法尼亚·李伯森对我说："我嫁到村里之前，只是远远地见过你外婆几次。第一次是在米格达尔附近。当时'劳动者之圈'住在山顶，就在我们上面。我们社简直像触了电，大家伙儿交头接耳，指指点点。菲吉一身加利利地区犹太农民的装扮，白色短衫、红色阿拉伯鞋子，鞋带历历可见。"

　　法尼亚脸上浮起笑意。"我从没干过犁地、播种的事，也没砸过石头。我们社有一大批理想主义者，高谈阔论平等和分工，却让妇女整天围着灶台转。前一晚我把扁豆烧煳了，男人那副德行样，我一辈子也忘不掉。他们把盛着糊扁豆的餐盘狠狠地摔在桌上，传给别人，最后全倒在地上。我哭了一宿。我们女人都觉得菲吉·列文是位奇人。"

　　法尼亚嫁到村里，就让李伯森介绍她认识了菲吉。"我怯怯地走到她跟前，注视她的眼睛。"结果却发现外婆的眼睛分别看向两边。法尼亚不由自主地把手放在外婆的太阳穴上。"又湿又冷。她额头上总像蒙着一层霜。"

外婆的双眼聚拢过来，两个女人从此成为密友。外婆接连生下三个子女，法尼亚的第一个孩子胎死腹中，接着生下但以理。但以理是她唯一的孩子。

"你要么就嫁给他们所有人，要么就一个都不嫁。"法尼亚对菲吉说。她知道雅科夫·米尔金喜欢菲吉，但是不爱她。

每逢有人杜撰"劳动者之圈"的故事，或者胡乱揣测，法尼亚就会说："他们在一起十年，早成了兄弟姐妹。"她一直不肯原谅自己的丈夫和他的两位朋友。从外婆去世那天起，她那口恶气就没消下去。

法尼亚对蕾切尔·列文说："我见她坐在加利利海边一块黑色的岩石上哭泣。那是一个晚上，他们三个给她梳头。我永远忘不了那个画面。"两个老太太坐在蕾切尔的香料园子里，醉人的气味也笼罩了躲在篱笆后头的我。


但以理笑道："你偷听的事，谁都知道。我才不怕。"

我俩坐在屋顶上。我边摆桌子边说："这是我的瞭望哨。"

"我还记得你外公年轻时的样子，还有你外婆，还有童年的以法莲。"

"在我认识的人里，数你外公最有智慧，"第二天早晨他对我说，"最有智慧也最坏。"他兴致勃勃地走进我的小菜园，摘下一枚青椒，大口吃了下去。

"这青椒，"他说，"太好吃了。如今村里除了蕾切尔，没人种菜了。我们都跟城里人一样，到商店里买菜。菜也都是城里味。"

"我一直闹不明白，为啥这些人要从世界各地过来，埋在他身边。"我说。

"时兴呗。不过他也的确是每个人的榜样。就连我父亲站在他身旁，都觉得自己谁也不是。泽尔金就更不用说了……"

"我跟你说，"他又说，"我小时候，整天待在你家那小屋，就像你知道的那样，全世界的人都来向他请教果树的问题。他发现了治理橙树流胶病的办法，那是全国闻名的。"

过了几分钟他又说："他大概被当成圣人了。椰枣树下的米尔金。园艺高手圣米尔金，头上闪耀着令人神往的光环。"

# 21

以法莲和冉·阿让爱得轰轰烈烈。没过几周，村里对以法莲扛着冉·阿让就习以为常了。这期间，冉·阿让每天长好几磅肉。可以法莲一点不嫌重。他只觉得轻松快乐，仿佛那牛犊是他身上的骨肉。这时，"法国肥婆"——村里人给夏洛莱母牛起的名字——也知道儿子散步之后会安全回家，以法莲来扛牛犊时，她不再担忧了。牛犊也喜欢散步，在院子里盼望主人，活蹦乱跳地向主人献媚，用身体的一侧和坚硬的头轻顶主人，求着他带他出去。我估算了一下，那时冉·阿让的体重应该超过三百磅了。以法莲觉得牛犊一点都不重，可他整天扛着牛犊的怪癖，还是招致了批评和反对。牲口们也颇有不满，村里有人担心他们会暴动。

自然，村里也不乏爱开玩笑和爱扫人兴的，拿以法莲和他随身扛着的牛犊打趣。有位佚名作者在村通讯上发文说："在不知不觉间，咱村的牛和驴都会要求享受同样的交通方式呢。"

更有刻薄人胡说什么《悲惨世界》、冉·阿让和他的主人加西莫多"。外公听到这些话，脸色煞白跟鬼一样，一直没缓过来。以斯帖和便雅悯以为春天一到，外公就能恢复血色。但外公奶白的肤色至死未变。惨白的皮肤下藏着他冰冷、强烈的仇恨，和他精心编织的复仇的网。经彻查，发现"加西莫多"这个外号是里洛夫的儿子达尼给起的。便雅悯去找他，铁钳般的手抓住他的肩膀，说："你也别想睡踏实了，在我这儿，你就算完蛋了，听明白了？"

我那不幸的舅舅原以为"疼爱冉·阿让就能在村里重新交上朋友"，这下又一次沉入孤独的深渊。他默默地扛着硕大的牛犊，在村里踽踽独行，仿佛有一道看不见的藩篱把他隔开。他走到村外，踏过橙园、果园和广袤的田野。庄稼人看见他俩，都远远地躲开。只有一群孩子跟在后面，嚷着要摸摸冉·阿让。

外公罕见地求朋友们帮毁容的以法莲重返社会，免得他变成背牲口的疯子。可是以法莲吓人的脸庞和面罩，以及他出格的行为，把村里人吓坏了。

外公愤愤地说："元老的后代毁了容，扛着牛犊满村转，宪章里没有解决这个问题的条款。冉·阿让越长越大，我儿子却依旧扛着他满村转。"

冉·阿让成年后，一身肉肆无忌惮地长到两千九百磅。我舅舅身上蕴藏的力量可敬又可畏。因为冉·阿让是全国唯一的夏洛莱公牛，不久村民都找上门来给自家的小母牛配种，以法莲门口排起了长队。

开始，以法莲气鼓鼓的，谁都不答应。我猜，在他心里，公牛散发的雄性力量打破了他的平静。在我身上，也有那种感觉。以法莲很久没碰女人了。我猜想，他也许情愿这样，虽然这些事我不懂。可冉·阿让想要配对儿。谁都看得出，他一身阳刚之气需要宣泄，长剑每每出鞘，在空气中寻索，仿佛通红的盲人拐杖。

就在这时，从法国夏洛莱地区来了一封信。巴斯奇拉读后笑得浑身乱颤，我让他翻译给我听。把牛卖给第戎摩托车修理工的那位农妇写信询问"那头牛是否撒欢儿啦"，还说"他的那点精华可是金贵哟"。以法莲的英格兰和苏格兰朋友也说，那头牛不光是战友情谊的象征，也是实实在在的表示，希望曾经并肩作战的同志事业成功。

村里的庄稼汉愿意出大价钱，让这头大牛跟他们的母牛撒欢儿。邻村的养牛人也火急火燎地找过来。他们只要朝冉·阿让看上一眼，就立刻折服于他那庞大身躯所蕴含的希望。

以法莲成了有钱人。每天早晨一起床，他就给冉·阿让刷毛，把他的短角和四蹄洗得锃亮，再拍拍他硕大的身躯，用刺耳的声音亲昵地说："来，大家伙，咱开工咯。"

冉·阿让闭眼收腹，岔开四条粗腿。以法莲蹲下身，把牛举离地面。他抓住牛的两条前腿，丑陋的脸几乎被起伏、明亮、肉山一般的牛肚子完全遮挡了。两只精巢粉红光滑，沉甸甸地晃在以法莲胸前，如同两只异域水果。现在这是以法莲的衣食之源。

冉·阿让和他的主人消失时，村里家家户户的牛棚里都能看到他健壮的子孙。我至今到访村里，还时而看到颜色特别浅的牛犊，宽脑门的母牛，或者脖毛卷曲、矮壮的一两岁小牛。在村里的牛棚，冉·阿让的精华的热乎劲不减当年，那无言的斥责仿佛长河大川，奔腾咆哮。

尽管村里的孩子跟在我舅舅和他的牛后面起哄，要看那牛

174

的本事，以法莲却一直严防死守。"他进入母牛的牛棚，立刻让所有人都出去。"他把背上的牛卸到角落，先检查地板是否清洁干燥，以防公牛滑倒，跌断腿骨。再拉上一块麻布帘，挡得严丝合缝，这才把冉·阿让牵到母牛身边。牛棚外的人只听见以法莲嘶哑的轻声细语，巨蹄的撞击，以及，在公牛庞大身躯的压迫下，母牛大声地呻吟。接着便是公牛的精华伴随着粗喘声喷薄而出。

之后，以法莲会把面罩掀开一条缝，探出半藏不露的头，含羞宣告："我们完事了。"随后用专用消毒剂擦洗公牛湿漉漉的后腿内侧。没几个月的工夫，他就用攒下的钱给冉·阿让盖了一座豪华的专用牛棚，给自己买了台收音机，一台留声机和几张唱片，还在自家屋顶竖起了一根长长的天线，看着就可疑。下午他就躺在床上听着苏格兰风笛曲或便雅悯的唱片消磨时间。他不时把英军朋友邀过来做客，里洛夫便目不转睛地监视着。


史洛莫·列文一直在我家的农场干活。他啥也不会，种田也种不好，对土地的热爱却一如既往。菲吉死后，列文一直帮忙照看孩子，做家务，外公心存感激。可就在这当口，列文对外公说自己"实际上就是孩子他妈"，说不能由着"以法莲胡闹下去"了，还说只有普通农活能帮助以法莲回归正常生活。外公的回答又直又愣。

"只要以法莲高兴，做啥都行。"

也就在这时，冉·阿让的法国肥妈病倒了。她自从来到以色列就水土不服，有一天吃了蓖麻子后一命归西。这以后，那头体型硕大的孤儿更加依赖以法莲。才泽可怜这公牛没了娘，对他格外偏心。他对所有一根筋又有所成的人都关怀有加。有回他在院子里拦下列文，直截了当地说"农畜也是国家复兴的一部分"。

列文顶撞道："他要是壮得能把公牛背在背上，也就能做其他事情。整天躺自己屋里，靠牛的交配为生，对他不好。"

可是以法莲在战争中受了伤，变得很弱。他背得动冉·阿让，却拿不动其他轻得多的物件。就说我爹便雅悯吧，能把两麻袋饲料从车上扛到牛棚，大气儿都不喘，可以法莲扛一袋就摇摇晃晃。除了皮内斯，没人说得清他怎么能扛起一头牛。皮内斯在村通讯上发表文章说，"以法莲和冉·阿让无法用物理学或生物学解释。这是个心理学上的问题，是友谊、愿望、喜悦和巨大的希望。"

皮内斯写道："人人都有一头必须背负的公牛。我们是血肉，是种子，是心头那声不吐不快的呐喊。"

# 22

一个夜晚，我听见利百加和亚伯拉罕的交谈。

"那头牛真是被毒死的？不是你妹妹杀掉做了烤肉？"

我急忙跑去找皮内斯。他从不锁门，就把老骨头往床上一摊，手脚伸展，如孩童般不设防，透着从万物中汲取的信念和通达。

"利百加不学好。"他宽慰我说，一点也不怪我这样冒失地闯入，把他从梦中搅醒。外公死后，我就拿皮内斯当了外公，他对我也比以往更多了几分耐心。

"别信那些故事，"他严肃地说，"还有人传谣，说以法莲是因为给英国人通风报信，所以被赶出村了。他跟斯托夫斯上校是好朋友，咱这儿有些人——我就不说名字啦——不喜欢这样。"

那阵子，村里来了个养鸡专家，很不明智地在里洛夫的院子里多待了一会儿。过了几天，有人在桉树林里发现了他，他眉间盛开了一朵血凝的暗红色的花，胸前别着从《圣经》里撕下的一页纸。

皮内斯说："那都是胡扯。以法莲是因为你爹妈才走的。他跟他们感情很深。便雅悯就像他亲兄弟，他全心全意地爱他。"

有人说他带着才杜尼表演用的软骨女跑了，也有人说他就是因为无法"重返社会"才绝望了，消失了。

"一个人跟一头牛能厮守多久呢？"外公每次说起儿子的事，就气得不行。

"别把我葬在他们公墓里，"他死前又一次嘱咐我，"那些土狼赶走了我的儿子。把我埋在我自己的土地上。"

"那我们该怎么办？"利百加反问，"谁都不愿意看到他。他那副鬼样子，还疯疯癫癫的。他们想要我们怎么做呢？"

"我了解以法莲。他就是为了报复。"斯托夫斯上校说。他带人花了一整天时间细细搜查里洛夫家，可就是没想到军火都藏在化粪池里。

里洛夫三缄其口。


"他杀了我的布尔加科夫。"丽娃·马古利斯说。

猫死后，她把那件杂物棚搞成了一座堡垒，里面堆满清洁工具、来苏水、清洁剂和几千块抹布，还动辄计算自己为犹太人返回故土付出了多少代价。

全村的妇女每天手持扫帚，挥舞抹布，和车轮扬起的尘土战斗。丽娃对清洁的要求本就高于常人。布尔加科夫死后，一旦窗外有一丝纤尘玷污她最纯洁的记忆，她的强迫症就变本加厉地发作起来。她先把家里的三间房设为禁区，后来发现淋浴时水溅在地上，蒸发后会在地面留下小白点，于是浴室也划入了禁区。她说那些小白点是"地砖麻风病"，所以打发家里人到洗衣房或者饮牛水槽去洗澡。

全村人都看出来丽娃疯掉了，可马古利斯和几个儿子被自然界最纯净、最芬芳的物质滋养着，生性温和宽厚。他们整日与蜜蜂为伍，懂得尊重辛勤的劳动，因而对丽娃的疯事不仅不加呵斥，竟然还有求必应。在布尔加科夫的忌日，马古利斯买了一台美国进口的吸尘器送给太太，抚慰她的悲伤，并给她新的生活目标。

丽娃打开大纸箱，记忆中奢华的味道扑面而来，心脏因为狂喜而停跳了一拍。那一晚，她几乎要原谅丈夫找以法莲杀死那只猫了。强大的马达吸起尘土，在身后留下一道洁净，她整个身体都随之悸动。喜悦延续了一个礼拜。她打开吸尘器，发现里面满是脏污，又伤心又气愤。她发觉马古利斯欺骗了她。吸尘器不能清除脏污，只是把脏污藏得更好而已。尤里听说这事后说："丽娃发现了污物守恒定律。"

丽娃把吸尘器拆开，洗刷得里外一新，用干净柔软的亚麻布把零件包好，锁进了浴室。之后，她冲到蜂房冲丈夫一通喊叫。

"你那台机器只是把地毯下的所有东西都藏起来呀。我就知道你是这样的人。每件事都是这样！"

马古利斯一眼就知道，最纯的花粉也不能让太太安静下来。

"别过来，"他说，"小心蜂蜇。"

马古利斯自己在蜂巢间走动时，周围的空气纹丝不动。工蜂密密麻麻聚了一层，气势汹汹，随时准备为了保护他而攻击来者。马古利斯透过蜂群打量自己的老婆。年复一年拼命擦地，让丽娃膝上长出了厚厚的肉茧，不停地拧干浸在氨水里的抹布，让她的手指腐蚀得只剩一半，变得短粗。这些他之前从没注意到。

"让我静静，丽娃，"他说，"你脑子坏掉了。"

那天晚上，他去找冬妮娅。他躲在暗处，眼看着里洛夫打着电筒背着机枪，朝化粪池走去。看着用泥土和稻草伪装的小门在里洛夫身后关上后，马古利斯立刻进了屋，手上滴淌的没药[1]沾在门把手上。他向冬妮娅伸出两根甜蜜的手指，告诉她说他愿意。

我完全不记得以法莲了。有时我在记忆里努力搜寻那张凑在我床前的戴面具的脸，那只绿眼睛透过网纱的小孔，直愣愣地盯着我。我也完全不记得见过人背牛这种令人匪夷所思的场景。

我也不记得我爹和我娘。米尔金家祸不单行的那年，我才两岁。我爸妈死了，以法莲和冉·阿让也不见了。从此外公就把我带在身边。

村里人——主要是女人——说，一个老鳔夫给不了小婴儿"应有的家庭环境"。但是外公并不理会。他从前也带过孩子，现在只需在橄榄、丧亲之痛和糖块的组合中加上我。

孤独和思念让他在我记忆中的模样变得模糊。偶然我也能拼凑出他的完整样子，苍白，精准。但大多数时候只有某些零散的细节，在奇光中一闪，如霞光穿透云层，照在冬日的田野上。一只苍白的胳膊搁在茶杯旁；肩膀的一动；一侧的面颊和

---

1 没药：橄榄科植物地丁树或哈地丁树的树脂，有芳香味，可用来制作熏香或香水等。

胡须俯看我；瘦腿上青筋凸起，那是年岁和劳作留下的印记。

但有几件事我记得特别清晰，即使它们发生在我跟着他的头一年。

第一件事是称体重。外公每个月必给我称一次体重。我还很小，他就给我吃各种植物的种子，还有马古利斯的蜂王浆。每天早晨给我穿衣时，他都要轻轻地捏捏我屁股和肩膀上的肉，看它们结不结实，高兴地看到我发育速度惊人。多年以后我才明白，我完全照着他的计划一步步长大。

称体重成了我真心喜欢的仪式。村里的宝宝都是到村医务室称体重，再长大一点，就由护士到学校给他们称，只有我是外公带到村里的饲料仓去称的。我还记得自己穿着棉布短裤，光脚站在光滑、凉爽的金属大秤盘上，可自豪了。扛饲料的壮汉围了一圈，看着我笑。外公前后挪动秤砣，然后掏出皱巴巴的小本子，心满意足地记下一些数字，再在我后脖子上拍一掌。我闭上眼享受着他粗糙的手掌摩擦我皮肤的感觉。

我记得他递给我一把木槌，在我身边坐下，敲碎需要腌制的橄榄。橄榄汁溅入我的眼睛，针扎一样疼。我哭着跑出去找我娘。

我记得他每晚用粗布和洗衣皂给我洗澡，一边擦洗我的手肘，一边讲在大河里游泳的事，河里的大鹅，纸莎草丛中胸脯雪白的苍鹭，可爱如同靓丽、友好的妇人。

我对我们的早餐印象深刻。我三岁时，他给我把早餐放桌上，就自己去干活了。我醒来看到的食物从来不变：两片剥去"硬壳"（这是他对面包皮的称呼）的面包，一块我最喜欢的农家奶酪，几段葱，一片撒粗盐的西红柿，一枚尚留余温的水煮蛋，一杯掺了亚伯拉罕家牛初乳的牛奶。

我坐下来，独自细嚼慢咽，享受盘中的鲜美和窗外的清新，以及小鬼当家的感觉。餐后，我推开纱门，纵身投入倾泻而下的明媚阳光，身上只穿一件白色睡衣。屋外看不见一个人。我赤脚穿着鞋底已经踩硬的鞋，穿过黑色碎石路，去找晒太阳的猫咪。

各种声音静静地从村里传来，引擎和喷水器哼鸣，锄头铿铿，树叶沙沙，还有牛用力咀嚼饲料的声音。这些声音至今犹在，仿佛从我身体深处升起的屏障包裹着我的双耳。在我周遭，鸽子栖在房顶，向日葵成熟饱满，外公从牛棚向我跑来，一手握着以法莲的尖草叉，一手拎着自己的裤腰。他正在粪堆后面撒尿，一眼看见土狼夹着尾巴、饥饿而贪婪地张着嘴，从田野钻进了我家院子。

"你正坐那儿逗猫。猫温暖地晒着太阳，你往它们身上撒土。"

土狼一来，猫咪嗖地躲到一堆旧罐子下面，曼尼亚，我们家的狗，吓得狂吠起来，瞬间变身松鼠，一步蹿上了牛棚的屋顶，趴在瓦片上抖作一团。

那天日丽风清，我清楚地记得外公那沐浴在阳光中的英雄壮举。土狼向我抽动鼻子，龇牙露出诱人的笑脸。它朝我走来，屁股压得很低，满地都蹭上了它的气味。听说我当时一点不害怕，因为我老跟动物待在一起。可是土狼的脸色忽然变得狰狞狡诈，因为它看见一位老人一手提裤子一手握草叉冲将过来。

外公那张苍白的脸严峻专注，穿过温暖的空气飞向我。他边跑边扬手向土狼投射草叉。没中。土狼被激怒了，嘴里流下黏稠的涎水，看看外公又看看我，拿不准先对付哪个。外公直朝土狼冲去，连喘带骂，一纵身，瘦骨嶙峋的手臂抱住了土狼胸毛结团的身体。

土狼连喘带叫，连踢带蹬，湿漉漉的利齿划伤了外公的肩膀，把他身上那件灰色棉布衬衫的袖子咬成碎片。外公那惯于干苦活，拆信封，挥手道别，修剪树枝的苍白的手臂一发力，挤碎了那畜生的身体。我至今记得清澈的空气中响起肋骨粉碎的声音。我就那么坐着，舒舒服服，信心十足，也许只有一些好奇地看着外公和土狼搏斗。外公终于站起身，咬牙切齿地用俄语骂骂咧咧，手里硕大的尸体四肢伸展地晃荡着。

"你……你……你……"外公不停地呻吟，直到邻居们闻讯赶来，掰开他的手取走尸体。外公紧紧搂着我，把我抱回家里，嘴里不停念叨："再别想抢我的东西，再别想抢我的东西。"有几分钟他一言不发，随后土狼的毒性发作，他忽然奇怪地前后摇晃，唱起了古老的哀歌。邻居赶紧把他送到村里的诊所。

邻居的儿子用草叉把土狼的尸体扔到牛棚后面的粪堆上，从一只黄色罐子里倒出煤油浇在尸体上，又点了一把火。恶臭的浓烟在村子上空弥漫数日不散。

"太没有历史远见了，"过了几年，麦舒拉姆对我说，"应该把那只土狼送到我的博物馆呀。"

村里人都说这是一件了不起的事，《复国运动报》上以《第二批移民男子勇救外孙》为题，发表了一则短篇报道。我识字后，经常挨个翻看外公的抽屉，所以把这张剪报读得烂熟于心。

"雅科夫·米尔金，第二批移民中的资深人物，耶斯列山谷拓荒者，本周在自家附近，从土狼利齿下救出了小外孙巴鲁奇·申哈尔。那头野兽已袭击过数位山谷居民，十分危险。米尔金的外孙正在院里玩耍，野兽逼近孩子，正在牛棚干活的米尔金见状奋不顾身地扑向它，徒手扼死了野兽。米尔金被野兽咬伤后，在以色列健康计划总工会诊所接受了系列狂犬病疫苗注射。获救的三岁男孩巴鲁奇·申哈尔是以斯帖和便雅悯·申哈尔之子。在去年阿拉伯人的炸弹袭击中，以斯帖和便雅悯·申哈尔在家中双双被炸死。"

# 23

"可当时你正撒尿。"过了几年，我长大了点，这么对外公说。那个故事我让人给我讲过多次，知道其中的每一个细节。

我们走在果园里。外公教我给榅桲树修枝，因为如果这些树枝长得过长过盛，就不分权了。

"我的娃儿，说说看，你想让这一枝在哪里分权呢？"

我看着他，不敢相信自己的耳朵。那时我还不知道给树枝分权是果园里的日常活计。外公仔细观察一根笔直的树枝，选中了一个芽头，在它上方切出一个月牙形的小口。等下回发芽长叶时，每一个切口处都会生出一根斜逸的树枝。到那时，外公会再次修剪树的枝干。

艾利泽·李伯森丧偶又失明之后住进了"老年之家"。他对法尼亚的爱情变成模糊的影子，这是他残存的全部视力。有一次，他给我讲外公如何成了果树神人。

"我这会儿都能看到他和那株酸橙树，"他愉快地叹了一口气，"印象太深刻了。俄国来的年轻的社会主义者想在殖民地的橙农面前表现一番，这事可不是每天都有啊。"

我知道外公发现部分橙农出售芽条时"不负责任"，影响了撒马蒂甜橙的质量，并为此跟橙农大吵一架。

"不久爆发了流胶病，橙园全都毁了，"李伯森说，"橙树的枝干烂了，叶子枯了，最后死掉。药膏、杀菌剂、氧化铜、石灰都用尽了，就是没用。锄头每用一次，都像医院那样消毒，那也没有一点用处。"

外公想要一处被感染的果园做试验。一筹莫展的橙农大多不信这位年轻的拓荒者，但决定不妨让他一试，于是把一处橙园连同资金和工人交给了外公。外公找来粗壮的酸橙树种在病树旁边。等酸橙树长好，他在每株酸橙和相邻的病树上各剥下一块大小相等的树皮，再把两棵树暴露的部分贴在一处，用干麻布绑好。

"快死的橙树竟然复原了，像输了血一样。"李伯森说。

麦舒拉姆说："拓荒者把这事提升到意识形态的高度，大肆宣传。他们说这不单是农学或者植物学的问题，而是一个象征。酸橙纯洁的新鲜血液拯救了腐败的殖民地——他们到城里宣扬此事的劲头，你就想吧。你不知道？怎么会！所有的报纸都有报道呀。"

"撒尿的拓荒者可上不了报纸。"外公打趣道。可我带着孩子的任性，更喜欢真实的版本。那就是当年外公看见土狼的时候，并不是在院子里干活，而是在水沟边小便。因为这样的话故事就大不一样了。扔下一桶饲料或者一捆干草，当然比尿到一半停住容易多了，谁都知道。

那次意外发生以后，我下午有时会趁外公在小屋或者果树下小憩，转到牛棚里去。才泽斜倚在墙上，百无聊赖地研读史洛莫·列文扔在院子里的旧报纸。牛在棚里打盹。连苍蝇也懒洋洋的，落在角落的一摞脏袋子上歇脚，或蜷在角豆上做美梦。我就走到粪堆后面撒尿，尿到一半，猛然用全力憋回，转身抄起草叉跑回院子。练了又练，终于达到滴水不漏的境界。

外公从诊所回来，嘟囔着抱怨打针太疼了。他回家头一件事就是把家里那只犯错的看门狗招过来，好一通骂。狗又伤心又丢脸，垂头丧气地走了，还带走了她的饭盆，从此再没露过面。李伯森当时任村会计，常去特拉维夫，说在那里看见她混迹于海边咖啡馆，专向英国人献媚。"她看见我，羞得无地自容，假装不认识我。"李伯森说到这里，大笑起来。

我给外公拉过一张椅子，让他坐下。那个时候他们就说这孩子长得真壮。没人说我聪明，都说我"健壮，负责，好脾气"。外公坐下来给我讲故事。现在我只记得故事里全是我听不懂的词——杆菌，炭疽，恐水症——那似乎是一个乌克兰农村孩子让疯狼咬了，送到巴黎才保住性命的故事。

"我的娃儿，记住啊，"外公说，"和布尔班克一样，路易·巴斯德也是庄稼人的朋友。"

丽娃·马古利斯和冬妮娅·里洛夫来探望外公，担忧得脸皱成一团。外公见到她俩吃了一惊，因为这两人从不在一起。她们说委员会决定给米尔金同志熬点鸡汤补补营养，她俩主动请缨领了任务。外公谢了她们，又说完全没必要。他叫我取来短斧和钩子，带着我亲自去捉鸡。

我们看见皮内斯在牛棚那一头测量土狼焦黑的骸骨，量了牙齿又量头骨，飞快地把数字写在本子上。他看起来平静但其实很兴奋，一见我们就快步走过来。

"肯定就是它，"他说，"绝对没错。"

他用力把刀插入土狼的脊柱，熟练地敲打，切开粗壮的颈部和肩部筋腱，要把土狼的头砍下来。一周以后，白花花的土狼头骨摆进了自然教室的玻璃柜。皮内斯从来不用化学品清除皮肉，任由绿头苍蝇在尸骨上面密密麻麻地产一层卵后，再把它埋入地下。用不了几天，新孵出的肉蛆就把土狼的骨头剔个干净。

母鸡在饲料仓周围游荡，见外公和我拿着短斧和长钩，立刻明白了来意。外公先磨斧头，磨刀石在一盆水里转动，水花四溅，金石铿铿，再用镰刀锉一挫斧刃。母鸡扑打翅膀，互相尖叫着，在院子里四处逃散。外公不大吃肉，但家里杀鸡的活一般都是他干。他挥舞着钩子，打翻了那只叫索莎娜的芦花鸡。其实那钩子也就是一根一尺半长、一头掰弯的锈铁丝。外公弯腰抓住鸡脖子时哼了一声，因为打针，他的肚子还在疼。

牛吓得闭上眼。外公把索莎娜的脖子放在食槽的水泥隔板上，手起刀落。那动作迅疾如闪电，我老想用慢动作回放，好看出个究竟。鸡头带着鸡冠掉在外公的黑色橡胶靴上，扭曲的鸡嘴大张着。外公扬手把抽搐的鸡身扔到身后，不用看，那道抛物线自然完美无缺。

鸡被砍掉了头，鲜血喷涌，落在地上，扭动，站起，跳着最后的死亡之舞。外公躲开了。而我如痴如醉地看着鸡跳她的吉特巴舞蹈。外公很不以为然。"准是从你妈那儿遗传的。"

与此同时，索莎娜没头没脑地乱跑，血带着泡沫从断了头的咽喉涌出，浸入泥土。身首异处的沉默恐怖而诱人。

最后，即使鸡头和咽喉，连同声带、记忆、痛感中枢，被摆在了食槽旁的干草上，我依旧担心它们会拼拢，跑开。我捡起已经与身体分离的鸡头，扔给了几只猫，以防万一。

索莎娜的挣扎慢下来，她的朋友回到她身旁啄食，就像什么都没发生过。我裤兜里那只火红的鸡冠也慢慢死去。等她终于倒下，我走过去看着她咽下最后一口气。她又抽搐了几下，喷出几小口血，切开的食管白花花的，最后冒出一些浅红和黑色的泡沫，发出奇怪的喘息声。外公走过来，踢起些泥土盖住那摊血，把索莎娜交给利百加舅妈去褪毛。鸡的临终舞蹈招来满院子苍蝇，好几个小时才散去。

当天晚上，法尼亚·李伯森过来熬汤。她一如既往地好看，坐着看外公吃下索莎娜，又给他朗读村宪章，音色甜美。

"'我们的目标是建设劳动者的共同体，劳动者自食其力，没有剥削……

"'我们的道路是理想和现实相结合……

"'一切成员的后代享有平等和相同的教育机会……

"'村里的制度应满足每个家庭的精神和经济需求……'"

"互助""自给自足""妇女地位""回归土地"——这些词

在外公的小屋里回响，令他宽慰，他忽然起了宽恕之心，伤痛渐趋平复。他嘴角漾起淡淡的笑意，像个婴孩一般睡去。他死后，我把他温暖、柔软、苍白的身体葬入他希望长眠于其中的土地时，他的脸看起来就跟睡着时一样。

# 24

舒拉密来了，把外公接到"老年之家"。我想听故事了，就去找皮内斯。他住在水塔旁边的小屋里，屋外的园子与众不同，灌木和野花都是本地物种。他在园子里种下仙客来的黑色球茎和各种颜色的大银莲花；还有从加利利海边的山上带回来的东方风信子，和从卡梅尔带来的野羽扇豆，结出的种子粒大有毒，包着深紫色的浆。他从泉边的沼泽地里采来长寿花和婆婆纳，他种的金凤花亮得如同被村里的铜匠打磨过。

"如果我想种玫瑰和菊花，那还不如留在俄国。"他这么说。

他听说我喜欢听鞍匠佩克讲俄国官员爱上"将军家美丽的女儿"，派他去送大把的兰花向她求爱的故事，便没好气地对我说："兰花原本是多好的野花，全让人类给糟蹋了。"

"即使是路德·布尔班克，他种玫瑰和菊花，但却发誓永远不碰兰花。兰花就像那些从小裹脚的中国女孩，多可怜。"

我每次打开他家那扇绿色的门，沿石板路走向他的房子，就仿佛变回了"第四级的巴鲁奇"，每周都因为殴打别的孩子被叫到老教师的家里。

"你怎么不去找雅科夫，让他帮你冷静冷静？也许他能让你有个人样。"

他是村里第一位教师。他教过我妈，教过以法莲舅舅和亚伯拉罕舅舅，也教过尤里、约西和我。村里人都是皮内斯的学生。他每招一班新生，教他们识字时，村里人嘴上不说，但兴奋显而易见。有人甚至聚在学校的篱笆外，听窗里飘来新学生的欢笑。他教新生认字母，不从"alef"开始，而是从"heh"开始。"孩子们，这个字母念'哈'。跟我读：哈，哈，哈，哈，哈！"他会花上一两年的时间，带着学生玩耍，散步，熏陶他们，等他们发现自己让他套牢了，就怀着一生的敬爱和渴望，接受他的权威。

村里不种地的人只有皮内斯得到不折不扣的尊敬。孩子们有时候会跟他闹着玩，却对他永远充满敬畏。退休后，他会随意走进一间教室，不敲门，对紧张的教师和激动的学生说："别管我，别停。"然后坐下来，怀着期待和关爱听上一堂课。

不管村里来了多少新教师，对他们的无知和错误的教育观，皮内斯从不责骂。

"那岂不是在山里捉松鸡的人对着风车厮杀起来吗？"他说。

犯错的学生都会被送到他家。小"罪犯"磨磨蹭蹭走到崖柏树篱笆旁，打开那扇绿色的门，在石板路上穿过小喷嘴喷出的水雾，心神不定地打开从不上锁的房门。皮内斯友好地搂着学生汗津津的脖子，把他带到小厨房，给他端上一杯永远备好的香茶，然后跟他谈话。谈话的内容或是田间排水系统，或是《以赛亚书》里葡萄园的寓意，或是两性花避免自授粉的妙招。

送去谈话的孩子攥着一块饼干或一颗糖回到教室，久久不能忘怀老教师的温暖和茶的香甜。

皮内斯年轻时，常常用一队骡子套上车，拉着二十来个学生去春游，一走就是两个礼拜。"孩子们，出发啦，赶快赶快，我的小小花儿。"

向来挑剔的老才泽有一回竟主动提出要跟着皮内斯去春游。那是皮内斯搞的最后几次春游了。回来的时候，他累得够呛，满身篝火的烟味和压碎的野蒜叶子的味道，但他兴致勃勃地宣布："再没哪个老师比得过他。"

皮内斯把我们带到基利波山，给我们讲大卫为扫罗和约拿单唱的哀歌[1]。我们读车尔尼雪夫斯基的诗，皮内斯就带我们去隐多珥，扫罗王就是在那里求问女巫[2]。我们学习复国运动史，他就带我们去看约旦山谷。他教我们辨认野鹿的气味印记，观察蜂兰的花粉陷阱，看圆蛛在岩蔷薇上编织黏糊糊的网。我们是他的小使者，帮他从发掘过的考古遗址拾来古陶碎片，从田间捡回小蜥蜴蛋，从山上的石灰岩里挖出化石。他把这些东西整理、分类，装入盒子，寄给耶路撒冷和伦敦的教授。夜间他把我们带到星空下，看"天体"，听"蛙鸣"。

"菲吉是慢慢死去的。"他倒茶拿饼干的时候说，流露出的眼神似乎是不确定我到底能否听懂。"她是积劳成疾。那种日子不是每个人都能熬过来。她又接连生了好几个孩子。亚伯拉

---

1 参见《旧约·撒母耳记（下）》（1：19-27）。
2 参见《旧约·撒母耳记（上）》（28）。

罕出生不久，就怀上了以法莲。你妈以斯帖比以法莲小一岁。她的身体受不了了。"

我说起曼多林·泽尔金用那种眼神凝视外婆的照片。

"他们三个都爱上了你外婆，"他叹息道，"他们崇拜她，把她捧得高高的。他们对她的爱不是男人对女人的那种爱。"

"法尼亚说他们就像三兄弟加一妹妹。"

"他们就像三兄弟加一小兄弟，"皮内斯说，"对小兄弟爱得发疯。你明白吗？"

"明白。"我说。

就因为我体格大，大家老觉得我脑子笨。

"我知道你跟你外公有多亲。他的确不是一般人。我也知道没有他你有多难过。但他爱着另一个女人，他一辈子都在等她，与她抗争。这事你现在必须明白。"

"那他干吗要娶外婆？"

"我的孩子，"皮内斯笑起来，"那是'劳动者之圈'的决定啊。今天听起来像是他们那些恶作剧的其中一个，可那个年代，这种事都是投票决定的。我当年在约旦山谷的公社，他们有一回开会决定哪几个女人在什么时间怀孕。所以我带着丽雅和她肚里的双胞胎走了。我们隔壁的基布兹为了互道'早安'和'晚安'到底算不算资产阶级生活习惯，还有过一次大辩论哪。"

"也许他们担心她最后嫁给别的什么人。也许他们根本没有认真想过。她也从不了解他们三人到底是什么关系。他们四个人还一起在加利利海里裸泳呢。搁今天，谁都不理解，连他们自己也不理解，连大学者麦舒拉姆·泽尔金也不理解。山岩间的野山羊几时生产，你能知道吗？[1] 你曾进到海源吗？[2] 冰出于谁的胎？天上的霜又是谁生的呢？[3]"

他在我后脖颈上拍了一下。"你这孩子有点怪。约西是庄稼人，尤里太像以法莲了，你是老家伙的孩子，米尔金家的孤儿。来来，孩子，干点活。跟我到园子里帮把手。"

给我父母守丧七天后，以法莲就扛着冉·阿让，跟才杜尼的马戏团走了。扔进他们房间的炸弹滚到我床下，嘶嘶地冒烟。窗户破碎的声音惊醒了我爸，但是他过了几秒才闻到烟味，宝贵的几秒。他明白过来，拉开了灯，抄起毯子什么的把我裹上，从窗户里扔了出去，就像扔一捆包裹。然后扑在我妈身上。我妈伸出胳膊和腿裹住他，在睡梦中露出微笑。

村里人正在会议室开大会，为更换几条灌溉主管争得面红耳赤。他们听见了爆炸声，全从屋里冲出来。爆炸的巨响在回荡，墙烧得噼里啪啦，空气中有烤肉的味道。他们朝着那个方向跑去。

他们经过里洛夫的院子时，声音已经平息。牛不再嘶叫，重新低头吃草。烟也消散了。我仿佛看见但以理在遥远的柏林从噩梦中惊醒，喊着"我要回家！"声音像个婴孩，远远近近的人都能听到。他把屎拉在裤子里，吸吮手指头，像蜥蜴一样在床上爬。朋友们给他裹上被单，轻轻摇着他，他才入睡。天

---

1 参见《旧约·约伯记》（39：1）。

2 参见《旧约·约伯记》（38：16）。

3 参见《旧约·约伯记》（38：29）。

一亮，两个懂很多语言、认识很多路的苏格兰人踏上了千里迢迢送他回巴勒斯坦的路途。

蒂罗尔皮裤、婚纱、以法莲写给便雅悯的信，全都被付之一炬。"黑暗中我们只听见一个婴孩在痛哭。举着火把找了半天，在草丛里找到了你，光着半个身子，身上净是大蛾子。"

那年我两岁。

"交给我吧，和约西、尤里一起养。"亚伯拉罕说。

可外公用毯子把我包好，抱回了自己家。整整一夜，他给我清洗身上的烟灰和蛾子的焦翅，挑出我身上的碎玻璃。清晨，他给我穿上衣服，牵着我到村会议室前，站在覆盖着国旗和黑旗的棺材旁边。

里洛夫早到了，还没从失败的打击中缓过神来。"至少他们死在自己床上了。"他只能这样安慰外公。外公勉力挤出一丝笑。

"对，对，里洛夫。他们确实死在自己床上。"他拍了拍哨兵那被步枪带子勒出一条沟的肩膀。

"白痴，"尤里对我说，"全家都是白痴。他爷爷强奸哥萨克女人，全俄国再找不出第二个这样的犹太人，还能指望他说什么呢。"

村里人都说："米尔金又要养孤儿了。"史洛莫和蕾切尔过来做了午饭，走了又回来，想帮着带孩子。外公说："农场的事交给亚伯拉罕，我自己带娃。"

冉·阿让用身体轻蹭环绕墓地的柏树。以法莲和亚伯拉罕给我爹妈的墓穴填土。国家政要和复国运动的重要人物在葬礼上致辞。外公抱着我，泽尔金和李伯森分立两旁，像两张照片。

之后，大家三三两两地用鲜花和卵石覆盖坟茔。

外公招呼我："来，巴鲁奇。Schnell, Schnell。"

"那是你在家听惯的话。你笑了。"他把我举起来放在肩头。

村里人从悲剧中恢复过来。"我们是最坚实的布料做成的。"没有哪家没死过人，或死于疟疾，或死于枪弹，或死于骡子撒野，或者自己了结生命。"或死于我们为之奉献的国家，或死于复国运动和复国的梦想。"

"离散的犹太人同样流血，"李伯森给村通讯写了纪念我爸妈的文章，"但那些犹太人的血在死亡中毫无意义，犹如他们生时。在这里，鲜血对我们的生死产生了意义，因为我们的家园、我们的自由在召唤我们。我们的哀痛要加倍坚定我们的决心。我们选择了生，就一定会活下去。"

# 25

　　皮内斯给我们讲授进化论，最后他说，才杜尼恰好在我爹妈刚死就回到村里表演，也是纯属偶然。

　　这位下流的杂技演员又来到我们村，就像水塔顶上传来的脏话，土狼三番五次的光顾，一年一度从俄国飞来的鹈鹕，舒拉密和外公的重逢。两匹高头瘦马拉着一辆愁云惨淡的帆布大篷车，车里锈迹斑斑的铁笼里关着一头老熊。柏树木炭、底妆油彩、错视画，还有各种戏法都会从这辆篷车里变出来。

　　才杜尼，提比利亚人，原先是哈西德派教徒，一场大水让他家破人亡。蕾切尔·列文很早就认识他。她说，打那以后，他剃净胡须，把圆帽和祷告头巾抛入卷走他珍爱的一切的湍流，卖掉祖传的律法古卷，带着马戏团在大马士革、耶路撒冷、希布伦和贝鲁特一带流浪。

　　就这样他来到山谷，所以他的到来和以法莲的失踪，都赖那场洪水。可外公不信偶然，不信先兆，也不信没由头的命中注定。他说以法莲无论如何都会消失，要赖得赖村里人，而不是才杜尼。

　　他在一张纸条上写道："把我葬在自己的地里。"他知道我把他的纸条都收起来了。他的复仇目标明晰，计算精确，瞄准弱点，剖开柔软的小腹。

才杜尼最开始靠小偷小摸和哈西德教派的普通神迹混日子。他向不孕的妇女兜售铜片护身符，靠命理学给人治疗梅毒、用咒语点燃湿木，念四字圣名[1]呼风唤雨。这些微不足道的奇迹在以色列各地激发出狂热的希望，但在山谷只换来咒骂和同情。"这种胡闹我们在乌克兰的哈西德教廷见多了。"建村元老纷纷颔首赞同艾利泽·李伯森的这句话。

才杜尼第一次到村里来，是建村那年。表演结束时，掌声稀稀拉拉。曼多林·泽尔金当时年轻又快活。他母亲家出了好几位哈西德派拉比，父亲家则出了好几位布尔什维克领袖。他走到才杜尼身旁，夸张地挥锄挖沟。挖得越深，泥土发出的咕叽声越大。锄头敲碎了沼泽地表面的硬壳，尖尖的灯芯草叶带着成群的蚊子弹了起来，划破了才杜尼娇嫩的皮肤。肥大的水蛭死死叮在他干瘪的小腿肚子上，白色的蠕虫试图把他拉入地下。他疯狂地呼喊他所知道的一切神灵，最后还是里洛夫逼着他唱了一首山谷里的人最喜欢的老歌——《青蛙之友》，才用鞭梢把他拽到安全地带。

"耍点花招，搞些愚蠢的骗术，还有什么比这更无聊，"皮内斯说，"今天这儿，明天那儿。我看他就是个不事生产、游手好闲的大骗子。"

---

1　即 YHWH，希伯来文《圣经》中上帝的名称，意为以色列人的圣父。

* * *

以法莲在山顶我爹妈的新坟前守了一个礼拜，无声无息，就连菲吉、以斯帖、便雅悯和其他死者都没注意到他。就连冉·阿让若无其事地啃掉了坟茔之间的嫩草，伸出长舌薅掉了墓碑上的花，他也不声不响。他渴了就从墓地的喷水器接水，饿了就到对面山上摘枣，或者烤松鸡吃，那些鸟儿永远也不会知道自己是被野猫、鹰、臭鼬还是别的什么猎杀。夜晚，他盯着在墓地栏杆上点头哈腰的小猫头鹰，与它们晶亮的黄眼睛对视。

第七天，我舅舅正要起身回家，才杜尼他们一伙从桉树林的暗影中悄然现身，跨过当年英军高射炮留下的小径，在泉边扎营。不一会儿，一堆堆小篝火在浅铁锅下跳跃，烤肉和粥的香味随着一缕炊烟飘入以法莲伤残的鼻孔。

流浪艺人边吃边聊，笑语喧哗，穿透了清亮的空气。戴大礼帽的亚述魔术师精瘦精瘦的，兼任驯熊师。阿拉伯占卜女走起路来肥臀乱晃，胸衣里的硬币叮当作响。大力士食指和拇指一发力，就能劈开烧火的木柴。才杜尼掀开篷车的罩布，从后面拿出一个水果筐大小的木箱，木箱里掉出个关节灵活的软骨女，蝰蛇一般在地上蠕动半响。以法莲眼尖，透过阵阵热浪看见软骨女软塌塌的身体挣脱束缚，沙沙地卷曲、滑动，棕灰色的皮肤亮晶晶。

尤里说，以法莲战时曾在阿尔及利亚的一个港口城市见过这么一个女人。当时他们突击排的人像蜘蛛一样，吊着绳索顺墙而下，攻占了控制港口的外国军团要塞。他们先从窗户扔了一堆手雷进去，再动手消灭城里的狙击手。

有人从一座房子里向他们开火。他们冲进房子，射死了狙击手，却看见满屋惊恐的年轻女子，衣衫透明，被子弹溅起的尘土和四散的香粉呛得咳嗽。这些妓女以为他们是美国大兵，硝烟落定之后，就向他们讨口香糖。斯托夫斯上校，以法莲的排长，问一个妓女要了一只口红，走到外面，在门上写下"军人禁入"。就在这时，一颗流弹击中他的左膝，他拖着腿回到屋里。

尤里说得眉飞色舞：别看那些女子头脸用丝巾一层层遮挡得严实，乳头却隔着蕾丝在每一位突击队员的肩膀上摩擦。她们把浓浓的香水倒在斯托夫斯上校的伤口上，替他包扎，让他躺在柔软的睡榻上看她们表演。领舞的两个姑娘高高大大，是塞内加尔人。按她们部落的规矩，交媾必须站着，好让男伴在高潮时把头顶在拱形的雪花石膏天花板上。年轻的匈牙利姑娘嘴里衬着天鹅绒，肥厚的花瓣在嗓子眼颤颤巍巍。安纳托利亚牧羊女在腋下喷了金莲花的汁液，腋毛编成长辫子，缠绕了五彩丝带。她的阴毛浓密卷曲，从肚脐倾泻到膝盖，见到的人都忍不住伸手轻轻拉扯一下，试探真假。还有一位从克拉科夫来的眉毛细细的犹太姑娘，她的闺房要求绝对安静，这样她才能集中精力，用两腿之间的地方说话。"以法莲啥也听不懂，他又不懂意第绪语。"尤里自由发挥。这故事每讲一次，妓女们的奇闻就变得更奇一点。

她们使出浑身解数款待突击队员。"以法莲一夜之间就把兽医老婆还没来得及教他的本领全学会了。"坐浴盆欢乐地喷出五彩的水柱，寒鸦学了暧昧的话，用各种语言说出来，挑逗姑娘小伙。有个天赋异禀的姑娘跳了软骨女之舞，舞罢在身后以手击脚，给自己鼓掌。尤里说，才杜尼的软骨女让以法莲想起了这个阿尔及利亚婊子脚趾上的小银铃。她跳完舞之后，以法莲回到二楼房间里挂着紫色帐幔的床上时，银铃还一直回响在他耳畔。

皮内斯见他们在泉边扎营，就没了主意。这种事一般都向里洛夫报告，但皮内斯和里洛夫互不搭理。结果他跑去告诉了马古利斯。马古利斯告诉冬妮娅，冬妮娅急匆匆出去，敲开军火库的铁门。

她迎面看见一道手电和一支双筒猎枪的枪管。

"什么事？"里洛夫问。他听说才杜尼来了，立刻抄起牛鞭，翻身上马，向田野疾驰而去。

里洛夫和村里的其他元老一样，了解才杜尼，不喜欢他。

才杜尼见里洛夫骑马过来，拿了一把勺子，打开锅盖，问道："来一口？"

里洛夫质问道："才杜尼，你来干吗？"他的马被缰绳勒得用后腿站立起来。

"吃点东西，演场戏，就走人。"

"吃什么吃，演什么演，立马走人！"里洛夫少不得又拿"死在自己床上"威胁一通。

才杜尼笑笑。"这是我们的营生，"声音像抹了蜜，"死在哪儿对我来说都一样。"

"我可不是随便什么人，"里洛夫继续吓唬他，"我是村委会的！"

可才杜尼比火车司机难对付，不依不饶地回嘴。里洛夫本来想把曼多林·泽尔金叫来，再用沼泽制服这位马戏团老板。别看他外表凶悍，人其实并不极端，"于是转念去掏马鞍口袋里的鞭子"。

大力士看出里洛夫的意图，正想从岩石上起身，加入争吵时，村里来了一群男女，边走边聊得热火朝天，只想赶紧忘掉一周以来沉重的哀悼气氛。皮内斯紧随其后，一边在高低不平的路上跌跌绊绊，一边高声喊他们回去。才杜尼见状，给马戏团的艺人打个手势，让他们操演起来，自己则爬上椰枣树指挥演出。

"你管他们干吗呢？"我问皮内斯。

以法莲失踪以来的说长道短，皮内斯都记在心里。"这么说吧，巴鲁奇，"皮内斯的语气平静、亲切，"就算不说你父母刚刚下葬，也还有几件事要讲原则。两千年来我们与这片土地隔离，现在我们拼命在这里扎根，这样的人不要看犹太人走钢丝表演；那个算命人预测的未来，可能跟我们的期待不同；魔术师的骗人把戏则会把我们的年轻人引入歧途，让他们以投机取巧的方式解决问题——这样的机会主义倾向只会加重怀疑心态，动摇我们的决心。"

他换成俄语低声说："再说，绝不允许那个粪坑女王——就是那个软骨女，那个人们的夜壶——展示她那下作的淫技。她那令人羞于提起的拍拍蹭蹭的动作会把我们的年轻庄稼汉带坏，有谁能说个不字？婊子是道深渊，陌生女人是个陷阱。"

我们坐在外公墓边的长凳上。"拓荒者之家"已经把外公的土地占满了。亚伯拉罕和利百加出国了，约西做了职业军人，青云直上，尤里在加利利给他舅舅开推土机。

牛棚里的钱越堆越高，空气中飘着鲜花和沃土的芳香。访客不多，他们在墓碑间转悠，愉快地摩擦着鞋底的沙砾。其中有死者家属，有要写抒情散文的高中生，还有几位人高马大的青年女性组织的领导，走起路来摇摇摆摆，悠闲地呼吸斑驳树影间的芬芳。冬妮娅满头银发，照例坐在马古利斯的墓旁，翅膀闪亮的蜂群聚在她周围，为她遮出一片阴凉。我写信向尤里描述年迈的冬妮娅坐在爱人墓边，不停地吸吮自己的手指的情景。尤里回信说："她才是他真正的墓碑。"

巴斯奇拉带着两个美国青年在小路上走来走去。他俩是纽约化妆品制造商亚伯·蔡德金的儿子。蔡德金曾经是约旦公社的成员。他派儿子过来给他选墓地。他们看上去情绪激动。

"真好，太棒了。"两个儿子赞不绝口。

他俩告诉巴斯奇拉："我们父亲在罗斯柴尔德男爵的酒厂干了三个礼拜，后来他母亲病了，他只好离开了巴勒斯坦。"

巴斯奇拉笑容可掬："好的拓荒者也得替自己亲妈着想呀。"他在墓园地图上把几处空墓穴指给他们看。"离雅科夫·米尔金的墓距离不同，价格就不同。愿他的记忆给我们力量。"

"我们父亲在佩克提塔瓦与他共事四天哪。"两个儿子说。

"天下犹太人皆兄弟，"巴斯奇拉说，"谁没跟米尔金一道干过几天呀？"

"我们父亲还让我们给巴拉莱卡·泽尔金带个好。"大儿子说。

"曼多林，"巴斯奇拉纠正道，"是曼多林·泽尔金。第七区第五排，就在那棵大橄榄树下。他是米尔金最好的朋友。"

"我们父亲也是啊。"美国人说。

"我们不打折，"巴斯奇拉一点不带商量余地，"只要你父亲，愿他长寿，属于第二批移民。"

"那当然。"

"现在交定金就可以给你留位。人运过来后付余款。当然啦，不用急。这边请，到办公室去吧。"

皮内斯饶有兴趣地看着巴斯奇拉的推销套路，随后哼了一声，转过身去。他已经很老了，眼光昏花，面颊和舌头动个不停，仿佛在不停地咀嚼食物。他胖了很多。

"是啊是啊，我老啦，人又胖。"他自言自语地念叨。

"才杜尼终于让步，同意只保留熊和大力士的表演。"他告诉我。

演出很克制，很专业，怪让人失望的。

"那头熊真的会算数，"尤里总爱给才杜尼的故事添油加醋，"不过任何一个三年级的孩子也都会呀。"

不过大力士表演把大钉子拧在一起，又用额头撞碎好几块砖，一下提起了人们的兴致。庄稼汉好奇地打量他，就像在估量一头牲口的价值。他亮出肌肉，抖动几下，庄稼汉兴致更高了。大力士的肌肉像一只只大耗子在皮肤下乱窜，从斜肩直窜到腰部那两个有点孩子气的下凹处。

他一声大吼，浑身肌肉快乐地颤抖，举起"阿波罗之轮"——一根粗大的轴上挂着两个火车车轮。就在这时，以法莲从我父母的墓地过来看演出，肩上扛着冉·阿让，牛角、牛蹄、牛筋、牛肉加一起一吨半重。

村里人笑起来。大力士看到以法莲和牛，呆住了。他开始

摇晃，手里的哑铃掉落，人也瘫倒在地。以法莲的碧眼隔着养
蜂面罩，也盯着大力士看。

"太棒了太棒了，"才杜尼边喊边跑向以法莲，"不可思议！
你这帽子也可爱。"据皮内斯说，"贪婪和清算旧账的可能"让
他喘不过气来。

冉·阿让在以法莲肩上伸了个懒腰。以法莲站在一旁看那
头满是疥癣的熊钻火圈，痛得直叫唤。

"你收多少出场费？"才杜尼问。

人群发出抗议。以法莲扛着牛，转身面对人群。

"给他们演不收钱。"他说着一把扯下面罩。

人群中没有一个人敢偷看一眼。

"大家下午好。"以法莲说。

"我们都盯着地面，又羞愧又害怕。"

我舅舅转身面对才杜尼和马戏团。大力士看了他一眼，哇
哇地呕出一堆铁螺丝和水泥块。魔术师的鸽子闭上眼睛。算命
人尖叫："我看见了大火和剧痛！"

"闭嘴，愚蠢的东西。"才杜尼喝住她。

"所以，才杜尼，你喜欢我的长相吗？"以法莲问道。

"我才不在乎，"才杜尼说，"别人看外表，才杜尼看内心。
你跟着我会发财。"

"我不要发财。"以法莲说。

才杜尼难以察觉地给软骨女使了个眼色，她像蛇一样扭到
以法莲身边，用脚腕钩住自己脖子，仰面摇晃，像只四脚朝天
的海龟。接着她把一条腿在全身扫了一遍，平坦的腹部漾出波
纹。她把脸的一侧贴在阴阜，那里回应似的隆起了。

皮内斯微妙地清了清嗓子。"那个词指阴毛下的脂肪组织。"他无比耐心地向我解释。

"她代表了身体暗自渴望的一切禁忌享乐,"他说,"那样子太恐怖太恶心了。简直就是一只野猫,一条土狼。"

以法莲回村后一直没有女人。有些更恶毒的流言说他跟冉·阿让交媾,获得满足。他们回忆说,以法莲年轻时就睡过兽医的老婆,那个粗俗、纵欲的女人喜欢看自己的男人骟马骟牛。以法莲感到一股火热、强烈的仇恨,恨得胃痉挛成一团。两股间则湿润地忆起那顶紫色帐幔。他仅剩的一只眼从软骨女身上转向才杜尼。

"晚上再说,"他说,"你在这儿等我。"

他颠了颠冉·阿让,让他趴稳一点,然后就脚步轻滑地回家了,沙地软靴仿佛走在空中。

"从远处看,他俩就像细秆上长了一朵巨型牛肝菌。"皮内斯说。

他吃力地从长凳上站起来,摘下眼镜,撩起蓝衬衣的一角,一圈一圈地擦拭。虽然气温很高,镜片上还是蒙了一层雾气。

"那边那人是谁,巴鲁奇?是鲍登金吗?"

"是。"我说。

伊兹查克·鲍登金是约旦山谷最早的一波定居者,现在是一位半聋的老人,瘪嘴歪了,看上去像陈年的干草叶。他正在慢条斯理地给门边的一片百日菊除草。

"他在这里做啥?"

"他来这里一个礼拜了,"巴斯奇拉说,"从基布兹的隔离室跑出来的。一路步行过来，到这里只剩了半条命，请求我们让他在这里耗尽剩下的半条命。"

"晚上他就睡那里？在外面，像条狗？"

"当然不是啦，"我有点委屈，"他自己想要给花园除草。他睡在旧牛棚里。"

"牛棚里？"

"我说让他睡小屋，但他自己更想跟才泽住在一起。"

"就像大象一样，都要死在家里。"皮内斯说。

他走过去跟鲍登金打招呼，可老头不认得他了。

"别妨碍我干活，孩子，"他嘟囔道，"吃过午饭我带你去集市，给你买棒棒糖。"

"他不认得我了，"皮内斯说，"当年我们在约旦泵房附近的葡萄园里一起干过几天，用你外公发明的黑浆涂抹树干。那里的老鼠个头跟猫一样大，在酷暑和孤独中都疯了，爬到橘子树上啃树皮，把树毁得够呛。"

他坐回到长凳上，忧伤，疲惫。

"谁也不知道今后会怎样，"他说，"里洛夫真该把那个专惹麻烦的才杜尼赶走。真该抽死他，鞭子是为打马，刑杖是为打愚昧人的背。[1]"

---

1  参见《旧约·箴言》（26：3）。

# 26

夜幕降临之前，我从不到豪宅下面的公共海滩去。等我过去时，游泳冲浪的人都走了，海边空无一人，沙滩上散落着吃剩的三明治、单只的凉鞋和细溜溜的葡萄梗。孩童的喊叫久久不肯散去，像肮脏的破布挂在空中。海面上，海岸警卫队的死灰色船只在泡沫中摇晃个不停。

大卫，年迈的沙滩椅管理员，见我走过去，把壶放在他那个藤条棚子里的小煤气炉上。我每次去不是给他带些吃的，就是从银行家的酒窖里拿一瓶酒，或者从他的书房里拿一本书。大卫啃了很多法文和西班牙文书。

"就叫我'Da-vid'吧，和'read'谐音。"他憨笑着自我介绍。他的牙大而白，浑身让太阳烤得干巴巴的。

我们喝着加香料的茶，有一搭没一搭地闲聊，四周的沙地上爬满举着细钳子的黄色小螃蟹。

"它们是沙滩清洁工。"大卫说。

沙蟹从洞里钻出来，四处跑动，它们举着前臂的样子，活像人类具有双重含义的那个动作：恐吓或祈求。这是人类最感人、最原始的动作。以法莲回到村里，从英军的汽车上下来时，就是这样将双手举到头部。菲吉外婆也是这样举起双手，在天空中搜寻着鹈鹕或雨水来临的征兆。

另一拨蟹正忙着修整洞穴，却常常因湿沙地上的小骚乱而暴露自己。如果它们不动，你很难看见这些沙黄色的小家伙。但我接受的教育里包括如何发现在枯枝上猎食的螳螂，拨开蜘蛛巧妙伪装的陷阱，分辨尺蠖蛾幼虫和光树枝，所以我一眼就能看到它们。

"你喜欢这些小东西？"大卫循着我的目光问道，"犹太教可不让吃。"

"喜欢，"我说，"我不吃。不过我有个舅妈，她爱吃蚂蚱。"

"沙漠里有些蚂蚱，不动时简直就跟石子一样。"大卫笑道。

"得有耐心。"我说。

小虫藏在银色的花里，装成闪光的枯叶。

"得有耐心，巴鲁奇。"皮内斯说。我们埋伏在一丛矮树后面。"那些前后摇摆的白色小树叶，有些是昆虫，它们会模仿树叶在风中摆动。风静了你就会看出来。真树叶不动了，愚蠢的虫子还在动。"

他说，人和昆虫适应世界的方式截然不同。人天生没什么本事，又脆弱，只能靠自己的发明创造和学习能力；昆虫呢，皮实而且数量多，但没有任何学习能力。生下来什么样就什么样。马古利斯的蜜蜂行为够复杂了吧，那也跟学习、经验没有一点关系，皮内斯说。

外公看着我们踩着两个牛奶桶扒在牛棚墙头，观察屋顶一角的泥蜂巢。皮内斯用一根稻草，在蜂巢里一个小杯子形状的玩意儿底部戳了一个窟窿，让我看那只蜂仍自顾在顶上忙个不停，根本不来修补底部。

"她遵循遗传的行为方式，"皮内斯解释之后，立刻抛出一个问题，"昆虫的智力有限但已精确设定，人的头脑强大但无法集中，哪个更好呢？"

另一次，他说："比如里洛夫和他儿子，生来就是白痴，一辈子也没变。他们的大脑顶多只有百分之五能用。但他们不像那些天才，一天一个主意。他们专心致志，就把那百分之五用出了效率。"

我向大卫说起皮内斯从加利利带回来的长角大蚂蚱。皮内斯把那只蚂蚱加入他的收藏，用别针钉在墙上，怪吓人的。可皮内斯眼睛都亮了。

他说："巴鲁奇，看看，它伪装得多好啊。绿色的身体不动时看着就像一片长叶子。一旦猎物靠近，它跳起来扑过去，给猎物致命的一抱，用胸前的刺扎死它。就像约押抓住亚玛撒的胡须给他一吻时，另一只手却用剑划开他的肚腹，让肠子流在地上。[1]"

"你有一位好老师。"大卫说。

"连小鸟、老鼠和蜥蜴它都能吃。"我对自己的博学很得意。

大卫将信将疑。"蚂蚱能吃老鼠？"他惊叹地说，"简直是小魔鬼啊！"

"还吃小蛇哪。"

---

1 参见《旧约·撒母耳记（下）》（20：1-10）。

大卫说要敬蚂蚱一杯。接着话题一转，拐弯抹角地打探我和我家的事。

"你挺怪的，"他说，"看你那房子，应该是个有钱人。可你又跟其他的有钱人不一样。"

"我原来是庄稼人，现在不干了。"我说。离开了我们村。离开了我的家人。离开了土地。

后来我回到银行家的房子里，就想看看外公的信件和纸条，看看他留给我的那本路德·布尔班克的著作。

"死去的人没有谁面容如他这样美丽、平和，简直是宁静。他就像睡梦中的孩童……

"我们让路德·布尔班克安息在旧农舍院子里的雪松树下。他在那间农舍里住了四十年，他那些革命性的、对同胞价值连城的工作，大多数是在那块土地上完成的。

"他过去常常到那里去，大树枝叶垂地，在粗壮宜人的树干周遭搭出一个阴凉安静的小屋，针叶的油脂散发出清香……

"所以他躺在这里长眠……覆盖着鲜花。"

我在一本《田野》旧刊里随手翻出几朵干枯的仙客来和藏红花，那是我妈留下的。外公用蓝色笔在一位 A. 费尔德曼为他偶像写的悼词下画了线。"他在圣罗莎简朴的家里去世，在李树、玫瑰、葡萄藤和刺梨的环抱中。享年七十七岁。"

外公在发脆的书页边缘写道："葡萄藤、刺梨、荆棘和麻醉人的天仙子。"这些是他在巴勒斯坦最先遇见的植物。

"覆盖着鲜花，"我大声朗读，"覆盖着鲜花。"布尔班克也离开了他心爱的女人，也种得一手好果树，却是那么快乐、有活力、满足。但是，他不曾在西西拉的泥沼里开荒，也不曾葬在应许给他祖先的土地上，他没有制订过章程，也不需要复仇。

才杜尼眼看着以法莲的身影在远处越变越小。他嗅到了轻松发大财的机会，也感觉到很快会遭报应。他搓搓手，转过身。

"动起来动起来，"他朝大力士嚷了一嗓子后，又说，"去把大锅洗干净。去啊，臭婆娘，说你哪！"

村里人不安地起身散去。里洛夫不依不饶，才杜尼只好带着马戏团从泉眼走开，到村外过夜。

"第二天清晨，胡赛因来了，这位贝都因老人是马扎里布部落的，天蒙蒙亮时，他出门遛狗。"

透过田野上丝丝缕缕的晨雾，他看见大篷车向东走了，后面跟着以法莲，步伐轻快、坚定。冉·阿让趴在他肩头睡觉。阿拉伯老人以为以法莲带着冉·阿让去配种，可他一整天都觉得不对劲。他得找人说说这事，于是晚上去找他的老朋友里洛夫。

"你们那个扛牛的走啦，"他一边敲打秘密武器库的门一边喊，"你们那个扛牛的走啦！"

可是里洛夫不在武器库，他正开着一辆小卡车，从一条密道往村里去，下坡时关闭了引擎和大灯。车后面拉着的捷克产的联合收割机里装满了炸药。胡赛因当然知道冬妮娅这会儿正在果园的蜂巢之间和马古利斯耗尽所有的甜蜜激情。他不愿意惊扰那些蜜蜂，于是去了村委会办公室。一支搜索队立刻组织起来，但以法莲、冉·阿让、才杜尼和马戏团已经了无踪迹。

"我就再没见过我这位学生了，"皮内斯说，"米尔金也是最后一次看见他儿子。"

他又擦了擦眼镜。"全国仅有的一头重达一吨半的牛，一个以法莲那副样子的人，哎呀呀，怎么会说没就没了呢？怎么可能呢？"

"以法莲走过满是蝙蝠的岩洞都不会被发现，"我对他说，"你自己还给我讲过关于马古利斯家的猫的事呢。"

皮内斯起身在墓碑间踱来踱去。

"你刚开始干这可怕的营生，我是坚决反对的，"他说话的时候，口水从戴着假牙的嘴里流下来，"你还记得吧，你派了个混蛋律师去参加村委会，那次我也在。"

我没吭声。

"别以为他那一派胡言能让我改主意。公墓是合法的买卖……是农业的一个分支……也是向土地讨生活……你真该替自己害臊！我听了那些话都觉得害臊。简直要尴尬死了。谁能想到米尔金的外孙会说出那些话来！"

"现在呢？"

皮内斯笑起来。"现在不一样啦。堤坝已经垮掉。实际上，我正存钱呢，好埋到你这来呀。"

"你在说什么呀，雅科夫，"我嚷起来，"你怎么能觉得我会收你的钱哪？"

"那你还白埋我呀？"皮内斯说。

从他的表情看，我一定是说错话了，但我不知道错在哪里。

"我的娃儿呀，"皮内斯伸手拍拍我的脸，"我的娃儿呀。"那只手握惯了长笛和钢笔，被粉笔灰和乙醚浸得光溜溜。那只柔软的手拂过我的面孔，搭在我的脖颈上。我闭上眼。

"巴鲁奇，为你做的事自豪吧。有时候我们做事的理由错了，可事情本身并没错。不过，我还是在别处找块墓地吧。"

他慢慢走开，手依然伸着，仿佛还放在我头顶，好像外公的手。好像曼多林·泽尔金的音乐。好像外婆冰冷的前额。好像饲料仓屋檐下乳鸽柔软的绒毛。

别看我三十八岁，体重两百八十磅，已经拥有了一座海边别墅，我仍然是皮内斯的学生、外公的娃儿。我仍然盼着外公的胡茬扎我脖子，等着听他讲故事，等着他把粗盐番茄片放在早餐桌上。

我的脚趾感觉到泥土的温暖，软软的，有点痒。防疟疾抗抑郁的甜蜜的血液。永不失效的毒药。希福利斯会来的，衣衫褴褛，风尘仆仆，用风笛演奏着马勒的交响曲。马卡洛夫老屋烟囱上的鹳鸟，梦想着锡安的青蛙。

豪宅窗外传来的海浪澎湃声。钱袋子的窸窣声。我墓园里埋葬着两百七十四位老年男女，一把曼陀林，一头老骡子。拓荒者，身体力行的理想主义者，和资产阶级叛徒。

# 27

　　我和尤里五岁就识字了。约西不想学习，外公在纸上给我俩写字的时候，他只是静静地坐在我们旁边。外公教识字的办法和皮内斯不同。皮内斯从字母开始，外公一上来就教整个的单词。他说："他们自己能学会辨认字母。单个的字母没有意义。凑在一起才有生命。"

　　在幼儿园，我们在沙坑里玩。那沙坑是以法莲和"匪帮"在"巧克力大劫案"后挖的。我们还可以玩那辆老旧的卡瑟铁轮拖拉机。尽管麦舒拉姆·泽尔金连声抗议，这辆老拖拉机还是赠给了幼儿园，而没给"元老小屋"。

　　列文的小店离幼儿园不远，他有时会送冰果汁或者新烤的面包卷给我们吃。我们会把面包卷拿到会议室后面的那片树林里，夹着味道浓烈的长长的野蒜叶吃。野蒜是那个疟蚊成群、水牛漫游的年代仅存的遗迹。

　　幼儿园老师露丝说，野蒜是"天然面包酱"。"走啊，去抹点天然面包酱。"我们就排着队唱着歌，清一色的短裤加白棉布遮阳帽，脚上是鞋匠伯恩斯坦给我们缝制的简易凉鞋，浩浩荡荡向树林进发。每年逾越节之前，伯恩斯坦招呼我们到他的小屋里，在我们手里放个重物，好让我们一刻不停的脚丫牢牢地站在皮料上。他用粗铅笔勾勒出脚掌的大小，把大脚趾搔得很痒。

"孩子们，不要说话。"他满嘴钉子，从牙缝里挤出一句话。我们常常听见他在鞋店后面的浴室里疼得大叫，一个礼拜最少有这么一次。

"你们出生之前，我们可没有这样的鞋。亚伯拉罕的凉鞋是用旧轮胎做的，你妈和以法莲赤脚走路。"

我们排成单列向树林走去。我个头最高，总是走在最后。约西心不在焉，老是掉队，给他的弹弓找圆石子。尤里钻到露丝的裙子里，只露出小腿和双脚，看起来倒像蜜蜂钻在硕大、甜美的花朵里，只露出后腿。露丝胖胖的脸上宁静满足，把尤里想成了一种前爪大后爪小、前爪裸露后爪穿鞋的四足动物。

皮内斯见了，爱溺地打趣："这孩子真是不可貌相。"

"你给我打住！"利百加忍不住吼她儿子，"全村都在议论你。这都啥事啊？"

可五岁的孩子也不愿意别人剥夺自己的乐趣。

"我乐意。"尤里说。

"你看谁那样走路啊。"亚伯拉罕插话。

"关你什么事，"利百加说，"你九岁时候背的那诗，我们可都知道。孩子是老树上砍下的枝。"

"露丝说可以。"尤里说。

"我倒想看看再过两年她还会在什么事上对你说可以。"利百加没好气地说。

"露丝身上好香。"尤里说。

因为尤里，村委会下了命令，露丝上班必须穿裤子。我表哥就只好在十点下课时跟在她后面，脱掉衬衫，懒洋洋地靠在露丝结实的大腿上，让她"把我的背弄舒服点"。


上学的第一天，外公腾出半天侍弄树木的时间，送约西、尤里和我去学校。约西走到教室前面，对着皮内斯贴在黑板上方的招贴画，一字一顿地大声读出上面的字。

"征服土地靠的不是战士的剑，而是农夫的犁。"

外公大笑起来。"你把我们都给蒙啦。"他对约西说。约西高兴得脸上红扑扑的。"你老是一声不吭地坐着，可啥事都明白！"

我比班里其他人高出一头，被安排坐在最后一排。我的书包是一只德国皮公文包，从前是我爹便雅悯的。我放下书包，这时皮内斯走进教室。我不是头一回上他的课。我五岁的时候他曾经带我到橙园，给我看一侧开着圆洞的带顶鸟巢。

"这是苔莺的巢。苔莺是种优雅的鸟，"他说，"雏鸟已经离巢啦。你把手指伸进去摸摸。"

鸟巢里铺着一层柔暖的鸟的绒毛和千里光种子。

"苔莺吃害虫，是咱的朋友，"皮内斯说，"它身子小，尾巴长。"

他把我带回家，从盒子里几百只空鸟蛋壳里挑出一只苔莺蛋壳给我看。那枚蛋壳小小的，颜色很淡，两头长着红斑。又过了几天，我们躲在浓密的灌木丛里，听雄苔莺求偶的鸣叫，看它靠尾巴保持平衡。它的喙又长又尖，真的特别适合捉虫子。

"孩子们，早晨好。我叫雅科夫。"皮内斯的眼睛扫过教室，看见我和我的皮公文包，停顿了一下，露出微笑。那个公文包里曾经装满古典音乐唱片。我父母遇难那晚，公文包恰好在他家，才躲过一劫。开学前，他把包给了我。"明天就要上学啦，巴鲁奇。这是你爸的公文包。我替你留着哪。"

每年开学，皮内斯都要到新生班级致辞。他每年都会利用这个机会讲个故事。今年讲的是力士参孙。他学血肉模糊的狮子的吼声，震得学校的墙壁簌簌发抖。

"孩子们，你们说，"他讲完故事这样发问，"参孙为什么成为了英雄啊？"

"因为他杀死了狮子。"里洛夫的孙女雅亿说。

"因为他推翻了非利士人的房子。"约西说。

"他不怕蜜蜂。他会用手掏蜜。"马古利斯的孙子米迦说。

"这我还从来没想到过呢。"皮内斯高兴地说。

放学后，他召集教师开会。

"我年轻过，可岁月不饶人，"他说，"我送走了一班又一班的孩子，可还是对他们的智慧充满好奇。今天上午，一年级有个孩子告诉我，参孙的英雄气概来自心里的勇气，而不是身体的强壮，因为他不怕徒手伸进野蜂巢取蜜。"

他的目光从教师脸上挨个扫过。

"你们守护着稀世的财宝，守护着咱村在泥土里种下的最柔嫩、最美丽的幼苗。你们得浇水、施肥，让他们成长，但修枝时要格外小心。"

那天晚上，我躺在床上偷听皮内斯和外公聊天。皮内斯把马古利斯孙子的话以及他给教师们讲的话，都学给外公听。

"你看，雅科夫，"老教师说，"哈依姆·马古利斯的小孙子见他父亲和祖父戴上面罩、手套，穿上防护服，用烟把蜜蜂从巢里熏出来。可参孙毫无防护，取蜂蜜如同从婴儿手里拿面包。在那个孩子的眼里，没有什么行为可以比这更英勇了。"

"好极了，"外公说，"不过不管戴不戴养蜂人面罩，徒手杀雄狮对任何人来说都太难了。"

我听得出来他的声音哽咽了。他的脸皱在一起，一副痛苦的模样。

"有什么关系呀，米尔金？"皮内斯问道，"这孩子说得对或是不对，有什么关系呢？这些孩子思想多纯真，多鲜美，这才是最重要的。你是庄稼汉，应该知道这样的东西有多难培养啊。"

"雅科夫，不要再做这些类比啦，"外公说，"反正种庄稼和培养人毫无关系。人和动物毫无关系。毛虫和人的思维方式也没关系。"

放学后，我跟外公一起吃午饭。不过，如果他要干活，或者感觉不舒服，我就在蕾切尔·列文家吃饭。她浓密的鬈发已略显花白，整天穿件绿色罩衣进进出出。

她走路时，双脚在地板上滑动，悄无声息。我一直觉得好奇。

"你也想学走路不出声吗？"她问。

"想啊。"我热切地说。我听说过我舅舅以法莲的故事，也早已开始偷偷试着隐匿行踪。

"来。我教你。"

她把我带到菜园里。她家养了几只鸡，有一窝兔子，还种了些蔬菜和香料。列文刚到村里的时候，想自己种菜，可手太笨，种什么死什么。他把那些发黄的西红柿和打蔫的辣椒拌点酱吃下去，还跟行家说这是他自己研发的新品种。结婚后，蕾切尔接管了菜园，一直梦想当个庄稼人的列文才终于享受到自己土地里长出的果实。蕾切尔·列文种菜、养花，还从她父母那里带来了成箱成罐的罗勒。一到夜晚，人畜都愿意在她家篱笆外站一会儿，闻那香气。

蕾切尔从树篱上摘下几根干细枝，撒在小路上。

"看好了，巴鲁奇。"她说着就踏在细枝上，毫无声息。"你来。"

细枝在我脚下爆裂。蕾切尔笑了。

"以法莲在你这岁数，静得像桌上的法兰绒布。落脚要轻要平。要用肚子呼吸，不要用胸膛。"

她又扔了几根细枝。结果还是一样。

"你走路像头老牛，"她叹了口气，"只能等以法莲回来啦。"

列文回家吃午饭。他一点也不像照片上的外婆。他总是苍白瘦弱，踢踢踏踏地拖着腿走路。

不过，我想，大概列文家的人都那样，要不外婆怎么年纪轻轻就死了。

亚伯拉罕有时候叫我去他家吃饭。可是因为有利百加，我不愿意去他家。我还是最喜欢跟外公一起吃，哪怕他只会做烤土豆。午饭过后，我悄悄溜到碎石小路上，躲在亚伯拉罕和利百加的窗户下面，偷听他俩在饭桌上说啥。

尤里那时候就好奇心重、怀疑一切，爱四处寻刺激，总能让他爹妈倒胃口。

"外婆怎么死的？"他会突然问。

听得出来亚伯拉罕皱起了眉："生病。"

"什么病？"

"别惹人讨厌啊，尤里。"

"妮拉·李伯森说她没病。"

"你怎么不让李伯森的孙女别管闲事呢。"

一阵沉默。然后我听见利百加说："是你们崇拜的爷爷害死了她。你不知道吗？"

我站起身，扒着窗台向里看。利百加在气鼓鼓地擦桌上的油布，胸、腹、臀被衣服勒出一道道肥肉，看着像浑身长满了双下巴。苍蝇不停地飞来，落在吃早餐时滴落的果酱上。亚伯拉罕一声不吭地吃饭。约西也不吭声。两人都用面包把食物赶到叉子上。

"沙拉酱放少了。"约西说。父子俩都喜欢用面包蘸着沙拉酱吃。

"你们是要吃沙拉，还是要进沼泽？"利百加问。

"他说得对，"亚伯拉罕说，"我俩就爱吃沙拉酱。"

"没错，你俩都用面包蘸酱，吃得越来越胖。"

"可爷爷怎么会害死她呢？"尤里插嘴。他看出来关于沙拉的讨论不会有任何结果。

"用冰块和俄国来信呗。"利百加答道。

"给九岁男孩讲这些事不适合吧。"亚伯拉罕说。皱纹已经爬上他的前额。

窗户上忽然噼啪作响。约西养的猎鹰在用翅膀拍打玻璃。我连忙蹲下，悄悄溜走。约西把红猎鹰从窝里掏出来的时候，它还是只幼鸟，浑身覆盖着白色的绒毛，嘶嘶地叫着，对整个世界充满敌意。过了三个月，猎鹰长大了，羽翼丰满。约西就抓了老鼠和蜥蜴喂它。大鸟弯着利爪、蹦蹦跳跳、跌跌撞撞地跟着主人满院子转，像狗一样忠诚。等时候一到，约西带着猎鹰爬上牛棚的屋顶，把它抛向空中，教它飞翔。猎鹰学会了飞行，却并不离开，还待在我们院子里，不停地跟着约西，呼唤约西。窗户一刻都不能打开。只要一开窗，猎鹰就飞到屋里，兴高采烈地撕碎窗帘，打碎花瓶。其他的鸟都飞去南方了，只有这只留在我们这里。

"太不寻常了，"皮内斯说，"红猎鹰在这个国家过冬，太不寻常了。忠心耿耿啊。"

"快把这该死的鸟扔了！"利百加忍无可忍。

尤里咯咯笑。

"它在咱们这儿，没去你爸那儿，你还不满意啊。"亚伯拉罕说。

利百加的父亲鞍匠谭春·佩克听说外孙要养猎鹰，特别热心。"咱把它训练成猎鸟。"他的秃头兴奋得闪闪发光。佩克曾经是村里最忙的人，挽具、马鞍、缰绳、挽绳什么的修修补补，都得找他。他在山谷里名气很大，经他手做的颈轭从来不磨牲口的脖子。外公曾经给我描述过佩克如何挥刀把大块皮料切细，编成鞭子，"他的手特别有准头，鞭子一脱手，尖头就抖起来"，专注干活的时候，他会把舌头伸出来，喘着粗气。后来拖拉机取代了耕畜，佩克的生意少了，可他指尖、靴上始终还有皮革和洗革皂的味道，他工作间的木墙上闻起来也还是一股皮革味。

"就像过去军官和贵族的那种训练有素的猎鹰。"佩克憧憬着。

他年轻时在沙皇尼古拉的军队里做过骑兵副官。

"那个时代啊，"他总爱这么说，那种怀恋的语气让建村元老不安，"身上佩剑、肩上戴着金质肩章的军官们，贵族地主的女儿，舞会，带箍的长裙，华尔兹，花园里的甜言蜜语……"

佩克喜欢谈论外省警察总督的年度舞会。"舞会上有巨大的河鱼、梭鱼和鲈鱼。我也美餐一顿，然后跳舞。"

"就你这么个犹太人，佩克，还跳舞，还在花园里谈情说爱？"李伯森讥讽地问，"你是给那些跳舞、谈情说爱的人舔靴子吧？"

"我跳舞了。"谭春很自豪。

"是跟少校的仆人啊，还是跟总督的母马啊？"

佩克没搭腔。哨兵协会的马鞍和马肚带都是他缝的，所以他在历史上占有了一席之地。这是村里的老人们梦寐以求的。他觉得《哨兵名录》的索引对他来说已经足够光荣，晚辈们是否对他有更多的认可似乎变得可有可无了。


外公讨厌他。第一次世界大战期间，"劳动者之圈"以牧羊为生，哨兵协会的人曾骚扰过他们，偷了他们的羊，还散布谣言，弄得雇主扣发他们的工钱。他们饥肠辘辘，艰苦地劳作，最后仅剩一双鞋，让给了菲吉穿。泽尔金没完没了地弹琴，用音符来安抚咕咕叫的肚子。菲吉的皮肤上生了疖子，被太阳灼伤，憔悴不堪。她咬牙坚持着，伸出疲惫的手，拍拍几位同志的头。

"我的小伙子，"她这样称呼他们，"我的爱人。"

她的小伙子用破布裹着脚，再也不能御风飞翔。他们变得皮糙肉厚，被饥饿牢牢钉在地上，像土坷垃一样不起眼，如果站着不动，都不能被人看见。泽尔金隔天会用锡炉煮一锅黏糊糊的玉米鹰嘴豆粥。他把炉子修在一个坑里，用一只破陶罐做了烟囱。

多年后，外公这伙人身上的烟味终于散尽了，可他们对哨兵的怨恨没散。"他们这些总督想在加利利建立一个阿拉伯马群公社。"他说。


"一只猎鹰。"佩克边说边从工具箱里掏出一些旧鞋锥和弯针，在工作凳上坐好，中间放着一个笨重的老虎钳。约西、尤里和我坐在旁边，被他灵活的手指和手中皮料的味道迷得恍惚。老鞋匠给线上了蜡，在发黄的拇指指甲上吐了一口唾沫，在皮子上轻划几道，然后下刀，再把几块轻软的皮料缝在一起，做成一副鸟眼罩。"给鹰戴上眼罩，"他解释道，"它就会像个婴儿那样乖乖蹲在那儿。"

他在眼罩上给鹰的弯喙留出一个洞，再用厚皮料给自己缝了一只可以套到肘部的长手套。"这个保护我的胳膊，别让鹰抓烂。看它那爪子。"

那只鹰已学会独自猎食了，可只要听见约西的口哨，就急忙回来，落在他脚边。

"已经训得能自己回来了，极好。下面我们教它站在我胳膊上。等着瞧吧，约西，再过两个礼拜，咱午饭就能吃上它逮的兔子啦。"

"红猎鹰个头太小，"皮内斯对佩克的想法不以为然，"顶多也就给你逮几只耗子回来。真要捕猎啊，还得靠游隼。再说了，约西，驯鹰可是一桩令人讨厌的消遣，是寄生、腐朽的剥削阶级追求的奢华生活方式。"

约西不无焦虑地把这些话学给佩克，鞍匠哼了一声，说："那让你们老师回去过夜晚捉青蛙的日子吧。"

约西和他外公把鹰带到田间。他们怕我和尤里碍事，所以让我俩远远跟着。那只鹰棱角分明的头上戴着皮眼罩，一动不动，乖乖停在鞍匠的胳膊上，白色的鸟爪紧扣鞍匠的皮手套。佩克选中合适的地点，用口水沾湿指尖试探风力，摘去眼罩，让鹰飞起来。那鸟不负所望，腾空直上，腹部的红底棕纹在晴空下闪闪发亮。

"好——吹口哨，让它回来！"

约西把手指含在嘴里，打了个呼哨。鹰在空中猛地停住，尾翼展开，扑扇了几下，然后半收翅膀，直接向他们扎下来。老鞍匠向鹰伸出戴着手套的那只胳膊。鹰呼啦一下展开羽翼减速，可那只胳膊吓了它一跳。它扇动翅膀，直冲老鞍匠的秃头而去。

"太可怕了，"缝针的时候佩克对医生说，"我还以为自己要完蛋了。"

约西的鹰在光溜溜的头顶站不住，只能用利爪不停抓挠。佩克登时满脸是血，晕了过去。那鸟闯了祸，吓得一溜烟飞走了。我们几个跑回家找人。家里人都不在，只有老才泽在院子里干活。他跟着我们到田间。佩克的头皮一绺一绺地耷拉着，头上落了一层绿头苍蝇。我们七手八脚地把他弄到才泽背上，一起去了村诊所。

数日之后，村里人见谭春·佩克捡回了性命，能顶着满头白纱布下床了，就给他起了各种外号，"鹰眼"啦，"猎户宁录[1]"啦，"阿卜杜拉哈米德苏丹"啦，不一而足。李伯森在村通讯上撰文说，我们固然要建设一个返朴归真的新社会，但绝不能"利用猛禽的本能满足一己的原始需求"。

皮内斯在课堂上说："野兽捕猎是为了活命，人却是为了变态的乐趣。"说完从拉迪亚德·吉卜林的《丛林之书》里挑了几段念给我们听。他说吉卜林是"明智的殖民主义者"。


我站起身，向窗户投出手里的石块。碎玻璃落在亚伯拉罕和利百加的桌子上。

"外公没有害死她。"我斩钉截铁地说。

"真是他外公的外孙，"利百加讥讽道，"趁早把他弄出去，别等我宰了他。"

"别闹了！"亚伯拉罕吼道。

"叫你爹来赔我窗户！"

"你给我闭嘴，马上。"

"等着吧，老爷子一死，"利百加嚷着，"他准得争遗产。"

"你闭嘴！"亚伯拉罕大喊。

他起身出门，朝我走过来。

"巴鲁奇，别理她，"我舅舅亚伯拉罕说，"她正在气头上。你就在这儿，爱待多久待多久。这是我家，谁也不能把我外甥

---

1　宁录是《圣经》里的人物，诺亚的曾孙，示拿（Shinar）的国王，是一位英勇无敌的猎人。

轰出去。"

我看着他。小短腿，溜肩膀，额头上的皱纹纵横交错，像一层坚硬的乌龟壳，他走哪儿都带着，坚不可摧。有时候他把我和双胞胎带到饲料仓，让我们在草垛上摔跤。我不知道他看着我把他两个儿子摔翻，是高兴还是不高兴。尤里会跳到我背上，我把他举到空中，他就无助地咯咯乱笑。约西却觉得很受伤，跑去向他妈哭诉。

亚伯拉罕拉起我的手。我喜欢那种感觉。我那个时候就模糊地知道，我们家族的某些成员的内心可以感受到同样的痛苦。听村里人说，亚伯拉罕小时候曾经袭击过一个来参观的外国女人。他大喊大叫，踢她的腿，咬她肚子，最后是里洛夫一掌把他掴翻。不过我舅舅是出色的庄稼汉，读了很多专业文献，常被叫到附近的农场去帮兽医做诊断。他家的每一头牛身上都挂了个小牌子，记录着每头牛的家族谱系，还有产奶量、牛奶脂肪含量、受精次数、产仔量、死胎率和停奶期等信息。这已经是一份极细致的农耕记录了，但他还把每头母牛产下的公牛哪天被送往屠宰场都记得清清楚楚。

我娘死了，以法莲走了，菲吉外婆生下的子女，只剩了亚伯拉罕在家。他每年都会定期去给他妈上坟。我和尤里那时候常常看见他骑上以法莲那辆笨重的大力神自行车，到山上的墓地去。

"他去跟奶奶说话，"尤里说，"把农场里的事说给她听。"

"你妈也在那儿。"他加上一句。我没吭声。

我每年都跟外公去给我爹妈上坟，每次都感到害怕。村里的岁月随着雨云流淌，村里人靠孕期、轮耕和神秘而不可逆的衰败衡量时间。我不想再添什么新的纪念日。多年后，我成为丧葬专家，听得见死者的肚子在泥土中爆裂的声音。可那时候，我只会跟外公在我爹妈的墓碑前坐一会儿，再跟他到他老婆的坟前，那儿永远被打理得干净整洁。坟墓下面的排水槽里总有黄白的长寿花和泛紫的罗勒，鲜亮夺目。

"长寿花是我爸种的，"尤里说，"这让他更容易哭出来。"

# 28

我们十一岁那年，皮内斯组织了一次远足，那是他组织的最后几次远足之一。皮内斯宣布："咱们套马赶车，像过去那样开心地出去玩吧。"

头些年，他带着学生游历戈兰高地和浩兰高原[1]，一走就是三个礼拜。他们沿途采花草，捕昆虫，夜晚在犹太人定居点住宿，有时也住在里洛夫认为安全有保障的阿拉伯村庄。家长们为此恼火不已，抱怨皮内斯在农忙季节把家里的孩子带走。村里专门为此开了会，皮内斯在会上怒斥道："教育不分忙和闲。"

"耐心点吧，朋友们，"他说，"学校现在播下种子，十年后你们会有收获。"

但这回他只带我们出去三天。

"孩子们，抱歉啊，你们的父母会说起很久以前的长途远足。可是我的力气不如从前啦。我们这回只走到基顺河和贝特沙瑞

---

1　巴珊高原的一部分，位于约旦河谷上游东南部，自古物产丰富，是兵家必争之地。

姆遗址¹附近。"

天还没亮，外公就把我送到皮内斯家。

"雅科夫，我的娃儿可就交给你了。"外公叮嘱道。

十一岁的我个子已经赶上了外公。皮内斯笑起来，说不如我来照顾他。

但以理·李伯森骑马挎枪持皮鞭，全程护卫。他盯着我的额头，寻找消失的印记，那眼神简直像要活剥我的皮。我们走到基顺河畔，从背包里掏出袖珍版《圣经》大声朗读，难掩激动：

"君王都来争战；
那时迦南诸王在米吉多水旁的他纳争战，²
星宿从天上争战，
从其轨道攻击西西拉。
基顺古河把敌人冲没，
古老的急流，基顺的急流。³" ⁴

皮内斯的身体随着古老的节奏摇来晃去，说到米罗斯城的长老们，口气严厉起来："他们躲在城里的垃圾堆，不愿战斗。⁵"

---

1　海法附近的一处古代文化遗址，始建于公元前 1 世纪末期，公元 135 年犹太人被逐出耶路撒冷后，这里成为犹太人最重要的墓葬区。那里的古代大型公墓于 2015 年被列入世界遗产。
2　后面还有一句：却未得掳掠银钱。
3　后面还有一句：我的灵啊，应当努力前行！
4　参见《旧约·士师记》（5：19-21）。
5　参见《旧约·士师记》（5）。

他又说："迦南人有战车九百乘。他们雷鸣般冲过山谷，我们藏在他泊山的橡树林里。"他仿佛在空旷中看见那壮观的场面，语气中的情感渐浓。"这时天降大雨。雨中的山谷会给我们什么呢？"

"烂泥。"我们高呼。

"多少烂泥？"

"好多，"我们高呼，"淹到靴子口。"

"淹到牛肚子。"我表哥约西认真地说。

"那回一直淹到了马肚子，"皮内斯循循善诱，"战车的轮子陷入烂泥，我们从树林中冲出来，痛击敌人。大地静默了四十年。"

"那种静默啊，"他似乎在对自己说，"那种静默只能用年来衡量。"可我们还小，听不懂他的喃喃自语。

第二天，我们去了贝特沙瑞姆遗址。路上，皮内斯说我们要去一个"可怕的地方"。

在那个大墓葬岩洞前，他告诉我们："背井离乡的犹太人死后被带到这里，葬在咱自己的土地上。"他的声音在阴冷的空间里回响，他的身影在岩壁上晃动，拂过古代石匠凿出的沟槽。"拉比犹大王子在这里生活，在这里辞世，自打他葬在这里，这儿就成了一片重要的墓园。"

"可是，孩子们，我们，"皮内斯接着说，"回到这片土地，不是为了死，而是为了生。过去人们相信，死后葬在以色列就能洗清罪孽，进入永生。可是，我们不信死后复活和通过仪式赎罪那一套。我们靠劳动赎罪，不靠凿刻坟墓。我们耕种的田地就是我们的复活。我们的'交账'在现世，不在来世。"

"干吗在他们的脑瓜里塞这些胡话？"外公有天晚上喝茶时问皮内斯。李伯森却打断了外公，说皮内斯没错，无良的拉比和牧师没办法在现世兑现他们的诺言，才耍了个花招发明出来世。

十年后，我自己的墓园里大多是背井离乡的犹太人，皮内斯又提起那次贝特沙瑞姆之行。

"这是什么样的教学失败啊，"他说，"做梦都没想到自己的学生竟然复制了那里的见闻。我是想告诫你们的，现在想想，恐怕就是那时把这可怕的念头种到了你脑瓜里。"

"第二批移民有百分之九十离开了这片土地，"他说，"而你，又让他们回来了。"

我俩当时站在曼多林·泽尔金的墓前。"他到了下面也在不停地弹，"皮内斯说，"不停地弹。"


就在曼多林墓前，皮内斯中风了。他用他特有的姿势弯下腰，耳朵贴近土地，脸上忽然露出虚弱的微笑，仿佛听见了什么秘语。我刚开始没意识到发生了什么，但他身体一软，我立刻扔下锄头奔过去。我不好意思用双臂抱住他，只向他伸出了一只手。可他的手已经不听使唤。那只曾在显微镜下解剖蝌蚪、曾经拨动蟋蟀鸣翅的手，如同昆虫失明后的长喙，茫然地空中摸索。

他费力地抬起头，想说话，却只是难看地咧了咧嘴，喉咙里发出粗重的喘息。他慢慢倒在地上，仿佛陷入流沙，脸色惨白，呼吸急而浅，汗水顺着脸颊流下来。我扛起他就往村诊所跑。

令人讨厌的村医蒙克叫来救护车，我跟着去了医院。

233

急诊室的医生说："结果如何很难预料。得留下观察。这种事说不好。"

皮内斯在床上扭动，如同见了光的大蛆，雪白、臃肿，浑身潮湿，在床单上翻来覆去，不停地咀嚼，不停地尝试说话。我给他拿来纸和笔，他在一个角上写了几笔，就移到空中比画。他的一条腿几乎不能动了，两个眼珠子向外凸着，如同熟透的果子一样在眼窝里乱转。

皮内斯的皮肤长了霉，每天早晨护士来给他擦身后，海绵上都留下薄薄一层网状物。早上擦完，晚上又长出来，好像他要做个茧子把自己包起来，然后苏醒，长出翅膀，飞向他熟悉的花儿和阳光的世界。

我很发愁。他像动物一样咯咯地笑，把床尿湿，还不时地想把两只手在半空中握到一块儿。我在病床边守了他三天两夜，简直要被他不停的磨牙声逼疯了。幸好村里派了个人来接替我，照看他直到康复。

三个礼拜之后，他的皮肤恢复正常，也能说话了。刚开始还有几个辅音发不好，可他一旦开始说话，词语的力量就把他从深渊托起。过了一阵子，我才发现他不用过去时和将来时了。我对医生说，这是好兆头，说明老人在努力恢复对此时的感受。渐渐地，越来越多的词语和相应的语法回来了，如同蚂蚁在熟透落地的果子上聚集，用盛大而激动人心的仪式将老人带回意识的世界。太好了，太令人激动了。

"好极了，"医生说，"他好多了。"

皮内斯的语言功能一旦恢复，人也很快康复了。医生都惊诧于他康复的能力。他哪里知道，像皮内斯这样善言又有想象力的人，完全可以绕过受到阻滞的神经元，直接对肢体发号施令，让它们服从于他的语言。他就是这样重新控制了他的腿，并且最终重新具备了精微的运动协调能力。

他自言自语了三天。到第四天，他看着我，清晰地说："我的远祖是穴居人。"

我惊讶地瞪着他。他嫌我没什么回应，又一字一顿地说："把人捆绑在土地上，无异于把人变成瞎眼的鼹鼠和蠢笨的牲畜。"

我忽然明白，老教师就算能说能走，能回家，能再次举着捕蝶网跑来跑去，他却永远不可能恢复如初了。当黑色血液淹没他的大脑，他毕生营建的价值观世界和信仰之墙、希望的水库一同坍塌，化为虚幻的泡影。

过了些天，他明白了自己的状况，哀鸣道："这下大伙都会以为我疯了。"我安慰他说，村里没谁是公认的正常。对我们来说，心智正常只不过意味着大多数人认为他脑子没坏。以法莲直到今日还因为冉·阿让而被当成疯子，更别说还有所谓的告密和叛变了。皮内斯中风之前，村委会就有好多人认为他疯了，因为他夜里老听见那喊声。还有些人说外公老糊涂了，因为自从以法莲消失后，他就不再采摘果园里的果子。他任由成熟的果子落在地上，轻飘飘地说种果树就是为了看花。里洛夫发现马古利斯和冬妮娅藕断丝连，就说养蜂人疯掉了，而且愚不可及。而马古利斯认为丽娃疯了，于是飞蛾扑火一般扑向冬妮娅·里洛夫那骨瘦如柴、被人遗忘的躯体。用尤里的话说，用他甜美的生命力"嗡嗡地环绕着她"。冬妮娅知道自己不对劲，但宁愿疯着，也不愿意闻她丈夫身上那种润滑油、火药和尿混合的味道。

我也不例外，我在村里住的时候，他们也认为我脑子有问题。我的墓园就是铁证，不过，还在幼儿园的时候，其他孩子就躲着我。除了尤里，我没有同龄的朋友。

　　外公和皮内斯给我灌输了各种故事，教我昆虫和果树的知识，泽尔金为我弹奏曼陀林，他徒手把钉子敲进木板，看得我目瞪口呆。我每次握住他的手，都会听见干燥的木料开裂的声音。麦舒拉姆笑着说："有只蝎子在我爹手上把刺给折断了，从此我爹牛棚里的蝎子都远远地躲着他。"可曼多林挤奶时，两只手轻柔极了，奶牛从来不觉得它们粗糙。

　　李伯森给我读书里的故事，甚至还有一次跟我玩躲猫猫。

　　"他们做这些，都是为了你外婆。"皮内斯说。

# 29

艾利泽·李伯森并不总是有时间哄我。他把农场交给但以理之后，所有时间都用来变着法子向法尼亚求欢。

他有无穷的才智逗她笑、让她惊喜。这种才智一开始蛰伏着，一旦被开发，就迅速得以增长。他深知爱情的沃土最神秘，最需精耕细种，所以宣布轮耕、休耕这些常用方法一律无效。这些方法只能让想象力枯竭的庄稼人对付着耕种贫瘠的土壤。法尼亚的笑声常常一波一波地穿透李伯森家的窗户，传遍全村。"李伯森又来劲儿了。"尤里每次都钦佩地说。

没人知道李伯森怎么能同时拥有如此截然对立的两面。他是毫不通融的思想理论家，在会议上和村通讯上滔滔不绝，发表乌托邦式的言论；内心却藏着个唐璜式的浪子，为了法尼亚什么事都干。他教果园里的寒鸦挑逗地向法尼亚吹口哨；他在夏夜拉着法尼亚到田间卿卿我我，有时候我还会暗地里尾随。多年前，皮内斯告诉我说，法尼亚在村里的包装工厂工作时，李伯森会冲一杯浓浓的可可，放上甜奶油和糖，然后含一口去找法尼亚，给她一个奶香味的甜吻。"大家在路上碰见他，停下来跟他说话，他却前所未有地紧闭着嘴，我们全都不明白这是咋了。"

在他们结婚十周年纪念日，他把无产阶级原则撂在一边，赶车进城，买了很贵的香皂，味道又轻浮又邪性。那时候村里的女人洗头洗澡都用难闻的大块灰色洗衣皂。法尼亚虽然只在礼拜五用她的礼物，可那浑身诱人的芬芳依然让她好不自在。村里人也在背后嘀嘀咕咕。这勾起了几位老人的回忆，比如丽娃·马古利斯大皮箱里奢侈得不像话的东西和裴莎·泽尔金的香水，于是李伯森对法尼亚的激情在他们眼里就翻了三倍。

两个月后，香皂快用完了，法尼亚才发现里面藏着她丈夫送她的真正礼物——他专门找锡匠打了一小节管子，在里面塞了"一张写着傻话的字条"。李伯森听见法尼亚在洗衣棚里欢声尖叫，立刻飞奔过去，那时候洗衣棚兼做淋浴间。

听说，从那以后，他一有机会就给她写字条。法尼亚在农家自制奶酪卷和奶牛的牛栏里发现这些小管子，暖房的油罐里丁零当啷也有它们，甚至有一次她在已经杀好准备下锅的鸡的嗉囊里也发现一只小管——那时候李伯森已经深谙此道了。

"艾利泽总是太过，"皮内斯有些赞赏地说，"他要是一直搞下去，法尼亚就该疯了。不过，他选的藏东西的地方可比里洛夫那个臭气熏天的军火库强多了。"

不过，泽尔金却依然过得了无生趣，烦透了没用的儿子和胸脯颤巍巍的政客老婆，一心一意照料农场。

那几年，麦舒拉姆从山谷的一个基布兹里搞了几十箱故纸，自顾闷头整理；裴莎偶尔陪着其他社会主义国家的领导人、缅甸的农业专家，或者穿着花哨的裙子、戴着糕点师式的帽子的非洲某国部长，从特拉维夫的复国运动总部回到村里。她也常常在移民营地里搞各种社会和教育活动，报上甚至登过她用铁皮澡盆给摩洛哥宝宝洗澡的照片，她在照片里笑眯眯地看着宝宝妈。在她充满母爱的丰乳下，写着的文字说明是："裴莎·泽尔金同志把母爱传授给新移民"。

外公表面对他的两位老朋友一如既往，内心的不满却与日俱增。他一边养育我，一边种果树，修枝叶，写纸条，定计划。那些日子里，我一个接一个地听故事，一磅接一磅地长肉，"菲吉·列文劳动者之圈"却走到了尽头，只剩下一段不朽的传奇，几张破损的旧照，一些虚无缥缈的影子。

可在我心里，泽尔金和李伯森依旧亲如家人。有一天，李伯森家里没人，我拿起他常读给我听的故事书。那时候我还小，不识字，但也知道那布面之间的全是白纸，一个字也没有。李伯森给我讲的每个故事，都是他编出来的：《蚂蚁和蚂蚱》《鹳和狐狸》，甚至还有《金心之花》！

我把这事告诉皮内斯，他哈哈大笑。

"一般来讲，"他说，"我们的故事要么是编的，要么是从别处听来的。特别是蚂蚁和蚂蚱的故事，碰巧是一堆废话。"

一天晚上，我听见皮内斯和外公在厨房说话。

"他应该多和同龄的孩子在一起玩，"皮内斯说，"这么小的孩子总和大人待在一起不好。"

"他是我的娃儿。"外公使劲嘬了一下嘴里的苦橄榄。

"米尔金，"皮内斯不放弃，"不管你愿意听还是不愿意听，你是在一座破旧的修道院里养育巴鲁奇。他在学校的表现我可是看见了。他下课的时候不打弹子不玩球。也不跟人说话。他在草地上爬。就他自己。"

"他那是学你，在找甲壳虫。"外公说。

有时候我一抬头，发现一圈人围着我，又喊又笑。

"孩子们围着他，就像鸣禽围着猫头鹰。他们叽叽喳喳地笑话他。"

"我才不担心，"外公说，"我也不羡慕那些招惹他的孩子。"

上二年级那年，我掰断了约齐·里洛夫的两根手指。我蹲在篱笆旁边的白色夹竹桃树下，寻找绿天蛾的幼虫。这些胖嘟嘟亮闪闪的虫子在有毒的树丛上蠕动，我碰一下它们，它们就扭着脖子冲我摆出吓人的样子。我知道那些带黑眼线的蓝色大眼睛不过是唬人的，因为皮内斯讲过，那是吓唬捕猎者的假眼。

约齐·里洛夫忽然扑到我背上，双手揪着我耳朵前后摇晃。我扣住他手腕，猛地转身面对他。他十三岁，比我大，反应比我快。在他的受戒礼上，他爷爷里洛夫送他一匹公马和一把左轮手枪，把他扔在靠近切尔克斯人村庄的山里，没留吃食，让他自力更生。我虽然只上二年级，但体重已达九十二磅，个头和他一样高，而且外公用牛初乳和仇恨把我喂大。我慢慢地把他的两根手指向后掰，直到听见骨头断裂的声音。他脸色惨白，瘫倒在地，晕了过去。两个老师把他抬走，我蹲下来，继续看毛毛虫身上那对逼真的假眼。

那天晚上，里洛夫到小屋来找外公理论。外公把嘴里的冰块嚼得咯啦啦响，轻蔑地建议他告诉自己的孙子，以后打架找和自己年龄一样大的孩子，别惹拳头硬的小孩儿。

从那以后，再也没人敢对我那样了。可是课间的时候，同学们总会把我编入可笑的歌里。皮内斯总是在节骨眼从教师办公室的窗户里往外看，在我行将发作时出来把我领走。他用手拍拍我梗着的脖子，让我放松。

每周有两个下午，我跟他到田野里，到"自然的学堂"去。

"大自然里没有废物，"我们沿着崎岖的小路往干河滩走的时候，他说，"一切各尽其用。抓住其一，勿放其他。有些虫子专吃蒜皮，有些蜘蛛会吃掉自己的伴侣。牛粪、烂果子、纺织品、纸张——各有其用。"

他背着双手，仿佛地主巡视自己的产业。我背着一只四方的军用背包，里面装着他的钳子、网、空火柴盒和几瓶盖紧的氯仿。"这个军用背包是你外公给我的，"他说，"英军无线电发报员背包，从前是你舅舅以法莲用的。"

我问他能不能捉一只磕头螳螂，它的小碎步和虔诚的样子太逗了。可就在这时，路上爬过来一只甲壳虫，橘红色的硬壳上有黑色斑点。我连忙指给皮内斯看。他一路东张西望，不停地念叨。他看见甲壳虫，高兴极了。

"也许这回咱的运气不错。"他命我盯好那只甲壳虫。

甲壳虫一直向前，两根触角像天线一样不停转动。显然它脑子里有什么想法。

"它的嗅觉非常灵敏。"皮内斯跟在甲壳虫后面，一边四肢着地慢慢爬，一边小声说。

过了一刻钟，甲壳虫加快了速度。不一会儿，我们就闻到淡淡的腐臭味。

甲壳虫钻到一堆干草下面不见了。

"好了,"皮内斯说,"咱们看看。"他搬起干草堆,一只死去的金翅雀露出来。我们坐在上风口,免得闻臭味。皮内斯让我仔细观察。

又一只甲壳虫从土坷垃里爬出来。两只甲壳虫二话不说,开始在尸体旁交配。

"巴鲁奇,看,每个人在自然中都有自己的位置,"皮内斯说,"有些情人在鲜花盛开的田野相会,有些人在剧院——这两位偏爱死亡的腐臭。"

两只甲壳虫开始在死鸟身体下面挖沟,把小石子和泥土挖出来,鸟身慢慢落入洞中。我们坐在那里看了好几个小时,最后死鸟完全被埋入土里。

"现在,"皮内斯说,"母甲壳虫要在尸体上产卵,再把尸体上的肉嚼碎留给它的幼虫。有些孩子在宫殿里长大,有些则在尸体上长大。愿我的命运常与大地之盐[1]共存!"

他拉起我的手往家走。


医生们终于宣布皮内斯可以回家了。巴斯奇拉叫了一辆出租车来接他。我劝老教师到我那里住几天,可他开口只说了一个字:"家。"

到家的时候,皮内斯眼里满是哀伤和疲惫。他真的老了。小血栓切断了记忆,如外科手术一般精准,他在村里多年修建

---

1 原文为"the salt of the earth",可译为"大地之盐,社会中坚,优秀公民"等,出自《新约·马太福音》(5:13)。

的堤坝如今颓败坍圮，闹得他的大脑不停地发出饥饿的信号。

"老伙计们都死啦，"皮内斯说，"远离了辛勤的劳作和与诱惑的斗争。只剩列文还活着。只剩列文啦，我也还活着陪他。两个老不死的。"

他不再到学校上课，也很少有学生到他家里来。他也不再去田野里。有时候他坐在自家园子里，看蚂蚁和蚂蚱急匆匆从草地这头爬到那头。他从学校自然教室的笼子里捉出一条沙蟒放到园子里，那条蛇正懒洋洋地蜷在野花丛中。他把自己收藏的动物标本分给了我和学校，有节肢动物、被福尔马林泡得发白的爬行动物，那些空鸟蛋还是留在自然教室。除常见的分类法之外，皮内斯还把一切生物分为有益的和有害的。而他自己的私人收藏则只有两类：我们的朋友和我们的敌人。

"有些情况不好界定，"他承认，"比如食蜂鸟。它一方面杀死黄蜂，可另一方面也吃掉马古利斯的蜜蜂。猫鼬捕食野鼠，可也吃掉小鸡。"

"看见昆虫、鸟儿、哺乳动物或爬行动物，先问问它是敌人还是朋友。"我五岁那年，皮内斯开始带我们去远足，有一次他这样对我说。

"我会把这些收藏品都留给你，"他早就对我说，"这是你应得的。"

外公是树木虫害专家，皮内斯常向他请教。他们俩一起教我发现并消灭树上的虫害。他俩把我带到果园，搂着我的肩膀，让我看一株梨树。

"仔细看。"外公说。

两人都穿着灰色的工装，一个头戴工人帽，一个头戴软沿草帽，一起低头看着我，好像在举行什么仪式。我感受到他们殷切的情感，却不知这情感从何而来。

"我什么也没看到啊。"我说。

外公跪下，指给我看树干上一个直径大约四分之一英寸的圆洞。圆洞正下方的地面上有一小堆木屑。

"这样一个掠食者能把整棵树吃掉。"皮内斯说。

外公拿出一根细长的铁丝，铁丝的一头像弹簧一样卷着。

"这是种树人的钓鱼线铁丝。"他说着，又稳又慢地把那根铁丝探入幼虫啃出的隧道。细铁丝竟然一点一点往里走了一码半。外公默默地叹了口气，意识到伤害的严重性。

当他感觉到细铁丝插入了幼虫的身体，不禁骂道："去死！"他旋转细铁丝，让它钻到幼虫的肉里，然后轻轻往外拉。幼虫用牙齿和爪子死死刮擦着虫洞的边缘，它在脱离梨树的树髓、暴露在阳光下的一瞬间，发出了怪异的尖叫和恶心的哨音。

"哈哈。"外公欢呼着，把剩下的铁丝拉了出来。铁丝的一头扭动着一条黄底黑点、软乎乎、圆鼓鼓的肉虫子。外公把铁丝举高了让我看。我心头涌起一阵恶心和憎恨。

"好好看看，我的娃儿，"外公说，"这就是敌人。虎蛾。"

这是我的第一节农业课。从此以后，我每周两次被派到果园，在果树的根部寻找泄露秘密的木屑堆。

我至今不忘第一次从一株苹果树里钓上来一条幼虫的感觉。那魔鬼扭曲着，从内部啃噬树干的感觉，通过细铁丝传到我的指尖，又从指尖通过手腕传到脊髓。

"别怕，巴鲁奇，"外公说，"你已经戳中它的要害了。"

我把肉虫摔在地上，又狠狠踩了一脚。

李伯森的一株杏树被一只虎蛾咬死了。皮内斯砍下枯树，用小斧头劈开树干，找到了一条幼虫。

他把带着幼虫的那一截树干切下来。"把你放入我们的收藏，"他笑着说，"烧死你的那些同伙。"我们把死树拽到果园外烧掉了。

"坏蛋们，永别啦。"皮内斯说。烈焰中的树枝上传来一片鬼哭狼嚎。

他把我带回家，用镊子取下幼虫，把它裹在吸墨水的纸里。"有些幼虫死的时候会分泌出脏东西。"他向我解释。

他把仍在扭动的幼虫放入一根试管，在试管里塞了一团浸透了汽油的棉球，然后让我坐下，给我拿了一块饼干，接着上了一课。

"对收藏者来说，这活儿最见功力，"他说，"幼虫最难保存。体内液体太多，很容易腐烂，又没有外骨骼保持它的形状。"

过了一会儿，皮内斯把已被汽油熏死的幼虫从试管里倒出来，放在一张玻璃片上，用一把锋利的外科手术刀从肛门附近切开幼虫。"我从诊所把索尼娅的刀偷出来了。"他坦白的时候，乐得浑身直抖。他用铅笔在幼虫身上滚压，从切口处挤出肠子，切下来扔到窗外。

"给空中的飞鸟和地上的野兽。[1]"他朗声吟诵。

之后，他把一小段干草塞入幼虫掏空的身体，轻吹了几下，在起雾的镜片后使劲眨了眨眼。等幼虫的身体渐渐展开，皮内

---

1　参见《旧约·耶利米书》（34：20）。

斯小心地站起来，弯腰凑近桌上的台灯，一边在发烫的灯泡上面转动幼虫，一边继续轻轻吹气。

"用热烙铁也行，但不能用明火。"

只用了几分钟，幼虫的皮肤就变得干硬了。

"最地道的做法是裹一层清漆。"他边说边往幼虫尾部的切口里倒入一滴胶水。

他把那截杏树纵向剖开，露出虎蛾咬出的隧道，吹净里面的木屑，把进入永恒的害虫放回故居。接着，他在一张纸片上写下日期和捕捉地点，又从一个小盒子里拿出一只毛茸茸的、翅膀上带斑点的虎蛾成虫，钉在树干上。

他呼出一口气，满意地说："展示时一定要把它们放在自然环境里。"

# 30

　　垂暮之年的列文脾气坏得令人难以忍受。之前他只听外公的话，可外公已经死了。我一时心软，把外公在果园穿的工作靴给了他。列文坐在我床上，把两条细腿塞到靴子里，站起来走了几圈，高兴得像第一次穿上成人鞋子的小孩。他每回低头看一眼几乎磨破的鞋头，就摇头晃脑如同马驹儿撒欢。

　　"你干吗把爷爷的靴子给他呀？"约西很不满意，"这下他觉着自己可是个人物了。"

　　自从有了这双靴子，列文开始对农场的事指手画脚，对合作社的账目倒是不上心了。他朝蕾切尔大喊大叫，穿着靴子在田野里一走就是半天，在每一汪积水边停下来自我欣赏，自称"甜蜜蜜的列文"。他非让老婆戴蓝头巾出门，还患上了蚂蚱恐惧症。

　　有个晚上，我实在忍不住了，到他家房前扒窗户缝，只见他拿出一个黑色的本子，气愤地在蕾切尔眼前挥动。

　　"'劳动者之圈'的全部罪孽，"他咬牙切齿地说，"都记在这里面了！"

　　"你冷静冷静，"蕾切尔一筹莫展地说，"泽尔金和米尔金死了。可怜的李伯森瞎了，住在'老年之家'。你找谁去呀？"

"你看她笑的那样儿，"列文说，"她每天晚上跟他们出去，一直在笑。他们故意在哈西德派的歌里加些好笑的字眼，逗她笑，侮辱我。"

菲吉的笑声，被偷巧克力留下的印渍，才泽嘲弄的目光——这一切如同贪吃的蝗虫啃噬着列文薄薄的皮肤。他想起李伯森对他喋喋不休一整晚，大谈"菲吉·列文劳动者之圈"是否应该积极参与中国的工人运动。"'菲吉·列文劳动者之圈'来啦，欧耶——黄皮肤的大众呀。"年轻的拓荒者朝着黑夜高呼。菲吉搂着他咯咯笑起来，紧贴在他身上。列文那晚整夜没合眼，确信他妹妹已经分不清什么是现实，什么是革命的幻想。

在佩塔提克瓦，米尔金公然在安息日吸烟，并和当地虔诚的农民干了一架。在雅法，他们偶遇两位哈西德派教徒，泽尔金竟给人家讲那些反哈西德派的愚蠢笑话。在里雄莱锡安的葡萄园里，李伯森把手伸到校长女儿的衬衣里面，让人逮个正着。他们三个人还经常当着菲吉的面脱衣穿衣。

列文悄悄把他们勾引妹妹的坏事一一记录在案。一天晚上，他拿出记录，读给他们听。

"你漏记了米尔金在雅法偷橙子的事。"李伯森说。

"我什么都没漏，"列文对蕾切尔说，"他们侮辱了我，害死了我妹妹，自己倒是平安无事，除了米尔金。只有米尔金受了惩罚。"

他开始向麦舒拉姆打听第二批移民早期的自杀情况。每个老村子和基布兹的墓地里都有自己结束生命的拓荒者，他们的墓碑上刻着内疚和悔恨。这些人大部分迁到了我的墓园。列文在墓地徘徊，细细地读碑上的铭文。"死于自己的手""克服不了磨难""喝下毒药""终结自己的生命"，他喃喃地念出这些不祥的字眼，如堕梦里。

有时，他手里拿着一罐绿色的杀虫剂，大喊着从家里冲出来。蕾切尔在后面追赶。她虽然年轻，但跑不过被疯癫驱使着的老胳膊老腿。有一次她在田野里找到他，他喝光了一罐杀虫剂，躺在地上等死。可是他长年在商店里被氨水、滴滴涕、对硫磷和苯甲酸的气味熏染，早已对化学药剂百毒不侵。他在太阳地里躺了两个小时，沮丧地爬起来，回家了。蕾切尔一声不吭地跟在旁边。

外公死后，列文依旧到我家的场院里来找点零活做。舅舅亚伯拉罕还记得当年他失去母亲，是列文亲手喂他吃饭，给他洗澡，帮他穿衣。所以他能忍受列文，让他在干草捆里拣铁丝。铁丝并不值钱，不过挑出来免得混在饲料里把牛吃死也好。列文在牛棚里占了一个角落，一坐就是好几个小时，画彩色牛奶产量表，把旧钉子敲直，好再利用。我们常听见锤子的敲击声伴着正寻欢作乐的火鸡们的痛苦呻吟传出来。"你舅舅敲直的手指可能比钉子多。"我有一次听见尤里吃午饭时跟他爹说。约西抱怨列文捣弄旧麻袋扬起的尘土让家禽们得了咽炎。他站在院子里，粗暴地痛骂列文，他妈利百加也在门廊里起劲地骂。

列文又羞又恼，只能回家琢磨怎么报复。他再次想起"劳动者之圈"对他的嘲弄。有一天，亚伯拉罕正睡午觉，列文给他来了个措手不及。

"你对我像牲口，倒一直养着才泽！"

"才泽从前跟我爹一块儿干活，"亚伯拉罕说，"我们可不能因为他变老变弱了就把他扔出去喂狗。"

"才泽在这儿吃闲饭，"列文没好气地说，"他是寄生虫。"

"才泽，"亚伯拉罕回嘴说，"是村里最棒的骡子。我爹和我从来不把他当牲口看。他一辈子都在给我们干活，替我们流汗。好多两条腿的拓荒者干的还不及他的一半。"

"就算他从前是村里最棒的骡子，"列文觉得流汗之类的事是在说他，感到被侮辱了，"我可从来没听说哪头骡子拿养老金。干吗不把他卖给阿拉伯人的香肠工厂或者海法的制胶厂？没有人会把拉不动车的老骡子养在栏里。"

"别逼着我在你们两个之间做选择，"亚伯拉罕说，"才泽不是牲口，从来都不是。"


我们村的骡子大多是英国种或者南斯拉夫种。有两头是德国种，是第一次世界大战结束后留下的。我听说，唯有才泽是俄国种。一群家住莫吉列夫的拓荒者在动身去敖德萨的那天买下他，把他带到这里。他们在动物集市上看到有人在卖才泽，其中一人就大声地跟朋友开玩笑说："我认识那头骡子。他可是巴尔·谢姆·托夫[1]的直系后代。"

"休得胡言！"牵着才泽的哈西德派教徒呵斥道，"骡子哪有什么后代？"

"那你是怀疑巴尔·谢姆·托夫的能力咯？"拓荒者在同伙的一片笑声中回应，"如果那位神圣的拉比希望骡子有儿子，

---

1　Baal Shem Tov，生于 1700 年前后，卒于 1760 年 5 月 22 日，被认为是犹太教哈西德教派的创始人。其生平事迹多为传说，已不可考。

骡子就会有儿子。"

　　莫吉列夫的哈西德派信徒差点蜂拥而上，痛揍他们，可是钱袋一响，万事平息。拓荒者买下这头骡子，才泽心怀感激，驮着他们的行李到了码头。他们登上科尔尼洛夫号轮船后，见他满面哀伤，于是凑钱多买了一张票，"把他装在一张大网里用起重机吊上甲板"，带着他一同来到以色列之国。

　　"他们从不后悔带上了他。才泽干什么活都是一把好手。"

　　还是麦舒拉姆·泽尔金发现，才泽曾经在塞耶拉和本－古里安共事[1]。他有一次和人交换得到了复国运动档案馆的一份文件，是本－古里安的一封信。他念给我听。

　　　塞耶拉　1908 年 4 月 2 日

　　　　四点半，太阳尚未升起，我就起来到牛棚里喂牲口。我把筛过的草料放入公牛的食槽，在草料上撒了几把野豌豆，拌匀。然后我给自己泡了茶，吃早饭。太阳一出来，我就把牲口赶到水槽边喝水，其中有两群公牛、两头奶牛、两头牛犊和一头驴。

　　麦舒拉姆罕见地笑起来。

　　"一头驴！"他边喊边拍自己的大腿和肚子，"一头驴！那

---

1　塞耶拉（Sejara），又名伊拉尼亚（Ilaniya），是以色列下加利利地区委员会下的一个莫沙夫，下加利利地区最早的犹太人定居点。戴维·本－古里安（David Ben-Gurion）是以色列第一任总理。

头驴就是才泽。不过刚下船的俄国社会主义者哪里分得清驴和骡子！"

有几年，才泽属于莫吉列夫公社。他和外公那伙人数次相遇，甚至肩并肩地干过活。后来他们公社找到一块地，安顿下来，才泽却有了自己的想法。外公说，主要矛盾是"才泽老想独自待着，可集体的原则牢不可破"。才泽对会议和辩论深恶痛绝。什么"怀孕同志的地位"啦，"拉脱维亚工人运动最新消息"啦，"改善下地干活人员的营养"啦，才泽对这些问题毫无兴趣。其中他最讨厌的是恳谈会，公社社员们聚在一起，互相袒露心事。

尤里说，有一天一位女社员在清理牛棚时，在才泽的栏里产下一个满身血污的婴孩。才泽觉得自己所理解的家庭生活和基布兹的理念格格不入。就在那天，他独自出去考察了一个合作村庄。

"才泽干起活来没得比，"我小时候外公对我说，"他总是知道哪块地里有活，根本不用人支使。"

才泽在我们的地里耕地翻土，拔死树，拉大车。看到每一棵新苗，每一罐牛奶，他跟我们一样欢欣。需要更换或者调整蹄掌了，他会自己走到歌德曼兄弟的作坊。全村所有的牲畜，只有才泽不戴佩克做的皮眼罩，不用遮挡世俗的诱惑，因为"除了干活，什么都诱惑不了他"。只有一次出了差错，那次他误吃了粪堆旁的曼陀罗花，兴致高昂，连续两天不停地绕圈子，朝年轻的母牛抛媚眼，像个血气方刚的愣头青。

才泽的气力随时间流逝。外公自己也感到年岁不饶人，所以一下就看出骡子的身体不行了。他想让骡子少干点活。可才泽不服老，直到有一天干活的时候累倒了。

一般来说，我对耳闻的事情比对亲眼所见的有更清楚的记忆，可那一天发生的事情牢牢印在我脑海里，堪比外公从土狼嘴边救我的情景。外公、才泽和我去拉草料。我们往车上装了二十来包。上了一个小坡，还剩最后一个拐弯的时候，才泽忽然浑身抖了一下，尖叫着停下来，沉重的大车开始向后滑。外公一辈子没对才泽使过鞭子，这回也只是喊叫，拍拍缰绳催促才泽向前。才泽浑身哆嗦，好容易止住了下滑的大车，用尽全力把车拉到坡顶。他的臀部几乎蹭到地面，铁掌在硬路面擦出火花。最后，才泽呼哧呼哧地几乎要喘不上气，外公赶紧扔下缰绳，下了车。他一边安抚骡子，一边忙着卸下辕轭，急得秃顶上暴起青筋。才泽却用尽最后一丝力气，放了一个响屁，随后瘫倒在地。套车的木杆发出一声巨响，断了，只剩缰绳搭在骡子颈上。外公三下五除二卸了颈轭，双手抱住才泽的头。他俩就这样默默垂泪，待了好一会儿。

才泽回家时没有拉车。他羞愧地低着头。我走在他身边，不知说什么好。

"他是干活的牲口，"外公说，"坐他背上吧，至少让他觉得他在工作。"

我骑着他往家走，大腿下面感觉到他汗湿的皮毛因为羞愧而抽搐。泽尔金的两匹马，米丘林和斯大林，帮着把车拉回我们家院里。那天晚上，外公和亚伯拉罕决定从第二天起让才泽退休。也是那时，我们家买了第一辆烧油的弗德森拖拉机，让才泽只干拉奶罐的活儿。可外公一直没有学会开拖拉机。又过了几年，才泽前腿的静脉炎和肠道的圆线虫耗尽了他最后的气力，他连最简单的指令，比如"驾"，都听不见了。外公就用一根长绳把他拴在高大的无花果树下。亚伯拉罕把一只桶锯成两半，放在树荫里，一半盛水，一半盛大麦。有时候，外公牵着才泽去散步，就他俩，冥思，赏花。

大多数老人记不住眼下，却忘不掉往昔。皮内斯不同。他已经彻底忘掉了自己的童年和青年时代。

"我知道我是谁，要向何处去，只是不知道我从哪里来。"他对我，对自己，对每个人都这样说。

我到他的花园里去看他，他就看着我，满眼悲哀。前一天，他在"拓荒者之家"参加了鲍登金的葬礼，现在还在不安、悲伤。他一辈子坚信教育的力量，对我的堕落有点自责。"我不该带你们去贝特沙瑞姆吗？还是观察那些食腐的甲虫闹的？"我知道他并不是真生气，他对夜间的喊声也不再真生气。他说起这些的时候，已经不会脸色铁青，挥着手用俄语咒骂。事实上，他胖胖的脸上更多的是不解和好奇。他头颅里血流的泛滥已无法控制。

"好啦，巴鲁奇，"他微微一笑，"我好像突然变了个人。只是这种变异无人可以继承而已。"

他非常非常老了。我每周给他送去干净衣物，给他换床单和桌布。

"你替我做这些干吗？"有一回他忽然警觉地问，"你图个什么？"

"咱俩都没亲人了，"我说，"我没有外公，你没有孙子。"他的笑里带着哀伤，可我看得出他听我这么说很高兴。

他在村里没什么朋友了。外公、李伯森、法尼亚和泽尔金都死了。连里洛夫也死了。冬妮娅每天早上到丈夫坟上转一转，确定他没有找到密道跑出来。然后她拄着铝拐杖，艰难地沿着碎石路，走到马古利斯的墓碑边，老态龙钟地坐下，舔自己的手指。我安葬马古利斯时，完全按他自己的要求，像赫梯国王一样做了防腐处理。他几个儿子把他裹上黑色蜂胶，放入装满蜂蜜的棺材，再用蜂蜡密封。盛夏时节，泥土在酷暑中干得裂开，坟头上会冒出橙色的烟。马古利斯的蜜蜂受不了这浓烈的香甜和渴望，聚在坟头，嗡鸣出悲歌。冬妮娅寸步不离地守着，"如同爱亚的女儿利斯巴守卫儿子的遗体[1]"，皮内斯很是敬佩。他又说："我们和你们就是不一样。我们想的是神圣的奉献，你们想的是在水塔上淫荡。"

这时，丽娃正在家里擦净丈夫留在地板上的最后一块污渍，心里想着蕾丝桌布、涂漆的中式家具、安哥拉猫和吸尘器。

"丽娃要是知道中国漆其实是某种蚜虫的分泌物，"皮内斯说，"就不会这么稀罕了。"

他的血液不停地改道，把神经末梢和记忆裂隙之间冲得沟壑纵横。"我觉着，我到这个国家的那天，就像个十八岁的新生儿，"他说，"我父亲可能是在雅法开旅店的。他是我新生后记住的第一个人。"

他不记得父母和姊妹的名字，不记得家乡的景色，也不记

---

1　爱亚是扫罗的妃子。大卫王在位期间，因扫罗杀死基遍人，天降大旱。大卫王因此杀死扫罗的七位后人，其中包括爱亚的两个儿子，并暴尸荒野。爱亚每天守护儿子的尸体，防止鸟兽来食。参见《旧约·撒母耳记（下）》（21）。

得涅米罗夫的那所犹太学校。他偷跑到以色列之前，就在那里读书。

"一点痕迹没剩下。"

他头一回公开说起跟里洛夫的宿怨。没人搞得清原委，因为里洛夫本人已死。他说死去的哨兵是"大男子主义者，车夫，小人。披着犹太人外衣的异教徒"。

他把盘子里的食物摞得摇摇欲坠，大口大口地吃饭，仿佛有饿狼等在身后抢食。没来得及嚼烂的饭菜从嘴里掉出来，把他的下巴弄得油光发亮，在盘子四周积了一堆又一堆。

"我吃饭像头牛吧？像冉·阿让在田野里吃草。"

一顿饭能耗尽他全身的力气，所以他吃完就睡。

"休息好才能消化好，"他说，"不能让身体同时做好几件事。哀悼就哀悼，跳舞就跳舞，拥抱就拥抱，不拥抱就不拥抱。"

村里不只有我关心无儿无女的老教师。他的饭总是从合作社送到他家，省得他要自己提篮子。蕾切尔·列文做好了饭给他送去，穿着柔软的旧鞋，悄无声息地走进他家，直到饭菜上桌，刀叉相碰发出轻响，才会把老教师吓一跳。

"我要吃新鲜食物，不要锅里煮着的肉，"他开口就对她引经据典，"从你的园子里给我摘些果子，准备一桌绿色、宁静的筵席。"

我每周从小屋旁的菜地里摘菜送给他。他狼吞虎咽的吃相让人担心。巴斯奇拉住在附近的小镇上，也从家里带来自家的饭菜。老皮内斯爱上了巴斯奇拉夫人做的古斯古斯饭[1]。他不碰盘中的肉，但风卷残云地吃掉蔬菜和粗麦粉，下唇粘满黄色碎屑。

"你诱惑了我，而我屈服了，"他冲巴斯奇拉引经据典，"该把佩塔提克瓦的劳动者食堂交给你老婆。没人会把她做的饭倒在地上。"

"您吃好，皮内斯先生。"巴斯奇拉说。他对皮内斯又爱又怕，有时偷偷吻一下皮内斯的手，然后飞快地一缩头，躲过皮内斯另一只手扇来的一掌。皮内斯的那只手依然迅捷如跳蛛。巴斯奇拉一个劲儿地解释，说"这只是摩洛哥风俗"，但皮内斯还是不接受这类行为。

我提出付点钱给巴斯奇拉的老婆。

"你好意思，巴鲁奇，"巴斯奇拉说，"皮内斯是圣人啊，神圣之人。我们只配做他的仆从。你不懂，因为你看不懂那些异象。你以为他屋顶上总是落着的白鸽仅仅是鸟吗？你没见他的园子入口有蛇把守吗？"

"他死的那天，上帝请饶恕我提及他的死亡，"他眼睛向天上看了看，"他的坟墓会光芒四射，或者，水会从他墓碑流出。给他带吃的，多么光荣，这是供神啊。"

尤里对巴斯奇拉的信仰不以为然，背地里称老教师为"圣人皮内斯"。

"咱去看看圣人吧。"他会对我说。但我们见了皮内斯，就

---

1　古斯古斯（couscous）是北非摩洛哥、突尼斯和意大利南部撒丁岛一带流行的一种食物，用小麦制成，外形像小米，煮熟后和肉类、蔬菜搭配。

只听他一人说话。我们又变成了他的学生，他喋喋不休地给我们讲亚拿的儿子珊迦用赶牛棍杀死六百非利士人的故事[1]，或者讲大山雀的生命周期，甚至还想给我们布置作业。

每隔几个月，他仍然听见高处传来厚颜无耻的淫棍的喊声。

"他肯定在水塔上面，"他塞了满嘴香豌豆，呜哩呜噜地对我和尤里说，"人类和鸟的一个区别，就是人不在树顶上交配。"

"他已经把村里一半的人给操啦，原谅我用这种字眼，"他顽皮地一笑，"还有已婚的妇女。昨夜是以斯拉里长孙的老婆。我就不懂了。她结婚才两个月，而且看起来是一位挺可爱的女士呀！"

除了他，没人听见那个喊声，他百思不得其解。"怎么会呢？"他问道，"已经好几年了。村里每晚有岗哨，他们应该竖起耳朵呀。庄稼人也会半夜起床，照顾牛产仔，或者准备运送火鸡。有人早起浇地，有人开车送奶，送奶的车都是半夜以后才出发。为什么除了我都听不见呢？"

他停下来想了一会儿。"准是可怜的但以理·李伯森。那事儿他就没过去。也可能是以法莲？半夜回来报复。"

我和尤里不安地对望，闹不清他哪片脑叶出了问题，编出这些臆想。

"我这辈子要做的最后一件事，就是到水塔下面去，"皮内斯说，"我要爬到顶上去等他。"

我笑了，没打算劝他。老教师病重体胖，身体衰弱，肯定

---

1 参见《旧约·士师记》（3：31）。

爬不了水塔的梯子。但是皮内斯一辈子讲究科学严谨，决意要解开这个谜。他在安乐椅里半躺着，花好几个小时翻看旧日的笔记，想找找学生们童年的异常表现，或者其他线索。他有一个专门的本子，记录学生最好的诗歌和最聪明的言论，有时还从中挑选一些发表在村通讯上。他从前的学生当然会恼火，有些人已经五六十岁了。有一回他把达尼·里洛夫的一首诗拿去发表了，全村人笑了好一阵。

叽－叽－叽叽喳，
小鸡吃面渣。
母鸡好可怜，
垂垂成暮年。
没了脑袋瓜，
她就死掉啦！

时光已过了四十年，悲悯的诗人早已成为养牛专家，走得最近的朋友是野蛮的肉贩子和粗鲁的屠户。皮内斯听说了达尼·里洛夫的暴怒，只是微微一笑，然后继续低头收拾他的各种鸟窝，悉心地照顾雏鸟。麦舒拉姆读了这首诗也气得不行，他觉得这是粗劣的歪曲。

"那个年代谁家有钱用面喂鸡？"他气愤地说，"有些人为了押韵，不惜改写历史，太不像话了！"

皮内斯发现我晚上到他家四周巡逻，防备里洛夫家的人来报复。

他走出来，说："去睡吧，巴鲁奇。我已经把孢子散在风中。无儿无女的老教师坚不可摧。我撒下的种子要等我死后才会发芽。"

皮内斯还有一个本子，知道的人很少。多年来他在这个本子里记下对学生家庭的各种评价。他一直鼓励学生多帮家长做家务，但他知道有些庄稼汉让孩子干的活太多了。

他对我讲起刚当教师时候的事。学校没几个学生，教学设施又少又破。学生们夏天坐在芦苇垫上。他每天清早都要仔细查看学生，"如同牧羊人查看羊群"。他的目光扫遍教室，看看哪些学生得到家长的宠爱，吃饱了饭，被爹妈亲吻，哪些学生天没亮就被爹妈从床上拖下来干活。丽娃·马古利斯的女儿上学多次迟到。她每天五点就被叫醒，擦洗屋外铺路的石头。她妈一次次把钟上的指针往回拨，直到石头路洗得发亮才罢休。那时村里没有挤奶器，有些孩子挤奶挤到手指僵硬，来上学时连字都写不了。困倦的孩子闭上眼，脑袋垂到胸前，皮内斯从不说什么。但人人都知道，那晚他一定找孩子的家长私下谈话。

"一娃一世界。我总也看不厌。"

他总是比孩子们先到教室，在墙上挂好图画和招贴画，然后坐下来等他们。亚伯拉罕告诉我说，斯科特和阿蒙森竞逐南极时，皮内斯每天都向学生们报告双方的进展。冬天，村里四处是可怕的烂泥，他把年纪小的学生背在背上，或者亲自拉着传说中的泥橇送他们回家，一路大吼，如同奔向南极的哈士奇。

亚伯拉罕和麦舒拉姆都是他的第一批学生，那个班只有七人。亚伯拉罕安静、爱整洁，刻苦内向，麦舒拉姆活泼好斗，喜好争论。他酷爱听皮内斯讲老一辈拓荒者的故事，但是对自然课毫无兴趣。

"你舅舅家里没娘，麦舒拉姆也一样。"皮内斯注意到麦舒拉姆不像其他孩子一样带三明治到学校，他只有一块白面包。他也知道泽尔金整天就给这孩子吃烤南瓜和白煮蛋，他只会做这些。有时候邻居好心，会给麦舒拉姆带点热饭菜，或者叫他到家里吃一顿。

"麦舒拉姆本来可以带给我们骄傲和快乐，"他说，"他脑子聪明，性情稳定，可他小时候被误导了，以为破衣烂衫和烤南瓜代表了崇高的理想，而不是代表着缺少父母关爱。"

他知道全村人都讨厌麦舒拉姆，因为他懒。"不过，"他对我说，"我希望你对他多一些理解。"

"外公也忍受不了他。"我说。

"你外公谁都忍不了，"皮内斯说，"只在某些时候，不知道为啥，对我例外。你在用你外公的眼睛看这个村，看整个世界。你好像一直和他绑在一起。"

他为自己的双关语笑出了声，然后几近耳语地给我讲麦舒拉姆的受戒礼。裴莎总不在家，曼多林·泽尔金干完农活就累得不行，麦舒拉姆只好自己准备学校的庆祝会。他从家里找出几块蛋糕，那是复国运动领导人哈依姆·魏茨曼来做客时送的，这时候已经干了。他把蛋糕切成薄片，第二天一大早拿到学校。皮内斯六点到校时，看见这孩子泪流不止，正疯狂地往干硬的蛋糕上洒甜酒，企图把蛋糕"救活"。他悄悄退出去，回家端来一盘涂了果酱的饼干。

"你妈交给我，留着给你过生日的。"他对麦舒拉姆说。麦舒拉姆知道不是这么回事，但什么也没说。

这些事都记在皮内斯的本子里，他说那是他的"粮仓日志"。

学生成绩报告单上没写的事，老教师用漂亮的字体，全都记在这里头。他的字优雅极了，而且他非常在意书法好坏，所以全村的孩子都学出一手和他一模一样的字体。事实上，到现在大家写字还是一样，以至于没署名的情书会找错作者，兑换支票时会记错账户。诗人比亚利克来访时，皮内斯给他看学生写给老师的诗集。这位大作家见每个人的笔迹都一模一样，惊呆了，开玩笑说这些都是老师自己写的。皮内斯觉得这真是奇耻大辱，竟不知如何反驳。那个礼拜他把学生带到基利波山脚下，教他们读比亚利克的对手车尔尼雪夫斯基的诗。

我见他打开绿色的门，蹒跚地向列文家走去。这个村的元老，女的只剩下冬妮娅和丽娃，男的只剩三人：皮内斯、才泽和史洛莫·列文。

有天晚上，他回来时见我坐在外公坟上，便对我说："才泽向来不善言谈，蕾切尔只会往我嘴里塞饭，永远学不会种地的列文，如今却什么也不干，整天在地里种这种那。"

# 31

才泽每年参加两次节庆活动。在建村日，文化委员会邀请他到主席台上，和元老们坐在一起。全村的动物里，只有他跟哈吉特享有这份殊荣。再有，每逢五旬节，三个梳妆整齐的白衫男孩把他带到麦舒拉姆的院子，在一片欢呼声中把他套上"第一辆大车"，车上满载果子、奶罐、麦穗编成的花环、哭闹的婴儿、雏鸡和牛犊。每年只有这一天，才泽才会让人把他头上那顶特地挖了耳洞的旧俄式工人帽，换成一个花环。戴着花环的他有几分酒神的模样。

本来就怒气冲天的史洛莫·列文听人说起这些，愈加怒不可遏地咆哮，骂才泽是"老寄生虫"，又嚷嚷着数落，说他头天晚上把报纸放在牛棚，转回去一看，才泽背靠无花果树，坐得自在滋润，借着月光像模像样地把报纸摊在腿上读呀读。他列文的报纸！

这些话在不远处的骡子耳边沸沸扬扬。骡子拴在无花果树下，身边摆着食物和水，还有两只专门从约旦山谷飞来的白鹭，小心地替他捉虱子。周围一圈泥土特别硬，那是他的蹄子踩出来的。才泽把巨大的下巴探入食桶，吧唧着嘴吃上好的大麦。他的耳朵从帽子的破洞里耸起，仿佛在倾听，脸上似笑非笑。列文见状，更是火上浇油，冲过去一脚踢翻了骡子的水桶。亚伯拉罕忍不住了，从院子里追出来。

第二天，老人又来了，道了歉就去干活。亚伯拉罕也很后悔，找我念叨了一通。

"才泽和列文都对我们有恩，"他说，"把才泽送到制胶厂肯定不行，可也不能伤害史洛莫舅舅的感情。他虽然干农活不行，可要是没有他，我爹肯定熬不过来。"

约西讨厌列文，尤里则觉得列文和才泽都该被送去做香肠，所以亚伯拉罕让我留心点儿。我不久就发现老列文偷偷把才泽的水桶移到骡子够不着的地方，企图神不知鬼不觉地渴死才泽。

在墓园里除草时，我会时不时地朝骡子挥挥手，让他知道我在保护着他。才泽从来不朝我挥手。外公一死，他最后一点心气儿也耗尽了。再加上列文的捣乱，他变得紧张易怒。小店掌柜的单薄身影只要在院子里一出现，才泽就立刻紧张起来，尽管硕大的头还埋在桶里吃昂贵的大麦，屁股却不停前后晃动着计算位置，随时准备用后腿踢人。

才泽成了列文的讨伐对象。外婆的哥哥是出色的会计，有天晚上，他拿着账单来找亚伯拉罕，"你那头自以为是、好吃懒做的蠢蛋"这些年花掉的每一分钱，"都一文不差地记在这里了"。

那天晚上很热，蟋蟀叫个不停。透过敞开的窗户，我把那场争吵全听在耳中。列文高声读出"骡子账单"，音调平直，语气恶毒。"每天十八磅去皮大麦，外加三磅半野豌豆草料，

264

六磅麦秸草料。"他就这么读下去，直到亚伯拉罕让他别发神经了。

列文重重地摔门，冲了出去。他驼着背，嘴里骂个不停，气急败坏地从木麻黄树旁走过，伤心欲绝，竟没发现坐在树下的我。

他有一个礼拜没露面，随后在村通讯上发表了一篇文章作为回应，谈及村里"有一家养了一头放荡无度的骡子，极其奢侈地喂养它，丝毫不顾我们的复国运动要求提高经济生产力"。

村通讯平日里登的都是本季降雨量和牛奶价格，赤裸裸的配种通告，青春期少女的无病呻吟，还有出生、死亡、婚配声明等信息。如今版面全都充斥着关于才泽和列文的辩论，阅读量暴涨了好几个礼拜。

才泽和小店掌柜各有一伙支持者。达尼·里洛夫整天跟屠宰后的死牛打交道，居然有了冷嘲热讽的能力。他写了一篇幽默小品，描述一个虚构的世界，"蒙昧但慈悲的心灵"使犹太人的家园遍地是"病驴疗养院和更年期母鸡养老院"。但他还在结尾写道，"对于一个早就因扛牲口而出名的家庭来说"，在才泽身上大把花钱不足为怪。

最后，艾利泽·李伯森亲自出面。李伯森，"菲吉·列文劳动者之圈"最后一位在世的成员，当时住在"老年之家"，就住在外公和舒拉密先前住过的那个房间里，孤身一人，双目失明，他自己和村里人都认为他已经跟死去没什么区别了。那天他给我捎信，说欢迎我速速拜访他，还让我"带上铅笔和纸"。

我俩坐在露台上。李伯森问起村里的情况。他让我想起外公，不过他的声音比外公多了许多愤怒和渴望。他问我有没有给他老婆坟边的花草浇水，有没有跟他儿子说话。

"也没怎么弄，"话刚出口，我立刻有点担心，于是改口说，"我是说，花浇了，但没怎么跟但以理说话。"

"每件事本来都可以大不相同。"李伯森说。

"是啊。"我说。

"是啊？！你什么意思啊？"老人嚷嚷起来，"他根本不懂我在说啥，他就说是啊！"

我不作声。

"铅笔和纸带了没有？"他问。

"带了。"

他愤愤地说了几句，话不多，但口气强硬，让我写下来交给村通讯。他的意见是，"史洛莫·列文同志的话固然符合经济逻辑，我们这些庄稼汉都很感谢他在合作社的奉献，但是非农人口干预村里的生产活动，这是不可想象的。我们亲爱的才泽就从事生产劳动。"

我离开的时候，瞎眼的人对我说："巴鲁奇，原谅我冲你吼。你将来会明白我的意思。原谅我，再来啊。"

皮内斯和列文晚上都失眠了，各自躺床上琢磨、谋划。

列文千方百计想报复骡子。李伯森为了这头骡子当众羞辱他，他还没受过这样的羞辱呢。我在窗外看见他的旧伤疤被揭开，流出耻辱的脓水。"劳动者之圈"的粗野流氓又在向他投掷嘲弄的飞镖。一座座沙砾和巧克力山仿佛要把他埋葬，一群群蝗虫爬满了他的床，要把他生吞活剥。

而这一刻，皮内斯刚到冰箱里去拿了吃剩的古斯古斯饭，撒得枕头上到处都是，而他心里在想着那淫荡的喊声。那喊声穿透他柔软的耳膜，蔑视了他珍惜的一切。如今脑溢血消解了他的愤怒，淹没了他复仇的欲望，他只剩下好奇，想知道这恶人是谁。

他费劲地起床，走出院子，来到街上，在水塔巨大的水泥柱下来回踱步。过了好一会儿，他体内忽冷忽热的涌动才渐渐平息。他抓住铁梯，开始向顶上攀爬。

"这是我这辈子第二次爬，"他对我说，"三十年前，一些高中学生想练习滑绳，我和以法莲、麦舒拉姆、但以理·李伯森、亚伯拉罕一块儿爬上去过。他们都顺着绳子滑下去，只有我和麦舒拉姆是又从梯子下去的。"

他害怕被人看见，更害怕病体不支。"我剩下的那点逻辑都在反对。"恐高让他的每个细胞都失去了感觉。但是，虚弱恐惧的他依然向上爬。他不敢向下看。越往上越冷。

他用汗津津的手死死抓住掉漆的横杆，也不知道哪来的力气，拖着惊恐的躯体一步步向上，直到水塔顶。他费力地跨过边缘后，立刻瘫倒在水泥地面上，因为疲累和害怕抖作一团。他躺了一会儿，"像具受尽折磨的尸体"，心甘情愿地让粗糙、冰凉的水泥帮他慢慢找回知觉。然后他坐起来，依旧喘着粗气，四下张望。

水塔的圆形平顶四周围着一圈矮墙，矮墙上装着空心铁栏杆。一个角落里遗留着从前观察哨用的东西。那时候这里有"站岗从不马虎"的瞭望员，配备了安装好的探照灯和一口警钟。就在哨位那里，还扔着几条空麻袋和破旧的信号旗，蒙了一层灰，看起来发白。

皮内斯站起来，靠在冰凉的铁栏杆上，忍过一阵晕眩，未加思考地开口大喊："呦——嘀！呦——嘀！"可是，他的喊声太弱，难以穿透层层叠叠的枝叶和阵阵晚风。猫头鹰在皮内斯的分类中算益鸟，可一只猫头鹰擦着他头皮飞过，如同千里光的种子飘过，悄无声息，把皮内斯吓了一跳。"猫头鹰吃掉的老鼠远远抵销了它捕食的家禽。"他常常这么说。庄稼人害怕猫头鹰静悄悄的飞行术和那人脸一般的白脸，就捕杀它们。皮内斯非常生气。

　　村子躺在他脚下，"不再是荒野中的白帐篷，而是房子、牛棚和田地，街道俨然，绿树成荫，人人安居乐业"。

　　村子在熟睡。风沙沙掠过树冠。蛋黄在母鸡的体内成形。饲料仓里搅拌机哼鸣，洒水器在黑暗中低唱。

　　皮内斯在水塔顶上埋伏了一个半小时，什么都没有发生。他终于颤巍巍地爬下来，慢慢往家走。

　　他几乎走不动了。"我上去了，"他心想，"明晚我还要来。"

# 32

外公最后的日子在"老年之家"度过，他身体非常虚弱，大部分时间都要卧床或坐轮椅。舒拉密尽其所能地照料他，可她自己身体也不好。两人隔着老式蒸汽轮船和火车站的烟雾，相互触碰、凝望、支撑，相会又分离。

克里米亚婊子数小时凝望外公，手挨着他的指尖，流着泪读他褶皱的脖颈上的楔形文字。在几个礼拜的时间里，他身体变矮，胸膛变窄，整个人都萎缩了。他不再注意她的身体，失去滋养的她如饥似渴地以他的身体细胞为食。

他的爱小心翼翼，严谨得如同走钢丝，一个闪失就可能栽进她的眼睛，被自己的骨灰呛死。

我直到现在才明白，屋里其实坐着两对恋人：年轻的外公和舒拉密，年老的外公和舒拉密。有时两人同在青年或老年，有时一人年轻一人衰老。我从果子的坐果和青贮饲料的发酵中学得的时间概念，在他们屋里变成没有风力吹动时的多叶风向标。

外公几乎无法吞咽我给他带去的牛奶，但还是坚持要全部喝完。有时他忽然噎住，接着呕出一堆结成小块的酸奶酪粘在胸前。如果是"坏日子",我就把他抱到浴室去洗澡,他躺在我怀里,瘦小的身体打了肥皂,目光虚空如白手帕。在"好日子"里,他勉力微笑,向我打听农场的情况。

我有好多事想问舒拉密,可我从不跟她搭腔。她刚到的时候,我恨她——恨她,也恨所有放她出来的俄国人。她来了一个礼拜,外公就开始安排搬入"老年之家"。他一个字都没跟我们透露,突然就说要搬,我们都傻了。亚伯拉罕皱起眉头,利百加倒抽了一口气,吼道:"好吧,你该知道自己在做什么吧。"约西一声不吭。尤里笑了一声,说:"爷爷,你可真是个老坏蛋。"

我吓得要死,只觉得肚子冰凉。我知道,这一切都是因为那个俄国女人。一天,她忽然在小屋外敲门,然后走了进来,仿佛是从外公的箱子里走出来的。

"你好,雅科夫,"她说,"不给我倒杯茶吗?"

外公站起来,双手颤抖。他并非不知道舒拉密要来。鹈鹕早就捎信来了,再说头一天巴斯奇拉还欢天喜地地送来一份来自耶路撒冷的电报。巴斯奇拉最喜欢电报,而且还训练齐斯在送电报时叫得像高音喇叭一样。"这一天多带劲儿。"他说。

"这是我外孙巴鲁奇。"外公说。这么多年之后,这是他对她说的第一句话。

他一边把茶杯递给她,一边茫然地转动着嘴里的橄榄。她笑起来,把手放在他胳膊上,仿佛宣示对他的占有和确认。

我心想,没啥,就一老太太。她个子虽高但已经驼背,白发浓密,一脸皱纹,脖子上的皮肉松弛下垂,肤色就像老橄榄皮一样发了霉。但是她的长裙下有一双大长腿,摇摇晃晃的脚腕也依旧有型。

她也爱喝滚烫的茶。两人喝完了茶，才站起来，相拥，仿佛有什么事先安排的信号。外公的头挨着她的头，搂着她缓慢晃动。他的胡须蹭着她的脖子。他的一只手迅速在她肩上微微一拍，另一只手心照不宣地滑向她的乳房和腹部。这熟练的动作在珍藏旧时习惯的阁楼里尘封了多年。

后来，尤里告诉我，每对恋人都会有那么几个私密的示爱动作，这些动作迅速确定，慢慢纯熟，然后一辈子不会忘记。

"哪怕爱情消逝，他们不再呼吸对方的气息，不再倚赖对方的身体，也不再傻头傻脑地跌进对方的眼睛，那些动作也会保持不变。"他说。

尤里对眼睛的作用不屑一顾。他老说眼睛什么也表达不了，哪是心灵的窗口，"纯粹是愚蠢的光学幻觉"罢了。他自己识人从来都是观察嘴巴。他看人们的嘴而不是眼睛，从他们的嘴角解读信息。

舒拉密哭了，哭得浑身颤抖。外公用那双种树的手，轻轻扫过她的皮肤。眼看着时间的堤坝就要决口，洪水就要冲弯他俩衰老的膝盖，外公忽然发现我还在小屋里，于是从她身边挣开。他俩重新坐下，四目相对，那么多的话，那么多的爱抚，都藏而不露，空气变得凝重。我连忙嗫嚅了几句出去关灌溉水阀之类的话，一人到果园里去转悠了。

我两小时后回家，灯依然亮着，开水壶还在冒气。他俩用俄语聊得正欢。

"过去的都过去了，"外公对我说，"从现在起，舒拉密和我住在一起。我们也没多少年了。"

　　　　　　* 　* 　*

　　"我爬水塔，一次比一次费劲。"

　　有一晚，皮内斯几乎要抓不住梯子了。下来的时候，他差点失手从三十多尺的地方摔下来。"我吊在那儿老半天，自己都不知道哪来的力气。"他的膝盖哆嗦着，撞在冰冷的金属上，生疼生疼的。他吓得不敢呼吸。

　　"你为啥不叫我？"我忍不住嚷起来，"如果你掉下来，我会接住你。"

　　皮内斯悲哀地笑了一下。"这可不是讲故事，巴鲁奇。这是真实的生活。再说，你也许跟你爹一样有劲儿，可我比你妈重多了。"

　　他稳住自己，重新向上爬，因为爬上去要比爬下来容易。然后他躺在湿漉漉的水泥地上，等着神智和呼吸恢复正常。

　　过了半小时，皮内斯打算下去时，忽然听见梯子上传来敏捷的攀爬声和愉悦的喘息声。他朝下一看，两个矫捷的身影飞快地向他靠近。他无路可走，只好滑稽地躲到老哨位的后面，尽量把身体缩紧，眼看着两个人朝他走来。

　　天黑黢黢的，他看不清两人的脸，但从动作看，来人很年轻，对自己和自己的身体信心十足。"他们有着年轻人的自信，知道自己的身体绝不会出错。"

　　两人急急忙忙地倒在那堆麻袋上。皮内斯躲在角落里，听得见脱衣时衣服摩擦皮肤的微响，接着是欢愉的低声呻吟，还有他久已忘记的潮湿的身体相撞的声音。温暖的身体散发出爱的气味，在寒冷的空气中凝聚，飘入他的鼻孔。老教师被困在

272

这罪孽的魔幻时刻，身上最麻木的部位竟然感到一阵兴奋。可他紧接着就看见情郎把英俊的头探出栏杆，轮廓分明的剪影映在夜空。

淫声就在身边喊响。

"我把雅克菲的老婆给操啦！"

皮内斯缩得更紧了，如同受惊的鼹鼠缩进洞穴。欲望和羞耻让他头疼欲裂。雅克菲是村委会的年轻领导人，干得不错。他老婆是皮内斯的学生。

"本－雅科夫的孙女——就是在阿拉伯暴动中被杀死的那个本－雅科夫。那姑娘聪明又可爱：我眼看着她长成漂亮、勤快的大姑娘！她总是一副害羞的模样。"

喊声随风飘散，音节如杏花白色的花瓣一般落在村里，惊醒了梦中带笑的女人。随后，水塔重新落入寂静，皮内斯只听见自己的心在狂跳，离他不远，雅克菲的老婆吃吃笑着，把情郎的头搂在自己怀里，不让他再喊。

两个年轻人静静地躺着。老人腿上的血液渐渐停止了狂奔。他身上感到阵阵寒意，却只能忍耐着，等两个年轻人起身穿上衣服，顺着梯子下去。

皮内斯决定多等一会儿，免得自己被发现。然后他牢牢抓住栏杆，开始往下爬。就在这时，他看见几个男人从黑暗的树丛里冲出来，"像野兽一样"朝一对恋人扑过去。

女人被揪着头发拖到一旁，小伙子"被打翻在地，劈头盖脸挨了一通老拳和工靴"，打人者有条不紊，如同机器，四周静得可怕，冰冷的空气里只有闷哼声、呻吟声和拳脚落在扭动的躯体上的砰砰声。

等这伙人离开，皮内斯才从梯子上下来，过去看一眼小伙子血肉模糊的脸。那张脸皮开肉绽，如同挤烂的石榴，露出深深浅浅的肉红。老教师看得痛彻心扉。

　　"他脸朝下躺着。我轻轻把他翻过来，他痛苦地哼了一声。是尤里·米尔金。你表哥。"

# 33

我那晚没能去救表哥，至今愧疚不已。那天我正躲在村医家房外，想偷听外公临死前的身体状况。"老年之家"的健康主任正在向这一片的医生们做定期报告。

"我要在就好了！"我哭着对皮内斯说，"我要在就好了！我能救尤里。我一个个弄死他们。"我的双手握紧又松开，汗水顺着脖子往下流。

尤里被赶出村子之后，皮内斯把事情的全部经过告诉了我。村里人都知道这事，但只有我听到老教师亲口说那晚他在水塔上。村委会询问他的时候，他只说他睡不着，出去散步，发现我表哥躺在水塔下面，不省人事。"接着我就大声诅咒那些匪徒，那伙哥萨克人，那帮坏蛋。"

皮内斯问尤里感觉如何，尤里没有回答，他急忙到礼拜堂旁边的玫瑰园里，在水龙头下浸湿了手帕，湿润我表哥干裂的嘴唇。他修长、重伤的身体"如同堕落、受刑的天使"，慢慢动弹了一下，忍着剧痛移动着断裂的肋骨和破损的脏器。

皮内斯抓住尤里的胳膊，勉强把他拖到附近的自己家。"他锁骨骨折，一侧肩膀脱臼。"

"为啥不叫我？"我哭喊着，"我来背他。"

皮内斯把尤里放在床上，坐在他身旁。他把衣服从那英俊、优美、伤痕累累的身体上全部脱下，然后用软布擦拭伤口，并且给伤口消毒。

尤里疼得翻来滚去。浑身的伤痕色彩如同鲜花，大腿根散出的气味钻进皮内斯发炎的鼻孔，"堵塞了我的鼻窦"，如一层蜜露聚在他前额后方。

皮内斯守了尤里一整夜。

"他问我为啥每回都要喊叫，为啥村里的女人排着队跟我上床。"

"他又震惊又痛苦，我的问题他一个都不回答。"

那些声音，沉闷的击打声，骨头的断裂声，关节的嘎巴声，皮肤撕裂的锐响，在皮内斯脑子里挥之不去。天太黑，他没看清打人的人。现在他怀疑村里每一个十六岁到六十岁的男人。"我们现在变得像森林里的野兽，"他说，"每个人都要生吞自己的亲兄弟。"他的脑壳薄得像穿孔的薄膜，包不住悲哀和愤怒。"我一辈子都在站在岸边，现在大坝垮了，我自己也可能被潮水卷走。"

一大早，他把茶和饼干留在床边，就奔我家牛棚来了。亚伯拉罕和约西一边挤奶，一边念叨尤里不知去哪了。我正在谷仓里卸一车甜菜饲料。

"尤里在我家。"老教师说。

话刚出口，村委会的人进来了。亚伯拉罕让我和约西继续挤奶，自己带着村委会的人进了屋。过了两分钟，满街响起利百加惊恐的尖叫。她已经够没面子了，她爹不是庄稼人而是鞍匠，她男人是村里令人失望的头生子。这一切好像还不够，现在她儿子又做出这种丑事。我有生以来第一次不用猫腰低头，不用爬树，也不用做贼似的躲在黑暗中，就能把全部谈话尽收耳中。

"都怪那个无聊的幼儿园老师，老让他走她屁股下面。"我舅妈哭喊道。

"那你也不用嚷嚷得满世界都知道吧。"亚伯拉罕说。

"都怪你。你自己在九岁的时候也够无聊的。你弟弟操牛，你妹妹从村里每家的房顶上往下跳。"

牛棚房顶上的一群鸽子忽然惊飞，翅膀扇动的声音拂过利百加的面颊。村委会的人耐心地等着风暴平息，然后向尤里的父母宣布村里的决定："让尤里离开一阵子。"他们还说，雅克菲的老婆当晚就被送到城里她姐姐家去了。五十岁的老处男麦舒拉姆·泽尔金事后说："如果把尤里睡过的女人都赶出村，那咱村除了冬妮娅和丽娃就剩不下别的女人了。"

尤里被送到地区医院。我只去看过他一次，因为他拒绝任何人的探访。"至少爷爷死了，不知道这事。"他说。绷带和伤痕也掩不住他的美貌，护士们对他眉目传情，他兴致寡然，她们还以为他对女人不感兴趣。他出院后，家里决定送他到他舅舅家。他舅舅是加利利一位富有的道路承建商。亚伯拉罕和利百加送他到火车站。我在饲料仓的房顶，目送他们从"拓荒者之家"的小路离开。

他们在外公的墓前停留了一会儿，然后穿过果园，像蚂蚁一样消失在草黄色的天际。我曾经看着才泽在安息日散步时这样消失，以法莲也是这样不见的，菲吉外婆和她的同志们这样奔向铁轨，列文在参加完他妹妹的葬礼之后也是这样回到了特拉维夫。

尤里穿着浅色衬衣和熨烫过的蓝色棉布裤子，手提小木箱。利百加走在他身边，亚伯拉罕走在前面几步，低着头，仿佛在清路。他们穿过收割过的麦地，绕过英军废弃的高射炮，到了高大桉树掩映中的车站。火车开了，只留下一声长鸣，我看见亚伯拉罕和利百加往回走。这回是利百加舞动胳膊大步在前，亚伯拉罕不时弯腰往路旁的老鼠洞里放几粒毒种子。


我每次向皮内斯提起尤里，他就说我不懂，因为我从没对某个女人产生过爱欲。他一贯的谨小慎微忽然烟消云散，想到哪儿说到哪儿。"你只爱你外公，没爱过别人。我有时候觉得你就像以法莲的那头牛，没准也得靠什么人把你扛到背上带去交配。"

其实我早知道表哥的风流韵事，但是我没告诉他。我从来没有亲眼看见过，不过我好几次无意中偷听到女人之间不知羞耻的悄悄话，她们笑着嘀嘀咕咕，说起尤里时手指、眼神都透着挑逗。过后，我发现她们在村里相遇，总是会神一笑。这些人中有里洛夫和李伯森的孙女，牛倌舒卡的老婆，木匠吉登的女儿，米迦·马古利斯的娘，跟我们同班的米迦本人，医生的老婆；还有兽医的老婆，别看她岁数不小，疯劲儿像风中的小麦那样一点不弱，不停地大喊"以法莲，以法莲！"——她们每个人都这么喊。

尤里没想到我竟然全知道。他说："最奇怪的就是，我喊她们名字的时候，她们乐不可支。她们还互相交流，觉得互相诉说比实际跟我做更有意思。"

第一位是里洛夫声音嘶哑的孙女以德纳[1]，她九岁时胸就挺起来了。每个月都有那么一次，成群的大雄蛾子在她窗外扑棱。

她那时十七岁，比尤里大两岁。尤里一天到晚盯着她看，举止轻浮。她烦不过，索性一把拉着尤里上了水塔。

"我不从都不行啊，"尤里说，"她手里拿着枪。"

他跟在她后面往上爬，眼睛始终盯着她包裹在白裤子里、在夜色中发亮的臀部。

"她太骚了！"尤里对我说，"她弄出的声音像光脚踩在泥里。我就想扑到她身上，手脚头身，全钻进她的身体——可我忽然想起她爷爷的炸药和枪弹，一想到她爷爷知道我进了他孙女的弹药库会对我怎样，我就忍不住笑起来。"

"有啥好笑的？"以德纳问道。

"我把里洛夫的孙女给操了。"尤里一边亲她，一边小声说。

"有胆让大家都听到。"她咯咯地笑。他二话不说，把头探出水塔的栏杆，扯着嗓子喊起来：

"我把里洛夫的孙女给操了！"

喊声被夜风裹挟着，在树梢上弹跳，散落成没有意义的零碎字母和音节，没有被庄稼汉们听见。

甚至没有落入我这个偷听高手的耳朵。可是皮内斯听见了。他的双耳从来不被泥土堵塞，他跟昆虫、孩童的亲密关系教会

---

1　Edna，女子名，希伯来文意为"欢愉"，《旧约》伪经《禧年书》中多次出现。

他从零碎的音节中听出意义。村里的女人也听见了。她们会从单调乏味的生活里找乐子，哪怕乐子躲在毛茸茸的南瓜叶背后，或者母鸡臭烘烘的水槽里。

老教师从床上跳起来，大汗淋漓，冲出房门去抓坏蛋，而女人们只是醒来，不约而同地对着黑暗微笑。她们一下就认出了那个种马般嘶鸣的声音。一缕微妙的奇香，一种水晶般的透澈，年轻的身体或者无瑕的水晶的触感，令她们动弹不得。

"你永远不懂，"尤里说，"你对女人没兴趣。可我想到了关在黑屋子里的那些可怜的雌火鸡，想到奶奶，还有舒拉密，想到哈依姆·马古利斯甜蜜的手指，想到可怜的但以理·李伯森，他出生三个礼拜就爱上了你妈，还想到奶奶说，每个人都会在这个世界上找到真爱。我要去寻找我的真爱。"

皮内斯说："法尼亚·李伯森如果还活着，她会说这是你外婆在复仇。'劳动者之圈'的柔情蜜意在米尔金家族的血脉里化成了永不凝结的毒汁。你外公无法爱上菲吉，只好用对舒拉密的渴望和仇恨折磨自己。亚伯拉罕九岁唱出了第一首也是最后一首情歌。接着是尤里，他让我们每个人都失去了分寸感。还有你，家里的公牛，以赛亚网罗里的黄牛 [1]，硕大，健壮，没心没肺。"

尤里挨打，对老教师打击很大。"我们做错了，"他在村通讯里写道，"在教育上，在政治上，错了。我们对未来的想象错了。我们深陷泥潭，像瞎眼的野兽一样遭受灭顶之灾。"

---

1　参见《旧约·以赛亚书》（51：20），有些版本作"网罗里的羚羊"。

皮内斯在九十五岁时，蓦然发现恶浪已在堤坝外干涸，清风再度吹拂大地。

"我要是能把脑子里美好的思想讲给你听，那该多好！它们在我脑子里振翅，像蛾子一样。"他对我说。

"我到现在才明白，"他在一篇引发巨大争议的文章中写道，"尤里·米尔金是咱村有史以来最有创造力的思想者。欣嫩子谷的耶利米[1]，迦密山的以利亚[2]，基利心山巅的约坦[3]——尤里·米尔金与他们一样，在水塔之巅道出喻世明言。"

---

1 参见《旧约·耶利米书》（19）。

2 参见《旧约·列王纪（上）》（18）。

3 参见《旧约·士师记》（9）。

# 34

　　"所有的事都发生在爷爷离开村子和去世之后。"表哥被驱逐之后，写信给我。他服完了兵役，在加利利他舅舅的公司里开推土机，不愿意回山谷。"才泽和李伯森瞎的瞎，死的死，皮内斯脑子坏了，麦舒拉姆想把村子变回沼泽，我爹我娘出国了，约西当了职业军官，说话不动嘴，想事儿不用脑。我被赶了出来，倒是你，成了山谷地区最富有的庄稼汉。"

　　"我收到皮内斯的信。他在思考我们。他在信里说，'米尔金的两个孙儿一人给了他一闷棍。一人利用死亡，一人由于爱情。一个恋尸癖，一个性欲狂。'可惜爷爷不在了，听不见皮内斯这些话了。"

　　"这老头儿从不失态，这是怎么了？"尤里写道，"谁知道他到底是个什么样的人：是崇尚自然的天使，还是可怜的菲吉奶奶的'劳动者之圈'的撒旦？我和你一样，也一直在思索关于以法莲的事儿。爷爷让以法莲戴面罩，是为了以法莲，还是为了他自己？有时候我觉得以法莲纯粹是因为爷爷才离家出走的。"

海边无人的沙滩上留着我的大脚印。我望着眼前浅色、贫瘠的土地，惊叹于物产的美丽和无用。和山谷的泥土相比，这里有什么不同呢？速度快一点而已。更快地吸收水分，更快地失去水分，更快地被风吹走，更快地聚集成丘，更快地散落，更快地成团，更快地留下印记，也更快地抹去印记。

孩童戏耍留下的潮湿足迹，沙滩鞋的鞋印，女子圆润的脚跟走向水边的痕迹，都消失在水里，慢跑的人笨拙、痛苦地在沙地留下一串深坑。如果以法莲扛着冉·阿让在这里走过，那重量会在沙地留下很深的凹陷，比我的脚印还深。

我没法想象有人会因为外公而离开。直到今天，在内心深处，我还想拉着他的衣衫，躲在他的羽翼下。我想对尤里说："才不是。根本不是。没人会想要离开外公，即使是以法莲舅舅也不会。"


外公一直在找以法莲，直到他去世。他在黎凡特地区铺开大网，搜寻一个肩扛浅色大公牛的戴面罩的男人。斯托夫斯上校正在外约旦的阿拉伯军团服役，也拖着伤腿，一瘸一拐地四处寻找以法莲。里洛夫的阿拉伯老朋友从叙利亚和黎巴嫩传来消息。复国运动也在国内有自己的谍报网。农业顾问、党派活动家、割礼师、能遇上各类人和兽的形形色色的旅行者，全都得了信，要多留心。

不时有夏洛莱牛处处留种的传言，地点千奇百怪。麦加回来的朝圣者向马扎里布部落首领报告，在沙特阿拉伯的奥尔·马格纳附近的海岸，见过一头巨大的白色公牛。两位苏格兰博物学家在土耳其赛汗沼泽用双筒望远镜观察黑鸭的繁殖习性时，看见一头短腿浅色的小牛在和一头母水牛交配。一只迁徙的椋鸟被脚上绑的金属管子烦得不行，落在皮内斯的园子里，求他给拆掉。鸟儿说曾看见以法莲在黑海里向北游，冉·阿让在岸边狂奔。

这些消息曾让人充满希望。可是行走无声无影的以法莲，这个渗透、伪装、潜行和生存高手，始终没有被找到。他去了大家一开始都意想不到的远方。过了几年，一位法国摩托车赛手在亚美尼亚和阿尔及利亚发现了疑似夏洛莱种的小牛。冉·阿让的精髓仿佛变成了花粉随风飘散。

"他一准带着冉·阿让到阿尔及尔的那家妓院去了。"尤里说。

"国界从来挡不住以法莲。"他的老上司洛瓦特爵士从伦敦来访时这样说。他告诉外公："您儿子是一流的士兵，真正的朋友。他退役以后我们仍然有联系。他帮了我们的大忙。"

外公紧咬嘴唇，一声不吭。

洛瓦特爵士是一位老绅士，身材消瘦，拄一根雕花手杖，戴一方蓝色丝巾。丝巾的另一个作用是遮挡从喉头伸出的不锈钢管。他笑的时候，管子会发出轻微的哨音。陪着他的是一位高挑漂亮的中年妇女，从进村就开始颤抖。

洛瓦特爵士在村里的来访簿上签了名，然后提出要看看以法莲学习无声行走的地方。于是他被带到蕾切尔·列文家。这位古铜色皮肤的老妇人悄然走近正在她家园子里偷吃蔬菜的兔子，忽然对着它的长耳朵大喊一声，吓得那只兔子应声毙命。爵士叹为观止。

然后，他和外公在小屋里关起门说了老半天话。我在木头墙外偷听，被他们逮着后打发到果园里去陪那位漂亮女人。她在鲜花盛开的树下微笑着徜徉，低吟浅唱，把花瓣贴在自己脖子上。

我的任务是保护她，我就乖乖地执行任务，安静地跟在她后面，保持适当的距离，不妨碍她在梨树下翩翩起舞。无论是亚伯拉罕还是外公都没能认出她。只有我嗅到了她身上的气息，听见了公牛吼叫着冲撞牛棚的栏杆。

洛瓦特爵士和他漂亮的同伴离开之后，外公对皮内斯说："雅科夫，你还记得《圣经》里雅各怎么说的吗？'我的儿子还活着。我要趁我未死之前去见他。'[1]"

"他真的见到他了，雅科夫，"皮内斯说，"他最终见到了。"

"我这个雅各却再也见不到儿子了，"外公说，"我活着的唯一目的，就是要跟你们这些人斗到底。你们把他赶出了村子，我要在你们的最痛处报仇，在泥土里。我在心里报复舒拉密，在泥土里报复你们这些人。"

---

1　参见《旧约·创世记》（45：28）。

# 35

　　她说话时带着浓重的俄国口音，大舌音"r"生硬，"l"音绵软有弹性。曾经，村里的元老都带这种口音，但以色列的空气捋平了他们的舌头，拓宽了他们的喉管，稀释了他们口中黏稠的唾液。

　　"你外公心里暗自和舒拉密斗了六十五年。他像动物一样在沙子和泥沼中打滚，企图去掉她的气味和她的抚摸。他要把她从每一个毛孔中清除，用铁丝网把她拦在记忆之外。但是，她的皮肤雪白如梨花，明亮如蓝山。从他灵魂的水面掠过的石块，无法沉入水底。李伯森家房顶上低低盘旋的鹈鹕，每一只都令他想起她的酥胸。"

　　生病后的皮内斯现在又老又胖，胃口大开，好奇心高涨，说话如作诗，快得像连珠炮。他仍装作一位年迈的自然课老师，把我揽在怀里，不由分说地向我灌输他的想法和关爱。我要是用发闷的男低音大喊，他就拍拍我的后脖子。

　　"复仇需要耐心，"他说，"就像海葱的球茎等待夏季过去。成熟和优雅是它最大的乐趣。它在灵魂的最深处，在麦田的浅土层和光滑的皮肤之下，在隐秘的缝隙中，逐渐成熟。"

在他生命的最后，一切复仇都没有逃过他的眼睛。他把外公如何报复村里人和舒拉密，土地又如何报复我们所有人，向我一一道来。那几年里，他的话在村里制造的震动，仅次于"拓荒者之家"。

"这片粗野的土地，向来习惯了圣人遗骨散发出的恶臭，朝圣者和罗马军团经过时令人恶心的踩踏。忽然来了我们这群拓荒者，亲吻它，用我们感恩的泪水浇灌它，狂热地占有它，把我们的小锄头插进它广袤的躯体，叫它母亲、姐妹、爱人。它一定笑岔了气。当我们犁出第一垄田，种下第一片庄稼，当我们清除杂草，排干沼泽，砍净树丛，我们就播下了失败的种子。"

再往下，他的语调几乎欢快起来。

"我们倒是把沼泽排干了，可接着发现下面的泥土更加糟糕。人与大地的纽带，人与自然的结合——还能更落后更野蛮一点吗？我们培养了一代土生土长、不受压迫的犹太人，一代与土地连在一起的庄稼人，一群最粗鲁、最爱争吵、最狭隘、脸皮最厚、最顽固的农民。你舅舅亚伯拉罕九岁就明白了，你外公在以法莲出走的时候，也明白了，后来他只管让果树开花，却任由果子烂在树上，这时我也明白了。尤里直到被人打没了脾气，才终于明白。"

"根本没有这样的土地，"皮内斯总结道，他显然不再使用什么双关语，"也没有这样的爱人。"


外公站在我和舒拉密面前，衰老，脆弱。

"从现在开始,我跟她住一块儿,"他对我说,"我的娃儿呀,要理解我。我这把岁数,也只能做这件事啦。但我不能在这儿。不能住在这幢屋里。"

我听见熟悉的脚步向小屋走来。皮内斯敲门进来,后面跟着李伯森和泽尔金。

他们相拥在一起,终于掩不住哽咽。从衰老的俄罗斯躯体中迸发出如此炽烈的情感,让我不知所措。于是我转身走开。那天晚上,我睡在成包的饲料中间,外公没来给我盖被子。午夜后他的朋友走了,小屋的灯依然亮着。第二天早晨我回去的时候,见外公正在慢吞吞地做早餐,那位克里米亚婊子在他床上熟睡。

"我从来没给你看过这张照片。"外公说。他的手指扫过箱子的纸衬,笨拙而温柔地摸索着,直到找到他想要寻找的东西。他拿起嫁接用的刀子,划开并撕下来纸衬,再伸进去两根手指,取出了一张老照片。

"我们年轻时,"他朝床上努努嘴,轻声说,"在那边,她就这样。"

照片几乎从上到下撕成了两半,像是被镰刀削过一般。照片背后用棕色遮盖胶带粘合在了一起。

舒拉密坐在雕花椅上,身穿深色圆领衬衣,系着黑色天鹅绒窄领带,年轻的脸庞棱角分明,双眉上扬如高傲的月牙。仇恨的剪刀切开了文静地交叠着的双手。她浑身洋溢着漂亮女人的自信。

"夜晚,我们到河里去游泳,在长满芦苇和灯芯草的幽静角落里,舒拉密雪白如白鹭。"

我自顾自地说,她把官员和老将领睡遍了。而且无人不知。因为她,你夜不能眠。因为她,外婆死了。

外公站起来,痛苦地跺着脚,冲我脸上打了一拳。他太老太弱,我都没感觉到疼。可我身上大汗淋漓,如同秋耕的骡子。泪水一下涌了上来。

这时舒拉密醒了,我冲了出去。半小时后,他俩到院子里散步。我远远地跟在后面。外公带舒拉密去看亚伯拉罕的奶牛棚、饲料仓和正在狼吞虎咽吃特供早饭的老才泽。骡子平静地看着她。他活到这把年纪,很明白畜生在人面前并没有优势,二者的生命过程都不过是奋力拉车,一路沟坎颠簸。他们走过菲吉外婆当年用过的土灶,破损的内壁上至今留着面包、痛苦、烤南瓜的味道。然后他俩向果园走去。外公带着舒拉密看不同的果树,我在后面看见外公的长衣袖飘荡荡。我知道他这是挥手告别——向桃树,向梨树,向杏树,向我。

"看看,看看,"尤里走过来,站在我身边,"活脱脱从俄国小说里走出来的人物。"

过了一个月,他俩搬到了"老年之家"。外公一直用刻意的、精打细算的、永不消停的爱施行着报复,至死方休。他手法纯熟,冷静无情。旧日的那种爱抚带来的欢愉让舒拉密褪尽枯叶,双手挠墙,双腿蹬直,全然不顾关节衰老,患有风湿。


后来,就像尤里在信里说的,外公死了,世界土崩瓦解。利百加的音量提高了十倍,亚伯拉罕愈加沉默,脸上的皱纹也更深了。而我，什么也不吃，因为一大团思念堵塞了我的胃。米尔金从家里搬出去的消息不胫而走，从笔尖传到笔尖，从棚屋传到棚屋，霎时飞越了田野。没几天，野草淹没了小屋旁边的菜园和花园。腹部几乎拱到和背一样高的黑蚁在地板上疯跑。果园里三株绝望的杏树颓然倒下，空心的树干里满是怀疑的白花花的木屑。牛蝇不管不顾地落满院子，粗壮的口器刺入人畜的皮肤，留下血印。牲畜受了叮咬，就暴躁得无法工作。

牧豆从小屋地板下面钻出来，丑陋的果实在我眼前，像癌症肿块一样膨胀着。我从床上跳起来，大声喊来了约西。我俩扛着锄头到院子里，把诅咒一般的枝叶连同地下疙疙瘩瘩的硬长根一并铲除。约西干了一天，实在受不了了。他的双手起了水泡，到晚上腰都直不起来了。

"没个头啊，"他对我说，"地面上的一周砍一次吧，多洒汽油烧烧，或许能行。"

可我要找到它的命脉，找到那个外公一走就把触角从地下伸出来纠缠我的母体。我挖的深沟横跨院子，一直延伸到田里，再伸向果园。我在玉米地和苜蓿地挖沟，在英军的旧炮台挖沟，土坷垃随着锄头飞舞，鼹鼠和蜈蚣四下逃窜，碎陶片和蝼蛄从地下翻出。我埋头苦干四天，挖掉了所有的枝蔓，一抬头，发觉自己到了泉边。

就在这黑莓丛里，婴儿亚伯拉罕躺在黑暗中闪闪发光，皮内斯遇见跟着他的犁走来的阿拉伯老人，布尔加科夫的遗臭依然呛人，空气中还飘着它油亮的毛发，土木香的叶子仍凝聚着土狼的毒气。母藤的老巢就在此处。

顽固的根须在这里陡然变粗，扎向泥土深处。我把根须缠在腰上，脚跟站稳，拼命向上拔。我继承了母亲的身高和父亲的强壮，长成二百七十磅重的大块头。一点一点地，泥土向上翻起，发黄的根须开始松动，带着大块土坷垃、死老鼠、猫头鹰粪便、白镴啤酒杯、锡制玩具的碎片，一起见了天日。当年患疟疾的德国孩子攥着这些玩具死去，锡片上至今留着他们的体温。

　　主根被拔出来时，我仰面摔倒在地。白色的小根须颤巍巍地寻找可以抓的东西，像蠕动的寄生虫。地上留下一个大坑，坑里冒出一股乳白色的毒烟和成群的蚊子。我探头一看，只见往昔的浑水在坑里缓慢地打旋。水面上飘着一层虫子，耐心地用头上的短管呼吸。就像任何一个皮内斯的老学生那样，我闭着眼睛都能认出那是疟蚊的幼虫。

　　坑底传来低沉的流水声。喧嚣的沼泽被元老们深埋，又被种下的桉树镇压了多年，此时一经阳光照射，就开始向我喷涌。

　　我吓坏了。老一辈拓荒者给我讲的各种恐怖故事已长入我的身体，这一瞬间全都活了过来。我拼命用锄头把土填回坑里，再用全身的重量和力量把土踩实。

　　回到家，我发现羽毛状的牧豆叶子枯萎得奄奄一息。我用手扯下残留的枝叶，然后就去睡觉了。我在床上一躺就是好几天，伴着春天的气息、小屋木墙的香味和外公的体香。我第一次意识到自己的生命完全笼罩在他巨大的阴影下，已然长成了低矮的蕨类、地面的苔藓。

　　一个又一个漫漫长夜，我躺在床上，不盖被子，听着屋顶细碎的脚步和黄毛鸡哆哆嗦嗦的啼叫。直到亚伯拉罕拿着一整罐牛奶来找我，说外公让给他送去。

就在那时，我接到免除兵役的通知，因为我是孤儿。村里人议论纷纷，说其实是因为我心理有问题。

"那孩子把疯癫的外公当成妈，还能指望他啥样呀？"我舅妈利百加说。

利百加舅妈向来就不好惹，自从外公搬到"老年之家"，她就公开地恨上了我。她生怕外公会在遗嘱中把农场留给我，就老央求自己的两个儿子到"老年之家"去探望外公。可是约西说要忙着照顾牛，尤里根本懒得理她。

"我一点儿都不喜欢树木，也不想当一个农民，"他说，"谁想在这种地方过日子？整天说来说去，就只有养牛那点事儿。"

不过大家对我都还是很客气。村里十几岁的少年数我最壮。我十四岁就当上了拔河队的主力。每次比赛之前，外公都对我说："只要脚跟向下用力，站稳，巴鲁奇。让他们瞧瞧！"

除了皮内斯，我什么朋友都没有。皮内斯愿意跟我聊天，讲讲自己的新想法，回答我的问题。有时候，才泽会从窗外看看我，点点头。可才泽太老了，几乎不再说话。

小屋里一直留着外公的气味。每天清晨，我在这气味中醒来，觉得自己百无一用。我腌的橄榄味道跟他腌的不一样。我还是不知放多少盐，橄榄很快就会长毛、烂掉。鲜鸡蛋不是像石块一样沉到桶底，就是像从弹弓里射出来一样跳到桶外。

尤里说得对，我就是"屋顶上的孤鸟"。他被赶出村子以前，每天早晨都来看我，从他妈的储藏室里偷两块蛋糕，一块给我，一块给才泽。

"你怎么能活成这样呢？"他问道。

燕子在天花板的角落筑巢，墙上蒙了一层灰色的苔藓。

"你可不能让小屋就这么毁了，"麦舒拉姆说，"这是村里早年留下的最后一批物件之一。"他来这儿把外公的旧帽子借去展览。就是我爱戴着下地的那顶软沿灰帽。

我一个人住在小屋里，在四面朽墙之间游荡，想念着抛弃我的外公，死得早的爹妈，失踪的舅舅，希望天上的星星让我不再觉得孤独和悲伤。只有墙角灵动的蜘蛛和墙上半透明的壁虎与我为友，壁虎用小爪子攀住墙壁，用无知的黑眼睛看着我。白天，我照看外公的果园。他高踞爱巢，命令亚伯拉罕把果园交给我。

"那孩子得有点事做，"他说，"而且他手巧。"

我学着外公的样子，给树木修剪枝叶，切口、绑枝，用焦油涂抹伤口，等着果子成熟、掉落。亚伯拉罕隔三岔五叫我到牛棚搭把手，我也乐得帮忙。我喜欢把沉甸甸的大包草料从车上卸下，然后码在饲料仓里。我也喜欢清理污水沟，或者把焦躁、兴奋的小母牛牵到人工授精器前面，让她们经历自己的第一次幽会。

如果我觉得生活了无趣味，乃至骨头都开始朽坏，我就到牛棚，找小公牛摔跤。我走近一头半吨重的牛犊，漫不经心地抓住他的犄角。老才泽从面前一摞旧报纸上抬起头，投来狐疑的一瞥。那些牛犊是布拉玛牛、安格斯牛和夏洛莱牛的杂交种，身躯庞大。他们一见我甩掉衬衣靠近，就兴奋而骄傲地怒吼。他们爱我。在他们短暂而艰辛的一生中，只有我这么个亮点。

那个年代，养肉牛是非常赚钱的营生。可我舅舅亚伯拉罕每回看见牛贩子停下他们的卡车，眼里就冒火。他们抓住牛尾，在手上缠几圈，推搡着庞大的牛犊走上卡车的活动坡道，把他们弄得很疼。亚伯拉罕受不了这个。牛犊被送到屠宰场的时候眼泪汪汪。此后两三天，亚伯拉罕浑身紧绷绷的，像个机器玩偶一样在院子里跌跌撞撞。

对我与牛犊的玩闹，他从来不置一词，可每回撞见，脸上都隐隐浮现出微笑，眉间的深沟舒展开来。有时候，我光着膀子，大汗淋漓、青筋凸起地从牛棚里出来，却瞥见利百加舅妈躲在一棵大桉树后面。

"干吗把牛往牛粪里摔？找个姑娘不好吗？"她愤然一喊，匆匆离开。

我在外公的抽屉里翻出旧纸片和旧文件，我妈做的干花，还有全国各地咨询农业问题的来信。"我地里的土很黏，逢雨必涝，"卡佛尔·伊扎克村的阿尔耶·本－大卫写道，"您看我种桃树行吗？"

外公给每封信都贴上了回信的副本。他建议"亲爱的阿尔耶"每英亩种一百四十四棵树，并且嫁接到樱桃李的树干上。

我翻出几片皱巴巴的病树叶，来信的人请他找病因。他的亲笔回信写着："西缅，我的朋友，我说要修剪老枝，但不适用于新葡萄园。在这个阶段，嫁接后长出的每个新芽都不要动。只需去掉砧木的旁枝。"

还有其他发现。"我和另外几个人一起住在出租屋里，"史洛莫·列文从耶路撒冷写信给加利利的妹妹，"每天斫石不止，下班回家，双手肿痛，不能举物；离家不远有几株老橄榄树，我以头抵树，号啕如孩童。我真能成为劳动者吗？还是只能当妈妈的宝贝？"

雨点敲打小屋的房顶，山谷中持续、充沛的雨水把土地泡成泥潭，把人的血肉泡成海绵。我喜欢像老辈人那样在雨里逛，把一只空口袋套在头上和肩上，像僧侣的大帽子。我每个礼拜到会议厅看一次电影，主要是想看里洛夫把占了他老位置的人从座位上扔出去。有时候，我走到泉边，仰面躺下，透过灌木的枝叶看天。外公当年带着他的头生子亚伯拉罕来到这里，全村人爬上水塔看他的神光。

"我整夜燃着一小堆篝火，"外公对我说，"火光赶走豺狼，把黑莓和纸莎草的叶子映成金黄。亚伯拉罕在熟睡，我坐着思考。"


清洁女工每礼拜来三次。晚上我坐在一尘不染的厨房里，喝茶，想象黑暗中的村庄。

我们村呈"H"形排列。农舍排成两行，场院向两侧延伸。米尔金家的农场在东北角。学校、会议厅、孵化房、奶场、村诊所、商店、饲料仓、邮局在中央。非农户也住在这里，房屋外面有小院子和备用粮仓。

很难想象这里曾是一片荒野。麦舒拉姆盒子里的那些老照片——帐篷搭建在贫瘠的土地上，人不论男女，破衣烂衫，鸡骨瘦如柴，牛无精打采，和法老梦中的一样[1]——仿佛是拍的另一个地方。如今每户人家门口高大的柏树和木麻黄成行，早年种下的华盛顿棕榈树笔直修长，枝头茂盛的枝叶向着天空招摇。

我在"拓荒者之家"门口漂亮的大道两旁，也种了十几株这样的棕榈树。这时候，米尔金家只有亚伯拉罕、利百加和约西留在村里。他们每逢礼拜六去探望尤里。有时也邀我同去。

约西开着一辆老旧的斯蒂庞克。他没有驾照，可是车开得极好，而且非常小心。道路仿佛通过双眼不停地输入他的大脑。亚伯拉罕照旧沉默寡言，利百加开始还想东拉西扯地聊会儿天，不一会儿也就放弃了。坐在车里的她简直就像一头挨骂的牛犊，她最擅长模仿这个了。

利百加的兄弟，就是尤里住在他家的那位，服完兵役就离开了村子，成为一位成功的推土机商。他在全国各地都有推土机，业务甚至扩展到非洲和拉丁美洲。他个子不高，快活、富有，对我喜爱有加，老要和我比赛摔跤。他狠狠地在我背上拍了一巴掌，问我想不想跟他"开推土机"。

"听说你不少挣钱啊，小伙子，"他的小拳头完全陷入我的大肚子，话里透着精明，"什么时候你那些坟墓需要用电铲，来找我就是了。"

"我有镐和锄头就够了。"我说。

"他把你和你的电铲全买下，你还不知道呢。"利百加说。

---

1　参见《旧约·创世记》（41）。

尤里一到这里，他的那些事儿就不胫而走，这里的姑娘都把他当成梦中情人。可尤里的日子素得如同僧侣。

当我们好容易有几分钟单独待在一起时，他问我："你知道我在想什么？我在想你爹妈——想你爹，他知道有个女人会从天而降，所以向上抬起头；想你妈，她在沉睡中死去，搂着他，梦着肉。"

# 36

外公和舒拉密离开后，只回来过一次。我记得自己从地里回家时，看到"老年之家"的救护车停在院子里，心里一沉。进了小屋，只见外公躺在床上，亚伯拉罕和村医坐在他身旁。我吓坏了，可外公说他就是太想小屋了，所以来看看。在门边，村医说有话要跟我说。

蒙克医生新来不久。他来的时候，外公已经搬到"老年之家"了。他的金发老婆很友善，对每个人都很好，有时还在学校代课。她像猫一样干净，夏天衣裙上有碎柠檬叶的芳香。她来到村里一个月后，皮内斯和所有女人听见了一声喊叫，"我把医生的老婆给操啦。"

医生会拉大提琴，还办了几场业余音乐会。泽尔金听过一场后评论说，他把曼陀林上下颠倒夹在两腿之间，"也会发出那样的号叫声"。

"爷爷觉得自己要死了。"蒙克医生故作亲密地说。他那条讨厌的小狗一个劲儿要舔我脚后跟。"我给他做了检查，其实他一点事儿也没有。他这个岁数的人容易这样，所以我们得让老爷子安静下来。"

"老年之家"的人对外公要回村没有多想。可外公一回到村里，就打发亚伯拉罕去找医生。

"我快死了，"他对蒙克医生说，"我想知道死的时候有什么感觉。"

奇怪的是外公一向不看医生。他信任护士和医学生，但就是受不了之前的村医。那位医生从苏格兰来，当时以法莲的信还没到村里。他是位怪异的超级素食者，已经死了好几年。早在盘尼西林发现之前，他就用面包上的霉菌涂抹感染的伤口和潮湿的阴茎。他的食谱里有烤番红花球茎、曼陀罗的中果皮和磨碎的核桃壳。他还会每天早晨晒太阳，用路边摘的锦葵叶和鸡饲料槽里偷来的马齿苋招待客人。他的言论是大家的笑料。他最出名的诊断里有一条是"牛踢了里洛夫的头部，他倒在粪堆里，昏迷了半小时"。

这位苏格兰医生吃得非常健康、平衡，所以永葆青春。他没长一条皱纹，在八十岁上化为黄色的灰烬，长蛊和象鼻虫吃光了他最后一根纤维。

蒙克医生听说过村里口耳相传的雅科夫·米尔金的故事。

"爷爷，我听过很多关于您的故事呀，"他翻看着村诊所的医疗档案，"认识您很高兴。"

他与"老年之家"的医生通了电话，给外公测了脉搏和血压，保险起见，还做了个心电图。

"爷爷呀，"他说，"您壮得像匹马。我是不会让您参加奥林匹克运动会的，可您身体好着哪。"

"慢着，"外公冷淡的语气让我暗喜，"这第一，我可不是您的祖父。第二呢，我可没让您下诊断。别叫我爷爷，也别让我参加什么奥林匹克运动会。就说说死的时候啥感觉。"

"实话告诉您，我不知道，"医生感到被冒犯了，"我想那得看您是怎么个死法。"

"老死，"外公说，"我就想平庸地老死。"

我整宿没睡。外公回到小屋，我太高兴了。可他那些话吓着我了。我紧张得无法入睡。而外公，挣扎着起来给我盖好被子，然后回到床上，像个婴儿一样睡着了。

太阳刚升起，我就给外公做好了早饭。吃过饭，外公让我带他到地里看看。我沿着拖拉机的车辙推着轮椅。我们走过牛棚，老奶牛见了外公，欢快地吐了一口气，可一些小牛犊和小母牛却不知道他是谁。

"饲料里要加点盐让他们舔。"外公对刚进牛棚的亚伯拉罕说。

"如今精饲料里已经加过盐了，父亲。"亚伯拉罕说。

"牛总是愿意自己舔盐吃嘛。"外公还是坚持。

我们走过无花果树和橄榄树。外公拥抱了才泽，拍拍他的鼻子。别看才泽年纪大，鼻子还和小马驹一样光滑柔软。

我们到了果园，果园看起来郁郁葱葱、生机盎然。

"很好，"外公抚摸着树干和树叶，"给我拿点果子来。"

他闻了闻梅斯利李子和维克森李子，这两个品种如今已经没人种了，然后说土里缺氮肥了。他让我来年秋天在果树间种上甜豌豆，补充氮肥。

"听着，巴鲁奇，"他突然说，"那个医生啥也不懂。我快死了，我要埋在这里，在我的果园里。"

我感觉到自己的脸在抽搐，我咧开一侧嘴角，露出牙齿，挤出一个恐惧的微笑。

"可是亚伯拉罕想把果园留着，您自己也让我照料果园啊。"我说。

"你是要照料果园，"外公说，"别担心。我占不了多大一块儿地。"

过了一会儿，他又说："我的娃儿呀，听好了。我不是回来看看。我是回来死在这儿的。我要死在家里，这样你把我埋在这里就比较容易，不用征得别人的同意，也不用从'老年之家'的冷冻柜里抢尸体。"

"但这是为啥呀，外公？"我结巴了。

"他们把我儿子赶出了村子，"外公大声说，"我才不去他们的公墓。我才不想跟他们掺和在一起。我要毁掉他们的土地。"

他看着我，目光坚定。"你要把我葬在这里。这块土地是你的，也是我的。我死了以后，你要给舒拉密下葬，也可能还有其他人。别让人把我们从这里迁走。巴鲁奇，就靠你了。只有你能做到。"

外公就这么看着我，直到我慢慢听懂了他的意思。我顿时明白，他为啥要给我吃那些蔬菜，为啥要用那些故事和牛初乳把我养大，为啥要从土狼嘴下救我，为啥一丝不苟地给我称体重。

"推我回小屋吧。"他下了命令。

我推着他回屋，心里沉甸甸的，头一回发觉自己真傻，就像什么都不懂的牲畜。

我安顿外公上床后，他让我回去干活。"我休息一下。"他说。

正午，一只母鸡跑到田间，急切地呼扇翅膀。我跟着母鸡回到小屋。外公等不及地让我到合作社去，找列文买一套新睡衣。

"人到我这把岁数，该享享福了。"他笑着说。

"他是不是还打算给那头骡子买几床丝绸被单呀？"列文讥讽道。

我买回一套柔软的灰色法兰绒睡衣，上面印着浅蓝色条纹。外公让我把旧木柴炉子生起来，再把他的箱子拿到床边。

烟囱里冒出袅袅的烟，外公把旧牛皮纸重新整理一遍：信件、文件、泥土色的照片。之后，他在小屋里踱了几圈，从一角蹒跚到另一角。我没去干活，跟在他后面，几乎要贴上他瘦小的躯体。他准是让我的庞然之躯弄烦了，忽然转身骂我。那我也不走，生怕一眼没看住，他就烟消云散了。

向晚时分，我从牛棚取来鲜奶给他。他喝下去又全呕吐出来，终于忍不住发作，呵斥我把地板拖干净。过后他向我道歉，让我扶他去浴室，再坐一边儿看着他洗澡。我一直把他挤奶的凳子放在浴室里，上面的木板被他的粗棉布工作服磨得泛白。他坐在凳子上，以防在湿瓷砖上滑倒。他把水调得很热，白色的皮肤被烫得红彤彤的，冒着热气，水珠顺着窗棂往下流。他用肥皂细细地清洁身体，不厌其烦地用擦澡巾搓洗耳后、脚趾缝和屁股。我坐在墙边等着，蜷靠在挂着我酸臭工作服的衣钩下方。我看得出来外公要独自思考，所以不打扰他。

等外公洗完澡，我扶他站起来，给他裹上大大的柔软的旧床单，他喜欢用这床单擦干身体。然后我把他抱回床上，像护士抱着婴儿。他慢慢穿上我给他买的新睡衣，让我帮他扣上上衣的扣子，然后说："把我葬在我的地里，在果树中间。"说完，他躺下，把眼镜搁在床头小桌上，把被子拉到下巴，沉沉睡去。一直过了六个小时，我才终于承认他失去的知觉再也回不来了。

利百加和医生主张送外公去医院，可亚伯拉罕说，父亲决意要死，应该让他去。半夜一点，蒙克医生说外公可能昏迷数天，利百加和亚伯拉罕就回家睡觉去了。外公的身体一直在呼吸、颤抖，分泌出恶臭的、干巴巴的褐色泥土。

我靠在小屋的木墙上，整整三天没合眼。人们进进出出，可我恍惚迷离，分不清谁是从门里进来，谁是从外公的箱子里出来。到第三天晚上，我的身体因为缺觉而变得千疮百孔，软弱无力。小屋里梦的旋涡消失了。我知道，外公死了。我走到床边，把他抱起来。外公又小又轻。

"土地，土地，"他忽然说，"土地会开口。[1]"

我抱着外公往田间走。我们走过饲料仓和牛棚，牛犊们频频点头。我们在以法莲曾经藏身的小棚子停了一下，取了一把干草叉、一把镐和一把铲子。我们静悄悄地从才泽身边溜过，他正扭着身子跟自己较劲。远处传来豺嚎，惊动了火鸡。地上、草叶上和不远处的弗德森拖拉机上，覆着厚厚一层露水。

"就这儿。"外公说。

我先用镐挖了几下，然后用干草叉继续向下挖出一个坑，把大土块扔出去后，再用铲子把四壁拍平。我挖了又挖，拍了

---

1　参见《旧约·创世记》（4：1-12）。

又拍，在苹果树和梨树中间挖出一个一码半深的方坑。我浑身是劲，又近乎疯狂，只花了二十五分钟，坑就挖好了。

我脱下外公的睡衣，把他放在坟里。他的身体在夜色中光滑雪白。我把土盖在他身上，用脚踩实，再放上从我家地界边上搬来的大石块作为标记。做完这些，我躺在潮湿的地上，沉沉入睡。

清晨七点，阳光透过梨树的叶子照在我眼皮上，我醒过来。亚伯拉罕舅舅在叫我。蒙克医生站在一旁，面无血色，村委会头头雅克菲一脚踢在我肩上，问我知不知道自己在做什么。

蒙克医生壮起胆子向我扑来，一边可怜兮兮地企图摇晃我的身体，一边喊叫，像个疯子。

"我怎么填死亡证？我怎么知道他死没死？这怎么回事？"他不断重复这些愚蠢的问题。雅克菲拾起外公的睡衣，表情怪异，仿佛想从睡衣里找到解谜的线索。

"把睡衣放下！"我喊道，自己都不认识自己的声音了。

他愣了。我一把推开蒙克医生，像头公牛似的一跃而起，照雅克菲脸上就是一巴掌。他的嘴唇顿时成了烂李子。雅克菲给打蒙了，向后趔趄了几步，一屁股坐在地上，如同一只可笑的木偶。我冲出两大步，从他手里一把夺回外公的睡衣。

"这都是为了外公和以法莲。"我说。

雅克菲用胳膊肘支撑着，想站起来。

"你可别胡来。"我警告他。

他虽然比我矮、比我瘦，但体格健壮，和村里的大多数男人一样参加过好几次战争。他站起来，用手擦去下巴上的血，干巴巴地说："过一个小时，我们回来开坟，把他葬在村公墓的元老那一排，你外婆旁边。我要是你，巴鲁奇，就不再惹麻烦。"

他们走了。过了一会儿，亚伯拉罕自己回来了，拿来两条拖拉机的粗链子和一段两英寸粗的铁管。他把东西撂在坟上，一个字没说，回牛棚去了。

过了半小时，他又来了。这回还有几个男人跟他一起，其中有雅克菲。雅克菲已经洗了脸，包扎了伤口。皮内斯和达尼·里洛夫也来了。而我已经挖好了坑，打算在墓边种些观赏灌木。

我直起身，打起精神。

"我外公让我把他葬在这里。"我说。

"你跟你外公很亲，这我们都知道，"皮内斯口气挺友善，"可事情不能这么做。村里有公墓，过世的人都葬在那里，巴鲁奇。"他以为自己比我聪明，就如同庄稼汉比送去屠宰场的牛犊聪明。他边说边走到我身旁，试图把他那能催眠的手放在我脖子上。可我知道教师和牛贩子的所有把戏，退到坟上的石堆旁，一言不发。

"皮内斯，别浪费时间了，这又不是公民课，"雅克菲说，"这家人可真够麻烦的。"

他做了个手势。我眼角的余光瞥见达尼·里洛夫瘦长的身影朝我移动，手臂伸出。粗铁链一端挂着邪恶的钩子，在空中嗖嗖地舞动，在我头顶旋出黑色光环。达尼低头躲闪。众人后退。

皮内斯不止一次见我翻起大石头寻找蚁蜂和蛛毛蝎。他赶紧走到雅克菲身边。亚伯拉罕也走过去，每个人都听见了他愤怒的耳语。

"我可不想在这个节骨眼把事闹大，"他的额头蹙动、扭曲，"别忘了我们家在守丧。我父亲死了，我们希望能安静地悼念他。"

雅克菲重新估量了形势，说："我们这就走。不过记住了，村委会不会罢休。"

我至今闹不清究竟谁说得对——尤里说外公有预知未来的能力，我却认为他不过是计划得长久而周密，未来只好沿着他挖下的沟渠流淌，直至遇上我，唤醒我。

外公知道谁也不能把他的遗体挪走。他知道他养的外孙是头怪物，谁都惹不起。他知道在他之后，我还会葬下好多尸体，每具尸体都是定时炸弹，带来了一袋又一袋邪恶的金子。

他知道村里人不会把他挖出来，因为他们从来不会把任何令人尴尬的东西挖出来。家丑不可外扬。只有出了特别阴暗、可怕的事情，我们才会叫警察。村里从没发生过强奸案或谋杀案，而小偷小摸、打架斗殴和其他歪门邪道的事儿，我们自己选举的村官就能解决，村里的公共舆论和村通讯都忠诚地为其鼓吹。

我在外公的墓边守了一个月。亚伯拉罕一点也没鼓励我，可也不试图阻止我。约西和他妈都站在村里人一边，说我疯了。尤里觉得太逗了。皮内斯忧心忡忡。

"真不敢相信在我眼皮底下出了这样的噩梦。"他说。

"外公让我做的。"我回他。

"简直是不堪！"皮内斯说。

"外公让做的。"

"还如此暴力——又是铁链又是铁棍。你简直就是看守地狱之门的恶狗。"

"外公这么告诉我的。"

皮内斯愤愤地看着我。可是渐渐地，他仿佛放弃了，不再说什么。外公知道迷惘的老教师会劝我，而我不会听劝。皮内斯逐渐孤立无援，他属于会让言辞牵着鼻子走的那代人。"埋在自己的土地里"或者"这里安息着曾经耕种这块土地的庄稼人"，类似的说辞对他这样的人有无法抵御的力量。

我给舒拉密下葬时，他就不再反对了。法尼亚吵吵了几天，发现于事无补，也就安静下来。又过了几个月，罗莎·孟金的棺材运到，她那座粉红色的墓碑在外公的墓碑旁揭幕。这件事标志着我正式成为职业殡葬人。皮内斯彻底崩溃了。

果园行将消失。尤里说，果树有外公的身体滋养，会越长越茂盛。可事实是离外公的坟头最近的那几株果树死得最快，仿佛中了毒一样。离得稍远的也得了病，变得神经兮兮的：树上长了蚜虫，枝叶缩成一团，无风的日子也瑟瑟发抖，果子还没成熟就掉落了，各种各样的虫子都来吃上一口。它们还会断断续续地开花，但花朵的汁液和花粉毒死了蜜蜂和苍蝇，散发出臭味。马古利斯把蜂巢搬走了。风卷走了地上的落花，只留下一片坚硬的泥土。我有时把挂在枯枝上的果子摘下来，它们的味道和手感都像肉丸子。入夜，猫头鹰和臭鼬溜过来偷吃果子。外公的果园很快就死掉、腐烂了。

亚伯拉罕在外公的墓碑上刻下了他的名字和生卒年月，还有写在他手植的第一棵树的标牌上的那句话。

"一棵橄榄树，碧绿优美，果实甘甜。"

# 37

外公死后的第一个春天，他坟边的泥土拱动起来。土里拱出背上带黑点的红色甲虫，等待着更多的死者。死者很快就来了。"拓荒者之家"就这么办成了，村里人大哗。村委会召开了听证会，但我拒绝出席。巴斯奇拉回来后，兴冲冲地把决议中他认为最逗的段落念给我听。

"'李伯森同志：同志们，近一年来，巴鲁奇·申哈尔同志一直在米尔金的农场里安葬死者。申哈尔同志安葬的第一位死者是他外公，未经有关部门同意。据他说，这是他外公的遗愿。数月后，他又安葬了新近从俄罗斯迁入我国的舒拉密·莫泽金，众所周知，就是在米尔金生前最后几个月与之同居的女人。再往后，他就做起了丧葬生意，甚至接纳了前移民的遗体。

"'里洛夫同志：近半年来，他埋了近五十个死鬼。

"'夏皮罗律师：里洛夫先生请使用文明语言。

"'里洛夫同志：我是谁啊？我是村委会！村委会要求申哈尔同志铲除米尔金农场的所有坟墓，并不得再有类似行为。

"'夏皮罗律师：如果可以的话，我想说，我们谈论的是生计，不是"行为"。我的当事人为感兴趣的人提供丧葬服务，以此为生。

"'巴斯奇拉：我们从来没有违背任何人的意愿埋葬他。

"'里洛夫同志：巴斯奇拉你给我闭嘴。

"'李伯森同志：村里在小山上有很好的公墓，绿树成荫，俯瞰山谷，与村子的距离超过三英里，符合卫生标准。米尔金的农场可是在居住区，不符合标准。

"'夏皮罗律师：依据 1940 年制定并在 1946 年修订的《公共卫生法案》，满足下列条件的新公墓，公共卫生部不会拒绝其建立：一、相关公墓对河流、水井或其他水源未造成威胁。二、相关公墓开业时离最近的民居距离不小于一百码。所有新公墓必须有永久性围栏或围墙，其高度不低于五英尺。所有新公墓必须有完备的排水设施。我的当事人声称"拓荒者之家"符合以上规定，并经过政府相关委员会核准，我向你们提交这份执照，以资证明。

"'李伯森同志：申哈尔同志违反了村里的规章制度。我们回到这片土地，是为了耕种，并靠我们的劳动生存下去。

"'夏皮罗律师：我的当事人正是遵循你所说的合作农耕的理想。他没有雇佣劳动力，并且照章缴纳一切税费。如果可以的话，我要说，我的当事人所做的正是帮助犹太人回归故土的工作，他对你们复国运动的先驱者表露的尊重，理应成为其骄傲和荣耀之源。

"'里洛夫同志：别开这种愚蠢的玩笑了。

"'夏皮罗律师：我的当事人的的确确是靠土地吃饭。他认为丧葬业是农业的一个分支，而自己是土地的耕作者。他用农具挖掘、种植、施肥、浇灌，生意蒸蒸日上。他的墓穴抗旱、防虫、抗霜冻、无病害。我在此提交一份详细的资产收支表，从中可见一英亩地的墓穴收益高于任何其他农作物，不论是在绝对意义上还是相对于所需投入而言。'"

"这一席话，"巴斯奇拉兴奋得难以自已，"对他们杀伤力最大。你的盈利，申哈尔同志。现金。咱们在土地上赚的钱比他们多这个事实。"

# 38

　　自从皮内斯发现了史前岩洞,他在科学上的名声就传开了。"那个时候我和村子都年轻着呢。"他对我说。和他所有的学生一样,我熟知那个地方。岩洞位于一片俯视山谷的乱石坡上,在村公墓的尽头处。洞口隐藏在一丛刺梨树和一片德国移民留下的废石堆后面。皮内斯参加我外婆菲吉的葬礼时,注意到一雌一雄两只小猫头鹰,对参加葬礼的人点头哈腰,眯缝着金色的眼睛,好奇地望着他们。"我的心遭受重击,像一株小草一样枯萎,茶饭不思,"他如此讴歌朋友的妻子,"我像荒野中的格里芬[1];我像废墟上的猫头鹰。"几天后他回到那里,见两只小猛禽在废石堆上筑了巢。地上散落着田鼠白花花的头盖骨,干掉的鸟屎,和吃剩的蚂蚱翅膀。鸟巢里两只雏鸟臭气熏天,一身白毛,嘶嘶鸣叫,他觉得它们像一对矮小的哈西德派教徒。

　　"我蹲下观察这对雏鸟的时候,发现了岩洞的洞口。"

---

1　格里芬:狮鹫,出自希腊神话,是一种鹰头狮身有翅的怪兽。

他刚开始以为这是古代僧侣修行的密室，于是绕过一块大石头，拨开刺梨树丛，进入洞口。洞的内壁散发出一种淡淡的怪味，混合了熄灭的篝火味、干燥的霉味和树胶凝固在时间里的味道。皮内斯拨开一层灰烬和动物粪便，发现下面有一块燧石。再挖下去，他就看见了那块远近闻名的头盖骨。一个英国科学考察队为此专程赶来，挖掘后确定这个岩洞里曾经住过巴勒斯坦智人。

"巴勒斯坦人根本就不是智人。"多年后，皮内斯对我说。他有了一点幽默感，对尤里的恶作剧和列文的恶语中伤多了几分宽容。

从伦敦来的考古学家在岩洞里发现了五具人类骨骸，三具成人的，两具儿童的。皮内斯听说之后，打了个寒战。"想想我们的坟墓也会被人挖开！我简直能看见丽雅被镐头翻起来，她身体里可怜的双胞胎那蓝莹莹的小细骨头全露出来了。"

岩洞里发掘出石制武器、从中间劈开的水牛股骨、断裂的小犀牛脊椎，所以皮内斯断定这洞里住的是猎人而不是农人。由来已久的怨气再次涌上心头。燧石刀、被掩埋的箭头、方厚且眉骨突出的头盖骨，都令他想起里洛夫。

他走到洞外，坐在洞口，看着脚下宽阔、驯顺、肥沃的山谷。村里的寒酸小屋，新修建的道路和年轻的遮阴树，雾时仿佛在长年荒芜的土地上飘浮起来，在数不清的地层上跳跃。拓荒者开垦的土地阡陌纵横，蛛网般联结。那时他还年轻，伟大的时代像钟摆一样在山谷里摇荡，令他感到眩晕。

英国考察队里有位老教授，皮内斯说，他"特别喜欢我"，还有几位高挑快活的学生，头戴遮阳帽，穿着肥大的裤子。他们在山上搭起一座大帐篷，每天下山到村里买鸡蛋、牛奶和奶酪。他们付全款在丽娃·马古利斯家吃午饭，见到整套的水晶餐具、西伯利亚蕾丝桌布和金边玻璃酒杯，喜出望外，穿着袜子在桌下用力跺脚。

"村委会特许丽娃使用这些东西，虽说这些本来就是她的，"皮内斯压低了声音解释道，"是她父母装在皮箱里从俄国运来的。"

皮内斯向我讲述岩洞和考古遗迹的时候，丽娃那个人尽皆知的奢华皮箱早已深埋在泥土和忘却之中。

"这算是我们经受的第一波考验之一。"丽娃的皮箱，我舅舅亚伯拉罕的诗，第一次世界大战期间的蝗灾，还有丽雅·皮内斯的死，都埋得很深，不用液压犁根本别想挖出来。

"丽娃嫁给马古利斯之后，给她爹妈写了一封信，信里讲了马古利斯这个人和他的蜜蜂，还说她热爱艰苦的农活。她在信里附了几张自己的照片——以色列土地上一个穿灰色粗布长袍的小姑娘，在院子里撒鸡食，从蜂巢里收蜂蜜。"

"结婚的时候，"皮内斯说，"没人知道新娘是基辅的贝林家的闺女，她爹是乌克兰最富有的犹太人。连马古利斯都不知道。"

婚礼过去了半年，三对公牛拉来一辆大车。押车的是六位哥萨克人和四位切尔克斯人，他们的马鞍上斜挂着温彻斯特来复枪，腰带上刀光闪闪，坐下马矮小而紧张。车上拉着一口大皮箱。他们从皮箱里搬出乌木家具、薄如蝉翼的餐具、真丝枕头、鹅绒被，还有蓝色花边窗帘和布哈拉地毯。也不知丽娃的爹娘

314

用什么办法，从布尔什维克眼皮底下偷偷运出了这份嫁妆。冬妮娅·里洛夫半是嫉妒半是讲原则，当晚要求村委会开会。村委会成员也已经注意到女同志们的眼神都带着疯狂。村委会的紧急会议向丽娃宣布，合作社不容许希伯来庄稼人家里如此铺张。她要么原物退回，要么带着箱子走人。

"我有个更好的主意，"马古利斯温和地提议，"我和丽娃商量好了，把嫁妆全数捐给村里。"

丽娃忍泪点头附和，村委会派里洛夫和李伯森前往接管丽娃的财富。此后多年，丽娃眼睁睁看着衣衫褴褛的庄稼汉用她家的水晶餐具吃饭，泥污的手指握着她的金叉，他们还嘻嘻哈哈地假装斯文，互相鞠躬，拖着脚步在刚刚收割过的田地里跳小步舞。我记得皮内斯说起这件事时不断地重复一个俄文词，"narodniks"，俄国民粹主义者。李伯森从不放过任何取悦他老婆的机会，用玉米须做了一副大胡子，把自己装扮成托尔斯泰公爵的模样，穿上白衫，气宇轩昂地走到田间，向同志们致意，假装他们是农奴，还用雕花玻璃罐盛了冰柠檬水，倒在漂亮的玻璃杯里给他们喝。

丽娃的涂漆中式柜一直放在村委会的帐篷里，最后全喂了栎窄吉丁虫。银器拿去换了六头母牛和一头被宠得动辄发怒的弗里斯兰公牛。里洛夫用一席布哈拉地毯买回一门可拆卸的榴弹炮，鹅绒则在村里按户平分，每家分到的恰好够做一床被子。冬妮娅心满意足，村里的章程也得到贯彻。丽娃恨得要命。马古利斯安慰她，蜂蜜从手指上吸吮比放在金勺子里吃要甜。可说来说去也没用。他用蜂蜡浸润她粗糙的双手，把黏稠的蜂蜜倒在她的肚脐里。但都无济于事。她表面上接受了村委会的决定，可"夜间哭得死去活来，全村人都能听见马古利斯家的帐篷在风中抖动"。

"布尔什维克都没能从我父亲手里拿走的，却让他们从我手里偷走了。"她这样对自己的丈夫说。

两年的时间，水晶餐具就全打碎了。那些餐具太透明了，不盛东西就看不见。玻璃杯一个接一个地让庄稼汉的粗手从厨房的桌子上碰掉。

马古利斯整日在花丛中看护蜜蜂。杯盘全部化为齑粉之后，丽娃一无所有，只能与尘土、汗臭、乌托邦梦想和恶臭的牛粪为伍。

"她就在那个时候变疯了，"皮内斯说，"女人爱干净本属正常，不过是筑巢本能的高级形式。可是丽娃却发展成了疯狂的执念。"她头系方巾、身穿围裙、脚蹬胶鞋，撕旧衣作抹布，日复一日，战斗不止。

第一步是扔掉垃圾箱。脏东西哪怕捂上盖子，也让她脆弱的神经吃不消。几个孩子只好每天在屋子和一百五十码开外的牛棚之间往返数十次，倒黄瓜皮，倒吃剩的早餐，倒桌上的碎渣，把这些堆一块儿积肥。

"她老朝天上看。"外公插话。

"像外婆那样？"我问。

外公不作答。

"咱村人人都看天，"李伯森说，"看云看雨，看鸽子归巢，看蝗虫。"

"看候鸟。"法尼亚愤愤地说。

丽娃看的是从沙漠吹来的沙尘、从北方飞来的群鸟和漫天鸟屎。"脏鸟。"她冲着鸟群高喊。她用木架和网做了十几个捕蝇器布在房屋四周,并放上肉或者腐坏的水果做诱饵。捕蝇器的口子让苍蝇能进不能出。这招很有效,村里人至今还在用。可丽娃的捕蝇器永远空空如也,苍蝇很快就知道她那儿不是好去处。

英国科学家每天到她家享用罗宋汤、鸡肉和土豆,总得先脱鞋再进屋。他们总是笑呵呵地看着她,礼貌地道谢,然后由皮内斯陪着回到岩洞。

"有段日子我和他们一起吃饭,因为我喜欢跟他们在一起。可李伯森对我说,在同志们吃糠咽菜的时候大嚼英国资产阶级买单的炸鸡,绝非自重的社会主义者所为。我就不再去了。"

英国人不知道皮内斯为何不跟他们一起吃饭了。皮内斯也不明白英国人挥舞锄头时为何从不歌唱。

考古学家们挖掘、筛滤了三十立方码的土地之后,遇到了一扇大石门,隔断了下方的空间。他们挪动石门的时候,一阵不祥的轰隆声传来。皮内斯说应该向懂得通过纹理辨别问题的老石匠请教,还从拿撒勒找来了一位。那个阿拉伯老人进了岩洞,耳朵贴近石门,用凿子轻划几下,再用手指轻叩。他说这石门脆如玻璃,一旦打穿,岩洞就将塌陷,把他们全都埋葬。所以岩洞后半截始终没有发掘。

后来,英国人整理行囊,带着他们发掘的东西回家了。区总督下令在洞口安了一扇铁门,上了锁,把钥匙交给皮内斯。里洛夫不客气地说,这岩洞应该用来存放炸药和尸体,举行秘密入会仪式,皮内斯断然拒绝。他犟头犟脑地对里洛夫说,一旦发现有人撬门,他就立刻报告总督。

皮内斯有时到岩洞来躲清净。"每个人都需要有个地方埋藏自己。"他笑着说。他最喜欢坐在洞口，从超乎寻常的时空角度俯瞰山谷。他常来洞里研究或者冥想，却从不在洞里过夜，不单是害怕地穴热，也担心洞里的壁虱传染各种史前疾病，比如尼安德特人的伤寒症，或者更加原始的、无法治愈的前类人猿怪病。

他在地层深处发现了一些以菌藻为食的瞎眼蛇，比地表同类变色慢很多的白色火蜥蜴，以及在巴勒斯坦未曾发现过的非洲木虱。他震惊了，说这些是"活化石"。离岩洞不远的地方长着一小丛刺槐，这是"数百万年前非洲植物侵入此地的唯一遗存"。皮内斯认为木虱属于同一时期的遗留物种。他蹲在地上仔细观察这些匆匆爬过的外形类似螃蟹的古生物，惊诧地发现岩洞竟成为时间隧道的一个孔径。这些"无比睿智的微型生物"没有搞复国运动，没有乌托邦幻想和历史传统，却创造出绵延不绝的社会，它们坚忍的毅力使皮内斯心潮澎湃。这岩洞和洞边罕见的刺槐，使得皮内斯仿佛进入了不曾为时间刺破的远古气泡。他觉得进入这地下迷宫如同潜入一颗尚未硬化的琥珀，奇特，黏稠，他常常需要深深地吸一口气。

年复一年，皮内斯把学生带到这个岩洞。我们跋涉近两小时，穿过田野上的陡坡，一头扎进岩缝。皮内斯从兜里掏出钥匙，打开吱吱嘎嘎的铁门，便会有一股寒风带着疑问拂过我们赤裸的脸和腿。皮内斯先让我们坐在洞口的小水潭前。那一潭古水已经老得失去了味道，各种渣滓早已沉入水底，只有一些没眼睛的小东西在水面上快速移动。这些小生物身体里蕴藏着千古的黑暗，使人们对它们视而不见。不过当它们柔软的身体轻轻爬过我们手背时，还是能够被感知到。

皮内斯教我们如何把燧石磨成利刃，让我们击石取火，然后把我们带到洞外的岩架上，让我们眺望山谷和村庄。

他对我们说："穴居人也曾经坐在这里，俯瞰我们的山谷。"那时这里生长着高大的漆树和橡树，白蜡树和朴树，还有野生动物——"花豹长满斑纹，狮子怒吼，狗熊奔袭"。

他站起来。"土地水草丰茂，如同天主的花园，"他说，"一道清流淌过山谷，白雾覆盖大地。芦苇丛里有大型食草动物——野猪、大羚羊、河马和野牛。穴居人下山狩猎，就在这块岩架上用石锤石刀砸碎猎物的骨骼。"

皮内斯竟然能听到野牛临死的嚎叫，还有野猪的利齿刺破猎人肚肠的声音。他的目光穿透泥土，深入历史的流沙，娓娓讲述曾经覆盖整个地球的原始雨林，和人类尚未出现时从非洲迁徙到山谷的丽鱼、兔子和野鸵鸟。微型杀手鼩鼱多半是从北方冰川地带迁移过来的，兔子来自地中海对岸，麻雀和香猫来自遥远的亚洲草原。

他周遭的泥土里净是鸟翅、猿腿、牛蹄、兽爪。迦南人、土库曼人、白鹡鸰、犹太人、罗马人、野山羊、阿拉伯人、生活在沼泽里的猫科动物、德国儿童、大马士革奶牛、英国士兵，争相在这破碎、健忘的土地留下一鳞半爪的痕迹。

皮内斯不是历史学家，只是一名谦逊且爱好探索的教师。他爱说自己是"民间教书匠"，教授的课程包括自然、《圣经》、年岁轮转、物种灭绝，还有古老神灵和幻象的复活。

"我是冰冻的长毛猛犸象。"他笑着说，嘴里的食物喷溅出来。"挖到我的人会发现我还可以食用。"他这一辈子,"在进化过程中也就一刹那",却眼看着秃鹫从山谷的天空消失,也见证了懂人话的动物到来。他也听见了乌鸫啁啾,它们离开下加利利山里的栖息地,迁徙到我们村。

那时他头脑健全,思虑周到,尚未遭受疾病带来的异端思想的侵蚀。可他更年轻的时候就已经感到万事皆空。那条著名的"海上商路"马里斯路,曾引领无数征服者和商人穿过山谷,在他看来却不过地表一道简陋的划痕。西边城墙高耸的米吉多古城,曾有巍峨的堡垒和无底洞一般的仓库,现在却只是蓝色山脊下的一堆废墟。"那条古河,基顺河",当年威力无穷,吞噬过西西拉的九百乘战车[1],如今连水沟都算不上。将军和祭坛沉入深渊,宫殿、尸骨,古代的水渠和梯田,周围基布兹的葡萄园,全都灰飞烟灭。李伯森带着法尼亚从葡萄藤下私奔,到现在不过两代人,葡萄藤却已经被铲除,变成了水泥地和塑料制品厂。他们的故事已经被人彻底遗忘。

皮内斯羡慕那些穴居人,因为他们到来之际,这片土地还保持着单纯,《圣经》里的那些驱逐尚未发生,这片土地也不曾被人类狭隘的忠诚与爱所占有和摧残。"他只凭着饥渴和单纯的食欲,寻求那温暖湿润、我们称之为生命的东西。如今每一个活着的细胞都依然保留着这样的本能。"

他也羡慕麦舒拉姆,因为他全然不顾时间的长翼,对他来说,建村元老到达山谷之日,也就是时间开始飞翔之时。他无

---

1 参见《旧约·士师记》(4–5)。

视分解、腐败的力量,无视白骨和鸵鸟蛋化石,无视皮内斯喜欢搜集的巨型贝壳的碎片。对他来说,建村之前发生的一切都不过是一长串无意义的负数。

"麦舒拉姆坚信建村元老赶走了穴居人,清除了沼泽植被,毒杀了乳齿象和穴熊,然后除去杂草,种下蔬菜。他认为这片土地像一位羞答答的新娘,颤抖着期盼他们的到来。"

"其实呢,等谁?等谁?到底在等谁?"老教师用尖细、嘲讽的语调发问。他活到尽头时,已经把各种微妙的讽刺用得烂熟。他知道人类给大地披上的外衣多么渺小,大地多么轻易就能甩掉。"哈,那不过是一层拙劣的虚构,大地!"他感慨道,"薄脆的硬壳下面只有纯粹的自私,小星系边缘的微尘而已。"

"大地欺骗了我们,"皮内斯一脸坏笑地告诉我,"咱以为她纯净如处子。其实没那回事。"

# 39

如今，皮内斯老迈，笨重，近视。他的一瞥，远及洪荒，深入地心，他禁不住那种眩晕，数次昏倒在自己房间那满是剩饭、毛虫标本、面包屑的地上。有一天，麦舒拉姆被关于我们村的一项新研究折磨得几近崩溃，就去找皮内斯，却发现他倒在地上。

他把皮内斯摇醒，扶到床上，接着把他订阅的一堆学术刊物中的一种，在皮内斯眼皮下使劲挥了几下。这刊物名为《以色列之国的历史学家》，封面上是一条大鱼盘踞在始祖墓穴 [1]，鱼身泛着怪异的红色，鱼嘴藏在鱼尾的鳞里。

"他们最新的说法是，这里根本没有沼泽，"麦舒拉姆气急败坏地吼叫，"这年头真是什么都敢叫研究啊！"

麦舒拉姆头发灰白，手指如爪，让人想起脾气暴躁的埃及

---

1　始祖墓穴：犹太教第二神圣的地方。根据《旧约·创世记》记载，大约四千年前始祖亚伯拉罕买下这片土地，用来埋葬妻子撒拉。其后，他的儿子以撒、雅各布及他们的妻子和他自己，也葬在这里。

秃鹫。他飞快地翻动页面，找到一篇文章，《耶斯列谷的沼泽：神话与现实》，然后食指哆嗦着，一行行点着刊物上的文字，高声朗读。

"听听！'犹太复国运动出于宣传和政治的目的，编造出一个关于耶斯列谷的具有象征意义的神话，什么沼泽、疟疾、死亡之类。事实上，山谷百分之九十九的土地并非沼泽。'"

那时，聒噪的新闻记者已把皮内斯封为"耶斯列谷最后的拓荒者"。麦舒拉姆的话对皮内斯来说如同救命稻草，可以把他从自己的异端邪说带来的眩晕中拯救出来，亦可成为他的定心丸，助他在时间的迷宫和空间的险路上稳稳保持旧日的信仰。

"读下去。"他说。

"'有证据显示，在现代犹太人定居时期，耶斯列谷的沼泽面积不大，'"麦舒拉姆已经把文章背了下来，"'这自然与复国主义者的话相矛盾，他们编造了一个沼泽的神话。沼泽的实际面积很小，他们却偏要想象为广大无垠。'"

麦舒拉姆把"偏要想象"几个字重复了好几遍，怒气冲天。他呷了一口茶，说那些"自称历史学家的农民"，居然还引用了他父亲和李伯森的回忆录，"为了把谎撒得高明一点"，"断章取义"，混淆事实。

"但他们不知道对手是何许人！"他冲着天花板吼叫，"所有文件和证据都在我手里。现在你知道我为何不顾大家的嘲笑，保留每一张纸了吧。"

"看这里，"他指着刊物，"这些骗子居然提到我父亲！"

他又开始朗读。"'建村之前，元老们勘察了地形。其中一人名叫泽尔金，外号"吉他"，他在回忆录中写道："我们去勘察第一片沼泽，只见那里杨柳依依。据知情人说，这样的沼泽一点不可怕，因为挖几条普通的排水沟就能降低水位，把水排干。"'"

"吉他。"麦舒拉姆一边咬牙切齿，一边用眼瞟着皮内斯的反应。

"读下去，麦舒拉姆。"皮内斯说。

"我给你读读我父亲的原作，这些所谓的学者根本没有引用的部分。"麦舒拉姆说着，翻开那本熟悉的他爹的绿皮回忆录，《故乡之路》。这本书的编辑、出版都是麦舒拉姆几年前亲力亲为，他还给村里每人都送了一本。

"'坑洼里都是泛绿的臭水，水里有各种害虫。'"他哗哗地翻书，找到曾在《劳动青年》刊登过、至今还收在学生阅读教材里的那一段，"'我们环顾四周，到处是绿色的死水，怎么也高兴不起来。灯芯草比人还高。沼泽也是绿色的。但是，尽管大大小小的沼泽里蚊蝇成群，它依然深含着希望。'"

那天晚上，我从墓园回家，正帮亚伯拉罕挤奶，麦舒拉姆到我们家来了。在电机转动和空气受压的轰鸣声中，他大声对我、亚伯拉罕和满腹狐疑的奶牛讲述建村元老如何"与恶水搏斗"，他们一边在"齐腰深的烂泥"里挣扎，一边高唱拓荒者歌曲《青蛙之友》，按照布罗伊尔系统的标准铺设陶管，直到"因疟疾而全身颤抖"。

"'我们不顾约夫医生的反对，也不顾自己正在发烧，用镰刀不停地砍伐莎草，直到双臂肿痛，肩膀僵硬，'"他滔滔不绝地朗读他爹的回忆录，“‘无论如何，你们都不能试图在这种地方居住。’”他引用了国内最好的疟疾专家约夫医生的话。他手里的资料一大半他都能背出来。

我们正忙着开关气阀。亚伯拉罕终于彻底关上了阿法－拉伐真空泵，麦舒拉姆的讲话已经上升到原则的高度，谴责“犬儒哲学横行，毒害了公众”，“学术界追求名利，哗众取宠，这种可悲的倾向会迅速感染我们的社会，这个村子也不会例外”。

那时候亚伯拉罕已经不往奶场送奶了。他的奶牛产量惊人，所以他在自家院子里安装了冰箱，村里的奶车每天来拉。他一边检查温度，一边说麦舒拉姆应该写篇文章投给报纸。可麦舒拉姆只是气愤地呸了一声，说媒体也是“一伙的”，“这个国家需要来点儿厉害的才能惊醒”。

“太不像话了。”皮内斯附和道。他终于能暂时逃出穴居人的手掌和缓慢瓦解的马里斯路，进入一个缩小的、可以掌控的世界，面对的都是本地所出的骇人听闻的事情。“今天是吉他·泽尔金，明天就会说拓荒者压根不存在。欸，约夫医生都亲自来看过，并说这里的沼泽堪比哈代拉嘛。”

他写了一篇长文，投给《复国运动报》。结果报纸不仅不登，连稿都懒得退。皮内斯深受伤害，愤愤不平地想起他和其他教师过去经常在复国运动的日报和期刊上发表文章。《劳动青年》刊登他写的“一首小诗”时，甚至加了花边框子，曼多林·泽尔金还专门为之谱曲。山谷地区的每一个孩子都会充满自信地高唱这首歌的副歌：

别说身体累，

别说梦想丢，

你是这土地的拓荒者！

拓荒者永不低头。


后来皮内斯找到村会计，申请一笔钱，自费出版这篇文章。钱给了，文章也出了，可文末添了一行字，"收费广告"，如同耻辱的烙印，令他坐卧不安。

他又写了一篇文章，题为《吞噬居住者的土地》。皮内斯在文章里斥责"沼泽修正主义者"是"胡说八道的势利眼"，并写了他所记得的往事。

"我们去考察那块土地的时候，看见了德国人的坟墓，他们之前想在这里定居，但是死于疟疾。后来我们遇到一位阿拉伯老人，他正赶着一群牛耕地。

"'你不会染上沼泽热吗？'我问他。

"'不会，'他说，'如果你想在这里居住，就要斗争四年，因为你要跟自己的鲜血战斗这么久，但是如果四年之后你活下来了，你就可以住下去。'

"'你的孩子呢？'我问他，'孩子死得多吗？'

"'多啊，'他说，'老人活下来，可孩子，安拉带走了。'

"一年后，我妻子丽雅死于疟疾，肚里怀着两个孩子，一对清白的双胞胎，这个世界他们一眼都没见过。就像酒政对法老说：'我今日想起我的罪来。'[1]我不想活了，可同志们把枪从

---

1 参见《旧约·创世记》（41：9）。

我手里夺走。我妻子和两个孩子都是那想象出来的耶斯列谷沼泽的受害者。"

关于皮内斯的枪，村里人本来已经不争论了，这下又成了话题。

"他还提那把枪干吗？根本就忘了带嘛。"麦舒拉姆认为皮内斯的文章转移了人们的注意力。

"里洛夫把撞针拿掉了。"列文说。

"你又不在场。"有人对列文说。

"里洛夫对丽雅·皮内斯有意思。"丽娃·马古利斯爆料。

"那婊子根本不是得疟疾死的，她得的是地穴热。"冬妮娅·里洛夫说。

"该知道的人自然知道，不该知道的人就不知道。"里洛夫把头从化粪池里伸出来，吸了一口新鲜空气，又缩回去不见了。

# 40

皮内斯的广告登了出来，我激动不已。我听过的那些故事，终于被白纸黑字地印出来，供大家阅读。头一回呀。我回首凝望大山，再度搜寻希福利斯的身影、以法莲的碧眼和冉·阿让锃亮的牛角。尤里最烦我说起这三位，不止一次在信里嘲笑我：是以法莲也把希福利斯扛肩上呢？还是希福利斯一起扛着以法莲和冉·阿让？

皮内斯的文章在村里和我们这个地区引发了一定的兴趣，但他期待的大辩论并未出现。

麦舒拉姆心里苦涩得如同矢车菊的叶子，悻悻地说："我就说吧。这个国家需要来点儿厉害的。"

他回到元老小屋，埋首于擀面杖、洗衣板、熏黑的油灯、粗砂锅、筛子、磨盘、扬谷机、黄油搅拌器和燃油孵化箱之中，构思新计划——做一个沼泽变良田的实景展览。他希望全国各地的人都来参观。

他费了九牛二虎之力，在自家院子里挖了一个很大的浅坑，并往里灌了水。有人问起来，他就说："我在建造沼泽。"山谷地区的黑土紧密少孔，水好几天都渗不下去。我过去查看时，那里已经有点沼泽的意思了：蚊子和蜻蜓飞来产卵，水藻给这一小片水面镀上一层诡异的绿色，麦舒拉姆一边高歌，一边加紧挖掘排水沟，还在泥里插了几根桉树枝。可是，他的邻居不堪蚊虫骚扰、青蛙聒噪，夜间闯进他家院子，把他一顿暴揍，用拖拉机引擎带动水泵，把泥塘里的水全部抽干了。村委会全体会议上讨论了此事，麦舒拉姆表示自己会决战到底。他说到做到，接下来的日子里不断在人们最意想不到的地方挖坑蓄水，比如村口、会议厅门前的草坪、战争纪念碑，还有幼儿园。

那天晚上，我悄悄跟着麦舒拉姆，只见他把学校的消防水龙头拉到幼儿园的操场。第二天清早七点半，孩子们发现"匪帮"当年挖的沙坑已成一片汪洋，水流把沙子冲出坑外，溅得满地都是。赤膊的麦舒拉姆站在水中央，裤脚卷到膝盖，等着感染疟疾。他灰白的胸毛乍起，头上被他爹的吉卜赛丝帕勒出了红印，五颜六色的塑料玩具漂浮在他双腿四周。想到这群金发碧眼、天真无邪的小朋友要目睹如此的场面，我担心起来。有点傻吧，可我真的担心。

倒不是因为真出了事儿。孩子们自然吓坏了。有两个孩子吓得歇斯底里地尖叫，其中一个是雅克菲的儿子，因此结巴了好几个月。如此而已。麦舒拉姆站在他的沼泽中央，没有被哪怕一只疟蚊叮咬，倒是忽来一阵风，把附近松树上正在列队行进的毛虫身上的毛吹到了他肩上。后来他的肩刺痒了好一阵。

那个礼拜，我们去看尤里。他问起"经久耐用的"才泽的情况，还问候皮内斯，说他在报上读到了皮内斯的"广告文"。

我说起麦舒拉姆最新的疯狂举动。尤里封他为"沼泽长寿花王"。我俩哈哈大笑起来。可是利百加说，在她看来，麦舒拉姆的沼泽和我的墓园没什么不同。尤里突然严肃起来，对他妈说，村里还会发生更多令人意想不到的事，他离开村子，反而更清晰地看到村子的瓦解，而他自己也已经在这一过程中扮演了自己的角色。

我们开车回家，正好还能睡个午觉。院子里酷热难当。奶牛都在牛棚里打盹。挤奶棚里冰箱的电机在轻声哼鸣。只见才泽卧在他的无花果树下，脑袋上盖着东西。当时谁也没在意，才泽在热天总喜欢用一块绿色的旧布蒙住头。可是等我们一觉醒来，发现日头西斜，照在一群绿莹莹的苍蝇上。亚伯拉罕惊呼一声，向老骡子跑过去，却见他头上覆盖着一层野生食尸蝇。

才泽还没断气。他的肋骨缓慢地起伏。靠近他颈部的地上有一个不知为何物的黏糊糊的圆球。我们过了一会儿才弄清楚眼前的恐怖场面，原来那个圆球是骡子的左眼球，被一块飞石打出了眼窝。

一汪血，一地碎石，熟悉的工靴足迹，散乱的蹄印，说明了一切。史洛莫·列文趁我们外出，在炎热的中午人人都把自己关在屋里的时分，潜入我家院子，躲在安全的距离向才泽扔石头，最终打落了骡子的一只眼。

亚伯拉罕找来兽医。这位好心人从来不曾认真思考庄稼人与农畜的真正关系。两人一起蹲在才泽身旁，查看可怕的伤口。

"不太好，"兽医说，"他年纪太大。给他一枪吧。"

"给他一枪？"亚伯拉罕反问道。

"在两眼之间。"兽医说着站起来。

亚伯拉罕把兽医狠狠推出院子。他从牛棚的医药箱里拿出畜用注射器和磺胺，给才泽清洗伤口，消毒，包扎，然后静脉注射了一夸脱[1]半的抗生素。他泪流满面，双手却有条不紊。他在才泽身边守了整整三夜，最后觉得什么药都不管用了，便把加糖的脱脂奶粉、麦糊、糙米和罂粟混在一起，用奶瓶喂给他，仿佛他是患严重痢疾的新生牛犊。

　　老骡子沉重地呼吸，越来越不行，虚弱得那只好眼也无力睁开。最后竟然是外公的黑树胶救了老骡子一命。我留了一罐在小屋。一筹莫展的亚伯拉罕用手挖了一大捧，塞进老骡子头上那个化脓的大洞里。过了几个小时，顽强的老家伙竟然活过来了。我舅舅这才回屋睡觉。

　　我在橄榄树后面看着他垂首慢步往回走，他的周遭空气微漾，牛棚的灯光在他脚下洒落一串影子。

　　我从小喜欢亚伯拉罕。他话不多，也没什么亲昵的动作，可他内心的痛苦我明白。他继承了外公外婆的渴望与思念，又加入了自己的牵挂。我好几年没见过他了，可至今一想起来，他或是蹲在才泽庞大的身躯旁，或正在俯身挤奶，或者又是穿着黄胶鞋、蓝工装走过院子的样子。他那吓人的额头把空气都切出一道道沟。

　　列文从此没在我家露面。参加基础训练的约西第一次放假回家时听说了此事，他说："要是以法莲在，准给他吃枪子。"他主张对列文军法制裁，把他膝盖打穿，或者给他埋一枚反步

---

1　夸脱：英美制容量单位，英制 1 夸脱等于 1.1365 升，美制 1 夸脱等于 0.946 升。

兵地雷。但亚伯拉罕劝我们说，过去就过去了，还让我们替他舅舅保密。可事情还是传开了。走村串户的老剃头匠把消息带到山谷的各个地方，才泽的朋友从四面八方赶来探望。

仅存的这些元老都已经老迈。他们头戴工人帽，身穿灰衬衣，常年劳作的手指被风湿扭曲，个个看起来像外公。他们每个人都深居简出，已经很久没有这样团聚了。有些人从我爹妈婚礼后就再也不曾相见。这一天，他们在我家院子里散步，不约而同地坐在无花果树下，脚下是良田，高论干云天。村里人说，他们这代人坚韧如钉，伟岸如神。外公尚健在、还在冷眼看世界的时候，我记得他有一次曾对皮内斯说，同志们的猜疑和争执终将使他们走向分裂：精神分裂。

元老们探望过才泽，就随我到墓园。灰衣灰发的一行人在老友墓前驻足，闻着花香，低声交谈，没有仇怨。我远远站在一旁，不敢靠近。

他们中有很多人像外公一样变得矮小，这是死期临近的最早征兆。他们爱得太深，恨得太久，失望太多，拷问太严，所以杀死了身体的细胞，损害了自己的生命。"我们就是承载以色列国的酸橙枝。"埃利泽·李伯森在临死前几天对我说。他马上又加了一句，当然在水果中酸橙"味道最差"，仿佛是不想让人觉得他在自夸。

巴斯奇拉半躲在我身后，怯怯地嘀咕："巴鲁奇，你看，现在一切都好了。"他已经与一部分老人熟识了，他们趁还活着，冒险为自己买好了墓地。

拓荒者们视察着自己未来的安息地，一如多年前刚来时视察山谷。他们每走一步都感受到外公在回应般的震颤。他昔日的同志甚至不用把耳朵贴近地面，因为宽大的脚底已经把他的声音传遍他们的躯体。我不敢跟着他们，不过站在树篱旁的有利位置上，我知道巴斯奇拉说得对，我与山谷老一辈的争执行将结束。

他们回家后，我就明白外公日渐腐朽的躯体、罗莎·孟金的钱袋和经我手埋葬的其他资产阶级叛徒，并不仅是污染了果园，扰乱了人心。没过几周，山谷各处的老一辈拓荒者不约而同地大放悲声。皮内斯最擅长精细观察和准确标示，也是头一个看清局势的人。他刚开始被自己失控的哀哭吓到了，可一旦从惊恐中恢复过来，就听到了其他的呜咽啜泣声，并且意识到他听到的绝不仅是鼹鼠临死前压抑的哀歌，或果子被喷上杀虫剂的哭号。

"一个声音从高处传来，悲悼和痛哭的声音。"他向我们宣告。

从喉咙深处咳痰的声音，大声擤鼻涕的声音，痛苦地压抑着的哽咽，几乎听不到，却无孔不入，震得夜晚的空气瑟瑟发抖。元老们的牙关咬得再紧，也挡不住哭声逃逸而出。这哭声从他们曾经凶猛而今皱纹横生的咽喉处轻轻淌出，毫不费力地攻克了光秃的牙床和干瘪的双唇。"它们使得泥土松软。"皮内斯说，他告诉过我某些昆虫挖土的能力相当惊人。

消息很快从别的村子传来，快得如同龙卷风。游走的老剃头匠骑着老旧的摩托车，每月来一次。据他说，耶霍舒亚·克里格——就是尼尔·雅科夫基布兹里那位养鸡的，他发明了无燃料孵化器，盖代拉第一份劳动者宣言也是由他起草——在他九十岁生日宴会上，向来祝贺的一大群人宣布自己长了根。如果他没把自己种在粮田灌溉管旁边，妨碍铺设灌溉线或拖拉机完成秋耕的话，也不会妨碍任何人。每次有人要挪动他，他就吓人地尖叫，非说小根须被扯断了，疼得要命。

剃头匠说，最后大家只好把克里格和他脚下的泥土一块儿挖起，移植到基布兹门外路边的柏树林里。他就站在那里，向每一位往来的人挥手致意，调戏羞涩的外国年轻女志愿者，还用完全不靠谱的天气预报烦扰每一个人。

伊扎克·茨弗尼是最早在山谷东头垦荒的人，那时他一手扶犁耕地，一手举枪杀敌。这些日子他老提着一篮软壳红皮鸡蛋在他们村中心转悠，说那些蛋是他亲自下的。他说吃了这些蛋就能永葆青春，所以他自己热切地吃下，还试图让他的子女和孙辈跟他一块儿吃。

"也不是没道理，"皮内斯边说边费力地扭头，想从镜子里看看后脑勺的发型效果，"吃了自己下的蛋，时间就从一条直线变成一个圆圈。"

我们村隔壁基布兹的泽埃夫·阿克曼造了一台新型食物机，据说有革命性的突破。有一天，他带着机器出现在"拓荒者之家"，陪他来的是他满脸羞怯的儿子。

我去"老年之家"看望外公时见过这爷俩，印象深刻。阿克曼一直是基布兹的管道工，他对庄稼汉的势利极为不满，称他们是"麦田里的王子"。王子们带着泥土和干草的味道走进集体食堂，他却浑身是亚麻籽油、肥皂泡沫、下水道的味道。所以他每次都羡慕得要命。

如今，在"老年之家"，基布兹每月都要来人，求他指点下水道、排水管的位置。这些都是多年前由他安装的。而他则跟他们开玩笑。整个管道系统的图在他手里，独此一份。基布兹管理园子的人只能干着急。他们不得不把三片草坪全挖开，寻找漏水、堵塞的地方，或者是水管的走向。老头子三缄其口，就是不说。

他夜以继日地把闲暇和丰富的技术知识全数投入一件事，他称之为"建构主义者的复仇"。他要造一台由管子、缸和亮闪闪的太阳能接收器构成的机器，并借用"老年之家"打杂师傅的机床做了接收器的阀门。

外公搬入"老年之家"时，老阿克曼激动万分。"要不是你那位朋友，埃利泽·李伯森，成天光想着性爱，咱们那时候能做多少事啊！"他又向外公提起奶牛的事。

他问起曼多林·泽尔金和"菲吉·列文劳动者之圈"，提到外婆，他抹去眼角一滴老泪，称外婆是"拓荒者中的拓荒者"。他还问起才泽的情况，当年在亚夫奈尔他曾和才泽一起劳作。之后，他拉着外公的衣袖，让外公坐在他床上，开始喋喋不休地说他的机器。他说这台机器将给农民的生活带来革命性的变化。

"再也不用没日没夜、风雨无阻地苦干了，也不用农畜了。我这台机器用泥土、阳光和水制造食物。它会喝水会呼吸，会光合作用，还能储存养分，开花结果，就如同一株植物。"

他在机器底部的大盘里装满泥土。"现在我在这一头加水和必要的化学物质，那一头，接收器会采集咱这山谷里的大好阳光。那边的是控制器。"

他对我说："看好了，巴鲁奇。"这时机器深处传出闷闷的咣当一声。"大丰收呀，茄子和小萝卜都有了。"

他把几根手柄摇了几下，机器一通叮叮当当，慢慢流出一点看起来像土豆泥的东西。老人舀起一勺，兴冲冲地杵到我脸前。

"来，尝尝看，"他催我，"味道和小萝卜一模一样。根本吃不出区别。"

他儿子显得很尴尬，小声说："爹，行了，别闹了。"

我每次替他儿子捎来蛋糕和水果，他总是不屑地一笑，说蛋糕对身体不好，水果嘛，他的机器生产的就够吃了，没核，还好嚼。他说他还给一些地方写了信，可谁都不拿他的发明当真，太伤心了。

"就连牛奶，"他又说，"就连你给你外公拿来的牛奶，你能拿当然好，可我的机器也能生产。牛奶和蜂蜜——不都是，别嫌我话糙，不都是动物的分泌物嘛。等我这台机器老了，可不会被放到砧板上，或者扔到'老年之家'。真的不会。绝不会！"

我实在很烦他，就对皮内斯说了。

"我们都没想到自己会变老，"从尤里在水塔下挨揍之后，皮内斯就因为绝望和衰老而日渐虚弱，"我们一起来到这片国土，一起劳作，一起在山谷安家，以为也一定会一起死去。"

"这是事实，"麦舒拉姆说，"他们的文件里对老年问题只字不提。他们讨论天下的一切——怀孕的同志应该吃啥，如何分配工作服最公平，是否应该给村里的会计置办一双讲究的鞋。只有一个话题从没出现过，那就是他们自己老了以后应该怎么办。"

"与衰老抗争是个人的事，"皮内斯叹息道，"复国运动从不关心这事。我只希望自己离世时，能够头脑清醒地面对死亡。"

如今阿克曼葬在我墓园的第六排第十七号。他的食物机沉默地躺在基布兹牛棚后面，依旧亮闪闪，但无人理会。技术研究所的几位专家听说这事，试着操作了一下，之后就放弃了。除了阿克曼，谁都玩不转，一如我家小屋旁的酸橙树。听说那棵树上曾经结出柠檬、梨子、杏和楷椋，可外公死后就啥也不结了，就那么立在院子里，苍翠，冷漠，不结果，任鸟雀在树上胡乱筑巢，乱糟糟的干草和偷来的羽毛挂在枝头。

只有才泽——老人们是为了看望他才到我们村来——默默地忍辱负重，仿佛决意要谨小慎微地度过一生。我时常解开绳索，把他牵到墓园，让他站在凉爽的树荫下。如果他啃了青草，或者踩坏了瞎眼一侧的花，我也不斥责他。

麦舒拉姆对沼泽的热情似乎也过去了。"泽尔金被最后一场病击倒了。"皮内斯提起麦舒拉姆的父亲。麦舒拉姆很想在父亲最后的日子里让他高兴一些，竟然干起了农活。然而，皮内斯说，像所有的复仇一样，泽尔金的复仇也将瓜熟蒂落，在宽广麦田和光滑皮肤的脆弱表面的深埋之下。


曼多林·泽尔金去世前几个礼拜，把我叫了过去。他依旧住在家里，说什么也不肯去"老年之家"。"我不想让那些理疗师把我手指弄断，或者让年轻的实习医生拿针管扎我屁股。"

泽尔金几乎走不了路，脾气躁，爱发火。麦舒拉姆在一辆独轮车里铺上麻袋，推着他爹在村里走动。

"除了他这没啥出息的，谁还有工夫照顾老爹呢，"泽尔金嘟囔着，"他总算给自己找了点事做。"

麦舒拉姆说，要买一辆基布兹老人用的那种电动车，曼多林向他宣布："你绝不会看见我坐在那样一辆敖德萨敞篷四轮小破车上。"

曼多林觉得筋疲力尽，再也干不动了。他上好的农田、田里上好的果树和村里最棒的饲料、麦子、棉花，都荒置了。野藤、杂草和牧豆吞噬了泽尔金的农场。成群的老鼠被邻家农田里的毒药赶出来，正好在泽尔金家的荒地里避难，它们把这儿当成基地，伺机杀回故土。村委会三番五次让麦舒拉姆除草灭鼠，耕田种地，可麦舒拉姆力所不及。庄稼汉找李伯森想办法，李伯森绞尽脑汁，想起刚建村那会儿村里来过一位古怪的埃及农学家，那人说老鼠最怕蚕豆。于是他让他们在麦舒拉姆田地四周种上蚕豆。说来也怪，这一招竟有奇效。老鼠都被困在麦舒拉姆的地里，它们不断繁殖，因数量暴增、食物短缺而出现内讧，最终竟长出獠牙，变成食肉动物。每到夜晚，我们就听见它们互相残杀时发出临死的哀号和复仇的怒吼。皮内斯说，蚕豆把泽尔金家的地变成了一条进化死胡同，里面的生物再也不可能变回来了。

与此同时，泽尔金正坐在独轮车里教麦舒拉姆挤奶。他家的奶牛奶子几乎要胀破，不住嘶鸣，痛苦地呻吟。麦舒拉姆的手这辈子头一回握住雌性的乳头。

"我们那么多年都是用手挤奶，"老爷子劈头盖脸一通吼，"用手！你是不是要说你连挤奶机的开关都不会开？"

"她这奶子发炎了，你看不出来吗，笨蛋？为啥让这头可怜的牛受苦？"

泽尔金简直要疯了。关节炎让他的手指弯曲如同鹰爪，完全无法动弹。手掌里的老茧干裂成一道道深口，纵横交错，钻心地疼。他已经无法挤奶、修枝，也弹不了曼陀林。有一天，鞍匠谭春·佩克对他说，克里米亚的老农民用蜂毒治好了风湿病。第二天一早，我把他推到马古利斯墓旁，他脱下衬衣，艰难地从独轮车上站起来，解开裤子，靠在墓碑上，等着马古利斯那群悲痛欲绝的蜂蜜来蜇他。他的身体在太阳下白晃晃的。冬妮娅狠狠瞪了他一眼，但没说什么。她用手指抹去嘴上的残渣，隐入树林。树林里藏着村里的两代孩子，如同累累果实挂在枝头。他们期望一睹建村元老的屁股。

泽尔金痛苦又迫切，朝着蜜蜂连喊带挥手。可毫无用处。常年的劳作和歌唱让他通体芬芳，蜜蜂不拿他当偷蜜贼，都拿他当一朵巨大的花。它们成群地落在他肩上，温顺地在他后背和屁股上爬行。

他坚持了一个小时，之后让我送他回家。蜜蜂在他脖颈的皱纹和屁股沟里留下橙花的花粉。巴斯奇拉用一把大软刷细心帮他弄干净，给他穿上衬衣，系好裤带，跟着我们回村。

我们仨坐在桑树下泽尔金的床上。他夏天又搬到屋外睡觉了，暑热把屋里墙上裴莎该死的香水味全都蒸了出来，让老人的鼻子和原则备受煎熬。

"巴鲁奇，你听着，"他对我说，"我活不长了。你在你外公旁边给我留块好地。"

"就等您一句话。"巴斯奇拉说。

"我在跟米尔金家的娃儿说话，你不介意吧。"泽尔金冷冰冰地说。说完停顿了一会儿。他每次都要确保对方听懂了前一句，才会开口说后一句。

"你要把我的曼陀林和我葬在一起，就像马古利斯跟他的蜂蜜葬在一起，夭折的埃及法老也跟他们的象牙玩具和屎壳郎葬在一起一样。"

"好。"我说。

"这事可不简单。麦舒拉姆见我不弹，就把琴收到他的博物馆里去了。"

让麦舒拉姆交出文物，那可办不到。可是泽尔金已经想好了。"在我的饲料仓里，房梁最里面，有一个小盒子。把它拿给我。别怕，麦舒拉姆不会发现你。如果没人逼他，他绝不会到饲料仓去。"

我擦掉小盒子上的鸽子粪和蜘蛛网，把盒子交给泽尔金。

"里面是各种老文件和没用的旧物，"泽尔金咧嘴一笑，"一张 1919 年 6 月'劳动者之圈'的购物单，一封汉金写给我的信，一封希福利斯的来信，是鹈鹕十年前从安纳托利亚捎来的。除了我和李伯森，谁都不知道。可那老疯子天天往上凑。"

"我把这些交给麦舒拉姆？"

泽尔金看着我，仿佛我是白痴。

"当然不要！"他的声音很尖锐，"就跟他说，你想用这个换曼陀林。如果他像我认为的那样没脑子，他就会答应。他最爱纸片了。我想让你把曼陀林放在我棺材里，这样蠕虫就能在上面为我奏乐了。"

# 41

　　两个礼拜之后的一个午夜，才泽毫无征兆地挣脱了把他拴在无花果树上的绳子，走到史洛莫·列文的门口。他抬起一只蹄子，礼貌地敲门，然后闪在一边等候。列文出来开门，等他发现骡子庞大的身影从黑暗中向他扑来时，一切都为时太晚。才泽歪着头，用他那只好眼看准了仇人，露出黄牙，一口咬在列文的上臂。他把深仇大恨全都化为力量，汇集在两颚，拼了老命地撕扯，撕裂了松弛的二头肌，咬碎了松脆的肱骨，肉块和碎骨间冒出少许血色泡沫。列文来不及叫出声，就昏死过去。才泽静静地踱回自己的无花果树和饲料桶。

　　直到凌晨，蕾切尔·列文发现丈夫不在床上，急忙出来，这才发现他躺在园子里，半死不活地呻吟。她的喊声惊醒了全村。约西开车把列文送到医院。起初大伙儿以为又来了一只新土狼。可当天午后，亚伯拉罕到村委会坦白，说是才泽干的。人们急忙找来区兽医。经过调查，兽医宣布才泽应依法枪决。

　　这下可炸开了锅。亚伯拉罕狂奔回家，边哭边扔泥巴。等兽医带着警察到家，才泽已经没了踪影。我舅舅把他藏在泉边的密丛里了。那天上午我在为两块新墓碑浇注水泥，所以直到下午回家才听说此事。亚伯拉罕说什么也不告诉我才泽在哪儿。不过第二天我自己走到泉边，看见才泽就在那里，空荡荡的眼窝里有脓水缓缓流出。

我说："我给你拿大麦过来。"可才泽的心思已不在这些：他恍如做梦一般重回那些熟悉的小路，陶醉于不记得名字的花儿的芬芳。那些花也只有在我妈夹干花的本子里能找到了。晚上，亚伯拉罕过来放哨，提防野兽和官僚。可是临近午夜时，他睡着了。才泽趁机溜到田间。

我们把他缺头少尾的庞大躯体从公路运回家时，天已破晓。才泽知道每天凌晨三点，大卡车会把奶运往城里。他就在路边等候。

惊魂未定的司机莫提克说："他突然跳出来，往车轮下一倒。车上拉着二十八吨奶，我真是没有一点办法。"

经年累月的劳作让才泽不堪一击，他被大卡车的保险杠撞得粉碎，如同陶土玩偶。轮胎的擦痕、缕缕毛发、混着泥土的血泡、骡肉的碎块、皱巴巴的骡皮，在路上撒了三百来码。亚伯拉罕来回奔跑喊叫，轰赶凑过来的豺群。

一个月后，史洛莫·列文出院了，一侧残臂下的袖管空荡荡的。村里没人搭理他。会议厅为才泽举行了追思会，埃利泽·李伯森特地从"老年之家"赶来参加，他说"已故的才泽是复国运动的一座丰碑"。

倒霉蛋列文再也不是自己原来的样子了。他日复一日坐在蕾切尔的菜园里，呆呆地啃食整张整张的杏片。他对才泽耿耿于怀。才泽活着的时候抢他的风头，连死也如此壮烈。那样一种自我了断是列文梦寐以求的，竟让才泽占了先。只有亚伯拉罕会来探望列文，他一直铭记着儿时舅舅送的礼物和他慈爱的手。尤里回村时也会来看看列文。

列文觉得来日无多，就把我叫过去，交给我一大笔钱，让我把他葬在"拓荒者之家"。"和村里搞生产的在一起。"他苦涩地说。

我退回了钱，但答应了他的要求。不管怎么说，他是不折不扣的第二批移民。我让石匠在墓碑上镌刻了他自撰的铭文："这里安息着拓荒者史洛莫·列文，他把自己喂了骡子，了此一生。"


巴斯奇拉和我们聘请的律师夏皮罗总说挣来的钱要用来好好投资，我们每个礼拜都要为此起一场争执。对他们的话，我充耳不闻。

巴斯奇拉在佛罗里达找了一位代理人。

"他们全到那边去了，"他说，"所有的老犹太人。那边连沼泽都有呢，日头和咱这边一样毒。"

他买了一辆黑色面包车，上面用金字印着"拓荒者之家"。我和生意都归他管，他很有一套。

"我在办公室坐着，你在挖墓穴，拉水管，这哪成啊，"他对我说，"你是老板呀，巴鲁奇。为啥不让我雇几个人干这些脏活呢？"

我磨破了嘴皮子，解释农业劳动的重要性，以及村里反对雇佣劳动。巴斯奇拉克制地表示不能接受集体农业的理想。

"我还就不信了，"他说，"我自己也是规矩的犹太人。每个人各有各的仪式和戒律，你们的可能还不如我们的呢。"

还有一次，他问我："你为啥不出国旅行一趟？度个假，享受享受，泡泡妞。"我没吭声，他倒没完了。

"咋啦？没钱？"

巴斯奇拉有个年龄比我小一点的女儿，丰腴漂亮，招人喜欢。他经常张罗着介绍我俩认识。

"干吗？"我每次都红着脸说，"我现在这样挺好啊。"

"我让她给皮内斯送吃的，"他终于不再绕圈子，"你到时候在那儿等着就是了。她会做个好老婆，她可不像你们这儿的那些女人。"

"快别说了。"我觉得脑门上爬了无数条蜈蚣。

"你这样下去不好。你是个男人，年轻，健康。你得结婚。"

"我才不！"我斩钉截铁地说。

"如果一个摩洛哥人要把女儿嫁给你，你说不，那他可不答应。"巴斯奇拉警告我。

"我不喜欢姑娘。"我对他说。

"哦，我可不会把儿子给你。"他开玩笑地说，可我明明看见他皱了一下眉头。

巴斯奇拉有时会看我干活，夸我孔武有力。"你和你们家的人一点不像，"他说，"你这个头，就是座黝黑多毛的肉山，还不解风情。你那表哥，完全不一样！他睡遍了村里的姑娘，你却一点动静都没有。"

"行了啊，巴斯奇拉，"我说，"我们家和村里的事跟你没关系。"

"你们准是都有哪颗螺丝松了。"他不依不饶地试探我忍耐的底线。

有时候，他给我讲自己刚进村的事。"村里人见了我都鼻孔朝天。我觉得这考验永远过不去似的。当个邮递员，他们考我挖洋葱。连齐斯也瞧不起我，不就因为他爷爷给村里拉过泉水嘛。后来我一记右直拳打在他下巴上，他才开始通点人性。"

他以从不掩饰的好奇心观察别人，很快抓住了村里的微妙之处，整天拿他那套哲理来烦我。

"一个人如果整天躲在化粪池里，那一定是有所畏惧。"

"女人永远忘不了第一次碰她的那根手指。"

"好外公胜过父亲。坏外公比什么都坏。"

"一天到晚讲土地、土地、土地，有啥好处？我们从此中来，回此中去，这就够了呀。中间总得让人歇会儿吧。"

"你们这些人，听见一个人九岁说了蠢话，就认为这人到死都是个蠢蛋。你们就以为已经把他摸透了。"

身为邮递员，他敲过村里的每一扇门。谁家开门用水果或白开水欢迎他，谁家紧闭门户从窗口怀疑地张望，他都记得一清二楚。马古利斯和冬妮娅重修旧好，外公从邮局之外的途径收到国外来信，这些都是他最先知道。他知道外公对他不理不睬，是因为外公心中有太多仇怨，跟他本人没关系。巴斯奇拉还知道麦舒拉姆除了那几种历史学刊物，还订阅了一些杂志，杂志里那些色情内容挤眉弄眼，厚厚的牛皮纸包装都挡不住。每回给李伯森家送邮件，他也会哑然失笑，因为他知道那些邮件大部分是李伯森写给法尼亚的，包括那些乍看像是来自国外的信件。

"他不留回信地址，好让她开信时感到惊喜。"

# 42

　　约西服役期满后，申请做了职业军官。尤里则在加利利他舅舅的公司里当了重型设备操作员。于是，谁会是米尔金农场的继承人就不成问题了。

　　还是麦舒拉姆告诉我说，当初元老们来到巴勒斯坦，眼看阿拉伯农民的土地经过一轮轮的继承，终于化整为零，于是决定只有一个儿子可以继承农场。男孩从出生的那天起就要接受考验，看是否能够担当重任。父母、老师、邻居用老辣的眼光观察他迈出的第一步，测量他背肌的发育，看他能否准确预测降雨，是否具备庄稼人必需的天分。男孩长到十岁，就知道他将来要留在村里，还是要到外头去闯荡。

　　没通过考验的男孩起初以沉默包裹伤口，继而爆发强烈的抗议，试图改变成命。然而成命不可改。他们的命运已定，只能像牛一样，带着村里的烙印被送往外面的世界。有些人在别处种田，有些人做生意、读大学。每个人都在新生活中过得风生水起。在村里的成长经历、艰苦的劳动、多年养成的责任感，以及对自然和动物的深入了解，使他们如虎添翼。

渐渐地，父亲把农场的一部分交给选定的那个儿子打理，与他商讨各种化肥对收成的影响，斟酌他的回答和看法。村里像蜂巢培养新蜂王一样培养出新一代庄稼人。

也有判断失误的时候。人们都觉得但以理·李伯森自婴儿时期就钟情于我妈，说明他的性格不适合务农。结果但以理长大后成为一流的庄稼人。我爹妈死后，他爱恨俱休，便把天分和精力全部投入土地。他在一个移民定居点做过顾问，尽心尽力，备受好评。之后带着罗马尼亚妻子回村，养鸡，种棉花，种蘑菇，日子过得很红火。他拿曾用来给哈吉特挤奶的小凳跟麦舒拉姆换了一本俄国旧农历，结果在里面发现一个秘方，用稻草、泥土和马粪养殖蘑菇。那本农历里还说，蘑菇有"强烈的森林味儿"时，就是采摘的最佳时机。但以理不知道俄国森林是啥气味，每隔几周，当新一茬蘑菇成熟，他就要把年迈的父母从爱的缱绻中强拉到黑乎乎的蘑菇棚，让他们闻。结果百试不爽。

麦舒拉姆正相反，从小就看得出，"只有重力能让他在地上待着"，这是尤里的话。

尤里自己从来没打算留在村里，所以他决绝地离开也就不足为怪。他热爱书本，热衷于紧跟着幼儿园阿姨，干一点活就累，常用嘲讽的语气谈论母鸡的悲惨生活或小母牛和人工授精器的亲密关系。加上其他一些不容忽视的现象，村里人早就对他的性格产生了怀疑，水塔上的胡闹不过是最后一根稻草。

虽然尤里这个孩子人见人爱，可很显然，约西才会是继承父亲挤奶靴的那一个。约西严谨、负责，喜欢技术，天生擅长规划和组织。唯一让亚伯拉罕不放心的，是他隐藏着的暴脾气。

可是，尽管我舅舅担心约西会伤害不服管的动物，他还是在约西十四岁时就教他挤奶。就连外公，他觉得尤里有点像他失去的儿子以法莲，但当他需要找一个不会伤到树干的人在果园里松土时，也会找约西。

所以，听到约西说他也不打算回村了，亚伯拉罕破天荒地抬了抬永远向地面耷拉着的眼皮，仿佛看见自己在漫漫人生路上踽踽独行，直到死亡。他禁不住浑身一颤，陷入绝望。我虽然尽可能地帮他干农活，但对经营外公荒废的果园里那满是死尸的墓地更感兴趣。

"米尔金家的孙辈没人种地了，"里洛夫说，"村委会应该让他们卖掉农场。"

"别理他，"巴斯奇拉说，"谁要是买你家农场，那才叫疯了。是挖坟扬尸，还是在坟墓缝隙里种庄稼？谁会干呀？"

外公的复仇初见成效。坟墓如同烙在村里土地上的耻辱印，如同对村里生活方式的嘲讽，也是对其存在最大的质疑。我梗着脖子从村里走过时，人们对我指指点点，议论着我不会被元老们的愿望所束缚，猜测我袋子里到底有多少钱。我根本不睬他们。他们的目光越唬人，我越不害怕。巴斯奇拉井井有条的档案柜里，保存着我们和村委会的交锋过程。他觉得很可笑，反复让我别拿那些威胁当真。

"要说农活你肯定比我懂，"他说，"可我偏巧比较懂坟墓。摩洛哥有六百六十座圣徒墓，远渡重洋希望葬在这片圣土的拉比会更多。"

"两码事。"我说。

"当然，"巴斯奇拉笑了，"我们摩洛哥人花钱拜谒圣徒墓，你们欧洲的犹太人则向圣徒收钱。"

只有亚伯拉罕不把我的墓园放在心上。他悲伤绝望，一心扑在奶牛场，干活比从前更拼命了。他发明了新的喂食技术，用特殊的药水给牛圈消毒，把内外寄生虫一网打尽。他还雇了两位工程师，开发出一套流体感应系统，监控每只奶头的气压，还在挤奶时试验各种音乐的效果。我爹在里洛夫的牛棚里连上自己那台留声机之后，庄稼汉都知道音乐意味着更多、更好的牛奶。可是按每头牛的喜好量身定制，只有亚伯拉罕做得出。动物们宽大的头顶上戴着耳机，神情肃穆，随着一串笛声或弦乐，梦幻般摇摆，牛奶便随着音乐从奶子里汩汩淌出来。

他不再往牛饲料里添加粗饲料，而是每个礼拜把牛带到草地上放牧一次，"主要是考虑心理健康而不是补充营养"。对于每天挤两次奶还是三次奶更好的老争论，亚伯拉罕一笑置之，他的挤奶机不停地运转。"这不是科学的问题，"他解释道，"只要庄稼汉和牛都相宜就好。"他的牛每天挤四次奶，真空泵二十四小时不停机。他牛棚里最弱的牛，产奶量也有著名的哈吉特的三倍之多。麦舒拉姆经常郁闷地在村里兜圈子，遇上我们的时候，他就说，亚伯拉罕的牛没有一头能进博物馆展出，或者载入史册。"历史从来不是做了什么，"他说，"而是写了什么。所以关于沼泽的狗屁研究才有危险。哈吉特会名留青史，而不是你舅舅的那些产奶大户。"

亚伯拉罕不再像其他庄稼汉那样把牛奶送到村里的奶场，也就被排除在他们的日常闲聊之外，他像蝼蛄一样缩在自己的洞里。每天早晨，莫提克熟练地把那辆二十二轮奶罐车倒进我家院子，我听见巨大的柴油发动机和动力方向盘发出的声音，接着就是千篇一律的对话。

"早。"

"早。"

"我开始抽了？"

"好。"

"他直接冲到了我面前。我一点办法也没有啊。"

"我知道。不怪你。"

一边的厢房里，两台分离器在不停运转。一头流出奶油，诱惑着"拓荒者之家"访客的味蕾，把他们往牛棚里引。利百加违背合作社的章程，私自把成罐的奶油卖给他们。另一头流出脱脂奶。脱脂奶里添加了各种矿物质，再注入奶牛的饮水槽。在所有的养牛户里，亚伯拉罕最先发现牛的新陈代谢最需要的是液体摄入，而不是固体食物。所以他养的牛，没有一头在产奶期断过奶。"一头牛要喝五夸脱液体才能产一夸脱奶。"我有一回听见他对约西说。当时他俩正在用透明的高压塑料管冲洗牛棚里的白色水磨石地面。他用的管子，不论是水管、消毒液管、空气管还是牛奶管，一律透明，就像是不断被填满和清空的玻璃槽。"为的是让奶牛知道他们在做什么。"尤里说。他也为增产提出了一条革命性的建议："咱们为何不把水直接加到牛奶里呢？何必给牛喝？"

村里人这时才明白李伯森的预言。坚硬的橄榄核裂开，发芽。头生子没有辜负众望。亚伯拉罕穿着白色工作服和黄色胶鞋，在他这一行里压倒了全国各地的其他头生子。可他干活时双手的动作太机械了，怪吓人的。他的手指不再摩挲奶牛的奶子，而是一通揉搓，形同路人。看见奶头胀起，小母牛发情甩臀，或者亲手把苜蓿喂给最爱的产奶王时，他的脸上也不再有愉快的笑容。他养的牛如同庞大的动物标本，慢悠悠地就位。他给牛套上挤奶机的橡胶杯，仿佛自己也是一台新的自动化设备。即便如此，奶牛依旧哗哗地产奶，他有时不得不把剩余的奶倒掉，形成一片片浮着酸奶渣的泥沼。

一天晚上，亚伯拉罕又在倾倒数百夸脱牛奶，利百加走到牛棚，千娇百媚地问为啥不请她洗一次罗马女王式的牛奶浴。亚伯拉罕对她一笑，笑容在末尾化为怒容，她一辈子不曾见过那样的怒气。他额上的皱纹更深了，一直延伸到浓密的发际，面孔扭曲，令利百加忽然想起他那位不知所终的兄弟。她顿时看到了亚伯拉罕所处的险境，想到了米尔金家的人在树皮和养蜂人面罩后躲藏时，身手得多敏捷，也就明白了我从一开始就明白的事实：她男人是在用奶牛的白色湖泊淹没内心的仇怨。

这段时间，我在自己的土地上耕作，播种羽扇豆，巴斯奇拉则拉来好几车红色碎石，找泥瓦匠砌出界线，又把方形的白色大理石打磨成墓碑。我把小路向四面延伸到地界尽头，等羽扇豆开花后就翻耕泥土，把它们变成青肥。我用漂亮的观赏植物装饰墓园，还安了一些石凳和木凳。连皮内斯都没见过的珍稀鸟儿在迁徙途中落在墓园歇脚，在树枝上跳跃，安静的小动物在花丛中出没，似乎生来就住在那儿。黄昏时分，我在墓园里漫步，擦拭铜字，呼吸树荫下的凉爽空气，给鸟和动物起名。

天下太平。拓荒者的老歌化为低吟，慷慨激昂的宣言在甜蜜凉爽的泥土中渐渐息声，唇枪舌剑的争论也不再此起彼伏。夏夜，山谷各处的恋人聚到墓园，在清凉的墓碑上做爱。我听见女人的娇喘和叹息随风飘散。地下偶然会传出一声闷响，那是新下葬的人腹部胀气，失去弹性的肚皮经不住压力而爆裂的声音。我知道一旦肠子流出体外，成群的白花花的蛆就会疯狂地敲打内部爆裂的棺材。葬在"拓荒者之家"的人都躺在棺材里，只有外公例外。他遵循正统犹太教的传统，下葬时只用裹尸布。李伯森批评正统犹太教回归大地的仪式过于浮皮潦草，此后复国运动的村子和基布兹就都改用棺木了。

埃利泽和法尼亚参加了我这里的每一次葬礼。老人每次都站在第一排，一手搂着老婆，手指在她胸前游走。不过他对我日渐兴隆的生意依旧坚决反对。像他所有的朋友那样，他仔细算计自己还有多少日子，计划着如何度过。

他已经把农场完全交给了但以理，他唯一的事情就是闻蘑菇。对乌托邦的构想、针锋相对的论战、意识形态阵营，他都失去兴趣。他笔头和口中常常一不留神就流出的句子令他既痛苦又无奈，比如"我们的内心世界不再坚不可摧"，"在随波逐流、信仰动摇的年代"，再比如"经济自足的问题不仅要从历史的角度审视，也要从这一代人的内心经历来思考"。只有对法尼亚，她的欢笑，她的白发，她锐利的目光，不可掉以轻心。她依然是他爱情的圣杯，是葡萄园中那只轻盈的蝴蝶。他老眼昏花，什么都看不清时，也依然看得见法尼亚的波点连衣裙和明亮的银发。

每年，埃利泽都坐在大自然的腿上搞一次野餐，纪念他和法尼亚田园牧歌式的相遇。早些年，泽尔金也会带着曼陀林加入他们的聚会，可现在他只能依靠独轮车行动，这个传统也就难以为继了。

李伯森在相爱五十周年纪念日那天，准备了一篮面包，一整块还带着包布痕迹的新鲜农家奶酪，一些酸奶油、青苹果腌制的鲱鱼，还有几根晚熟黄瓜，其中一根黄瓜里藏着小纸条。几周前，花瓣枯萎，雌蕊膨大时，李伯森在雌蕊上插下一枚小锡管，渐渐地锡管就被绿色的果实包裹起来。法尼亚装好碟子和银器，李伯森灌了一暖壶清亮的石榴汁，两人便奔向了田野。

他俩沿着田垄蹒跚悠游，其乐融融。前一天，第一场秋雨刚滋润了土地，嫩芽倔头倔脑地拱出来，照例散发出醇厚的希望，一年比一年更令庄稼人沉醉。每年这个时节，皮内斯就带着我去看昆虫挖洞。虫子们等着初雨浸润了地面，就给自己和后代挖个新家。

法尼亚和埃利泽朝马古利斯的老葡萄园走去。李伯森戴着瓶底一样厚的眼镜，手提野餐篮子，法尼亚柔弱、轻盈，把头靠在男人的肩上，笑着对男人说角豆的雄蕊真没羞，那气味多像精液。"法尼亚，你都这把岁数了！"李伯森爱得一脸绯云。

两人相依相携，沿着大车道漫步，陶醉于雨的味道，欣赏从蓝山岩洞中飘来的云朵。他们在老葡萄藤下铺好野餐布，相互搀扶着坐在茂盛的草地上，边吃边相互凝望，目光不曾有一刻离开对方。

四周杳无人迹。马古利斯当年种下这一小片葡萄，纯粹是为他那些蜜蜂。他从不采摘，生怕毁了蜜里的酒香。自他死后，葡萄藤再无人打理，支架朽烂，藤蔓疯长，成了一片密林，银色的黄金蛛在林间布下晶亮的网帘。小蜥蜴在新堆起的鼹鼠丘上享受夏日最后的阳光。它们友爱地看着这对恋人。

李伯森缓慢、精确地把腌鱼切成片，把酸奶油洒在鱼卷上。

"要不要来根黄瓜，法尼亚？"他别有用心地提议道。

"等会儿。"法尼亚说。李伯森不想让她起疑心而毁了这份惊喜，所以忍着没再催促。他向后靠在岩石上，法尼亚在草地躺倒，一头银发搭在他腿上。时间已是半下午，秋阳温柔地倾泻在他俩身上，色泽发白，如同冷藏过的蛋黄。阳光温暖着两人衰老的关节，令他俩充满柔情蜜意。

"看。"李伯森模模糊糊地看见一行黑点发着半透明的黑光，在纹丝不动的空气里朝他们飞来。

法尼亚睁开眼。"是蚁后，"她说，"蚁后飞出来举行婚礼啦。"

秋阳中出现成群的收获蚁蚁后，她们或展翅飞翔，或在地面爬行。许多落入燕子口中，或陷入蛛网。幸存的在空中滑行，每个蚁后身上都附着一只小小的雄蚁。

"多美啊，"法尼亚叹道，"这一生一次的阳光和爱情，多么美好。"

李伯森费力地盯着前方，试图看清亮晶晶的蚁后。法尼亚又闭上眼，优雅地伸了个懒腰，把头偏向一侧，让脸贴在男人的腿上。李伯森感觉到法尼亚轻盈的动作，伸出手想扣住法尼亚的手指，却发现自己轻轻地捏住了一只蚁后。

"快看，"他对法尼亚说，"看这儿，一只蚁后。宝贝儿，我觉得她就是你呢。"

"就是我，"法尼亚说，"跟我一起飞吧。"

燕子尖锐的叫声和镰刀一般的黑翅划破空气。法尼亚闭着眼，任太阳把眼皮下的黑眼圈染成粉红色。她听着尖锐的叫声，脸上泛起笑容。李伯森感觉到甜蜜的爱意从她的身体沁入他的身体。他把蚁后举到昏花的眼前，细细地欣赏她匀称的身体。

"皮内斯年富力强的时候，"他说，"准得大发议论，说是爱的力量促使蚁后长出翅膀。"

"你现在还可以演说一番呢。"法尼亚说着，仿佛坠入沉睡，微开的双唇间滑过一丝梦幻的气息。她的手滑落到地上，白发在风中轻扬。李伯森看着她，感到她的身体松弛下来。他不想吵醒她，伸展身体躺下，把头枕在石块上，手指慢慢把玩她颈项边的一缕头发，目光凝望着遥远广袤的高天。在两人相依的漫漫岁月中，李伯森养成了对生活的激情。岁月流逝，这份激情却愈加炽烈。私下里他说这是"永恒的火焰"。尽管他对上帝并不虔敬，上帝倒并没有因此嫌弃他，照样给他力量，使他保持这火焰每日不息，为此他感激上帝。他也感激基布兹和曼多林·泽尔金给了他这样一份礼物，只属于他的美丽蝴蝶。

几只蚁后落在法尼亚的裙子上。李伯森快要睡着了，可还是轻轻将蚁后吹走，免得她们吵醒法尼亚。过了一个小时，李伯森被空气中的寒意冻醒。后来他发现那寒意并非秋霜，而是他爱妻冰冷的身体。这时，白内障遮蔽了他眼中最后一丝光线，他彻底瞎了。黑暗来临，他的手指触到法尼亚冰冷的皮肤，耳中听见绿头蝇的嗡嗡声。绿头蝇在死神到来之前，便能嗅到死亡的味道。我躲在茂盛的草丛后，看见他摇晃她的尸体。

李伯森艰难地站起来，从老葡萄架上抽出一根棍子，呻吟呼号，摸索着走在成排的葡萄藤中间。我知道他要去哪儿，就在后面跟着，怕他受到什么伤害。他在黑暗中跌跌撞撞地走，撞上树木、石头，绊上土坎、水管，花了六个小时才到地方。夜已深，我又躲到一个小土坡后面。

他试图向基布兹的门卫解释情况时，不断地说道："她是我的光。"塑料厂的人听见警报赶过来，只见一位老人双目蒙着白翳，眼里流出乳白的泪水，正拼命用一根腐朽的木棍戳开水泥地面。李伯森怎么也说不清他是如何通过围栏、铁门和探照灯，跪在了塑料厂附近。这里原先种着麝香葡萄，一对青年男女曾经在这里吃着水果和奶酪，伴着若有若无的曼陀林琴声谈情说爱。

"这是我遇见法尼亚的地方。"他对他们说。她的尸体在六英里开外。

两个英俊的年轻人完全不知道法尼亚或者李伯森是何许人，也不知道他们基布兹和我们村之间化不开的宿怨，就始于这层水泥下面。

我看见他们一边拉着李伯森，轻轻拍打他的脑袋，一边商量怎么办。我确定他俩不会伤害他，于是趁黑溜回村里。远远地，我看见一辆闪着红灯的救护车一路啼哭着驶离了基布兹。我知道李伯森就在那辆车里，四肢无力，怒不可遏，嘴里呜哩哇啦地说黄瓜还没吃，落在田间了。可谁也听不懂他在说什么。法尼亚的遗体已经找到了，里洛夫农场射出两道绿色灯光，召回搜索的人。

但以理·李伯森和雅克菲在小屋门口等我。"你上哪儿了？"他们气冲冲地质问，"我们到处找你。"

李伯森非要找我。他单刀直入地提出要把法尼亚葬在"巴鲁奇的新墓园"，根本不让人提他之前多么反对"拓荒者之家"。他非常悲伤、失落，但并不为此生气。他气的是挚爱的死并没有教会他任何新东西。"离别的哀伤在意料之中，从不让我们失望。"外公多年前在一张纸条上写了这样一句话。这山谷里

357

没人比他更懂离别和思念。

"我们和别的恋人不一样,"李伯森哭道,"我第一次遇见她,或者跟她一起生活的时候,没有盲目;失去挚爱的时候,才瞎了眼。"

他不让医生给他治疗白内障。

"她是我的太阳,我的月亮,我的星辰,是照亮我日夜的光。"第二天我挖墓穴的时候,李伯森哀叹,"可怕的黑暗降临在我身上。"他曾在村委会大骂我的墓园,说我是"烂苹果""做死人生意的"等等,但我对他的决定并不感到意外。我已经习惯于外公手把手地教我挖沟,引导未来的流向。我每天晚上躺在他挖好的沟里,等着他的预言把我淹没,醒来时浑身湿漉漉臭烘烘,打着寒战。

李伯森让但以理和我在法尼亚旁边给他留一块地,关于墓园的大辩论就此终结。从此再也没人找我麻烦。老爷子把自己裹在失明的黑暗中,被送到"老年之家",和一位一百零四岁的保加利亚犹太人同住外公和舒拉密住过的那间房。

他对保加利亚人的高寿颇为羡慕。

"酸奶?"他心怀赞赏地问。

"白兰地和巧克力。"保加利亚人回答,并说自己叫阿尔伯特。

就这样,李伯森又放弃了一条人生信念,并对人性有了新认识。他在一周之内失去了爱妻,离开了土地,于是很快地、毫无保留地和这位保加利亚老人成了朋友。两人都知道"老年之家"是人生的最后一站,绝不想再虚掷光阴。李伯森从不与阿尔伯特争论,也不强迫阿尔伯特按自己认为正确的方式生活。

阿尔伯特则对他报以微笑，李伯森看不见，但能感觉到。他俩话不多，但很友好，那种默契在朋友间可遇不可求。李伯森不再试图表现得风趣，或刻意使人印象深刻。他从不跟阿尔伯特提什么"劳动者之圈"、沼泽或鹈鹕，只谈丧妻之痛和在乌克兰度过的童年。在这两件事之间，只有一道黑幕。

保加利亚人整天躺在床上，被子拉到胸前。他给李伯森讲摔跤大师波杜莫夫，讲鲍里斯国王的伟大，讲他年轻时普罗夫迪夫黑面包的味道。他讲这些的时候，双眼奕奕有神，潮湿的床单略带褥疮和化粪池的味道。李伯森不知道，阿尔伯特身上的丝绸白衬衣熨得笔挺，闪亮的领结如同一只饥渴的黑蛾子落在他咽喉上，下身却什么也没穿。不过他即使知道了，也不会在意。

# 43

　　时间流逝。牛奶流淌。谷物在秆头熟了，柳叶刀似的叶子刺人皮肤。谷仓满了。无花果树结果了。战事不断。一天，饲料仓里来了一个身材魁梧的老工人，名叫耶霍舒亚·贝。

　　"我应该在哪儿见过你，"里洛夫说，"我想想在哪儿。"

　　每次有外人进村，这位老哨兵就从他的武器库里爬出来"审查"一番。我喜欢看他从臭气熏天的窝里钻出来，在太阳下站一会儿才能自如地活动四肢。他上了马，手和臀那么美妙地一扭，退到院外，绝尘而去。老辈人手里一旦有某种工具，全都这种派头，不论是用旧耙子在园子里耙地，还是用镰刀收割具有象征意义的第一穗麦子。外公爱抚舒拉密时，也是这副派头。

　　耶霍舒亚·贝不安地笑了一下。他高个儿，秃顶，满脸皱纹，看着不聪明，但心眼儿好。

　　"我在这儿转悠过呢，比方说。"他说。

　　"我们不喜欢经常在这儿转悠的人，"里洛夫说，"移动目标不容易击中，哪怕是你这样的大块头。"

"放过他吧，"饲料仓经理说，"他干活是把好手。你想怎么着呀？"

"不怎么着，"里洛夫说，"不过你俩要是还想死在自己床上，趁早让他离我院子远点儿。"

"我们又不睡一张床。你这算怎么说话呢，比方说！"耶霍舒亚·贝怒了。

里洛夫却已经一拍马肚子，走了。"别老说'比方说'。"他扭头丢下一句话，花岗岩似的脊背挡退了怒视的目光。

耶霍舒亚·贝喜欢和村里的孩子玩耍。午饭时间，他到合作社去买一块面包、蜡纸包的四分之一磅黄油和三瓣蒜。这就是他下午的食物。

"面包让人健康，黄油润肠好拉屎，蒜让人强壮，比方说，还能杀死来吃黄油的虫子。"他对围在身边蹒跚学步的小孩解释。他们像小鸡围着孵化器一样倚着他强壮、热乎的身体。

他曾是波兰有名的摔跤手。"我穿上豹子皮，比方说，系上罗马式腰带，揍死那些基督徒。"他还兴致勃勃地给我们看过一张照片，上面是他本人戴着金色的硬纸壳头盔，头盔上插着马鬃，角斗士皮带下的肌肉鼓鼓囊囊。

耶霍舒亚·贝向蕾切尔·列文租了一间房。他干起活来好像不知道累，令饲料仓经理心花怒放。他每天早晨到田间跑步、锻炼，全村都能听见他水牛一般的粗喘。他还教村里的少年柔术和徒手对搏，一周两次。这两门技艺在英国托管时期很流行，现在已经快要失传了。"你们都不用交钱，比方说。"他羞涩地说。有一天，他正在显摆自己单手举饲料袋的能耐，涨红了脸愉快地发力。里洛夫忽然从一堆高粱种子后面冲出来，从皮带上拔出俄式左轮手枪，大声说：

"我想起来了！我知道你是谁。你是才杜尼的大力士。"

这下大家都想起来了。虽然过了这些年，他浑身厚重的毛发已经褪去，可样子并没有大变，他正是才杜尼马戏团里那个表演碎砖和掰钉子的人。

达尼·里洛夫和雅克菲把耶霍舒亚·贝扭送到村委会办公室，并派人去找亚伯拉罕。

亚伯拉罕既兴奋又紧张，一来就问："我兄弟在哪里？"

然而，大力士也说不出个所以然。

"你兄弟只跟我们走了一天，比方说，"他说，"才杜尼给他起名叫托莱多[1]的大力士阿方索·科利达[2]。"

这个艺名把大伙儿恶心坏了，又是叹息又是哆嗦。

"他背着奶牛跟我们走了一整天。"大力士说。

"公牛。那是头夏洛莱公牛。"达尼·里洛夫说。

"反正他就整天扛着。我简直不相信自己的眼睛。我坐在大车里，比方说，可眼睛一直看着他。他脸上戴着面罩，一直背着奶牛走，连大气儿都不带喘，比方说。那天晚上，我们在一个阿拉伯村子扎营。自从你兄弟来了，才杜尼就不停地羞辱我，竟然让我给大家做晚饭。"

以法莲接连把冉·阿让举起十次，阿拉伯人看得目瞪口呆，都说他是"巨灵"附体。养蜂人面罩和面罩里露出的碧绿的独眼，也让他们害怕。

---

1 托莱多：西班牙古城，位于西班牙中部地区。
2 阿方索（Alfonso）为西班牙常见名，科利达（Corrida）意为"斗牛"。

"他的力量只能对付那头奶牛，"耶霍舒亚说，"我一只手就可以把他摁在地上。他连两百磅都举不起来。甚至一百磅都不行，比方说。只有那头奶牛，比方说。"

"你要再说一个'比方说'，"里洛夫说，"我就让你吃我一通老鞭。"

皮内斯开门进来，坐下。

那天晚上赚了很多门票钱，才杜尼情绪高昂。

"吃过晚饭，他把软骨女给了你兄弟。"

亚伯拉罕泪光闪闪。"我们这是造了什么孽要被这样惩罚？造了什么孽啊？"

"人落到这个地步，得有多可怜啊！"皮内斯喃喃自语。

"之前连跟她逗个乐都不行呢，"大力士说，"都让才杜尼独占了。她反正也不需要男人。她发情的时候，自己就做了，比方说。她把自己扭成个结的样子能让男人疯掉。"

皮内斯烦躁起来："就省省那些花里胡哨的细节吧。直接说以法莲。"

"才杜尼把她和你兄弟放在同一座帐篷里，"大力士接着说，"他俩就试着来呗，不一会儿我们就听见她像牲口一样嚎叫。就在这时，他那头奶牛走过来，用牛角挑开帐篷，站在那里看着他俩。他俩正粘一块儿呢，比方说，她整个人都糊在他身上。你兄弟光着身子，只有脸上戴着那个网罩。他一脚踢在牛的鼻子上，可是那头奶牛，不想离开。"

"他看着以法莲做那事，就像以法莲看着他一样。"亚伯拉罕嗓音颤抖，仿佛是外公在地下开口说话。

"欸，那女的还缠在他身上，他就站起来往外走。那头奶牛，

用嘴叼着他的衣服，就跟着他。走了几步，就听见'噗'的一声，
她就松开了，像块湿抹布一样。"大力士伸直了一根粗大的手指，
捅入自己嘴里，从里面顶住腮帮子，再猛地拔出来，如同拔一
个令人恶心的破木塞。

"就这样的声音。"他说。

才杜尼一路跟在后面，连求带喊。"可那头奶牛低着头转身，
比方说，看了他一眼，喷出一股气，把一只脚往地上一放，看
这儿，就这样。他就不敢往前走了。"

"那以法莲往哪里去了？"里洛夫问道。

"在几点钟方向啊？"达尼也问。他的儿子约齐正在服兵役，
所以他学了几句军事用语。

耶霍舒亚不再发出吓人的吼叫，脚在地上蹭了蹭。"就像
做梦一样呢，比方说，"他那张粗犷的脸上露出明亮、温柔的
色彩，"就像在梦里又做了一个梦。他背起那头奶牛，走进了
树林和云朵之中。"

"到底是哪儿呀？"亚伯拉罕嚷起来，"哪儿呀？"

"我不知道，"大力士说，"才杜尼还找了几天。他以为你
兄弟会改主意。可他就那么走了。我这一辈子没见过他那样的
人。那天早晨，我还嫉妒他呢，到了下午，我害怕他，到了晚
上，我就爱他了。"

第二天，才杜尼从村民手里买了一头小牛犊，让大力士练
习举牛。

"我对他说，'我能举多少呀？四百磅的奶牛？六百磅的奶
牛？那还是赶不上他呀。力气的事我懂。我有的是力气。可是
他有的，比方说，不是力气，那东西是你一定得特别绝望才会

得到。也许两个朋友凑一块儿可以做到，比方说。'"

我听见隔壁传来一声长叹，椅子腿摩擦地面。亚伯拉罕站起来，失望地走了出去。耶霍舒亚·贝坐那儿愣了几秒，然后跑到窗口，冲着亚伯拉罕嚷道："我觉着，那头奶牛不愿意你兄弟和软骨女做那事。"喊声从我头顶飘过。

雅克菲和达尼把大力士推回椅子上。

"说，你回来干什么，耶霍舒亚？"雅克菲问道。

"我不跟才杜尼干了。不想再给他干活了。那是很久之前的事了。从那之后我什么活都干过。当过建筑工，扛过水泥包，在码头拴缆绳，比方说。当我想起扛着牛的那家伙是从这儿出走的时候，我已经在这村里住下了。"

我听见老里洛夫站起来，知道他一定要把嫌犯审个底儿掉。"公牛的故事编得不错啊，"他说，"我们之前就已经听过了。你给我听好了，老实点儿。你在路上有没有碰到过英国人？"

"没有。"

"我再问一遍。有没有看见以法莲跟英国人说话，他有没有给他们什么，或者从他们那里拿什么？"

"什么样的英国人呢，比方说？"耶霍舒亚烦躁起来，"英国人都走了。现在这是我们的国家。"

"我对付过比你块头大一倍的人，"里洛夫对往昔的怀念不是装的，"好好想想。是不是有个挂拐棍的瘸腿英国军官？或者两个苏格兰人？"

"苏格兰人是啥玩意儿？"

"待村里别走，"里洛夫说，"我找加利利的朋友问问你说的那些事儿是不是真的，再来找你。别以为你在跟随便什么人说话。我是村委会！"他上了岁数，声音有些空洞。他走了以后，那些话还在屋里嗡嗡地响。

亚伯拉罕审问过耶霍舒亚·贝之后，心力交瘁。他直接走进牛棚，伸开双臂，一边呼号，一边旋转，东跌西倒，活像被外公宰过的索莎娜。他额上深深的皱纹因压力而变得苍白。约西参军了，尤里在加利利他舅舅家。利百加只好来找我，把我拽到她家，让我阻止她男人以头撞墙。我等他瘫倒在地上，才把他背回屋。

背他并不难。一点不费劲。我是壮汉。体大如牛。听话的外孙和斗士，虎背熊腰直脖子。外公让我长这么大力气，是用来干吗的？不就是让我在他死了以后搬他，皮内斯生病的时候搬皮内斯，在海边搬那位淹得半死的冲浪者。还有精疲力竭的希福利斯。还有我那一袋袋的钱。还有我那一桶桶的故事。还有我那美丽、高挑、烧焦的妈妈。

曼多林·泽尔金在院子里的床上故去。裴莎对此一无所知。一年后她也离世了。裴莎独自住在特拉维夫附近复国运动养老院的一座小屋里，右半身瘫痪，躺在床上，大声与财政部长、法尼亚·李伯森和一个叫艾丁格的人说话，前言不搭后语，却又意味深长。麦舒拉姆带来他父亲的死讯，她却不知道麦舒拉姆说的是谁。她嘴里不停地念叨"彩叶草"，说自己就要被火焰吞噬，求麦舒拉姆救她。

泽尔金死的时候闹出很大的动静，乱踢乱抓，扯着嗓子叫唤。全村人都听见他和死神打架。

"为什么没人告诉我会这么疼？"他又惊又气。

麦舒拉姆和蒙克医生束手无策。他们把埃利泽·李伯森从"老年之家"接过来，七手八脚地想送他去医院。他扭着身子跟他们争辩，就是不去。

"反正几分钟就过去了。"他说。

"那些实习医生会在我身上插管子。"他呻吟道。

"去叫约夫医生来。"他迷迷糊糊地发命令。过了一会儿，又说："来，到我们这儿来，菲吉。我做了南瓜饼，有面粉和鸡蛋哪。快来，他们这会儿都不在。跳下来吧，到我这儿来，水一点都不冷。"他忽然大喊："泽尔金、米尔金和李伯森同志不会有什么不光彩的行为。"只有我明白他在说什么。

他略微平静了一点，胸部剧烈地起伏。

"我一定要呼吸，"他对自己说，"一刻都不能停。"

又一阵痛苦袭来，疼得他大骂"数洞的"——这句骂人话太老了，已没什么人能懂。"都是那些他妈的蠢货数洞的搞出来的。"他骂道。

"数洞的是谁呀？"过了几周，我问麦舒拉姆。

"那就是我爸编出来的。"麦舒拉姆这样回答。

我一直没把曼多林写给菲吉外婆的信交给麦舒拉姆。在他父亲的葬礼上，他把泽尔金那个小盒子里的其他文件大声朗读了一遍。他在小盒子发现了一封汉金的亲笔信，信里提到在埃因·塔布恩附近买了一块地，要把阿拉伯佃农从那块地上清理出去。盒子里还有一张"菲吉·列文劳动者之圈"1919 年 6 月的购物单。这些都让麦舒拉姆万分激动。购物单上列着"两罗特尔[1]面粉，一瓶麻油，四件阿拉伯布衬衣，米尔金草帽一顶"。

麦舒拉姆认为希福利斯的信是伪造的，说："这是一个拙劣的玩笑。"可他还是把那封信收入了档案。"如果你想用'劳动者之圈'宪章换这封信，来找我就是了。"他对我说。

我们把棺材沉入地下，麦舒拉姆用锄头往棺材上撒了些土。一会儿年迈眼瞎的埃利泽·李伯森接替了他，他是"劳动者之圈"最后一位在世的成员。他熟练地用铲子把墓坑填平。

人群散去之后，麦舒拉姆问我："你把我父亲的曼陀林放哪里了？"

我指指坟墓。

"什么？"他叫起来，"你放棺材里了？"

"应死者要求。"巴斯奇拉说。

"这是你父亲的想法。"我向他解释。

麦舒拉姆瞪着眼，像是要把我俩吃掉。他抄起铲子，要把新坟挖开。开始我没有阻止他，可是他挖得越深，声音越大，我拦住他。

"你听，麦舒拉姆，你听。"

他继续往下挖。我从他手里夺过铲子，扔到一旁。

"麦舒拉姆，你仔细听。"

我们村的人总能听见地下的声音：蜗牛从夏眠中苏醒，德国孩子患上疟疾的呻吟，西西拉士兵压抑的喘息。麦舒拉姆听

---

1　罗特尔是地中海沿岸地区曾经使用的一种重量单位，1罗特尔可能相当1至5磅，依地区而异。

见他父亲遗体的每一块肌肉、每一个关节、每一根睫毛，都在向他呼唤，让他住手。

孤儿麦舒拉姆，年老体胖，一辈子没种过一棵树，没碰过一个女人。他哭了。"原谅我,父亲,原谅我。"他趴在地上痛哭。

# 44

夏蝉挂在墓园的茉莉花丛和橄榄树枝上，鸣声如雷。它们把短喙刺入树皮，从植物的血管里吸吮新鲜的汁液，用单调悠长的鸣叫表达愉悦。震耳欲聋的蝉鸣自古以来就陪伴着这片土地和土地上的居民，从皮内斯的原始穴居人，到"菲吉·列文劳动者之圈"，征服者的军队、朝圣者和移民的大篷车、游走的商人和马戏团，它都欣然欢迎。

对这蝉声不习惯的人，听几分钟都受不了。然而我们山谷的人最爱蝉鸣，蝉是夏日和田野的诗人。

"它们为什么要唱呢？"皮内斯问我也是问他自己，"不是为了交配，因为雌性并不会钟情于会唱的雄性。也不是为了领土，因为雄蝉并不捍卫领地。再说，它们基本上是聋子。那它们为什么而唱呢？"

他看着我，等我回答。可我那时候十岁，熊一样的身体里装满了故事，却没有答案。

"这是这个国度真实的歌声，"皮内斯解释道，"没有旋律，没有音符，只有不间断的颤音，没有开头，没有结尾，只是欢快地向别人宣示自己的存在：'我在这儿！'"

"你记着，巴鲁奇，"他对我说，"这种谦卑的昆虫是蝉和蚂蚁的寓言中那位真正的英雄。蹩脚的翻译把它译为蚂蚱，把整个故事搞得滑稽可笑，这只能证明他们的无知。"

他把我带到果园，太阳明晃晃地照在广袤的田野上，天空没有一只飞鸟。牛犊躲在牛棚的阴影里吐出舌头，蜘蛛离开滚烫的蛛网，爬到树丛下面。蓝蝴蝶像燃烧的羽毛一样落在地上，我的手触碰到蝴蝶翅膀，灼热、坚硬如铜片。只有匣子一样的蝉顽强地唱个不停，歌声强壮、干燥、灼热，橙色的声音穿透枝干，对抗骄阳，蔑视燃烧的大地。

皮内斯是捕蝉高手。村里的孩子都知道，人一靠近，蝉就息声飞走。可是皮内斯告诉我，蝉的视力虽好，无奈听力近乎零。

"法布尔在他家园子的栗树旁边引爆炸药，上面的蝉竟然纹丝不动。"他对我说。法国昆虫学家让－亨利·法布尔是皮内斯最喜欢的人之一。"他的记录或许不算最准确，而且他反对进化论，"他坦承，"可我得说，他具有孩童的天真和好奇心。"

我们一起靠近树丛。皮内斯飞快地出手，枝叶间响起一片恐慌的尖叫，蝉已在他指间。他让我看蝉大大的复眼、网状的透明翅翼和腹部的发音器。他用一根细草拨弄了几下，发音器短促地发出几声轻响。

他接着说到人类的无知。他说，亚里士多德认为苍蝇是从腐肉里长出的。《圣经》里说，兔子会反刍。"可怜的蠢货。"他喃喃地说。他手里拿着昆虫的时候，总是不由自主地压低声音。"无知的人啊！蝉和蚂蚁的寓言简直是无知愚蠢到家了。为啥呢？冬天蝉还是幼虫，都在地下，根本不需要蚂蚁的施舍呀！到了夏天，是蚂蚁抢夺蝉的劳动果实。说什么蚂蚁勤劳，我看就是贪婪。"

那年我十岁。我至今还记得蝉坚硬的身体在我指间，小腿有力地蹬踏，试图挣脱。皮内斯给我看蝉如何从苹果树的树皮里吸取汁液时，一列小黑蚂蚁循着甜味鱼贯而来。黑压压的队列凑近蝉的口器，爬上蝉的背部，吸吮苹果树皮滴下的汁液，排出一种刺鼻、难闻的蚁酸味儿。

"好好看看，"皮内斯说，"'懒惰人哪，你去察看蚂蚁的动作' [1]，——察看那不劳而获的骗子、寄生虫，在所罗门王和他的箴言，以及伊索和拉·封丹的庇护下，明目张胆地巧取豪夺。"

外公对蝉这类动物没什么兴趣。这些昆虫对他的果树既无害也无益，他毫不关心。蝉的确偶然在果子表皮留下一个红色的圈。但外公认为这不算缺陷。有一回，我和外公一起在果园里锄地。我发现一个蝉的幼虫躲在很深的隧洞里，在不见天日的地下靠吸吮树根活命。我捉起来放在手心里，只见它双眼混浊，苍白发黏的身体笨拙地蠕动。

皮内斯还带着我看了蝉蜕变的最后阶段。"全靠运气啊。"他警告我——正说着，一只蝉猴从地下钻出，想寻一丛灌木向上爬。它动作迟缓笨拙，但双眼又黑又亮。

"它的身体很快就要在阳光下成型，"皮内斯低声说，"因为光本是佳美的，眼见日光也是可悦的。[2]"我们席地而坐，我的老师把他的手放在我的手上。蝉猴抓住了灌木，开始向上爬，

---

1　参见《旧约·箴言》（6：6）。

2　参见《旧约·传道书》（11：7）。

然后停住了。仿佛是被一把看不见的利刃切开，蝉猴的背部纵向裂开了。

一点一点地，蝉的成虫从它的婴儿服中挣脱出来。依然潮湿虚弱，它慢慢伸展着腿，微湿的双翅也开始变硬。我们坐下来看了三个小时，阳光和空气充盈了它的血管，它身上的颜色由黄转绿，再变成棕灰。它忽然振翅飞出了灌木丛，奋力高声加入同伴的合唱，陶醉于成功的自豪、对生活的热爱和它自身的存在。

皮内斯陷入沉思。在回家的路上，他牵着我的手对我说："你今天见到了常人轻易见不到的。"

"他终身在黑暗中吃喝，[1]"他背诵起来，"它在地下蜷伏四年，只为在甜美的阳光下歌唱四周。它怎么能不如此高亢？"

这些话深深地印在我心里。可是我讲给外公听，他只是挥挥手了事。"皮内斯懂很多，"他说，"不过他把很多高深的故事加在昆虫身上啦。人怎么知道地下的幼虫感到悲伤？或者树上的蝉觉得快乐？皮内斯是在用人的感情来说昆虫。"

可那个时候，在我童年的田野上，我的老师对我微笑，愉快地给予、教育、熏陶。我那时虽小，也知道他在尽力培养我。我知道他和外公有时会因为我起争执，我伸长脖子，像大个子的牛犊一样，由他俩尽情溺爱。

"没爹没娘已经够可怜了，不用再给他讲那些悲惨故事了吧。"有天晚上皮内斯边吃橄榄边说。

---

1　参见《旧约·传道书》（5:17）。

我躺在床上，胸膛上放着从皮内斯那里借来的法布尔的昆虫书，心花怒放地听外公说：

"他是我的娃儿。"

过了很多年，皮内斯才承认他的昆虫狂想曲其实毫无依据，纯粹是为了吸引我，引导我对自然产生研究的兴趣。"动物对人类所具备的神奇魅力，不过反映出人的自大，确证了我们自己的偏见。我们驯养牛马，驯服鸟类，给猴子戴上高帽子，不过是要反复证明我们才是造物主的最佳作品。"

"神奇的是，"皮内斯继续说，"《圣经》的创世神话和达尔文的进化理论竟然用同一种办法吸引人——都将人作为最高成就。可是，我的娃儿，我们有什么权利认为大自然带有目的和目标？难道它不是一连串偶然进化的结果，在这一过程中自动清除了它自身的错误？"

他翻开那本大开本《圣经》，带我读《传道书》中"一段重要的诗文"。"'因为世人遭遇的，兽也遭遇。所遭遇的都是一样。这个怎样死，那个也怎样死。气息都是一样。人不能强于兽。'[1]"

"注经的人都没理解这一段诗文，"他啪的一声合上《圣经》，"这一段的关键词不是'死'而是'遭遇'。人兽平等的最佳表达不是死亡，而是生命的无常。"

他特意看了我一眼，见我认真地扭头听他说话，心里美滋

---

1　参见《旧约·传道书》（3：19）。

滋的。

"'因为世人遭遇的,兽也遭遇',"他又念诵一遍,"人和兽都是偶然的产物,都受机遇的摆布。"他忽然笑起来,"咱村干活的牲口,那就更是跟咱一样啊。"

"蝉记得自己在地下的四年吗?"皮内斯站在苹果树下,自言自语地发问,"那美丽的凤蝶,记得自己曾经是芸香叶子上的一条笨拙的毛虫吗?"

"蛹的阶段,"他对我娓娓而谈,"不仅是成熟的过程和静待新生活的阶段。这也是忘却和隐没的阶段,也是幼虫和成虫之间一道穿不透的屏障,同一个生命的两个阶段截然不同。"

"而我们,"他哀叹道,"却得到了这最可怕的赐予。我们的背上像驼峰一般背负着记忆,生命又不可能短得只够飞翔、歌唱、爱情,从而得以摆脱吃喝、积累、长胖的负累。"

我对着那一列跟蝉抢食的蚂蚁看得出了神。蚂蚁把蝉赶走,独霸了蝉打出的树汁之井。皮内斯也不知道我到底有没有听懂他刚才的那番高论。"那么,所罗门王为何要赞美蚂蚁呢?"他问道,"因为他是国王。蝉和蚂蚁相比,国王总是更喜欢蚂蚁。蜜蜂和屎壳郎相比,他们总是更喜欢屎壳郎。那个臭大粪米丘林也是嘛。在他们眼里,咱们永远是一大群盲目的奴隶,乌合之众,咱的基因就决定咱生来就要服从主子。"

"'大自然对致命的毒蛇和最伟大的政治家给予同样的关注。'"

"干吗呀?干吗呀?"外公从厨房的桌子旁站起来,"干吗给孩子灌输这些呀？"

结果，皮内斯的课没有了下文，直到我长大，老病的皮内斯彻底无所顾忌。"滚自己的粪球胜过舔大人物的蜂蜜。"他吃着巴斯奇拉太太做的摩洛哥美食，笑着对我说。

# 45

现在村里的老人只剩下里洛夫、皮内斯、冬妮娅、列文和丽娃。我隔三岔五地让巴斯奇拉开车把他们拉到"老年之家"去探望瞎眼的埃利泽·李伯森。巴斯奇拉说他"备感荣幸"。可是李伯森好像对他们兴趣不大。只有列文袭击才泽的事能吸引他的注意，让他写下那篇名文，还有就是里洛夫的化粪池爆炸。他听见了声音，而且立刻知道发生了什么，赶来参加了葬礼。

里洛夫很老了。他不时从武器库里出来透一口气，骑马在田间跑一圈，晒晒太阳，看看村里有什么新鲜事。老哨兵的访客络绎不绝，来自全国各地。老哨兵结实得如同旧靴子，能骑在马背上好几个小时。"他们哪里知道，这可怜的老怪物爬上马背，一口气跑两天，因为他下不来，又不好意思找人帮忙。"尤里在给我的回信里这样写道。我写了一封信向他报告耶霍舒亚·贝的情况和里洛夫的怀疑。

武器库里的尿酸气穿透了封闭的弹药箱，很可能和定时炸弹里的化学物质起了反应，我这么猜。爆炸的时候，整个村子都在震动。成千的老式毛瑟枪子弹、撞击式手雷，成吨的TNT 和炸药，在一声巨响中夹杂着粪水、牛奶、泥土和扭成麻花的斯特恩轻机枪冲上了天空。

等黄色的硝烟散去，人们看见一个峡谷，占去了里洛夫的半个农场。他儿子达尼的牛棚化为废墟，只有熏黑的柱子和烧焦的牛肉。饲料仓了无踪迹，只剩下几块难闻的木炭嘶嘶作响，在凑热闹的无尽雨滴中噼啪炸裂。"十四头奶牛在爆炸中丧生，均未泄露隐藏武器的地点。"尤里用新闻笔法如此总结。里洛夫本人化为齑粉，洒落了方圆数百码。他儿子达尼和孙子约齐继承了家族的保密传统，竟然让警方的调查组相信他们是在用大量红磷、钾碱、硫盐混成化肥时，出了点事故。

大家花了好几天在全村寻找里洛夫的遗体，最终也没找到。令人作呕的氨水味、烧焦的皮肉味和烟味，过了好几个月才散尽，老哨兵的带钉军靴出现了，里面各有一坨腐肉。右脚的靴子是在泉边的树丛里找到的，左脚的则在缠绕水塔的九重葛藤里。我们把两只鞋放在一个塑料袋里，在一大群人的见证下，埋在我的墓园。

参加里洛夫军靴葬礼的除了还在世的哨兵协会成员和哈加纳 [1] 老兵，还有数百位从空气稀薄的隔间、地窖、密室里钻出来的面色苍白、不知名的老人。待墓穴里填完土，他们聚在树荫下，更新暗号，校准时间，交换秘密。

---

1　哈加纳：犹太复国主义的军事组织（1920—1948），由在巴勒斯坦的早期犹太移民建立，目的在于保卫犹太人的居民区，防御巴勒斯坦阿拉伯人的袭击。

我们早知道虽然犹太国家已然建立，里洛夫仍在不断囤积武器，保卫村子和复国运动。可谁也不了解他的收藏有多大规模。"里洛夫武装两个师不成问题，"有个人用发黄的眼睛瞪着人群，敬仰地说，"同志，我们为你哭泣，为你的武器库哭泣。我们为掩护你的冬妮娅哭泣。我们痛哭，啊——那么多精良的武器，就这样永远失去了！"

冬妮娅从婚后这些年的生活中懂得，死亡也不成为理由。她离开里洛夫的新坟，径直走到马古利斯的墓碑旁，坐在她的老位置上，从那里能看见参加葬礼的人。蜂群已经在那里塑造出她的人形，她迅速钻进那个人形，舔舐和吸吮自己残缺的手指。

葬礼之后，李伯森也没走，拄着酸橙木拐杖在坟墓间鹅行鸭步。我凑过去，他伸出一只手摸了摸我的脸和肩，立刻认出了我。"块头真大啊，"他说，"你有你爸的力气和你妈的个子。"他让我把他带到法尼亚坟前，坐在白色的石头上，深深吸了一口气。"里洛夫也走了，"他说，"那个疯子。怪可惜的。皮内斯和米尔金都受不了他，可如果没有他那伙人，我们今天也不是这样。我们需要他那类人，真的，很需要。"

他闻见观赏植物和花的味道，乐呵呵地对我说："也该种点菜。这里种菜挺好。"他说，俄国有个克里米亚庄稼汉，在村里的墓地种了南瓜、洋葱、西瓜和土豆，收成喜人呢。他种的土豆个头像瓜，西瓜超乎寻常的又红又甜，"他有一年种出了一只六普特[1]重的南瓜，跟你差不多重哟，巴鲁奇。后来他们用三套车把这个南瓜拉到尼古拉沙皇的夏宫里去了"。

"它的血管里流淌着死人的血，"李伯森对我说，"等我死了，在我坟上种玫瑰和茄子吧，我用这把老骨头滋养它们。我就真的要在以色列的土地上绽放啦。"

李伯森从口袋里掏出那把木柄嫁接刀。外公也有这样一把刀，他有时用来切肉。我连忙走到他身旁坐下，生怕他发现我在他太太的坟上而动了怒。他又从兜里掏出一个苹果削起来。苹果皮像一条红丝带，越来越长，一次都没断。削完后，他用凹凸不平的牙床咬苹果。

"那边的基布兹，"他说，"现在变成工厂了。原来有一个可爱的葡萄园。我就在那儿遇见了法尼亚。"

傍晚，巴斯奇拉开车把我俩送到"老年之家"。在那辆黑色农用卡车上，李伯森坐在我和巴斯奇拉中间，弱小得快要找不着了。"下回再坐这车，"他说，"我就躺在后面的盒子里咯。"

到了"老年之家"，我小心翼翼地扶着他的手肘，把他送回房间。保加利亚老人躺在床上，穿着丝衬衣，系着黑领结，冲他的朋友微笑。

"晚上好，阿尔伯特。"李伯森说。

"这么快就回来了？"阿尔伯特问道。

"都完了。"

---

1　普特：旧时俄国的重量单位，1普特大约相当于16.38公斤。

"在保加利亚，葬礼之后大家都到死者家里去大吃一顿，"阿尔伯特神往地说，"馅饼，凉拌豆子。当然也少不了喝一两杯。"

"我们村里葬礼过后，大家回去吃草。"李伯森说。

两位老人笑起来。"我从前在瓦尔纳有个女朋友，"阿尔伯特说，"可惜你没见过她那对大胸。一只就有七磅重。现在都入了土，正推着雏菊长高呢。"

李伯森摆摆手让我回去。我就走了。

# 46

　　老人们像商量好了似的，一个接一个地离世。大家在坟前纷纷说"后继无人"。上学的时候，皮内斯说大自然最不喜欢空缺，然而这个大空缺却一时无法填补。

　　一天晚上，我去偷看麦舒拉姆在做什么。我从窗户里看见他趴在文件上，满脸悔恨。他正在守丧，白胡子拉碴。他对前来慰问的客人们述说自己多么悔恨与自责，他说自己的懒惰折了老父亲的寿命，自己也不应该心胸狭隘。接着他罗列了疟蚊和普通蚊子的几点主要区别，哼小曲似的一点磕巴都不打。普通蚊子的幼虫气管长，总是斜着躺在水面，而疟蚊的幼虫气管短，躺在水面时是水平的。普通蚊子触角短，腹部下坠，而疟蚊触角长，腹部上拱。别人问他为何要背村里小学生都知道的简单事实，他温和地答道：关于以色列犹太人的记忆渐渐变得模糊，需要不断加强，以免忘却。

　　守丧一个月之后，麦舒拉姆对着镜子照了一下，决定把胡子留下来。"他总算种了点什么，当然不能毁掉嘛。"尤里在信里说。他一直向我打听村里的情况。

胡子有时候会越长越喜人，麦舒拉姆的就是这样，给了他一种刚正的风采。他每天带着新问题去给父亲扫墓，每回都在墓园访客中引起骚动。他穿着曼多林·泽尔金的旧工装，腰间系一条绳子，加上浓密的花白头发，活脱脱就是汉金、戈登或者先知以赛亚再世。美国观光客和来墓园参观的学生娃对他崇拜有加，争相与他合影。巴斯奇拉提出要"略备薄薪"，请他戴上工人帽，扛把锄头，全天在"拓荒者之家"走动走动，甚至打算把他的照片做成明信片出售。可我觉得麦舒拉姆就是一个害人精。亚伯拉罕和利百加出国后，他简直令人讨厌得无以复加，竟然不依不饶地说："我们必须"——就这么说的，"我们"——把哈吉特的标本放到他父亲的坟边。既然外公和亚伯拉罕都不在这儿了，农场就归我了。我才懒得理他。

　　"我的墓园用不着你那头脏牛，"我对他说，"你爹要是想和她躺一块儿，早告诉李伯森了。"

　　巴斯奇拉还打算用墓园的入葬标准把他挡回去，可麦舒拉姆，因为长期研究老照片，脸上也有了沼泽排水、沙漠开荒那代人所特有的神圣之光，竟然没再说什么。

　　他花了几个礼拜，在院子里养了一群罗德岛肉鸡，甚至还打算种菜，想把自己变成庄稼人。蕾切尔·列文是全村公认的种菜能手。麦舒拉姆拿了一位名叫利夫希兹的庄稼人写的《以色列国的蔬菜种植》，怯生生地去找蕾切尔。麦舒拉姆自认为这本书属于他最好的藏品之一，可蕾切尔瞅着书，满脸疑惑。那是一本很旧的平装书，封面上的图案，两个胖娃娃和一株大莴苣，象征着这片土地的丰饶。蕾切尔说，这本书的岁数比村子还大，里面的法子早就过时了。

可麦舒拉姆被这本书的文风迷住了。"'阳光和管理良好的土壤让茄子感到愉悦。'"他读给我听时，嘴角上翘，仿佛在品味茄子那令人心怡的养分。最让他痴迷的两句话是："最适合以色列国菜农的小萝卜是斯图亚特大白。""动物越小，其粪便越好：羊屎比牛屎好；各类鸣禽的屎比鸽子屎好；而粪中最好者莫过于蚕屎。"

"他准是想用原生动物的粪便给巨型纳粹小萝卜当肥料，让它们越长越大。"尤里写道。他还说，麦舒拉姆将成为"山谷第一位用镊子和显微镜给庄稼施肥的庄稼人"，并因此名垂青史。

麦舒拉姆捉了一些蚕。一贯脾气好、心眼儿也好的蕾切尔教他在自家院子里采了新鲜桑叶喂蚕宝宝。可神奇的蚕屎肥料并没有用处。麦舒拉姆手生，土地让他弄得直痉挛，把种子都吐出来了。那群吃不饱的鸡则在背后把他骂个痛快。

麦舒拉姆没有灰心。他怀着做大事的决心，无论走到哪里，脸上都是一副肚里有种的表情。村里人见过奶牛和家里的老婆那副模样，却从未在长胡须的脸上见过那种表情，所以误以为麦舒拉姆脸上的是悲伤。

麦舒拉姆秉承了他爹的顽固和他娘的无耻。他雇了约齐·里洛夫把自家的地彻底翻耕了一回，借了村里的链条式割草机和大耙子，把地里茂密的野胡萝卜、木犀草和千里光统统连根除掉。

最后一批食肉鼠、蛇、蜈蚣和埃及獴吓得落荒而逃。自从曼多林·泽尔金最后一次病倒，它们就把这里当成了自己的家。绿色的约翰·迪尔拖拉机横扫野鼠洞，碾碎蜥蜴蛋，把愤怒的蝼蛄暴露在致命的阳光下。约齐把野草在田头高高地堆了一堆，麦舒拉姆点上火，望着使一切纯洁的烈焰发痴。

庄稼汉晚上在奶场碰头时，纷纷说："看来麦舒拉姆终于要做庄稼汉了。"他们都愿意教他，因为除了1920年代农业刊物上登过的老式犁壁，麦舒拉姆对农用设备一无所知。可是麦舒拉姆不求人。他自说自话地从区里找来挖掘机，绕着自家的地砌了一道五英尺高的墙，对面面相觑的邻居解释说，他想搞一块水稻试验田。

"稻米，"他宣称，"是一种重要且营养丰富的食物，但这个国家一直忽视稻米种植。"

不过现在已经没人相信他的话了。大家都看得出来，他脑子里只想着一件事，那就是沼泽。美髯、庄稼汉打扮和丧父之痛都是表象。村委会决定在下一次全体会议上讨论这事，同时还要讨论与饲料商的新合同、购置一些旧铁轨建新牛棚，还有我表哥尤里回村探望的请求。最后一条让我欣喜若狂。

尤里被驱逐了好几年，性情冷静了许多。雅克菲的老婆带着和解的光环和城里的新思想，早已回村了。所以尤里写信给村委会，希望秋假回家看看，我觉得村委会肯定能答应他的请求。

可是这次村委会的会议没开成，因为麦舒拉姆动手太快。就在预定召开会议的头天晚上，麦舒拉姆穿着他爹的工靴，扛着他从村商店里新买的十磅重的鹤嘴锄，奔了农田。他的心咚咚直跳，当年从村委会办公室纸箱里发现斯鲁茨金和伯尔·卡茨内尔森夫妇写给李伯森的信，也没让他的心跳快到这个地步。

他沿着灌溉主管，一个接一个地砸开水龙头，连头也不回一下。

水如泉涌，先是被泥土吸收，随后泥土里的小颗粒渐渐黏在一起，农田终于变为巨大的泥盆。水在泥盆里越积越深。

麦舒拉姆没有回家。他在水田里蹚了一整夜，水快要漫过他的靴子口时，他就蹲在田边的土墙上。等牛和鸡发出不安的叫声，惊醒了负责看管水压变动的人，泽尔金的农场已化为泽国，村里则损失了三周的国家灌溉配额。

早晨我们都过去了，简直无法相信自己的眼睛。泥沙已经沉淀，一汪新水波光粼粼。从我站的地方，恰好看见蓝山映在平静的水面。我们是庄稼人，尽管有种无法言表的恐惧，可对一切清凉明澈、流淌翻腾、波光云影的东西，内心都藏着一份热爱。皮内斯最先恍然大悟。年复一年的耕耘和收获，泪水、欢乐和嘲弄，终于冲开了大地的泄洪闸。

"我站在那儿，想起当年亚伯拉罕·米尔金背诗的事儿，"后来他在复国运动委员会的调查组面前作证说，"那时候也不是人人都看到灾难迫近。"委员会的人看看他，交换了一下眼色，礼貌地道谢，说他可以走了。

大家伙儿都散了，可我还是不愿意离开泽尔金家的农场。越看，那一池静水就变得越污浊，在我眼前变成一个绿色烂泥的噩梦。莎草和珍珠菜被传说和疑虑的气氛诱惑着，跟终其一生盼望潮湿讯息的大蜗牛一起冒出水面。麦舒拉姆站在土墙上，头系他爹的吉卜赛花头巾，手里拿着从"元老小屋"墙上取下的割莎草镰刀，大声宣布：

"一片沼泽诞生了！"

"会有蚊子的。"村委会头头雅克菲嚷道。夏末本来就忙，村里还损失了这么多水，他几近崩溃。

麦舒拉姆举起一只手。"会有的，"他大声说，"这个国家的犹太人已经忘记沼泽是什么了。该让他们回忆回忆了。"

雅克菲不等麦舒拉姆多说，一边大声说："你疯了！"一边疾步向挖掘机走去，启动了引擎。巨大的铁斗一下就把矮土墙挖开一个两码宽的口子。麦舒拉姆的人造湖就从这口子里哗哗地流出去，淹没了相邻的农田。

"悬崖勒马吧！"麦舒拉姆一声断喝。他特意模仿了皮内斯在《圣经》课上朗诵先知檄文的那种劝世语调。"排水沟一定要挖！陶管一定要铺！一定要请来媒体的同志观看我们种桉树、歌唱、患疟疾、死去！"

围观者哄笑起来，但我看见皮内斯、冬妮娅和丽娃站在一旁，手拉着手，面带恐惧。我知道，在"老年之家"，正在吃早饭的埃利泽·李伯森一嗅到已经忘却的老味道，便会立刻停止咀嚼。"我不舒服。"他对阿尔伯特说了一句，把一团柔软、黏稠、绿色的东西呕吐在桌布上。

"薄脆的外壳炸裂了，深渊张开了口。"皮内斯说，思绪又"绕着圈地"回到自己脑中的洪水，自中风后，他的大脑就被健忘的阴云笼罩。只有蓝山的巅峰依然挺立，如同记忆的孤岛。老教师饿得发慌，拼尽最后的力气回到家中，把他的忧愁淹没在一锅番茄酱南瓜饭中。

冬妮娅·里洛夫又吮着两根手指守在马古利斯的墓旁。她指甲四周的皮肤颜色发白，全是小孔，如同一块皱巴巴的奶皮。丽娃对付沼泽的方式就是擦窗户。这会儿她又擦起来。麦舒拉姆情绪高亢。他了解拓荒者理想的实施细节，并以此作为未来的方向。雅克菲撞坏了他的土墙，只让他的决心愈加坚定。

往后的事情就完全按照因果关系的必然法则发展了。麦舒拉姆的水淹没了相邻的一畦苜蓿地，淹死了幼苗，还很恶劣地把一块玉米地冲成一片泛着斑斑点点泡沫的烂泥潭。多年不见的大水泡咕咕地出现，又噼里啪啦地爆裂，发出可怕的臭气。在一阵巨大的咯吱声中，一群腹部拱起的蚊子烟雾一般从沼泽地冒出来，在空中盘旋。

我这才明白这一切都不是偶然。把我们与大地捆在一起的看不见的秘密绳索，埋藏得远比我想象的要深，在深深的地下与根须、尸体和蹄印纠缠不清。我想起可怜的列文扭绞着发青的手指，不停地说："这片土地从来没有给踏上它的人任何力量，它只会把自己的疯狂传到你们脚下。"

外公逃避舒拉密，以法莲不辞而别，尤里被驱逐，亚伯拉罕出了国，但以理·李伯森无法解释的爱情——这一切都不过是让毒汁永远流淌、永不凝结的裂隙。

我心想，皮内斯错了。他的手指探入了错误的洞穴。我们不是偶然的产物——除非我们认为裴莎·泽尔金的双乳是偶然的丰饶角[1]，碰巧诱惑了曼多林·泽尔金，于是生下了满脑子糨糊的儿子麦舒拉姆。

那天下午，麦舒拉姆从最近的城镇雇来几位失业者，给他们穿上老式农家衬衣，带上俄式工人帽。他们羞涩地笑着，既可怜又可笑。麦舒拉姆把镰刀和锄头发给他们，把他们领到沼

---

1　丰饶角：起源于希腊罗马神话，形象为装满鲜花和果物的羊角，代表了丰收和富饶。

泽边。他们突然高唱旧日的沼泽排水歌，吓了我们一跳：

> 我是
> 青蛙的
> 青蛙的朋友，
> 我像青蛙
> 像青蛙一样
> 叫唤：
> 我要死啦，
> 快给我水。

他们刚开始有些不好意思，可渐渐地，他们的声音有了力量，胳膊也开始挥动起来。不过不到一小时，雅克菲就调来了好几台罐车，抽了麦舒拉姆沼泽里的水倒在附近的干河滩。紧接着几辆卡车拉来泥土，撒在烂泥田里。几台压土机怒吼着，当天就把新土压实了。水、劳力、材料和重型机械的费用，全部由泽尔金农场支付。账单上严词厉语地威胁说，如果不支付费用，就要把农场查封充公。那天晚上，我开车去火车站接尤里。早上的事似乎已经成为我听过的又一个故事，我想象中的又一个虚构的噩梦。

我开着卡车穿过田野。因为没有驾照，我只在村子附近的拖拉机道上开车。

尤里跳下火车，我们俩热烈地拥抱。我感觉到他比从前强壮了很多，也成熟了很多。

"你这头大公牛，要把我压碎啦，"他笑着喊道，"你不知道自己的劲儿有多大。"

他看起来挺好，还像从前那么清瘦英俊，话里带刺。我们往家开，他一路看着窗外的农田。棉田开花，一片雪白，桃子刚刚采摘，石榴开始转红。远处一辆庞大的红色拖拉机开始秋耕。我们拐上"拓荒者之家"墙外的那条路。尤里看着那些墓碑、绿植和花草，眼里带着惊奇，但什么也没说。

"你挣来的钱都做了什么？"我们走进小屋时，他问我，"这儿一点都没变。"

我还是睡我的小床，洗完澡用外公柔软的旧床单擦干。菲吉外婆的玻璃碟子和大锡勺还在厨房里用着。

我们喝了茶，吃了尤里送我的好蛋糕。村委会让我把尤里父母的房子腾给来主持至圣日敬拜的司会住了，所以我让尤里睡外公的床。

我们聊了一整夜。

"明天，"尤里说，"我们去看皮内斯。或者还能去'老年之家'看看埃利泽·李伯森。"

我没想到他会这么说。外公在那儿的时候，尤里很少去看他。

"在推土机上工作，给了我很多时间思考，"尤里说，"在村里所有的老辈人中，我最服李伯森。比对皮内斯都服。甚至超过了爷爷。"

"人总得有个榜样，"我说，"巴斯奇拉至今把皮内斯看作圣人，而皮内斯在村通讯上写文章，夸你与众不同。"

"对皮内斯来说，我不过是一种稀有哺乳动物。"

他的笑声在黑暗中搔着我的皮肤，令人愉悦。

"我其实挺难过的，"过了几分钟，他说，"为水塔上的事。我还小，她们引诱了我。我成了她们找乐或者报复村子的玩具。一开始我就该去找埃利泽·李伯森。"

"他会凭着本能把你扔出来，"我说，"特别是你操了但以理的女儿。"

"他不会，"尤里回答，"他会跟我好好聊聊。不过现在都无所谓了。我吃了亏，也明白了。他是全山谷、全世界最专一的男人。"

"像法尼亚这样值得把一辈子都交给她的女人，也不是人人都能找到。"我说。

"你懂个屁，"尤里说，"每个女人都值得把一辈子交给她。这跟她没关系。就是个决定而已。法尼亚特别，只是因为李伯森爱她。她不过是一面镜子，李伯森每天擦拭，对着她跳舞、旋转。他载歌载舞，自我感觉特好。女人嘛，都是这样。"

"那外公和舒拉密呢？"

尤里抬起头。"爷爷也决定要把自己的一辈子交给舒拉密。"他语气坚定，仿佛在说一件思虑了很久的事。外公说起"他们把我儿子赶出了村子"的时候，也是这种语气。"其实她连两分钟都不配。可爷爷一意孤行，甚至不惜害死奶奶，也不在乎自己一辈子见不着舒拉密。"

"这话听着咋那么像你妈说的。"我有些不悦。

尤里笑了。"你和我妈的关系不好，可你要知道，我妈不傻。一点都不傻。她带着我爸离开这里，多及时啊，再过一会儿我爸就得出事。"

他拧开外公的床头灯，坐起来，露出他消瘦、俊美的身体。他左乳上方被靴子踢伤的地方，现在只剩下一块挺宽的伤疤。"他们给我来信了。"他笑着拿出几张照片。照片上是一座白色的大房子，四周种着椰枣树，利百加穿着黄裙子，坐在木板凉台上，呷着一大杯红色的冰镇饮料，眼里满是幸福的笑意。亚伯拉罕穿着短裤和灰色背心，在一间牲口棚里指导一群黑人。那牲口棚像是实验室和宫殿的结合。热带的阳光似乎略微滋润、抚平了他额上的皱纹。

"没错，"我说，"是这样。我不怪她。你幸亏不在家，没看见你爹审完耶霍舒亚·贝回来的样子。"

利百加的模样历历在目，阴郁、坚定，如同护蛋的母鸡。她的脑容量也就鸡脑那么大，全让这事给占满了。她男人在牛棚精神崩溃后，她认为必须立刻离开村子，于是匆匆去找她兄弟。她兄弟的朋友中有开推土机的，有贩卖军火的，有行踪诡秘、神出鬼没的线人，有触角遍及全球的秘密企业家。"我兄弟会想办法，"她不停地对我说，没想到竟触发了我的恻隐之心，"我去找他谈谈。你有啥话要带给尤里不？"

她去了，又回来了，什么也没透露。过了几天，农场来了几位陌生人，严肃冷静地在院子里转了一圈，每个人保持固定的距离，如同饲料仓里的小苍蝇。他们测量、记录，跟亚伯拉罕聊了半晌，花了好几个小时观察他在牛棚里干活。他们身上的涤纶西服亮得如同刚刚梳理过的鸽子胸脯，头发油光水滑，锃亮的皮鞋纤尘不染。如果罗莎·孟金的律师搞上个苏格兰突击队员，他们的孩子一定就这模样。

其中的一位对着挤奶棚拍照，又刷刷地画了表、记了数。

一个月后，大卡车和经销商来了。亚伯拉罕卖掉了所有的奶牛和电动、气动设备，把那辆蓝色拖拉机留给我，带着老婆、四头怀孕的小母牛和几十管冷冻精子，去了加勒比海。那四头小牛吓得哞哞叫，不断伸头回望。在那边等待着他的是一个政府委托的项目，还有"牛奶短缺的当地人"，花不完的拨款和单纯、热情的土地，那土地从未受到过圣人尸骨的诅咒，也不曾被望眼欲穿的救赎毒害。

他们把家里的钥匙留给了我，可我依然住在小屋，只是隔三岔五到他们家看看，打开水龙头放放水，打开窗户通通风。牛棚里的挤奶区结了厚厚的蛛网，跳蛛和壁虎在墙缝里捕食蚊子。夜间，我可以听见地板散裂，发出微弱的声音。

过了好几个礼拜，挤奶的音乐和喂食区嚼草料的声音，以及空气受到挤压发出的哨音和牛粪落地的噗噗声，才渐渐消失。地上的牛奶干了，化为厚厚一层黄色粉末，光脚踩着舒服极了。

当年外公故事里的歌德曼兄弟离开村子去参战后，那铁匠铺一准也是这样子，我想。

"他只是在等舒拉密，等着报复她。"我对尤里说。

"孩子，"尤里说，"你啥也不懂啊。还记不记得当年皮内斯给我们讲氧气和肺，让你站到教室前面，在你脸上套了一个塑料袋？"

"太记得了，"我说，"我晕过去了。"

"因为你太乖，皮内斯又忘了告诉你什么时候把塑料袋拿下来。"尤里咧着嘴笑。

"那又怎么样？"我觉得受了伤害。

"爷爷这辈子脸上一直套着一个名叫舒拉密的愚蠢的塑料

袋，呼吸着爱而不得的毒气。所以他病了，所以他疯了，所以她来了之后，他就死了。不然你觉得为什么他那么快就死了，而且知道自己什么时候会死？"

"他老了，"我说，"他对蒙克医生这样说的。"

"我从来不像你那样信爷爷的话，而且蒙克医生进村的当月，我就把他老婆给操了，"尤里轻蔑地说，"记着我的话，他也是什么都不懂。不懂爱情，不懂爱情对人的害处。"

那天夜里，奶场前的广场被水淹了。我们早上去看皮内斯，结果他不在家，去看那些被急匆匆赶到村中心的工人了。冰冷、腐坏的液体从水泥地的裂缝里冒出来。庄稼人清晨拉着牛奶过来，发现麦舒拉姆正边唱边舞，头戴花巾，手持弯镰，如痴如醉。庄稼汉怒了。这次雅克菲没有迟疑。他忍无可忍，一个耳光扇在麦舒拉姆脸上。

"要是再让我撞见你靠近任何一个水龙头，"他恶狠狠地看着他说，"你就只能肚子里塞满脱脂棉，被放进你的那个愚蠢的博物馆里了。"

血从麦舒拉姆的鼻子里淌下来，染红了他守丧的白胡子。可他只是微笑。工人过来收拾烂摊子，打了格子重新浇筑水泥，修补了裂缝，在各处撒上杀虫剂。

皮内斯蹒跚着到村委会办公室向各位又倦又气的委员解释，说这片沼泽市政工程永远无法排干。雅克菲冲他大吼起来，惹来一群人趴在窗户上看热闹。"哪儿他妈有什么沼泽呀？不就是个疯子到处开水龙头嘛。是时候了，你别冲着我们的耳朵喋喋不休了。我们不再是你的学生了。"

皮内斯惊呆了，很受伤，以至于没注意尤里站在一旁。但是，村委会头头看见了我俩，火气像高压喷嘴一样爆发出来。外公去世那天我在他下嘴唇上留下的伤疤，已经变成了白色。

"他们都来了，"他语无伦次地说，"这该死的一家子都在这儿。我还得去竞购种子，还得找些拖拉机来耕田，可米尔金家的俩白痴孙子，一个疯狂地操，一个疯狂地埋，加上一个沼泽复兴狂，一个疯疯癫癫的老昆虫迷，我还能干什么。"

皮内斯把手放我脖子后面，阻止我冲动，尤里搀着他，我们一起到老教师家里去喝茶。

"现在有个沼泽要排干，希福利斯也许要最终现身了吧。"尤里说。

"也许还有以法莲。"我说。

"他俩的结局已然明了。"皮内斯正色道。

# 47

山谷里那位老剃头匠的名字无人知晓。大家都叫他"拉比"。他嘴上老说"我就是个普通犹太人",可对这称呼还是很受用。他住在山谷西北角一个虔敬的犹太人合作农耕村,也兼任司会和割礼师。

我小时候,外公被叫到那边去诊治患病果园,把我也带去了。我们穿过田间小路,他让我拉着缰绳。才泽的步伐一路轻松稳健。他喜欢偶然放下工作出来走一圈,这样可以走遍山谷,回来的时候,他会怀着更大的渴望投入工作。

外公用一种我听不懂的语言和长胡子的种植园主交谈。不是他用来给舒拉密写信的那种语言,而是列文在商店里跟批发商谈生意的那种语言。在回家的路上,他幽默地说起虔敬的农夫如何回避《圣经》里同一片农田不能撒两样种子的戒律。"一人播草籽,第二天换个人去播豆种,假装不知道这块地已经播了草籽。"

这些虔敬的庄稼人特别怪异。秋天望着万里无云的天空,他们从不骂娘。安息日不该工作,可他们依然给奶牛挤奶,不然奶牛会很痛苦。在挤奶的时候，他们在每只桶上盖一块地板，让上帝认为牛奶其实泼在了地上。在逾越节，他们绝不给牲口喂发酵过的饲料。[1] 据说李伯森听说后，好奇心大发，专门骑马到他们村，给村里的奶牛唱了一首逾越节幽默小曲，名叫《有哞不一样》[2]。

那个村的人性情好，又幽默，也没觉得李伯森有什么不对。节日过后，他们派了一队人，带着一箱白面包、绝对能把人辣出眼泪的红芥末、极烈的自制杜松子酒和腌鲱鱼，来拜访李伯森。那腌鲱鱼仿佛有种勾人的魔力，把全山谷的元老都引来了。热闹、窝心的宴会之后，客人们相互挤挤眼，一齐走到李伯森的火鸡棚，齐声高歌《乌拉，社会主义》。

傻鸟们叽叽嘎嘎地应和，连法尼亚·李伯森都忍俊不禁，对她那目瞪口呆的丈夫说他被打败了。

司会兼剃头匠兼割礼师已经很老了。很久以前，他第一次从山外的城里乘坐大车进入山谷，来给我舅舅亚伯拉罕行割礼。大车驶过泉水边那条生机盎然的小路，空气里飘着马儿和花儿的芬芳。青年的长胡子下长了一张温柔苍白的面庞，他为这片土地生机勃勃的魅力而痴迷，回家后还一直在梦里重游。他在另一边凝望蓝山。天气晴朗的日子，山谷如同海市蜃楼，飘浮

---

1 犹太人先知摩西带领犹太民众逃离埃及时，因时间急迫，无法等待面饼发酵，只得携带没有发酵的饼上路。因此逾越节有吃无酵饼的习俗。

2 原文为 Moo Nishtanah，是从 Mah Nishtanah（有啥不一样）变化而来。Mah Nishtanah 指逾越节祝宴上的四个问题。通常由最小的孩子提出，主持祝宴的长者借此回顾和宣讲逾越节的意义。

在山巅。那上下颠倒的影像充满诱惑，令他的心不得安宁。后来他听说一些哈西德教徒打算在山谷成立一个农耕村，便立刻加入了他们。可是一年后，一辆满载的大车把他撞倒，木车轮碾断了他的双膝，他只好重操旧业。

他的工作带着他走遍了山谷。有一天，他在田间遇见一位健硕的妇人，下巴上长着几根硬须。她驾着一副阿拉伯轻便犁，犁的扶手上靠着一个十岁的少年。妇人的双腿粗壮如同阿施塔特[1]，她发力时的低吼，她腋下的汗渍，都让这位哈西德教徒怦然心动。他于是停下来和她搭讪。她名叫特西娅·菲恩。听当地的庄稼人说，她丈夫为了回布尔什维克统治下的俄国去"用革命的火把照亮全世界"，和她离了婚，把她抛在愁苦之中。他们马上又说，那个十岁的孩子不是她的，是同情她的邻居的儿子。

拉比请村里人说媒。村里人乐得把这妇人嫁出去，她对大家都签了名的互助原则真是一个严峻的考验。两个礼拜后，她遵照哈西德教徒的习俗，用头巾包好头发，跟着新丈夫走了。她身后牵着一头小牛犊和一头驴，驴背上驮着她的全部家当。

人高马大的新娘不能生育，但脾气好，人勤快。她学会了犹太教大大小小的规矩，替拉比管理农场，用土地的丰产弥补子嗣的贫瘠。而拉比继续在山谷里游走。他先是靠两条腿走遍每个基布兹和村庄，依照犹太律法切开鸡的咽喉，修理牛的蹄子，剪头发，切包皮，赞美女拓荒者赤裸的大腿和新耕土地的

---

1 阿施塔特：腓尼基人崇拜的女神，是土地丰饶和人口生育的象征。

芳香。后来挣了钱，他买了一辆小型两轮车和一头高大轻巧的塞浦路斯驴。战争结束后，他从英军剩余物资里搞了一辆旧的BSA 带斗摩托车。

我小时候，拉比每个月到村里来一趟。他来的时候，只见一股灰色龙卷风从远处穿过田野，如同秋天的尘怪飞速扑来。接着就听见那辆老爷车的活塞沉闷地嘎嘎作响。然后你就等着吧。哈西德老人把油门踩到底，从干河滩岸边猛冲下去，嘴里高呼"耶"，横扫河滩，冲上另一侧的堤岸。他的脸上神采奕奕，灰色的大衣和背心上夸张的流苏在风中飘舞。他头上戴一顶皮飞行帽，浓密的鬈发都塞到帽子里，又用一副拖拉机手的防风镜遮住眼睛。他停下来后，摩托车的侧斗里那只晃荡的木箱，像变戏法一样变成一台理发柜。可折叠的腿从木柜底部放下，抽屉里装着剃刀、剪子、斑斑点点的罩布和手动推子。剃头匠一甩罩布，把顾客盖在下面，桌上放一份报纸，剪刀咔咔响，舌头也不闲着，聊着山谷里的家长里短。

整个山谷里的大事小情，没有他不知道的。史洛莫·列文给媒人的信是他捎去的，也是他悄悄拉着列文到提比利亚去相亲。他替里洛夫收发密信，给我们透露说隔壁基布兹的男孩正在密谋用石头伏击我们，传消息说实验农场的新种马具有不羁的力量（他咧嘴笑着对我们说："它那捆庄稼挺立不倒，就像约瑟梦里那样。[1]"）。我表哥尤里被捉奸后，他起劲儿地四处散播丑闻。他的话有些价值，不过不能全信。他也主动打听以

---

1 参见《旧约·创世记》（37：3-8）。

法莲的下落。他对以法莲格外关心，不仅因为他曾到以法莲屋里单独给他理发，还因为他那顶飞行帽是以法莲从英国空军基地给他搞来的。

他给我们村的人理了五十年的发。外公、以法莲、亚伯拉罕、我爸我妈、尤里、约西、我自己，每个人，头发都是他理的。"同一个人教书，同一个人理发，同一片土地，"尤里说，"多么一脉相承，多么温馨！"每年初夏，村里的孩子都被送到他那里去剃头，一来少花钱，二来加固了他们的发根。不服管的少年在椅子上扭来扭去地耍脾气，可我听外公的话，坐在那里"像老鼠一样安静"。拉比的理发推子夹着头发从前额到后颈剃出一道宽条时，所有孩子里只有我毋需用大力摁住。"赶快赶快，我的爱。"他嘴里哼着歌，放开头剃了一半的孩子。孩子立刻跳起来逃命去了，可不久就回来，求恶魔把活做完。

每年，村委会花钱请拉比到村里来，在我们的小礼拜堂为为数不多的几个人主持至圣日礼拜。节日过后，他满载而归，手里会有一沓钱，几只捆好的母鸡、一箱石榴、无花果、晚摘的晒干的葡萄，如果赶上好年头，还会有一大罐奶油。

如今他老了，"常年祈祷和驾驶摩托的双手开始哆嗦"，像理发和割礼这样的精细活就不找他了。再往后，他歌也唱不动了，羊角号也吹不响了，就给我们找来一位新司会，从蓝山外的城里来的表弟，一位极虔敬的正统派信徒。

村委会派约齐·里洛夫开一辆敞篷吉普去火车站接他们。一路烟尘颠簸，约齐粗野地裸露着肩膀，魏斯贝格一家——新司会和他太太，一个十几岁的女儿和一对双胞胎小男孩——被吓到了。下车的时候，约齐伸手想扶两位女士。魏斯贝格太太和女儿坚贞地拒绝了。不一会儿，亚伯拉罕和利百加的房子里就飘出陌生而好闻的烹饪的香味。

新司会与前任大不一样。村里的人他一个也不认识，山谷的泥土对他也没什么吸引力。第二天上午，他太太在利百加的晾衣绳上晾晒衣服，那种挂法是我们村从来没见过的。过了一会儿，魏斯贝格到门廊练习吹羊角号，空气顿时被撕得粉碎，屋顶上数百只鸽子蹿到空中。

司会的双胞胎儿子留着长鬓发，穿着袜子，大大的丝绒圆帽扣在头顶短发上，村里的孩子看着觉得真新鲜。阳光、新鲜水果、牛棚和田野的味道让他们有些不知所措。他们从院子里悄悄地溜出来，目瞪口呆地看着家禽和牲畜，叽叽喳喳地说着一些没人听得懂的话。他们看见发情的奶牛不害臊地骑到同伴身上，骡子非驴非马如同书上画的魔鬼，吓得够呛。村里的孩子站得远远的指指点点，不敢靠这些外来的人太近。甚至皮内斯也对着他们看了许久，搜肠刮肚也无法把眼前的人和他脑叶中已然抹去的童年联系起来。

"我见过这样的人，"老人不停地说，"可就是想不起来在哪里。"

魏斯贝格的女儿面容阴郁，像她父亲。她多数时间待在屋里，不过我有几次在傍晚看见她裹着长外套，和她母亲手挽手在村里椰枣树成荫的主干道上散步。她们一点不像村里长着雀斑的女人和姑娘，那种丰满动人而又极易受骗的魅力随风飘出老远。她俩走路时低头碎步，说话低声细气，远远躲开粗壮的庄稼汉和他们赤裸上身的儿子，用手里紧攥的一方小手帕、不停歇的喁喁低语和严严实实的衣服，捍卫自己的名节，把关于这服装下面的种种猜想，拒于千里之外。

一天下午，巴斯奇拉邀请魏斯贝格一家来参观墓园。尤里和我在给花坛除草，皮内斯坐在不远的地方。巴斯奇拉给客人介绍了我们这桩事业的性质之后，司会点头说："让死者安息是很重要的戒律，很重要的戒律。"他当然不知道，我们打破了所有规矩，把死者放在棺材里，也没有祈祷者，也没有向虔诚的乞丐布施。

他们走近，跟我们打招呼。我直起身，被司会女儿的美貌惊呆了。她的肤色是桃子和橄榄的混合，令人心碎。浓眉像镰刀一样清爽、有型，黑眼睛低垂。在看见她之前，我只见过山谷的女子。一半年老色衰，另一半我从婴儿起就熟视无睹，因此兴味索然。

"司会，我给您介绍一下我们的老师，雅科夫·皮内斯，"巴斯奇拉说，"这是巴鲁奇，我的老板，这是尤里，我们很荣幸地招待你们住的就是他父母的房子。"

"欢迎到村里来。"皮内斯干巴巴地说。

司会报以微笑。

"我叫魏斯贝格，"他说，"很高兴认识你们。你们太热情好客了。"

"在厨房里要当心，司会，"尤里说，"说不定有些剩面包呢。"

"行了，尤里！"皮内斯顿时警觉起来。

"面包？"司会毕竟还不了解我表哥。

"你们在赎罪日那天不是只能吃无酵饼吗？"

"别说了，尤里。人要知耻，"巴斯奇拉呵斥道，"司会，别跟他一般见识。"

"我们从家里带了吃的。"两个小男孩笑道。他们的父亲皱了皱眉，厉声喝住两个孩子。

空气中飘着夏日将逝的忧郁，我们都变得沉默。橙园飘来浓郁的秋肥味道。雅克菲的鹅扑棱棱撞在网栏上，对着天空中飞向非洲的候鸟哀鸣。嘎嘎的叫声中，听得出夏日之殇的哀悼。

"夏季和冬季，燕子和苍鹭。"皮内斯用课上讲《圣经》诗歌的庄严语调说。他嘴角挂着高深的微笑，我知道，老人又在倾听他内心的寒来暑往了。

"如夏日最后的果实，如葡萄园的残果。"司会应声以经文对经文。气氛轻松下来，他脸上露出微笑。

燃烧的枯叶在果园飞舞，风悄然拂过我赤裸的肩，岩鸽戛然息声，纸黄蜂巢房干瘪，我知道夏日将尽。马古利斯遗留下来的蜂群不再忙忙碌碌，它们昏昏欲睡地盘旋，希望找到一两枚收获者遗漏的葡萄或无花果。我夜巡之后，看见柏树下小乌鸦僵硬的身体上覆盖着一层薄霜。夜露浓了，在拖拉机座位上庄稼汉坐塌的地方，聚成冰冷的小水洼。午后，山谷的天空里有云团聚拢，看起来又轻又软。皮内斯、蕾切尔、丽娃和冬妮娅种下小萝卜和花椰菜，收了土豆，剪除了西红柿藤上的枯枝。只有"拓荒者之家"的花儿，营养充分，娇生惯养，不管节气变换，一味地灿烂，如同司会的漂亮闺女一样，晕染了周围的空气。

一年后我离开了村子。那时我也许还没读懂所有的征兆，但确实觉得秋意格外愁人。空气中满是浓浓的终结与分离的味道。

"夏日终结比夏日更为可怕。"司会看着我脸上的表情，引用拉比的话。

不了解我的人想尽办法逗我开心，试探我的底线。他们送来一纸法庭命令，测试我头盖骨的厚度，或者把手伸到鼻子下面让我闻。我不怪他们。外公就是要把我养成一半是动物一半是植物。可我现在已经厌烦透了。司会咬着舌头说"夏日"和"可怕"的时候，喉头黏糊糊的嘶嘶作响，好像嘴里含了一根又粗又长的手指：我忽然对这人一阵反感，他穿着黑色长外套，活像谁家菜地里没根基的稻草人。

# 48

在犹太历新年前夕，我跟尤里一块儿去"老年之家"看望
埃利泽·李伯森。巴斯奇拉在那里有业务，有时会开车过去，
我想搭他的农用卡车去。可尤里说"开步走吧"。于是我又踏
上了那条熟悉的小路。那条路仿佛从我脚底淌出，在我前面蜿
蜒，如同泥土捏成的温暖、温顺的蛇。

"老年之家"的老人大多数在礼拜堂里，歌声如孩童，经
久不息，仿佛在为进入另一个世界做准备。可李伯森从不相信
别人的祈祷，阿尔伯特照旧躺在床上，默默无语，衣冠楚楚。
他每一次呼吸，白色丝衬衣就随着起伏一次，黑领结在喉头扇
动翅膀。

"我们保加利亚犹太人不大相信宗教，"他笑得很开朗，"Por
lo ke stamos, bendigamos."

"'我们不再相信赐福了。'"李伯森把这句拉地诺语翻译给
我们听。阿尔伯特说的大部分话他都已经耳熟能详了。他们一
般用希伯来文交谈，但有时也用俄文窃窃私语。

"保加利亚语和俄语很接近，"李伯森说，"我这么老了，

405

还学会了一点拉地诺语。"

他面对他的朋友坐着，把酸橙木拐杖夹在两腿之间。他的手一碰到我的脸就认出了我。他把昏暗、混浊的眼睛转向我。"这大小伙子，"他说，"你有你爹的力气和你妈的个子。"

说了这些，他才觉察到尤里的存在。他拽着尤里的胳膊把他拉近，用触角一般的手把尤里上下摸了一遍。他屏住呼吸，双手从额头开始，轻轻在两颊拍了拍，捏了捏，深情地拂过那天夜里被打断的鼻梁。

"你回来啦，"他说，"我就知道你会回来。"

"我回来了。"尤里说。

"你的伤都好了，"李伯森说，"一切都好了。"

"是，"尤里说，"我现在好了。"

"你那头法国牛犊呢？"

我的心被恐惧揪成一个死结。这瞎眼的人剥去了尤里的外壳，触碰到他有毒、酸楚的内核。

"我是尤里·米尔金。"我表哥小声说，有些不知所措。

老人像被火烫了似的把手缩回去。

"尤里·米尔金，"他说，"水塔上那个？"

我来回看着他俩。一个是面容丑陋的老人，一辈子只爱过一个女人；一个是我英俊的表哥，睡遍了村里每一个女人。

"我来说对不起。"尤里嘶哑着嗓子说。

"谁不是呀？"李伯森问道。

"他对不住你啦？"阿尔伯特问。

"哦，没有，"李伯森说，"他就是村里长出来的一棵野草。"

"这孩子真俊。"阿尔伯特说。

"我要有他那张脸，"李伯森说，"那可真受不了。姑娘们一个个扑过来，就像果子熟了从树上落下来。"

"Non tinne busha,"阿尔伯特说，"他不知羞耻。"

"不是这么回事。"尤里说。

李伯森起身对我俩说到露台上去。他在露台上走来走去，清风送来他皮肤上老庄稼汉的那股子青苔味，混杂着皮箱、干粪、苜蓿和牛奶的味道。那根粗拐杖和灰色的工装裤给他添了几分遗传之外的气质，即使米丘林也没有那种气质。

他举起拐杖指着地平线。

"看见那边的干河滩了？我们就是从那边过来给村子选址，泽尔金和我，还有你外公外婆。那时候你外婆那位屁用没有的兄弟还在雅法的银行里做事。"

他停下来，想要确定我们听出了他对列文的挖苦。可我俩什么也没说。在埃利泽·李伯森眼里，山谷就是他人生记忆的立体地图，他吸入的气味和感觉到的阴影赋予了地图坐标。李伯森的拐杖在环绕他的漆黑的世界中挥舞，指点却准确无误。我在一旁看着，心里充满悲伤。

"路上尽是土匪，"他继续说，"山谷饱含血泪。佃农眼上糊着眼屎，小块的耕地七零八落。豺和土狼光天化日四处游荡。"

他像世代之主一样用拐杖指点着眼前的景色。"那边两棵橡树，看见了吗？基尼人希百之妻雅亿的帐篷就在那里。[1]不过我们只走到德国人废弃的营地，然后就乘火车离开了。"

---

1  参见《旧约·士师记》（4）。

"鲍里斯国王站在火车站外说:'你们不可以带走我的犹太人。'他这样对德国人说。他不怕他们。"阿尔伯特的声音从屋里传来,有些沙哑,充满感激。

"那个鲍里斯就是卡什咔跟英国国王交谈的时候被晾在一边的那位。"尤里说。

瞎眼人冲我们一笑,笑里满是同情和关爱。"阿尔伯特老是做白日梦,"他说,"巴尔干地区的犹太人跟咱不一样。"他回到刚才的话题。"我们在加利利海边和通往提比利亚的路上劳作,我们夜里在海里游泳,在水里脱光衣服,向你外婆泼水。她脱下衣服站在岸边,高挑、赤裸,就像苍鹭落在岩石上。我们朝着她游回去,爬上岸。"

"每只七磅。"屋里的声音喃喃地说。

"他说啥呢?"尤里小声问。

李伯森走到门口。"嘘——阿尔伯蒂考。嘘——"他说。

我们又在露台上坐了一会儿。屋外的泥土充满生机。种子等着发芽。蝉的幼虫在长大。蚯蚓和食腐甲虫勤劳地清除腐物。

"我们当年不比你们现在好到哪里去,"李伯森说,"时势造人。很多人受不了,离开了。这些你知道,巴鲁奇,因为现在他们又回到你那里。"

"讲个故事吧,埃利泽,"我冲口而出,"讲个故事。"

"故事,"老人说,"好吧,我讲。"

"我们刚到这个国家那会儿,"故事都是这么开头,"那时候还没遇见你外公。泽尔金和我在盖代拉附近一个杏园里干活,挖坑种树。那活不好干。腰都累断了,手上全是泡,阿拉伯人在金合欢篱笆外面虎视眈眈,就等着你累趴下,他们好把原来属于他们的工作夺回去。这时，一个人扔下锄头，说要去拿水。另一个人过去帮他。两人拿了一罐水回来，我们每人分了一口。喝完水，他俩说要数洞。"

他哼哼一笑。"听见了吗，阿尔伯特？我们挖，他们数。"阿尔伯特没吭声。李伯森继续讲。"每一组工人里都有数洞的。先去拿水，然后倒水，然后数洞。再然后数人，过不多久就变成数党员。用不了一年，他们就跑到欧洲的复国主义大会，问美国人要钱，那就更有的可数了。"

李伯森笑起来。"泽尔金恨他们。数洞的功成名就，成为政治家，但给我们的钱永远不够用。我们永远挣不到钱，永远没有好收成，永远饿得要死。"

"Non tiene busha。"床上的阿尔伯特又说了一句。

"有一回，"李伯森继续讲，"裴莎把中央委员会的一个什么人带回家。麦舒拉姆还小，整晚就跟着了魔一样，提各种问题。那人，名字我就不提了，觉着这孩子懂得真多。他愉快地回答了麦舒拉姆的所有问题，裴莎带他到牛棚参观，去看泽尔金给奶牛挤奶。泽尔金一眼就认出了他。"

"'哟，这谁呀，'曼多林说，'还是老规矩，我挤奶，你可以数牛。'"

李伯森又把头转向山谷，缓缓移动双手和拐杖，在他的渴望的地图中摸索。"我们到这里建村。建一个属于我们的地方。那边，那一大片绿斑，是我们种的桉树林。那些树吸干了沼泽的水。如果把树砍掉，沼泽就会回来，一眼望不到边。"

他还不知道那片树林已经没了。去年就把那些粗壮多汁的树干都砍掉了，啥事也没有。树桩被挖出来后，那片地种上了棉花。

"树林后面就是干河滩，皮内斯发现了丽雅和里洛夫在一起，就去那儿自杀。谁信啊？一个孕妇！我们追过去，把他带回来，过了一年，犁地的时候才找到他的枪。已经锈得不能用了。丽雅也已经死了。她染上了一种罕见的洞穴热，连约夫医生都没见过。"

他用拐杖在空中从西向南一扫。"那边，就在远处那座山上，以利亚看见一小片云，并奔在亚哈的车前头。他和国王的马赛跑，一路奔向耶斯列，并且抢先到达。[1]"

我们回到屋里。满屋是熟过头的阿斯特拉罕苹果那种甜滋滋的香味、向李伯森逼近的死亡的味道和阿尔伯特床单的味道。

"你们俩孩子，可是惹了不小的乱子，是吧？你的那些坟墓，你的那些姑娘。"

"我现在开推土机，"尤里说，"我是劳动者了。"

尤里在李伯森面前剥去玩笑的隐蔽，显得孤独又无助。老人疲惫地坐在床上。我在这小屋里占了太大的空间，把他挤得贴在墙上。我挺不好意思的。

"复国运动总愿意把我们看成一个快乐的大家庭，"他说，"拓荒者一族。我们一起来，一起收复土地，一起耕作，一起死亡，一起埋在整齐如画的墓地。每一张老照片里都有一排人坐着，一排人站着，最后有两人站在板条箱上，从其他人肩上向前看，还有两人在最前面，躺在地上，用手支着头。四行人

---

1　参见《旧约·列王纪（上）》（18）。

里有三行最后到国外去了。每张照片里都有这三行人，有人是英雄，有人啥也不是。"

"爷爷也这么说过。"尤里说。可是李伯森沉浸在自己的黑暗中，根本没听。他的眼看不见光，只看得见爱的记忆。他面朝窗户。我知道他要说什么。"在那边，基布兹盖了工厂的地方，曾经是个可爱的葡萄园。我就在那儿认识了法尼亚。"他转向我，发白的眼球里满是泪水，"你做得对，巴鲁奇，让我一个人到那里去。换了别人都会上前帮忙。"

我向他说了麦舒拉姆造沼泽的事。"笨到家了，"他叹了口气，"谁还关心那些事呀？白白浪费那么些水。"他对细节没兴趣。

"我讨厌死这地方了，"他对我俩说，"他们让我用酒椰纤维编灯罩，还非得在四点钟吃晚饭。"

尤里还想听李伯森讲讲他跟法尼亚的故事，可李伯森情绪低落，心思早不在这儿了。他离开我们，潜入了一个没有我们的世界。


"怪老头儿，"回家的路上，尤里很生气，"他根本不在意。我对这次见面策划了那么久，全让你们俩给毁了——你那些胡说八道的故事，他那些教科书式的回忆。拿那根拐杖对我们说教。你的那些元老们，就是瞎了也非得比别人看得透、懂得多。"

"那你想让他怎么样？"我说，"他老婆死了，朋友们也死了。还有，我看呀，麦舒拉姆的沼泽让他受到的惊吓比他表现出来的要严重。"

"我就希望他不要这样居高临下地对我，还不如把我赶出

411

去的好。他们从来就瞎眼，站在没膝的烂泥里，耳朵里都是土，眼睛里只有一件事。"

"可他为什么要在意你的问题？你又为他做过什么？"

"也是，"尤里说，"也许我觉得内疚，只不过是因为我想念这地方。"

"他脑子里只有法尼亚，"我说，"露台上说了那么一大通，其实只是告诉我们，他还记得那个葡萄园在哪里。"

"他有病，"尤里说，"他疯了。本来做个手术，把白内障切除，很容易啊。他就想瞎掉。我敢打赌。"

"他还有什么可看的？"

"我妈说得对，"尤里说，"那些疯子把你也弄疯了。"

我没搭腔。

"你都不知道我有多想这地方，"尤里说，"虽然出了那桩丑闻。虽然挨了揍，被赶走。我在夜里溜回来两次，可不敢停留。"

他看了看我，笑起来。"你就这么走来走去，真可惜了。应该给你套辆车，或者犁。"

"我抱着你也行啊。"我说。

"好啊。"他说。

"我没问题，"我豁出去了，"我能很容易地把你从这里抱回家。"

"你怎么啦？"他问我，"找男童干吗？找头漂亮的公牛好不好？"

尤里有时恶毒如同黄鼠狼。

"我可以抱着你，背着你，扛着你，你想怎么着都行。"我不依不饶。

可他不接招。"行了吧,你!"他的声音有点发劈,有点惧意。

剩下的路我们谁都不说话了。快到村子时,看见本-雅科夫的梨园聚了一堆人。老远就听见有人在嚷嚷。走近了,发现又是麦舒拉姆,头上系着那条恶心的花头巾,手里拿着锯齿镰刀。

"我还能怎么办?"雅克菲在咆哮,"每个水龙头边上都派个人守着?"

他脚下的泥土像啫喱一样晃荡,从地下抛出黏软的垃圾、污泥、骨头,还有缠着梨树、把树祸害成一摊烂泥的粗胖的白色肉虫。芦苇和灯芯草长出一人多高。麦舒拉姆正用镰刀拼命割草。他雇来的一位阿拉伯老人懒洋洋地在沼泽边上耕地,嘴里念叨着老一套。一小群野猪也从外公的故事里跑出来了。几头个头挺大的公猪,几头面目狰狞的母猪,还有十几头翘尾乍毛的小猪仔,稀里呼噜地闯进沼泽,在越来越深的烂泥里打滚。我抬眼看天。天空有一群黑点向我们逼近,在我头上盘旋,尖叫声刺耳。

我看看气急败坏的雅克菲,看看尤里和气愤的庄稼汉。透过他们的薄薄一层工作服、晒黑的皮肤和强壮的身体,我能看到在地下等待多年的巨大的烂泥化石。

这时,一群水牛咚咚地走来,潮湿的深鼻孔嗅到人类背叛的第一丝气息,兴奋得直呼扇。我不怕水牛。我惯于和动物相处。一头巨大的浅色公牛也凑在水牛群边上,宽肩厚蹄,湿漉漉的口鼻里喷出热气,弄得我心跳加速。我朝牛群跑去,靠近的时

413

候，看见一位穿卡其裤、戴养蜂人面罩的青年扶着一位步履蹒跚的老人，老人背着一个破包裹。可他们很快走过田野，消失在远处的柏树林里。我回到水淹的梨园，大家都疑惑地看着我。我明白了，其他人什么都没看见。

# 49

犹太历新年后，约西放假回家。我听见他的吉普车"吱——"的一声停下，无线电对讲电台大声地噼里啪啦，接着是奔跑、上楼的脚步声，最后，从亚伯拉罕和利百加的房里传来女孩的尖叫声。

小屋的门"砰"的一声开了。约西一身戎装，戴着军衔和伞兵部队的标志，问我："我爹妈房里那枚虔诚的炸弹是谁啊？"

尤里大笑起来。两兄弟笑作一团。两人虽然不一样，却天然亲，看得我直恶心。约西也收到了父母的信，两人坐在一起比较各自收到的信和照片。

"爹的生活总算有点乐趣了。"尤里笑着说。可约西认为亚伯拉罕应该在戈兰高地的新定居点找个当顾问的工作，"而不是指导那些老黑"。

我站在水槽边切菜做沙拉。先切洋葱，再切西红柿，接着切黄瓜和青椒。那新鲜浓郁的味道应该能飘老远，一直飘到土地的尽头。

我喜欢和尤里待一起，可约西一出现我就烦。这下只好让他住小屋了，我有点后悔把亚伯拉罕和利百加的房子让给司会。

"你俩出去走走呗，"我说，"晚饭过半小时才做好。"

"怎么了，巴鲁奇？"约西问道，"不想跟你表哥们待会儿吗？还是怕我们问你借钱呀？"

"我才不怕。你俩谁要是想把农场要回去，我立刻搬走。"我说。

"谁说要把农场要回来或者让你搬出去了？"尤里说，"你干吗事事那么较真呀？"

"要把你搬出去，那得一个重步兵连哪。"约西跟约齐学了一口嘎嘣脆的军队腔。他怪笑起来，一边抽搐一边往里吸气而不是往外呼气，听得人火气直往上蹿。我后脖颈的肌肉开始发紧。

"要不是看尤里面子，"我对他说，"我就把你从窗户里扔到你那辆破吉普上去。"

"同志们同志们，"尤里说，"都冷静冷静，好不好？亲爱的巴鲁奇和约西，眼下正是艰难的时期，复国运动在寻找新的空间，咱不要把精力浪费在无谓的争吵上吧。咱仁多年没有单独在一起了。独一无二的拓荒者、排沼泽垦荒漠的雅科夫·米尔金的三位孙辈。咱们为他鼓掌，来！"

"两个孙子和一个冉·阿让。"约西纠正尤里的说法。

"我宁愿做外公的牛犊也不做你妈的儿子。"我回嘴道。

约西起身，说要把吉普车的无线电拆下来，走了出去。

"你刚才说的那句聪明透顶的中式谚语什么意思啊？"尤里问我。

"你起码有个妈。"我说。

416

"别装，"他气恼地说，"我又不是第一次听你胡说八道，但我知道你哪句是认真的。"

"去叫你兄弟吧，"我说，"沙拉好了，你们坐下来，我就做鸡蛋。"

尤里出去，半小时后和约西一起回来。

"我们去墓园了，"约西说，"老天，你把我们父亲的农场弄成什么了？"

"是你爹要出国的，"我说，"你俩都说不回来了，有啥好埋怨的。"

"行了行了，"尤里说，"要么吃饭，要么你俩在这儿，我找个人上水塔去。"

吃完饭，我们都冷静下来，就到麦舒拉姆废弃的饲料仓里去摔跤。米尔金的农场已经没有干草了。

"下面由双胞胎对阵怪兽！"尤里喘着粗气跳到我背上，企图卡住我的咽喉，约西跳跃、穿梭、撞击、出重拳。我们仨笑个不停，头发和身上粘满干草。最后我把尤里摔在草堆里，踏上一只脚，抓着约西的腰带把他凌空提起。这回他没哭，张着嘴发出战斗的喊声，笑得背过气去。

一盏油灯从"元老小屋"向我们靠近，在黑暗中上下跳动。又惊又气的麦舒拉姆走进饲料仓。

"立正！"约西喊道。

尤里跳过去一把夺过麦舒拉姆的油灯。"你是和水龙头约会完回来了呢？"他问道，"还是要在饲料仓放火呢？"

"你们以为自己在这里搞什么？"麦舒拉姆火冒三丈。

他身披裴莎湿漉漉的黑色衬裙，看起来像只小小的乌鸦，令人动容。

"呆子！"约西说。

"我们就是玩玩，麦舒拉姆，"我说，"行了小伙子们，咱走吧。"

尤里倒退着走出去，脸上满是嘲讽。"你懂规矩的，"他说，"要数到一百才能来找我们哟。"

我已兴味索然。我们往小屋走，走到半路，约西忽然说要去看看墓园。"那地方夜景一定美极了，花和墓碑都是白色。"

我打开门，碎石在脚下沙沙响。四周蟋蟀齐唱。两兄弟倚在外公的坟上，我坐在罗莎·孟金粉红的墓石上。

"一块墓地收多少钱？"约西问。

"不一定。有钱的美国佬大概十万美元。巴斯奇拉清楚。"

"那你是百万富翁啦，"约西的声音提高了不少，"你是百万富翁啦，你知道吗？"

"我什么也不是，"我说，"我就是守着农场。我照外公的话做。"

"这儿真好，"尤里说，"太好了。"

他站起来走到墙边。我们听见他在那边撒尿。

"你在军队没学会如何在夜间撒尿不出声吗？"约西在黑暗里说，"摆一摆。"

"我是在摆呀，可我这一辈子，总是被它摆，"尤里的声音从黑暗中传来，"我去睡了。明儿见。"

"真有个性，"约西说，"是个人物，这个尤里。"

我们打闹了一番，黑暗中又无法从他脸上看出他妈的模样，我就不那么烦他了。

"你会怎么样呢？"他问我。

"有啥好担心的呢？你不是说我是百万富翁了吗？"

"你为啥就不能好好跟我说话呢？"

"因为你让我紧张。"

"你以为你不是吗？想起你就头疼。因为你，学校里的人都笑话我们。到现在村里人人都觉得你有问题。"

"随他们，"我说，"他们就是嫉妒。他们把以法莲赶走了。现在也该明白了。"

"不要再学爷爷说话了，"约西说，"要我说，怎么只有你一个人听过爷爷说他要做什么，是不是有点怪啊。"

"你啥意思啊？"

"如果爷爷的遗嘱真是那样，你干得还不赖。"

"皮内斯也听见了。"我说。

"皮内斯，"约西很不屑地说，"那又怎么样。"

不知为什么，我倒挺喜欢这样交谈。

"这是咱俩第一次认真地交谈。"约西说。

他站起来，四处望望，弯腰闻了花香，仔细打量了舒拉密的墓，来回踱了几趟，在我身边坐下。

"干吗把她葬这里？她算老几呀？"

"外公想要这样。"我说。

"'外公想要'，'外公想要'！你烦不烦啊？"

"就是他要的呀。"

"所以你就接受了？"

我接受了。只有她的棺材我在下葬之前没有打开。

"她在这个国家孤身一人。她举目无亲。"

"我都要哭了，"他说，"你看见他俩在'老年之家'住在一起了，是吧。你说，他俩还有啥啊？"

"那种事我又不懂。"我说，想起外公皱巴巴的脖子和秃脑瓜枕在舒拉密死气沉沉的大腿上。

"你说啥？"

"没啥。"

他狐疑地看着我。"你肯定偷看他俩了，你偷看所有的人。"

他等着我说话，等了一会儿，他说："你以为我们不知道你躲在窗外偷看吗？"

"知道又怎样？"

"我们小时候，我妈说如果再抓住你偷看，她就揍死你。我爹说她要敢动你一指头，他就打断她的手脚。"

我没说什么，想起我和大牛犊摔跤时利百加看我的眼神，想起她对我娘的仇恨。我娘的婚礼礼服和铃舌一般完美的双腿，即使化成了灰也让我舅妈一辈子耿耿于怀。

"我一直嫉妒你跟爷爷住，"约西忽然说，"你是他的娃儿。"

"我以前也感觉是，"我觉得嘴里发干，像吞下了一个干粪球，"可现在不那么确定了。"

"我嫉妒你是孤儿，"他说，"我们六七岁时，我有一回跟尤里说，我希望我俩的爹妈都死掉，皮内斯去远足时就会把我们也带上，爷爷也会收养我们。"

"可你俩谁也不会像我这样给他下葬，"我说，"雅克菲会让你屈服，尤里才懒得管么多。"

"你老是怪里怪气，总跟老人混在一起，皮内斯、爷爷、泽尔金和李伯森。你六岁的时候大家就害怕你。你知道吗？因为有你，没人敢惹我和尤里。他们都怕你。"

他从墓上溜下来，坐到地上，手在泥土里摩挲，把泥土弄到指缝里。他的手指短粗，像他爹。这动作是山谷里拓荒者的习惯，他们又传给了儿女。拓荒者的孙辈生来就会。

"我想留在这儿，"他顿了顿，"真的，你知道我能做个好庄稼人。可这些坟墓让我决定离开，尤里再也不会回来了。最后只有你留在这里。你会让村里人和全世界的人刮目相看，你会挣很多钱，多到老人们无论如何都无法想象。"

"为什么人人都不停地提钱呢？"我问他，"你自己可以看出来，那些钱我没花。小屋里添了啥？衣服？游泳池？我也从来不出国。"

"说明你是真正的庄稼汉，"约西笑道，"咱这村里没人懂得享受生活，包括我自己。庄稼汉不会花钱。他们成天担心旱灾、蝗灾、鼠灾。他们脚在地上，头在云端，盼雨——雨是不要钱的。只有尤里完全不这么活着。"

"我只是守望者，"我说，"我守着外公，向他保证过谁也不能把他从这里挪走。"

"他从那条恶豺口下救你的故事，是我最喜欢听的，"约西喃喃道，"我们爹用它当作我俩的睡前故事。你坐在院子里，向小猫咪身上撒土，爷爷扑到豺身上，把它全身的骨头砸得粉碎。"

"是土狼，"我说，"报上也这么说的。那条土狼的头盖骨现在还放在学校的自然展室呢。"

"你非说是土狼，那就是土狼，"约西说，"关键是爷爷救了你的命。"

"我完全是碰巧在院里，"我说，"你以为他不会救你吗？"

"如果是我在院里，压根就不会有土狼。你还不懂吗？你以为土狼是偶然出现的？"

我太吃惊了，从没想到他会这样看问题。

"我们在边界一埋伏就是一整夜，有时候我困得不行，就胡思乱想起来，生怕希福利斯会出现，怕他踩到地雷，或者，某个士兵喊一声'站住'，而那个傻瓜一辈子没有站住过，就继续前进，结果被一枪撂倒。"

"他才不会，"我说，"他就是外公编出来的。"

"爷爷真了不起，"约西说，"他从前一定是真正的大人物，不然为什么世界各地的人都想葬在他旁边？"

"土狼来的那天，是个明亮晴朗的夏日，"我说，"皮内斯教我根据季节记忆所有的事情。"

"咱走走吧，"约西说，"我有点冷。"

"你爹是初夏出生的，"我告诉他说，"两个婚礼在秋天举办。外婆春天死的，里洛夫冬天把自己炸飞了。泽尔金也是冬天死的，可法尼亚死在夏天，外公在秋天。"

"我在他床边守了三天三夜。"我说。我也开始讲故事了，这辈子还是头一回。"你爹一会儿来一趟。医生也是。外公的朋友们也在——泽尔金、李伯森、希福利斯和皮内斯。我累得要命，完全不知道我在做啥。"

他躺在自己的床上，身下垫着扎人的海藻床垫，苍白的皮肤藏在新睡衣下。我用力站起来，走到屋外那条从不让我失望的土路上。

秋天降临山谷，依旧带来漫天黄叶和头回迁徙的小雨燕焦虑、哀愁的叫声。我沿着车辙走到田间，脚下踏着支棱在路中央的最后的枯草。果园和牛棚排水管里山雀和林莺的巢已经散落。我偷眼看到，畜栏后面牲口贩子那令人厌恶的六轮卡车挤在马车和村里从未见过的美国轿车中间，车上拉着三头蔫头耷尾的牛犊。华衣鲜服的男女戴着高圆领，孩子们穿着闪亮的黑皮鞋，往来穿梭。不知道是谁把外公的死讯传给了这么多陌生人，不过我自顾沿着角豆树夹道的路走下去。树上散发出浓烈的白色气味，令来访者尴尬。"海枣和角豆都是雌雄异株的果树。一棵雄树可以给几十棵雌树授粉。"皮内斯贴在我耳边说。

我听见泉水呼呼地给夏末的涓流降温，娇嫩的成熟果子落在地上，腐化的过程中散发出香气和嘶嘶的声音。我们每年都把黄澄澄的梨子收入干草堆，梨子闷在里面发酵，果皮完好，但果肉分解，闻着甜滋滋的，到秋天全变成软软的、蛋形的止咳药，果皮里包着醉人的软糊。我们小心地从草堆里把梨子拿出来，用牙齿咬破果皮，吸吮里面带酒味的甜浆。

"我记得，"约西说，"味道像酒。"

满目干枯衰败。蝉早已没了。热昏了头的黄蜂和甲虫的嗡嗡声消失了，只有小堆的碎石和草屑表明收获蚁曾在此居住。然而在绿油油的果园，橙花的雌蕊嗫嚅地膨胀，柚子在枝上长胖。火鸡蛋的细胞在分裂。冷冻精子在奶牛的子宫里融化。牛奶和蜂蜜，树汁和精液，都被秋日聚集起来。

空气中飘着浇过水的土味儿。秋耕过的土壤总是在第一场雨来临之前就带上了雨的味道。"那是土地告诉云它需要水了。"走在我身旁的皮内斯说。

一阵沉痛的悲伤涌上来。为外公。他死于自己不可治愈的愿望。也为我自己的生活，为米尔金家的房子，爱曾经悄悄叩窗，却随我爹妈一道死去。

泉边黑莓花绽放。一个小孩儿在黑莓丛中带着哭腔背诗。一个公牛般强壮的少年五大三粗，赤脚向我走来，手里晃着奶罐。"刚挤的。"他叫着。他闭上了眼睛，等我拍他的脖子。

"走吧，我的娃儿。"皮内斯说着把我推到一旁。没想到他这么有劲。"走吧。"

秋天到了，头顶上鹳和鹈鹕已开始悠闲地南飞，巨大的翅膀在山谷间投下影子。我知道知更鸟很快会回到石榴树上的巢里，用欢快响亮的哒哒声保卫自己的家园。接着就是八哥，大群大群地飞来，飞快地扭动带斑点的胸脯，给山谷的土地覆盖上厚厚一层鸟粪。

我赤裸的脚底感觉到大蜗牛在地下蠕动，等着被第一场雨唤醒，用含硅的硬壳互相残杀。番红花的球茎在地面鼓起。"凤头麦鸡快来了，扇动美丽的羽毛在田间追逐。"皮内斯在我身后大声说。我沿着人迹罕至、通往山里的小路，直奔小山丘。离村子越远，放肆的土木香的味道越浓，带刺的地榆丛越密。在我从未到过的蓝山，看似橡胶权杖的海葱已经开花，刺山柑带麻点的白花掩藏了刺肉的尖刺。

绿原在山下绵延。（风儿说，不是海哦；谷穗沙沙地说，不是海哦。）一条大河奔流。妇人在河里洗澡，酥胸雪白。河岸边卧着几个小村庄。再往远处，大地倾斜，化为一片灵动的光。也许有白色的苔原狼在那里嚎叫，也许是风搅动了白桦树。大地宽阔，一望无垠，远处的地平线在上方闪动。

我扭头便跑，如同小孩子违背禁令打开了箱子。

外公的躯体上面不再浮现幻象，我知道，他死了。

"用这种方法判断临床死亡倒是有趣，"约西说，"你告诉过蒙克医生吗？"

"外公的梦想没了，他就死了，"我说，"每个人不都是这样吗？"

# 50

约西住了几天就回军队了。他上吉普车的时候我跟他握手时，依然因谨慎的疑虑而感到刺痛。尤里留下来帮我做点事。那个礼拜，冬妮娅·里洛夫死了。我和尤里把她从马古利斯的墓石上抬下来，剩下的蜜蜂却填不满她留下的空间。达尼·里洛夫站在一旁嘤嘤地哭，音调怪异、刺耳。"你听，"尤里说，"他不会哭。他爹从没教过他。"

随后的一段日子，我们在不停地挖坑。达尼·里洛夫的小脑袋和昆虫的一样大，孵化出一个意想不到的问题——他妈应该葬在他爸的靴子边上，还是葬在马古利斯边上呢？他实在拿不定主意，竟然跑去问丽娃。丽娃拧干手里的抹布，把他从刚擦干净的楼梯上推开，说我们要不就把她丈夫的棺材打开，"把你妈和你爸的脏靴子统统扔进去得了"。

他每天早晨泪汪汪、神昏昏地来找我，说他又改主意了。没想到傻胖傻胖的达尼内心竟然如此纠结。我不顾臭味，不顾蜂蛰，把冬妮娅挖出来又埋回去，如此反复了五次。要换别人这么刨地挪坟地来回折腾，尤里早没好话了，可他说对冬妮娅应该体谅再体谅，"就为她这么多年风雨无阻地在蜜蜂中间吮手指头"。

幸好巴斯奇拉终于忍无可忍了，对达尼说："行了！别再胡闹了。你以为这是谁呀？一只死猫吗？对父母还有点敬意没有？"

他对我说："他闹啥呢？这都快到赎罪日[1]了！"

他请我和尤里到家里去过节，他家就在不远的镇上。

"你们可以一起去看看摩洛哥的犹太教堂，"他说，"看看这个国家还有真正的犹太人，对你们来说不是坏事。"

"好呀好呀，"尤里说，"可能很好玩呢。"

"你去，"我对他说，"我不想去。咱啥时候过过赎罪日啊？"

"你不去我也不去。"尤里说。

我俩都待在家里。那天下午，魏斯贝格的双胞胎小儿子来找我们。两个小人儿羞涩又骄傲地站在门前，活像两只头戴黑帽的夜莺。"请你们斋戒前到我家吃饭。"说完就飞快地跑了，两人动作一模一样，仿佛是对方的影子。

"我看这事儿咱得去，"尤里说，"魏斯贝格一定是原谅咱了。"

"我不去，"我说，"我对这不感兴趣。我也不喜欢下午四点吃晚饭。"

"我去。"

---

1 犹太教的赎罪日在犹太历新年过后第十天，从头一天日落到当天日落。这是犹太教一年中最神圣的日子，这一天全体会众应全天禁食，并到教堂做祷告。参见《旧约·利未记》（16：29-34）。

"你爱干什么都行。"

四点，赎罪日快到了，我脱去衬衣，站在院子正中劈木柴，尽量弄出最大的声音。我把木柴塞进小屋外的炉膛，故意把铁门弄得咣咣响，坐在外公的挤奶小凳上热气腾腾地洗了个澡。尤里坐在他爹妈的房子里，用司会的饭菜大快朵颐，眼睛盯着他那秀色可餐的女儿。

我把周身擦得发红，云蒸雾罩地听墙外烟囱噗噗响。我知道魏斯贝格一家也能听见炉子的动静，正竭力对这种宗教迫害不理不睬。

向晚时分，司会一家去教堂，尤里回到小屋。

"你咋不去祈祷呢？"我话里带刺地问。

"今晚不去。明天去。"他庄重地回答。


村里第二代、第三代人都不怎么去教堂，所以一年到头那里大部分时间空旷无人。可是老人从年轻时代狂野的思想自由跌入后来的万事冷漠后，便重新焕发了宗教热情。有些人成为更大的异端，有些人则因为悔恨和害怕，每个安息日都虔诚地祈祷，乃至于热泪盈眶。埃利泽·李伯森称他们为"我们的妖怪同志"。我不太清楚这个词的确切含义，但那语气和意图再明白不过了。

"她啥样？"我问。

"谁？"

"司会小姐呗。"

尤里笑了。"她坐在桌边像伸头吃草的小母牛。眼睛只盯着自己的盘子，一句话也不说。我只看见一点额头，两根手指，和六码蓝布。"

"她挺漂亮。"我说。

"你啥时候开始看女人了？"尤里问道，"是不是有什么事啊？跟我说说呗？"

我默不作声。

"我现在不整这些事儿了，不过还记得一些。"他说。

我在半夜把他叫醒，一块儿到墓园去。我忍不住把冬妮娅再次挖出来，迁到马古利斯身边，但她的墓碑依然留在里洛夫的靴冢旁。

"我看你是昏头了。"尤里坐在史洛莫·列文的坟上说。

"你要想装稻草人的话，最好留上胡子和鬓角。"我对他说。

"你有点烦人了啊，"他说，"你嫉妒了吧。你要是想追她，去追啊。让皮内斯教你几句《圣经》里的话，开始搭讪，递个眼神过去。我也可以亲自教你几招。"

"我不嫉妒，"我边把墓穴两侧填平边说，"况且，你那点乡下孩子的花招，恐怕对她也没多大用。"


早晨我一睁眼，他正穿着内衣倚在小屋的窗前。

"快，"他说，"起来看。多美的景致！"

我下床往街上看去。魏斯贝格一家正从我家院子往教堂走，母女俩都戴着头巾，司会身穿崭新的长袍，戴一顶巨大的圆帽。因为斋戒日禁止穿皮鞋，一家人都换上了新的白帆布鞋。

"看他们多矫健，"尤里露出微笑，"加油！"他朝这一家子喊道。

他们扭头看他。他的头和肩探出窗外，阳光透过木麻黄树，星星点点地洒在在他裸露的皮肤上。魏斯贝格说了一声什么，两只大眼又盯着地面，裹着长筒袜的双腿再次走动起来。

"来来来，吃点东西，"尤里说，"给我做爷爷早餐吧。就是——不要牛初乳，拜托。"

吃过早餐，他说要去教堂。

"昨天他们邀请我来着。"他解释说。

"有你今早那一嗓子，不知道他们还想不想在那儿见到你。"

"教堂又不是他们家的。"他走出小屋。

对我来说，这一天漫长、无趣。墓园没事可做。我不需要请求什么人宽恕，尤里让我心烦。我洗了盘子，绕着院子走了一会儿，上了亚伯拉罕和利百加家的台阶，光着脚，猫着腰，小心翼翼，提防魏斯贝格家有谁耐不住冗长的仪式回来休息。

四周静悄悄。我开门进屋，迎面扑来一股陌生的味道。这股生人味儿已经侵入墙面。在尤里和约西的房间，双胞胎的衣服整齐地搭在椅背上。书架上挂着一块白布，把禁书遮挡起来。亚伯拉罕和利百加的房里放着两只看起来很肃穆的大箱子，两张床拉开了一点。起居室所有的照片都倒过来，面壁摆放。密不透光的藏蓝色长裙折叠着，静静躺在司会女儿的床上，我跪在地上，把脸埋入那六码密实的蓝布，不知过了多久，一只蓝松鸦吓人地尖叫起来，我拔腿跑下台阶，往村中心跑去。

街上照旧满是拖拉机。我们村没人把赎罪日当回事。

"母鸡不会在赎罪日停止下蛋，奶牛的奶子也不会罢工。"埃利泽·李伯森在村通讯上写道。那时我还没出生。

我倚在教堂的墙上，祈祷者虔诚、低声的祷告声中不时夹杂着孩童的玩耍嬉闹声、雨燕的尖叫声、奶场冰箱的嗡嗡声。

我趴在窗口往里看。魏斯贝格前仰后合，像只大猫头鹰。他的妻女在女席，还有几位来村里走亲戚的女人，我都不认识。几个姑娘走进走出，轻笑着看我表哥。他戴上绣花圆帽更加英俊了。两位小魏斯贝格分坐在他两旁唱着歌，嗓音尖细。尤里随着他俩稚嫩的手指，在祈祷书晦暗的字里行间绕过古文的障碍。

"为我们不知不觉间在主面前犯下的罪孽。为我们因淫欲而在主面前犯下的罪孽。为我们因妄语而在主面前犯下的罪孽。为我们因邪恶的冲动而在主面前犯下的罪孽。"

魏斯贝格闭着眼悲声吟诵。外公被土狼咬了也是那样。

"为这一切，主啊，宽恕我们，原谅我们，赦免我们。"

附近的游泳池里孩子们还在喧闹。太阳向着蓝山沉下去。

司会清澈悦耳的声音从教堂窗户里传出。"世上的门关闭时，请打开您的门，白昼已过，日头沉落、消失，我们来到您的门前。"不多的会众齐声应和。"主啊，我们祈祷，请您宽恕我们，原谅我们，饶恕我们，赦免我们，怜悯我们，赎去我们的罪，忘却我们的罪孽和邪恶。"

空气温暖，纹丝不动。没有一丝风。这些话清澈、圆润，纤尘不染，传向远方。


第二天一早，尤里还在睡，我就去"拓荒者之家"了。近午时分，巴斯奇拉来了，宣布"赎罪日过得挺好"，又说下月大概有两个葬礼，"国外来一个小葬礼，特拉维夫来一个大的"。

他很能干，时常走村串户，也到医院和"老年之家"摸情况，每言必中。"他看货去了。"皮内斯每回看见那辆黑车在田间扬起灰尘，就冷笑着说。

我远远看见魏斯贝格家两兄弟和他们的姐姐沿碎石路向墓园走来。我羞得躲在树后，可两个男孩一眼就发现了我。

"我们明天要走啦。"他俩对我说。他俩的姐姐在墓碑间踱步，始终背对着我。

我感觉到自己的身体里有一种骇人的恐惧。"一路平安。"我小声对两兄弟说罢，就匆匆走开了，生怕自己再待下去会做出什么意想不到的事情。我一直喜欢黑暗，喜欢身体在黑暗中沉静的感觉。可这会儿我恐惧而愤怒，朝着小屋飞跑而去。

"急啥呀？"迎面而来的尤里问我。

"忘东西了。"我说。两分钟后，我蹲在饲料仓顶上，看见尤里打开墓园的门。

那天下午我去看皮内斯。

"雅科夫，"我说，"赎罪日尤里一整天都在教堂里祈祷，弄得好像被土狼咬了。"

"没啥可怕的，我的娃儿。"皮内斯说。

"我今晚睡你家行不？"我问他。

"行啊。"他说。他家门后有一张折叠床。我们吃过晚饭，他指挥着我把床支起来。

"给我盖上被子，雅科夫。"我说。我想跟他聊聊，我想让他给我讲个故事，想问问为什么他和外公都不教我如何除掉自己肉体里的害虫。

他老弱肥胖的身体行动迟缓。他给我盖上毯子，我的每一个毛孔都感到快乐和渴望。他在黑暗中伸手抚摸我的脸，接下来我只听见他床垫里的弹簧吱扭扭一阵响，和他的轻声细语。

夜里一点我醒了。在黑暗中，我看见老教师驼背的黑影坐在床上。他没戴眼镜，看上去就像一只受惊的鼹鼠，等着锄头砍断自己的脖颈。

"怎么了，雅科夫？"我问他，"出啥事儿了？"

"嘘——"他厉声说，"别说话！"

空气纹丝不动。叶间的微风温暖轻盈如牛犊的呼吸。皮内斯突然屏住呼吸，浑身一颤。一串话砸在地上，尖锐、清晰、放肆，如初雨的大水滴，如成千上万只蝗虫的翅翼。

"我把司会女儿给操啦。"


接着是一片沉寂。我不知该向哪个方向跑——向皮内斯，他仿佛一袋饲料般摔下床，挣扎着喘息；还是向水塔上的尤里，塔下已是脚步纷沓、喊声震天。

"来帮我。"皮内斯最擅长发现生物体的矛盾，呻吟着说。

我扶他躺下，大勺大勺地往他嘴里塞吃的，只有给他擦嘴和下巴时才略停片刻。

我赶到水塔下面时，那里已经围了几十人。魏斯贝格夫妇坐在地上，脸色煞白，看起来如同我埋葬的美国尸体。壮实的庄稼汉守在梯子下。

我表哥出现了，抬腿跨过铁栏杆，顺梯子向下，他身后跟着一个身穿黑裙的钟形人影。所有的目光齐刷刷地向上。那双不该示人的优美的大腿，包裹在长袜的格子里，在夜色中耀人眼目。人群发出怒吼。我低头推开人群向前挤，村里养牛的人家都熟悉那样的动作。我稳稳站在梯子下，双臂交叉在胸前。

尤里先下来，然后伸手接住司会的女儿。我在后面一路护卫他们到家。

当晚魏斯贝格一家离开村子。尤里趴在外公床上。清晨，丽娃·马古利斯醒来，闻到门外有股湿臭味。她以为是布尔加科夫回来了，口臭弄了一院子。她兴高采烈地冲到窗前——蜜蜂让欲望和透明的玻璃弄得晕头晕脑，正不停地往窗户上撞——拉开一尘不染的窗帘向外看，结果只看见了麦舒拉姆。他已经打坏了她院子里的大水表。

肮脏的动物四处乱窜，把泥点溅到门廊的台阶上。丽娃在犹太历新年也把房前的大街都擦洗了一遍，等地干了才让拖拉机经过。村里的活人中，唯有丽娃还同时恪守着疯狂、信仰和绝不打折扣的原则的古老精神。她二话不说就开始战斗。

她绝不打无准备之仗。在她丈夫的小棚里，原来放烟熏器、吸蜜器、蜂巢架和成罐的蜂胶的地方，如今摆上了上千块叠得整整齐齐的抹布，墙边还有上百只扫帚和干净的毛巾。

丽娃用这些简单的工具和眼中的理想主义光芒武装起自己，开始了一次最宏大的大扫除。全村人都出来看饱受他们嘲笑的老妇人，她的疯狂弄丢了丈夫，招来大伙儿的厌恶。

丽娃的手熟练而坚定地甩着抹布。她目标明确，抹布落地噼啪有声。她先把沼泽从房前逼退，稍事休整，便投入决战，花了整整三天，把抹布的水拧在干河滩上，硬是吸干了麦舒拉姆的沼泽。

结束战斗后，她说："这下干净了。"她洗净所有的抹布，晾晒起来，就回家去擦窗户了。

# 51

尤里再没回到利百加的哥哥那儿去干活。他在外公床上躺了好几个礼拜，把床压得嘎吱响。司会美丽、沉默的女儿内哈玛当晚就被带回家了。魏斯贝格甚至连行李都没收拾。

司会不要他的钱，也不让人送他们去火车站，不理睬道歉和悔恨。他带着妻儿走过田野，在夜色中一路磕绊，被荆条划伤。

尤里彻底被爱情和思念击垮了。我陪着他，照顾了他好几个礼拜。

"我只要她，内哈玛，"他呻吟道，"谁也不要。你给我把她带回来，"他不容分说，"谁都打不过你。去啊！"他连喊带叫，"驮着她，扛着她，抱着她，怎么都行。你要是不把她带回来，我就死在这床上！"

我吓坏了，不知所措。我开车到哈西德教徒的村里，可是没人搭理我。

"这下可不好玩了。"老剃头匠只哀叹了一句。他坐在地上用一碗油和汽油清洗摩托车链条。"这跟我们和埃利泽·李伯森的争吵不是一回事啊。犹太人从来没对犹太人做过这么恶劣的事。"

尤里不洗澡不穿衣不吃饭，整夜哼哼唧唧地呼唤内哈玛。他间或揪一下自己的下体，摸索着呻吟，情不自禁地吸吮自己的手指，搜寻那姑娘的点滴体香。那些气味如同琥珀一样留在尤里身上。

我起先还想劝他吃饭。后来我害怕了，就试图强喂。可他就是不张嘴，勺子都在他牙齿上顶弯了。他还往床单上吐口水。

过了五个礼拜，他瘦了六十磅，阴毛也快掉光了。三位愁眉苦脸的拉比陪着内哈玛·魏斯贝格到村里来了。

"她有身孕了。"他们说罢带走了尤里。

于是我有生以来第一次进了城。尤里和内哈玛的婚礼在一个满是霉味的旧院子里举行。宾客寥寥无几，我们村只有皮内斯和约西去了。巴斯奇拉也参加了婚礼，而且只有他一人想到了给亚伯拉罕和利百加发电报。尤里的爹妈直接从机场赶到婚礼现场。亚伯拉罕满脸不高兴，可他一看到内哈玛，额上的皱纹全都舒展开来，神采焕发。利百加晒黑了，神色疑虑，高声大气。可魏斯贝格太太把一条厚重的头巾往她头上一扔，她忽然泄了气，像夜间的鸟儿一样乖乖地坐下了。

婚礼严格按照正统派的规矩举行。哈西德教徒甚至不让我们从村子里带水果。饮料和葡萄酒也是他们准备的，还有油腻腻的饺子和焦煳的烤面条。两位侍者送上食物的同时，司会不停地用甜美、熟悉的腔调哭诵。

内哈玛身材还不显，但脸上已笼罩了一层柔光。没想到她有那么一副优美丰润的好嗓子。她按哈西德派的习俗剃了头发，但盖头下依旧飘出潮湿泥土的好闻味道。魏斯贝格和他的朋友即便不熟悉这味道，也都知道这说明新娘会跟丈夫搬到村里去住。

婚礼后，几位羞涩的乐师奏起我们在村里就熟悉的曲子，元老们当年在冬夜唱的也是这些歌，比如《埃利梅莱赫拉比》《我的灵魂渴望你》和《安息日》。可乐队里没人能胜过曼多林·泽尔金，他会"在拨动弓弦的时候拨动心弦"。我和约西、亚伯拉罕站在角落里看哈西德教徒例行公事地做完一套舞蹈动作，脸上的笑有点尴尬。胖胖的皮内斯吵吵嚷嚷地跟着跳起来，而巴斯奇拉已经压低声音，热火朝天地跟一位苍白的大胡子男人谈起生意。婚礼小丑跳上桌，魏斯贝格的胖兄弟表演顶椅子，椅子上放了七只酒瓶。结果酒瓶全部掉下来摔碎了。可谁也没笑。

后来天气转阴，我们回村时下起了舒服的小雨。约西开车，亚伯拉罕一路兴高采烈地说着热带的各种珍奇水果和炎热的赤道风暴。巴斯奇拉试图开开玩笑，皮内斯唱个不停。我知道自己很快要离开村子了，一路无语。尤里坐在后排，拉着内哈玛的手。内哈玛手里紧攥着一方小手帕。


那年冬天，我帮尤里砍掉了"拓荒者之家"的观赏植物，挖掉了花坛，铲除了碎石路。

尤里干劲十足，想借两台电锯加快进度。可我再度感受到身体里曾经有过的躁动，需要干点重体力活，所以宁愿用斧头砍树，然后亲自把沉重的树木拖走。

我一斧一斧地砍倒紫荆、黄蝴蝶树和木槿灌木丛，树枝浓烈的汁水浸入泥土。我把枝干砍成散发着香味的柴火，堆在牛棚里。

亚伯拉罕和利百加把自己的房子腾给小两口住。春天来了，内哈玛剪短了头发，穿着齐膝的孕装走在田间，阳光照透了薄衣料，勾勒出可爱的圆肚皮和两腿间柔和的圆拱。约西放假一个礼拜，回家来了。我们四个在墓间种下果树，播了饲料草种。细细的苜蓿种子从指间滑落，我喜欢那种感觉。

尤里满脑子计划。他自己没有存款，可他爹妈、舅舅和我都愿意借钱给他。内哈玛把亚伯拉罕的牛棚收拾好，戴着铁轭的奶牛鱼贯归来，听音乐，哞哞叫，挤奶机重新轻唱。

那年夏末，我们埋葬了埃利泽·李伯森。他不知何时不在房间里了。

"他去田间了。"阿尔伯特带着神秘的微笑说，还用拉地诺语说了一句谚语，只是李伯森不在，没人替他翻译那些柔软、笃定的词语了。

大家都知道李伯森在山谷里游荡，他脚下踢起的烟尘像游荡的小鬼，在各种最意想不到的地方出现。可老人摆脱了所有的搜寻者。他行走着，又饥又渴，气息奄奄，已经连拧开水龙头或从树上摘神果的力气都没有了。但以理找遍了各处，可李伯森就跟外公临死前一样，又小又轻，不留踪迹。数月后，基布兹收割玉米时，才在地里发现了他鸟一样的遗骨。

现在就等皮内斯了。"他走了，我就离开。"我向大家宣布。尤里和内哈玛对我说，我留下来他们才高兴。

"想都别想，巴鲁奇。我们要成为最后一家兼用耕牛和拖拉机的农场。"尤里说。

我微微一笑，内哈玛笑出声来，正在吃奶的小以法莲惊了一下。年纪最大、身体最差的皮内斯缓慢地咀嚼巴斯奇拉向他献殷勤的肉肠，他现在是山谷中仅存的拓荒者了。皮内斯知道我在等他，躲我好几个月了。

　　"你现在就走吧，"他费力地对我说，"我才不让你把我葬在你那个墓园，不收钱也不去。"

　　我送他回家的时候，从他的动作中感觉到他的恐惧。他不再对我说昆虫和水果，也不再把手放在我脖颈后面。他把仅存的一点精力都用来捍卫自己的决心。

　　"你办不到，"他对我说，"你办不到。"我没说什么，心里明白大自然这所学校在收录新生这件事上，对人对兽同样无常，比皮内斯和我都强大。

　　"无论是跳蚤、蟑螂、土狼、秃鹰、花豹、蝰蛇，还是爱你、保护你的狗，理解你、为你工作的马，还是爱人怀抱中的姑娘、母亲祈祷时膝下的孩童，还是肩负家庭中贤妻爱子的幸福快乐的成熟男子，在大自然眼里，这些同等重要。"路德·布尔班克写道。

　　"我们自恋，所以忽视了这显而易见的事实，"我小时候皮内斯曾对我说，"用各种宗教故事，什么弥赛亚、彼世和天堂的迷信，掩盖事实。"

　　如今我跟着他，如同一群土狼追捕一只受伤的公羊，单等他倒下。我默默地尾随他。"作为收藏者，你不够格啊，"他扭头看着我说，"有本事把我们都钉在大头针上啊。不过这个系列没有尽头。"

半夜我看见他摸索着翻找床头桌的抽屉，拿出一把旧钥匙，出了门。三英里路他走了两天，我在后面隔几步跟着，如同那天我尾随李伯森到基布兹的工厂。他不时回头看我一眼，带着焦虑。

　　"你就在这儿等我吧，"他说，"不用紧跟着。你知道我要去哪儿。"可我还是跟着，肩上扛着关于他那个旧背包的记忆，背包里装着镊子和氯仿。这个英军无线电发报员背包是我舅舅以法莲给他的。

　　多年未动过的铁门栓轻松地打开了，仿佛有人新上了油。皮内斯在洞口站了片刻，转身对我微笑。"头脑清醒，"他宣布，"头脑清醒。"然后一猫腰不见了。我等着他做完最后的巡礼，出来就落入我手中。

　　他在洞里站了一会儿，深深吸了几口气。我在洞外选了个有利地形，眼见往昔如一条瞎眼的蛇，缠在他腿上，古老的非洲木虱爬了他一身，将他据为己有，登时明白了下一步会发生什么。我大吼一声冲进去，可老教师跌跌撞撞地向前，灵巧得出乎意料。他在潮湿的地面摸索着，连走带滑，很快到了厚岩石上，下面就是未发掘的深渊。他从口袋里掏出小锤子，寻找拿撒勒的老石匠对他讲过的裂纹。

　　皮内斯无力地抬手，却敲击不动，任由锤子落在岩石最薄弱的地方。

　　我在岩洞外清晰地听见当啷一声。刚开始没有动静，可马上传来岩心碎落的声音，裂缝扩散开，速度快得吓人，岩石就像玻璃一般化为齑粉。皮内斯头朝下坠落下去，和碎石一道翻滚，和洪荒之前的骸骨、他那些单细胞朋友、比沼泽和创世之光更古老的勤劳的细菌一道，被几十吨遥远的冰川期的泥土埋葬。我的脚底比耳朵更真切地感受到沉闷的轰鸣声滚滚而来。

一轮满月当空，我脚下的山谷清晰明亮如白练。法尼亚还活着，李伯森的白内障还没有彻底遮挡住光线的时候，他也见过这样的山谷吧，我想。

我四下张望。农家的塑料薄膜像乳白色的湖水，树木和饲料仓基本隐在黑暗中，中间散布着几汪新形成的水洼，波光粼粼。尤里在我墓园里新种的果树还小，果树间的墓碑白晃晃的，如同迁徙的大鸟落在地面歇脚。

我慢慢转头。小猫头鹰站在一排雏鸟旁，带着亘古的嘲弄向我点头哈腰。我向村里走去。

我翻来覆去，彻夜未眠。天快亮时，我像头大熊一样，缓缓地、呼哧带喘地爬上尤里和内哈玛卧室外的木麻黄树，向他俩告别。我头上挂满针叶，蜷在树枝间，听见他俩的喘息声，随后是内哈玛的声音，依旧带着那种奇怪、快速的口音。

"好了，"她对尤里说，"再喊一次。"

我们仨都笑了。尤里和内哈玛在屋里，我在大树上，树干上我爹妈拴吊床留下的伤疤闪闪发光。


几个礼拜之后，巴斯奇拉告诉我，他给我买了一处房子，要开车把我和我的钱送到银行家家里。

今天我三十八岁，我的身体恢复了平静。今后我不会比现在更高大，体重也固定了，二百八十磅或者七普特。我在外公皱巴巴的旧笔记本上记下这个数字。巴斯奇拉有时用那辆黑色农用卡车载我回村，我去看望尤里和内哈玛，跟他们的四个孩子玩耍。

去年春天我回去了，又给尤里带了些钱。他懒洋洋地和我拥抱了一下。内哈玛微笑着跟我握手，四个孩子叫喊着跑过来，试图把我推翻在地。午餐后，我带着几个孩子在田间散步。每次回来我都会这么做。我把两个大孩子，以法莲和以斯帖，扛在肩上，再把便雅悯和最小的菲吉夹在腋下。小姑娘常嫌爹妈给她取的名字太老气。

我们去看大自然的警示信号、小野猫、大黄蜂的蜂皇，然后就去给外公和他的朋友们扫墓。尤里在每块墓碑旁竖了一根桅杆一样高的柱子，上面挂一根紫布条，不然墓碑就完全淹没在茂盛的棉田、麦地、玉米秸和果树丛里找不到了。

接着我们赤脚走在田间小道，爬上山坡。孩子们在四周跑闹，我坐在锈迹斑斑、已经变形的铁门旁，看北飞的鹈鹕、山谷的阡陌和屏障一般的蓝山。

"看，"菲吉拉扯我的衬衫，"看呀，巴鲁奇叔叔。"

她眯眼对着太阳，让阳光在她棕色的眼睛里投下黄色和绿色的光斑，如同白昼的鸟儿戏仿猫头鹰。她笑的时候嘴角带着急切，没有片刻的安宁，像极了外婆。她伸出小手，指着远处我妈的名字。但以理·李伯森当年用犁把我妈的名字写在田野上，如今每到春天矢车菊盛开的日子，田野上巨大的字母就会被染成蓝色。